KNAUR

Von Pierre Martin sind im Knaur Verlag
bisher folgende Bücher erschienen:
Madame le Commissaire und der verschwundene Engländer
Madame le Commissaire und die späte Rache
Madame le Commissaire und der Tod des Polizeichefs
Madame le Commissaire und das geheimnisvolle Bild
Madame le Commissaire und die tote Nonne
Madame le Commissaire und der tote Liebhaber
Madame le Commissaire und die Frau ohne Gedächtnis
Madame le Commissaire und die panische Diva
Madame le Commissaire und die Villa der Frauen
Madame le Commissaire und die Mauer des Schweigens
Madame le Commissaire und das geheime Dossier

Monsieur le Comte und die Kunst des Tötens
Monsieur le Comte und die Kunst der Täuschung

Über den Autor:
Pierre Martin ist das Pseudonym eines erfolgreichen Autors, der sich für seine Hauptfigur Madame le Commissaire eine neue Identität zugelegt hat. Alle seine Krimis um Isabelle Bonnet aus Fragolin landen bereits kurz nach Erscheinen unter den Top Ten der Bestsellerliste. *Madame le Commissaire und das geheime Dossier* war zuletzt Platz 1 der *SPIEGEL*-Bestsellerliste. Ebenfalls auf Platz 1 landete *Monsieur le Comte und die Kunst des Tötens* – der erfolgreiche Auftakt zu einer neuen Südfrankreich-Reihe um einen adeligen Auftragsmörder, der den festen Vorsatz hat, niemanden umzubringen.

PIERRE MARTIN

Monsieur le Comte

und die Kunst der Täuschung

KRIMINALROMAN

KNAUR

Besuchen Sie uns im Internet:
www.knaur.de

MIX
Papier | Fördert
gute Waldnutzung
FSC® C083411
FSC
www.fsc.org

Eigenlizenz Oktober 2024

Ein Imprint der Verlagsgruppe
Droemer Knaur GmbH & Co. KG, München

Redaktion: Gisela Menza
Covergestaltung: buxdesign, München
Coverabbildung: Umschlaggestaltung und Illustration von buxdesign | Ruth Botzenhardt
Satz: Adobe InDesign im Verlag
Druck und Bindung: CPI books GmbH, Leck
ISBN 978-3-426-52712-2

2 4 5 3 1

La vérité est rarement pure
et jamais simple

Die Wahrheit ist selten rein
und niemals einfach

Oscar Wilde

PROLOGUE

Die herrschaftliche Villa Béatitude auf Cap Ferrat war von hohen Mauern und dichten Hecken umgeben. Die Grafen Chacarasses waren seit jeher auf ihre Privatsphäre bedacht und schützten sich vor neugierigen Blicken. Der verblichene Comte Alexandre hatte gar mal überlegt, einen elektrischen Zaun um das parkähnliche Grundstück zu ziehen. Doch seine Gattin Laetitia hatte ihn davon abgehalten. Eine Villa, die die Glückseligkeit im Namen trug, sei doch kein Hochsicherheitstrakt. Gleichwohl war es dem Comte wie schon seinen Vorfahren ein Anliegen gewesen, ungebetene Gäste fernzuhalten. Ganz im Gegensatz zur nahe gelegenen Villa Ephrussi de Rothschild, die sich mit ihrer prachtvollen Gartenanlage großer Berühmtheit erfreute und täglich Scharen von Besuchern empfing.

Natürlich konnte die Villa Béatitude in keinster Weise mit dem Glanz der Rothschilds konkurrieren, sie hatte auch kein schlossähnliches Hauptgebäude und keine wertvolle Porzellansammlung, aber sie war – darauf war die Familie stolz – um einiges älter als die Villa Ephrussi de Rothschild. Comte Alexandres Vater hatte sogar behauptet, dass die Baronesse de Rothschild, die bei ihnen mal zum Diner geladen war, erst durch ihren Besuch auf die Idee einer eigenen Villa auf Cap Ferrat gekommen sei. Vor allem habe sie der kleine Park der Chacarasses inspiriert. Dass es dann gleich ein Palast im Stil der italienischen Renaissance werden musste und die Gartenanlage exorbitante Ausmaße annahm, habe ihn nicht überrascht. In den Augen des versnobten alten Comte waren die Rothschilds … an dieser Stelle pflegte er sich verlegen zu räuspern … waren die Rothschilds »Neureiche«, die ihren unermesslichen Wohlstand eben gerne zur Schau stellten. Dagegen blieben die Grafen von Chacarasses, die ihren Adelstitel schon etwas länger besaßen, gerne unauffällig.

Letzteres aber war schlicht ein Gebot der Vernunft. Die Grafen von Chacarasses scheuten schon deshalb das Licht der Öffentlichkeit, weil sie seit Jahrhunderten einem geheimen Gewerbe nachgingen. Sie verstanden sich als Assassinen. Was in der wörtlichen Übersetzung »Mörder« bedeutete. Von den Niederungen krimineller Milieus aber trennten sie Welten. Sie hatten das Töten zur Kunstform erhoben und bekamen ihre Aufträge aus höchsten Kreisen. Der Legende nach waren sie schon für die Bourbonen tätig geworden, für die Medici, für Napoleon, sogar für den Vatikan.

Die Familientradition wurde bis heute fortgesetzt. Nach dem frühzeitigen und gewaltsam herbeigeführten Tod von Comte Alexandre hatte in der nächsten Generation als einziger Nachkomme der junge Lucien Comte de Chacarasse das Erbe angetreten. Auf dem Sterbebett war er von seinem Vater in die Pflicht genommen worden. Obwohl dieser wusste, dass sein Sohn einen »genetischen Defekt« hatte: Zwar hatte Lucien alle notwendigen Techniken erlernt, aber er hasste es, jemanden umzubringen! In der langen Linie seiner Vorfahren hatte es das noch nie gegeben.

1

Lucien stand im Park der *Villa Béatitude*. Hier hatte er schon als Kind gespielt, jetzt war er Anfang dreißig. Er liebte die alten Bäume und den Teich mit dem Springbrunnen. Auch das Rosenbeet, das ihn an seine verstorbene Mutter erinnerte, weil sie sich mit Hingabe um die Pflege gekümmert hatte. Heute hatte er dafür einen Gärtner.

Zum Missfallen seines Vaters hatte Lucien noch nie viel Wert auf angemessene Kleidung gelegt. Gerade eben machte er eine Ausnahme. Seinen Vater würde es freuen, aber er lebte nicht mehr. Lucien war zwar barfuß, aber er trug einen blütenweißen Kimono. Zum *Kyudo,* dem japanischen Bogenschießen, passten einfach keine ausgefransten Bermudas.

In etwa fünfzig Metern Entfernung hatte Lucien an einer alten Eiche eine Zielscheibe befestigt, das sogenannte *Mato*. In der Hand hielt er einen traditionellen Bogen aus Bambus. Er war asymmetrisch geformt und oben länger als unten. Das war typisch für die *Kyudo*-Bögen. Lucien hatte schon länger nicht mehr mit einem geschossen und war neugierig, ob er es noch konnte.

Kyudo bedeutete »Weg des Bogens«. Es gab rituelle, langsam auszuführende Bewegungsabläufe, die mindestens so wichtig waren, wie ins Ziel zu treffen. Lucien interpretierte *Kyudo* als Meditation. Es gab ein Buch mit dem Titel *Zen in der Kunst des Bogenschießens*. Er hatte es gelesen.

Er wusste, dass es darauf ankam, den Geist zu kontrollieren. Alle Gedanken mussten auf den Bogen, den Pfeil und das Ziel fokussiert werden. Nichts durfte einen ablenken.

Lucien hob den Bogen hoch über den Kopf und ließ ihn mit ausgestrecktem linkem Arm in Zeitlupentempo sinken, bis die

Schussposition erreicht war. Er sah nur die Zielscheibe vor sich. Es existierte kein Park mehr. Kein Rosenbeet. Es plätscherte kein Springbrunnen. Er kontrollierte seinen Atem … und zog die Sehne mit dem Pfeil zurück.

Er verharrte eine Weile in dieser Position … dann ließ er den Pfeil los. Erst als er sich Sekundenbruchteile später in die Zielscheibe bohrte, setzten seine Sinne wieder ein. Plötzlich hörte er alles. Den Springbrunnen. Vögel zwitscherten. Er sah den Baum und den Park rundherum.

Lächelnd stellte er fest, dass der Pfeil ziemlich in die Mitte getroffen hatte. Nicht schlecht für den Anfang. Sein Vater wäre zufrieden.

Aus dem Augenwinkel sah er Rosalie näher kommen, die alte Haushälterin, die er schon so lange kannte, wie er auf der Welt war.

»Dein Vater hat zum Bogenschießen immer japanischen Tee getrunken«, sagte sie.

Rosalie reichte ihm eine Tasse.

Sollte er ihr sagen, dass er zum Bogenschießen lieber ein Glas Wein trinken würde?

»Danke, lieb von dir. Aber jetzt bring dich in Sicherheit. Nicht dass ich dich aus Versehen noch treffe.«

Sie hielt sich eine Hand ans Ohr.

»Mit wem willst du dich treffen?«

Lucien lachte. Ihre Schwerhörigkeit wurde immer schlimmer.

»Ich will niemanden treffen. Nicht einmal dich.«

Rosalie drohte ihm mit dem Finger.

»Das habe ich verstanden.«

Er wartete, bis sie zurück im Haus war. Der Tee schmeckte gar nicht so schlecht. Der Duft erinnerte an frisch gemähtes Gras.

Lucien wiederholte seine rituellen Übungen – und jagte weitere Pfeile ins Zentrum der Scheibe. Er wurde immer besser.

Ihm fiel ein großer Zen-Meister ein, der seinen Geist so auf sein Ziel ausrichten konnte, dass er es sogar mit verbundenen Augen traf.

Einen Versuch war es wert. Lucien schloss die Augen. Er drehte sich nach links, dann wieder nach rechts. Dabei dachte er fortwährend an die Zielscheibe. Er glaubte, sie vor sich zu sehen. Er brachte den Bogen in Position und den Pfeil in Anschlag. Einatmen, ausatmen … Dann ließ er den Pfeil von der Sehne …

Er hörte ein hässliches Geräusch. Die Zielscheibe war das nicht. Er öffnete die Augen … und sah, dass er einer bemoosten Marmorskulptur, die an den David von Michelangelo erinnerte, ein Ohr abgeschossen hatte. Wie konnte das passieren? Die Zielscheibe stand in einer völlig anderen Richtung.

Gott sei Dank, dachte Lucien, war Rosalie im Haus. Er stützte sich auf den Bogen und schüttelte lächelnd den Kopf. Er war wohl kein schlechter Bogenschütze, stellte er fest, aber offenbar kein Zen-Meister. Er nahm sich vor, beim Schießen in Zukunft immer die Augen geöffnet zu halten. Egal, mit welcher Waffe.

Wobei noch die vage Möglichkeit bestand, überlegte er, dass der Tee daran schuld war. Mit einem Glas Wein ging es vielleicht besser.

Eine knappe Stunde später saß Lucien auf seiner Vespa. Die Strecke von Cap Ferrat nach Villefranche-sur-Mer war nur kurz, kam ihm aber vor wie eine Reise von einer Welt in eine andere. Die *Villa Béatitude* war der gediegene Familiensitz der Chacarasses. Sie konfrontierte ihn mit der Geschichte seiner Vorfahren, ließ ihn an seine Eltern denken und an seinen mit dem Motorrad tödlich verunglückten Bruder – vor allem aber erinnerte sie ihn jede Minute an die Verpflichtung, die er eingegangen war. In Villefranche dagegen konnte er wie befreit aufatmen. Obwohl nur auf der anderen Seite der großen Bucht gelegen, erschien ihm der Ort Lichtjahre entfernt. Villefranche stand für ein anderes, unbeschwertes Leben, für das er sich vor Jahren entschieden hatte. Hier kannten ihn die meisten Menschen nur mit seinem Vornamen. Hier war er der Lucien, dem mit dem *P'tit Bouchon* ein beliebtes Lokal gehörte, in dem er fast jeden Abend sein eigener Stammgast war. Hier grüßten ihn auf der Straße fröhliche junge Frauen, von denen ihm einige mehr vertraut waren als andere. Manche kannten sogar sein kleines Appartement. Sie wussten, wo der Kühlschrank mit dem Champagner stand.

Wenn er in seiner Wohnung alleine war, saß er gerne mit einem Glas Wein auf seinem Balkon … und blickte über die große Bucht mit den dort ankernden Jachten auf die gegenüberliegende Halbinsel. Er wusste genau, wo sich die *Villa Béatitude* befand. Doch selbst mit dem Fernglas würde er sie nicht sehen. Und das war gut so.

Lucien hatte eine Erziehung genossen, die ihm wenig Respekt vor Gesetzen beigebracht hatte. Das merkte man auch seinem Fahrstil auf der Vespa an. Vom Cap Ferrat kommend, ignorierte er eine rote Ampel, schließlich war deutlich zu erkennen, dass kein anderes Fahrzeug kreuzte. Ein kurzes Stück fuhr er über den Bürgersteig, um einen Stau zu umgehen, was er als Beitrag zur Verkehrsentlastung interpretierte. Als er schließlich entgegen der Fahrtrichtung in eine Einbahnstraße abbog, grüßte ihn ein Streifenbeamter der *Police municipale*. Sie kannten sich vom Beachvolleyball.

Lucien parkte die Vespa in einem Hinterhof. Natürlich hatte er keinen Kimono mehr an, sondern Jeans – und ein Leinenhemd, das nach seinem Geschmack viel zu akkurat gebügelt war. Das passierte mit all seinen Kleidungsstücken, die Rosalie in die Hände bekam. Mit Mühe hatte er die alte Haushälterin davon abbringen können, die Löcher in seinen Jeans auszubessern. Sie glaubte ihm nicht, dass die Hosen genau so verkauft wurden. Rosalie, Rosalie … Er liebte sie.

Er lief über den Quai de l'Amiral Courbet und kam am legendären *Hotel Welcome* vorbei. Als sein Appartement mal einige

Tage wegen eines Wasserrohrbruchs unbewohnbar gewesen war, hatte er sich im *Welcome* ein Zimmer genommen. Er hatte es genossen, dort zu wohnen, wo Jean Cocteau vor ziemlich genau hundert Jahren sein Opium geraucht hatte, wo unter anderem schon Charles Baudelaire, Oscar Wilde und Thomas Mann genächtigt hatten. Um das *Hotel Welcome* rankten sich abenteuerliche Geschichten. An der Hotelbar war das berühmte Pariser Nacktmodell Kiki de Montparnasse mal in eine Rauferei mit Nutten geraten. In seinem Appartement hatte Lucien ein großes Schwarz-Weiß-Foto aus dem Jahr 1924 des amerikanischen Künstlers Man Ray hängen: *Le violon d'Ingres.* Der nackte Frauenrücken war jener von Kiki de Montparnasse. Er war von makelloser Schönheit. Lucien wusste noch weitere Geschichten aus dem *Welcome*-Hotel. Auch waren die Rolling Stones zu Besuch gewesen, die es 1971 als britische Steuerflüchtlinge nach Südfrankreich verschlagen hatte. Keith Richard hatte in Villefranche die noble *Villa Nellcôte* angemietet, wo die Stones vermutlich mehr Drogen konsumierten, als es Jean Cocteau je möglich war …

Luciens bevorzugte Droge wurde aus Trauben wie Sauvignon blanc gekeltert und vor der Abfüllung einige Jahre im Holzfass gelagert. Aber er war flexibel – natürlich mochte er auch die provenzalischen Rosé-Weine, zum Beispiel von den Trauben Grenache, Cinsault oder Syrah. Eine Auswahl der besten hatte er im *P'tit Bouchon* immer vorrätig. Er sollte sich beeilen, in einer Stunde bekam er eine neue Lieferung. Vorher musste er noch was abholen.

2

Im Karton unter seinem Arm hatte er die neuen Speisekarten. Die alten waren so abgegriffen, dass manche Gäste sie nur noch mit spitzen Fingern anfassten. Außerdem mussten die Preise korrigiert werden. Sie einfach zu überkleben sah nicht gut aus. Wobei die meisten Stammgäste sowieso keinen Blick in die gedruckte Speisekarte warfen. Auch lud sich kaum jemand mit dem QR-Code am Tisch die digitale Version aufs Handy. Sie richteten ihr Augenmerk auf die Schiefertafel mit den *plats du jour*. Dort standen die täglich wechselnden Empfehlungen des Küchenchefs. Lucien hatte ein Auge drauf, denn Roland wurde gelegentlich Opfer seiner eigenen Kreativität. Gerichte, die kein Mensch verstand, nicht einmal das Servicepersonal erklären konnte, waren nicht gut fürs Geschäft – und mussten hinterher von den Angestellten gegessen werden.

Die Tische im *P'tit Bouchon* waren schon eingedeckt. Alle Plätze waren reserviert. Ein Abend nach Luciens Geschmack.

Später übernahm er es persönlich, die Gäste zu empfangen und sie an ihren Tisch zu bringen. Mittlerweile machte er das nicht immer selbst, schließlich konnte was dazwischenkommen – zum Beispiel ein Auftrag, jemanden umzubringen. Aber daran wollte er heute nicht denken.

Viele Gäste kannte er, weil sie immer wieder kamen. Ein größeres Kompliment gab es nicht. Aber natürlich lernte er auch neue Gesichter kennen. Vor allem während der Saison, in der Touristen das *P'tit Bouchon* stürmten – und sauer waren, wenn sie keinen Tisch bekamen. Lucien schaffte es, immer freundlich zu bleiben.

Bei einer jungen Frau, die heute zu den ersten Gästen zählte, fiel ihm das besonders leicht. Erstens hatte sie eine Reservierung, das war schon mal gut, zweitens sah sie super aus. Schwarze Haare, wenig geschminkt, tolle Figur, kein Ehering … Er bemühte sich, sie nicht allzu intensiv zu mustern. Das gehörte sich nicht. Im Reservierungsbuch überprüfte er ihren Namen. Anne Dalmasso.

»Madame Dalmasso, Sie haben einen Tisch für zwei Personen reserviert«, sagte er. »Noch haben Sie die Wahl, eher am Fenster oder näher an der Bar?«

Das *P'tit Bouchon* hatte zwar auch eine schmale Terrasse an der Straße, die wenigen Tische dort waren aber nur bei ausländischen Touristen begehrt, Franzosen saßen lieber drin. Einheimische sowieso.

»Ist mir egal«, antwortete sie. »Übrigens können Sie ein Gedeck entfernen, mein Begleiter kommt nicht.«

Fröhlich sah sie dabei nicht aus.

»Das tut mir leid …«

»Mir nicht, ich habe mich vor einer Stunde von ihm getrennt. Aber das ist ja kein Grund, nicht zu Abend zu essen. Dann halt allein.«

Kurz hegte er den Gedanken, diese Anne Dalmasso an seinen privaten Ecktisch einzuladen und den Empfang der weiteren Gäste Paul zu übertragen. Aber das erschien ihm doch zu plump. Außerdem wirkte sie so, als ob sie durchaus alleine zu Abend essen könnte, darauf vielleicht sogar gerade Wert legte.

»Sie haben völlig recht«, sagte er, »männliche Begleitung wird oft überschätzt. Ich hoffe, der Abend wird Ihnen dennoch gefallen.«

Anne Dalmasso sah ihn stirnrunzelnd an.

»Das sagen Sie ausgerechnet als Mann?«

»Nein, nicht als Mann, aber als jemand, der in der Gastronomie schon viel erlebt hat. Darf ich vorausgehen?«

Er zeigte ihr den Zweiertisch, der seiner Meinung nach der schönste war.

Inès, die zuständige Bedienung, kam vorbei.

»Ein Gedeck kann abserviert werden«, sagte er zu ihr.

»Abserviert klingt gut«, sagte Anne Dalmasso mit leisem Lächeln. »Genau das habe ich gerade mit diesem Idioten gemacht.«

»Es steht mir nicht zu, Sie zu diesem Schritt zu beglückwünschen, aber darf ich Sie zu einem Glas Champagner einladen?« Er wartete ihre Antwort nicht ab. »Bitte ein Glas Champagner aufs Haus«, sagte er zu Inès.

Anne Dalmasso nickte.

»*Merci,* das ist keine schlechte Idee. Champagner passt zu allen Lebenslagen.«

Sie wurde ihm immer sympathischer. Dennoch hielt er es für klug, sie jetzt alleine zu lassen.

Er deutete zum Eingang.

»Bitte entschuldigen Sie mich, die nächsten Gäste warten schon.«

»Sind Sie hier der Platzanweiser?«

»Ja, so kann man das sagen. Ich wünsche Ihnen einen schönen Abend. *Bon appetit.*«

Später beobachtete er, wie sich Anne – in seinen Gedanken nannte er sie wie alle Frauen, die ihm gefielen, beim Vornamen – geradezu enthemmt aufs Essen stürzte. Sie begann mit Austern *fines de claire.* Die Platte mit zwölf Austern wurde normalerweise für zwei Personen serviert. Sie schlürfte die *huîtres* mit Hingabe aus. Dazu ließ sie sich mehrfach aus einer Flasche Muscadet Sèvre et Maine nachschenken, keine schlechte Wahl. Als Nächstes hatte sie sich für einen *demi homard* entschieden. Oder handelte es sich sogar um einen ganzen Hummer?

Lucien gewann den Eindruck, dass Anne die Trennung von dem »Idioten« doch nicht auf die leichte Schulter nahm. Gab es so etwas wie Frustessen?

Er hieß gerade Stammgäste aus Saint-Jean-Cap-Ferrat willkommen, da hörte er plötzlich einen Schlag und Stimmengewirr. Lucien drehte sich um und sah, dass die Aufregung von Annes

Tisch kam. Sie selbst war nicht zu sehen. Lucien eilte durch das Lokal. Paul, der *chef de service,* traf fast gleichzeitig ein. Annes Stuhl war umgekippt, die Tischdecke heruntergerissen … Sie selbst lag zusammengekrümmt am Boden. Paul beugte sich zu ihr, versuchte, mit ihr zu sprechen, aber Anne war dazu nicht in der Lage. Sie rang nach Luft, ihre Augen waren geweitet, und ihr Gesicht war rot angelaufen.

»Das sieht nicht gut aus«, stellte Paul lakonisch fest.

Da hatte er zweifellos recht. Lucien nahm sein Handy und verständigte den Notarzt.

»Verdacht auf anaphylaktischen Schock«, gab er durch. »*C'est urgent,* es eilt.«

Die Symptome schienen ihm eindeutig. Als Ursache vermutete er eine allergische Reaktion auf die Austern und den Hummer. Das passierte gelegentlich bei einem Gast, weshalb er sofort daraufkam. Allerdings hatte er noch nie erlebt, dass die Reaktion so schnell und so heftig erfolgte.

Anne krümmte sich. Lucien fühlte ihren Puls. Er raste. Er sprach ihr gut zu. Eine wirkliche Hilfe war das nicht.

Die Bedienung Inès kam aus der Küche mit einem Notfallkoffer herbeigeeilt.

Lucien erinnerte sich an einen Fall vor einigen Monaten. Da hatte der Notarzt dem Gast als Erstes eine Spritze gegeben. Er wusste auch noch, welche.

»Paul, findest du im Koffer eine Adrenalinspritze?«

»*Adrénaline, un moment … Et voilà …*«

Lucien riss die Einwegspritze aus der sterilen Verpackung und entfernte die Schutzkappe.

Anne röchelte. Sie schien zu ersticken.

Lucien bat Inès, Annes Kleid nach oben zu schieben. Er wollte das nicht selber tun.

Sobald ihr Oberschenkel frei war, stieß er kurz entschlossen die Nadel in den Muskel und injizierte das Adrenalin. Dabei hoffte er inständig, dass er gerade das Richtige tat. Er hatte gelernt, Menschen umzubringen. Wie man sie am Leben erhielt, hatte man ihm nicht beigebracht.

Inès hielt Anne die Hand und redete beruhigend auf sie ein.

»Sie haben eine Spritze bekommen, gleich wird es besser. Der Notarzt muss auch gleich hier sein. *Tout va bien,* alles wird gut …«

»Sollen wir sie auf den Rücken legen und ihre Beine hoch lagern?«, fragte Paul.

Lucien zuckte ratlos mit den Schultern.

»Klingt gut, kann aber auch verkehrt sein.«

»Ich mach's.«

Zwanzig Minuten später war alles vorbei. Gottlob in dem Sinne, dass Annes dramatische Symptome im Abklingen begriffen waren und sie sogar wieder ansprechbar war. Der Notarzt hatte gesagt, dass ihr die Adrenalinspritze womöglich das Leben gerettet hatte. Eine solche Akutreaktion bei einem anaphylaktischen Schock könne zu einem Organversagen führen, zu Erstickung und Kreislaufstillstand.

Lucien sah dem Notfallwagen der SAMU hinterher, der mit Anne unterwegs ins Krankenhaus war. Bei dem *Service d'Aide Médicale Urgente* war sie in den besten Händen.

Plötzlich stand Achille Giraud neben ihm. Der Capitaine der *Gendarmerie nationale* klopfte ihm auf die Schulter.

»*Salut, mon ami.* Hast du gerade versucht, einen Gast umzubringen?«, scherzte er.

Lucien mochte seinen Humor nicht. Die Anspielungen nervten ihn. Sie waren befreundet, aber er wurde nicht schlau aus ihm. Was glaubte Achille von ihm zu wissen? Gegen seinen Vater hatte er was in der Hand gehabt, weshalb er sich von ihm hatte schmieren lassen. Achille hatte Lucien davon überzeugt, dass es besser war, diese Tradition fortzusetzen. Gegen ihn selbst hatte er gewiss nichts in der Hand. Warum dann diese blöden Witze?

»Du kannst meinen Koch verhaften«, antwortete Lucien. »Wenn, dann war es Roland, der einen Gast vergiftet hat.«

»Wirklich?«

»Quatsch, natürlich nicht. Die junge Frau hatte eine heftige allergische Reaktion auf zu viele Austern und Hummer. Aber sie hat überlebt. Ich hoffe, dass sie uns bald wieder als Gast beehrt. Wir haben ja nicht nur Muscheln und Schalentiere auf unserer Karte.«

»Ich liebe eure Lammkoteletts«, stellte Achille fest. »Apropos, hast du an deinem Tisch noch ein Plätzchen frei. Erstens habe ich Hunger, und zweitens gibt es was zu besprechen.«

Lucien konnte sich im Moment eine angenehmere Abwechslung vorstellen, als mit dem Capitaine zu speisen. Vor Kurzem hatte er noch mit dem Gedanken gespielt, sich im Verlauf des Abends zu Anne an den Tisch zu setzen. Sie wäre zweifellos eine charmantere Gesprächspartnerin gewesen. Aber sie war ihm abhandengekommen und auf dem Weg ins Krankenhaus. Nun denn, dann halt Achille. Wobei er schon jetzt wusste, dass der Capitaine keine Anstalten machen würde, seine Lammkoteletts und den konsumierten Wein zu bezahlen. Wie selbstverständlich würde er davon ausgehen, eingeladen zu sein.

Achille gönnte sich zum Auftakt eine *soupe de poisson,* nach der Fischsuppe die erwähnten *côtelettes d'agneau* und zum Dessert eine *crème brûlée.* Obwohl er sicherlich mit dem Auto da war, achtete der Capitaine beim Wein nicht auf die Promillegrenze. Keine Polizeistreife würde es wagen, ihn zu kontrollieren.

»*Lucien, mon ami,* was ich noch besprechen wollte …« Er zögerte und nahm einen Schluck vom Wein. »Nun, du kannst es dir wohl denken. Du hast dich netterweise bereit erklärt, mir wie schon dein Vater regelmäßig eine kleine Spende zukommen zu lassen. Ich will ja nicht aufdringlich erscheinen, aber es wäre wieder mal so weit.«

Lucien sah ihn stirnrunzelnd an. Ihm gefiel diese Vereinbarung immer weniger. Sie kam ihm vor wie ein Schuldeingeständnis – dabei lebte er mit dem Vorsatz, keinem Menschen ein Leid zuzufügen. Aber wie es der Teufel wollte, konnte es vielleicht doch mal passieren – dann wäre es nicht falsch, Achille zum Freund zu haben. Auch konnte er kein Interesse daran haben, dass der Capitaine seinen verstorbenen Vater belastete und die weiße Weste der Grafen von Chacarasses beschmutzte.

Lucien rang sich ein Lächeln ab.

»Ach ja, ich erinnere mich. Wie die Zeit vergeht … Ich vermute, du bevorzugst wieder Barzahlung?«

»Das wäre sehr angenehm.«

»Dann lass uns demnächst einen Termin vereinbaren.«

»*Très bien.* Lucien, du bist ein wahrer Freund. Du kannst immer auf mich zählen. Sogar, wenn dein Koch einen Gast vergiftet.«

3

Als Lucien am nächsten Morgen mit einer Tasse Kaffee auf seinem Balkon stand und hinaus auf die Bucht mit den dort ankernden Jachten blickte, dachte er, dass ihm ein schöner Tag bevorstand. Er konnte nicht ahnen, dass ihm später sein Onkel Edmond die gute Laune gehörig verderben würde. Doch zunächst war alles in Ordnung. Lucien dachte an Anne, die ihm ausnehmend gut gefallen hatte.

Er wusste, in welche Notaufnahme sie gestern Abend gebracht wurde. Ob man sie wohl über Nacht dabehalten hatte?

Lucien rief in der Klinik an. Zunächst wollte man ihm keine Auskunft geben. Als er aber erklärte, dass besagte Anne Dalmasso gestern Abend in seinem Lokal kollabiert sei und er nur schnell ihre vergessene Handtasche vorbeibringen wolle, bekam er die gewünschte Information. Die Patientin werde heute Nachmittag entlassen, erfuhr er. Er könne die Handtasche an der Rezeption hinterlegen.

Lucien bedankte sich. Natürlich würde er die Handtasche nicht an der Rezeption hinterlegen. Denn erstens hatte sie keine dabeigehabt. Und zweitens wollte er sich persönlich davon überzeugen, dass es ihr wieder gut ging. Als Patron des *P'tit Bouchon* gehörte sich das so. Er musste grinsen. Er wusste, dass das eine faule Ausrede war.

Nach einem kurzen Frühstück, das aus einem Croissant, einer zweiten Tasse Kaffee und frischem Orangensaft bestand, lief er zu einem Blumengeschäft und kaufte einen kleinen Strauß.

Dann startete er seine Vespa. Zum Hôpital Pasteur in Nizza war es nicht weit. In der Notaufnahme war er schon mal gewesen, aber das war eine andere Geschichte. Er fand heraus, in welchem Zimmer Anne lag. Minuten später klopfte er und trat ein. Es war nur ein

Bett belegt. Sie hing noch am Tropf einer Infusionsflasche, sah aber schon wieder quicklebendig aus. Verwundert blickte sie ihn an.

»Madame Dalmasso. Entschuldigen Sie die Störung. Vielleicht erinnern Sie sich, dass ich Sie gestern an Ihren Tisch gebracht habe. In Vertretung der gesamten *équipe* des *P'tit Bouchon* darf ich Ihnen mit diesen Blumen die besten Genesungswünsche überbringen.«

Ihr Lächeln gefiel ihm. Auch ihre Augen.

»Das ist lieb, aber mir geht es schon wieder gut. Weiß auch nicht, warum mir das gestern passiert ist. Hoffentlich habe ich nicht zu viele Unannehmlichkeiten bereitet.«

»Nicht der Rede wert. Aber wir haben uns wirklich Sorgen gemacht.«

»Ein anaphylaktischer Schock, haben mir die Ärzte gesagt. Eine allergische Reaktion vielleicht auf die Austern, keine Ahnung. Ich hab wohl Glück gehabt, weil mir im Lokal jemand eine Adrenalinspritze gegeben hat.«

»Ich erinnere mich.«

»Wissen Sie, wer das war?«

»Doch, ja, aber das spielt keine Rolle. Hauptsache, es geht Ihnen wieder gut.«

»Bitte richten Sie meinem Retter meinen besten Dank aus.«

»Mach ich gerne.«

»Da fällt mir ein, ich muss noch die Rechnung bezahlen.«

»Kommt nicht infrage. Im Gegenteil würde sich das *P'tit Bouchon* freuen, wenn Sie wieder mal als Gast vorbeikämen. Sie sind selbstverständlich eingeladen.« Lucien grinste. »Aber wir würden Ihnen weder Austern noch Schalentiere servieren.«

Anne verzog das Gesicht.

»Keine Sorge. Ich darf gar nicht daran denken.«

»Wenn Sie mir noch eine Frage erlauben ... Sie haben mir gestern verraten, dass Sie sich kurz vor Ihrem Besuch von Ihrem Freund getrennt haben. Das geht mich natürlich nichts an ...«

»Stimmt«, stellte sie fest. Aber sie schien ihm nicht böse zu sein.

»Wenn Sie also jemanden brauchen, der Sie nach Hause bringt, stehe ich gerne zur Verfügung.«

Sie legte lächelnd den Kopf zur Seite.

»Ist das Ihre Idee?«

»Die Idee unseres Patrons. Wie auch der Blumenstrauß.«

»Und Sie tun, was er sagt?«

»Auf jeden Fall. Er lässt mir keine Wahl.«

»Na dann. Meine Infusion ist in zehn Minuten durch, anschließend darf ich gehen. Sie können mich gerne heimbringen. Oder besser: Sie bringen mich nach Villefranche, wo ich gestern geparkt habe.«

Lucien räusperte sich verlegen.

»Es gibt ein kleines Problem, ich bin mit meiner Vespa hier …«

Anne lachte.

»Kein Problem, ich liebe Motorroller. Hauptsache, Sie haben einen Helm für mich.«

Mit Rücksicht auf seine Sozia fuhr Lucien weniger rasant als üblich. Sie saß hinter ihm auf der Vespa. Mit der einen Hand hielt sie sich an ihm fest, mit der anderen versuchte sie, den Blumenstrauß vor dem Fahrtwind zu schützen. Gepäck hatte sie ja keines dabei. Er bedauerte, dass die Strecke nach Villefranche-sur-Mer so kurz war. Es war ein angenehmes Gefühl, sie im Rücken zu spüren, auch wenn er sie so nicht sehen konnte.

In Villefranche lotste sie ihn in eine Seitenstraße nicht weit vom *P'tit Bouchon*. Dort angekommen, verstand er, warum sie bei Vespa gelacht hatte. Sie fuhr ebenfalls einen Motorroller. Allerdings ein Modell der Marke Peugeot. Sie war also patriotischer als er, hatte aber wahrscheinlich auch keine italienische Mutter gehabt.

»Sind Sie fit genug, selber zu fahren?«, fragte er.

»Ich bin fit wie ein Turnschuh. Weiß auch nicht, was in den Infusionen alles drin war. Jedenfalls müssen Sie sich keine Sorgen machen. Mit dem Motorroller kann ich sogar im betrunkenen Zustand fahren.«

»Das hätten Sie gestern Abend wohl auch gemacht, wenn Sie nicht vom Stuhl gekippt wären.«

»Aber natürlich. Wie wäre ich sonst heimgekommen?«

»Haben Sie es weit?«

Sie sah ihn lächelnd an.

»Das ist eine Fangfrage. Sie wollen wissen, wo ich wohne, stimmt's?«

»Nur, wenn Sie es mir freiwillig verraten. Immerhin kenne ich schon Ihren Namen, Anne Dalmasso. Das ist ja ein Anfang ...«

»Ein Anfang von was?«

Er zuckte grinsend mit den Schultern.

»Ich hab keine Ahnung.«

»Ja, Lucien, so ist das. Wir haben beide keine Ahnung.«

»Sie kennen meinen Vornamen?«

»Stimmt, obwohl Sie sich unhöflicherweise nicht vorgestellt haben. Ich weiß sogar, dass Sie im *P'tit Bouchon* nicht der Platzanweiser sind, sondern dass Ihnen das Restaurant gehört.«

Er sah sie erstaunt an.

»Ich habe die nette Bedienung gefragt«, erklärte sie, »die hat es mir verraten. Erstaunlicherweise habe ich es trotz meines Kollapses in Erinnerung behalten. Folglich ist mir auch klar, warum Sie, wie Sie gesagt haben, alles tun, was Ihnen der Patron anschafft ... weil Sie es selber sind. Das wäre ja sonst schizophren. Umso mehr habe ich mich über Ihren Krankenbesuch gefreut. Auch über die Blumen.« Sie gab ihm einen überraschenden Kuss auf die Wange. »*Lucien, mille mercis.* Wir sehen uns bestimmt wieder, spätestens, wenn ich Ihre Einladung ins Restaurant annehme. Ich freue mich, aber jetzt muss ich wirklich weiter.«

»*Ciao, Anne.* Und passen Sie auf sich auf.«

4

Wenig später fuhr er über die gekieste Auffahrt der *Villa Béatitude*. In Gedanken war er noch bei Anne. Es amüsierte Lucien, wie sie ihn hatte auflaufen lassen. Auch dass sie ihm nicht verraten hatte, wo sie wohnte, gefiel ihm. Er mochte Frauen, die nicht gleich alles von sich ausplauderten. Ihm fiel ein, dass er immerhin Annes Telefonnummer kannte. Die stand wie bei allen Gästen im Reservierungsbuch des *P'tit Bouchon*. Trotzdem würde er sie vorläufig nicht anrufen. Das wäre uncool. Vorläufig nicht, überlegte er, zu einem späteren Zeitpunkt vielleicht doch …

Er stellte seine Vespa neben einer Stelle ab, wo um diese Tageszeit sonst häufig ein roter Alfa stand. Das Cabriolet gehörte Francine. Sie war die Privatsekretärin seines Vaters gewesen – und noch viel mehr. Jetzt arbeitete sie für ihn, war aber offenbar nicht da.

Rosalie kam aus dem Haus.

»Du bist spät dran, mein Lieber. Ich hatte dich zum Frühstück erwartet.«

Sie hatte recht, das hatte er mit ihr ausgemacht.

»Tut mir leid, aber wir hatten im Restaurant einen Notfall …«

Rosalie drohte ihm lächelnd mit dem Finger.

»Schwindel mich nicht an, am Vormittag habt ihr doch gar nicht geöffnet. Gib zu, du hast die alte Rosalie vergessen.«

»Ich will es dir erklären, der Notfall war gestern Abend …«

»Eine großartige Ausrede, jetzt ist Vormittag.«

»Ein Gast hatte gestern Abend einen allergischen Schock und wurde vom Notarzt abgeholt. Heute Morgen habe ich sie im Krankenhaus besucht.«

Sie zog die Augenbrauen nach oben.

»Aha, jetzt hast du dich verraten. Es handelt sich um eine Frau. Wahrscheinlich ist sie jung und hübsch, deshalb deine Fürsorge.«

Lucien schüttelte belustigt den Kopf. Weil Rosalie schlecht hörte, bekam sie oft die Hälfte nicht mit. Gerade aber hatte sie jedes Wort verstanden.

»Ja, eine Frau«, gab er zu. »Aber vor allem ein Gast, deshalb war mir der Krankenbesuch so wichtig …«

»*Taratata,* papperlapapp, du musst nicht weiterreden. Die Frau ist jung und sieht gut aus, so viel steht fest. Ich hoffe, sie hat sich über deinen Besuch gefreut. So, und jetzt komm rein. Ich hab frische *pains au chocolat,* und der Kaffee sollte noch warm sein.«

Schokobrötchen hatte er vielleicht als Kind gemocht, heute aber nicht mehr. Doch wollte er sie nicht schon wieder enttäuschen.

»Sehr gerne. Wo ist eigentlich Francine?«

»Sie hat eine bessere Ausrede als du. Sie ist beim Arzt und kommt deshalb später.«

»Ist sie krank?«

»Natürlich nicht, sonst würde sie ja wohl kaum später kommen.«

Er stellte fest, dass Rosalie heute nicht nur jedes Wort verstand, sondern auch logisch argumentierte. Entweder sprach er lauter als gewöhnlich … oder sie hatte sich insgeheim doch Hörgeräte angeschafft. Er schielte zu ihren Ohren. Aber die weißen Haare ließen nichts erkennen.

Sie saßen noch am Küchentisch, als Lucien einen Anruf bekam. Auf dem Display erkannte er, von wem: Edmond Comte de Chacarasse war der Bruder seines verstorbenen Vaters und lebte nur wenige Kilometer entfernt in Beaulieu-sur-Mer. Sie hatten ein ausgesprochen distanziertes Verhältnis. Die Gründe waren vielfältig. Doch war er Edmond auf fatale Weise ausgeliefert. Seinem Vater hatte Lucien versprochen, das Erbe der Chacarasses fortzusetzen. Zunächst hatte er gehofft, dass dieser vergiftete Kelch an ihm vorübergehen würde – indem er einfach keine Aufträge bekam. Dann aber hatte sich herausgestellt, dass sein Onkel Edmond schon in der Vergangenheit derjenige gewesen war, über den die Aufträge auf verschlungenen und undurchsichtigen Pfaden hereinkamen. Sein Vater hatte sie dann ausgeführt. Eine »Arbeitsteilung«, die über seinen Tod hinaus Bestand hatte. Jetzt war er es, der in die Pflicht genommen wurde. Folglich hatte Edmonds Anruf nichts Gutes zu bedeuten. Lucien ahnte, was gleich auf ihn zukam.

»*Salut,* Edmond«, begrüßte er ihn kurz und knapp. »Was verschafft mir die Ehre deines Anrufs?«

Das war ironisch gemeint. Ob Edmond den Unterton verstand?

»Kannst dir ja denken. Ich möchte, dass du bei mir vorbeischaust. Am besten gleich.«

»Warum so eilig?«

»Weil es mir gerade gut passt, deshalb!«

Was war denn das für eine Begründung? Sollte er ihm Kontra geben? Lucien fand diese Machtspielchen albern. Keiner hatte was davon.

»Du hast Glück. Ich kann es einrichten«, antwortete er.

»Dann bis gleich. *À tout à l'heure.*«

Lucien legte das Handy zur Seite.

Rosalie schaute ihn fragend an.

»Er hat wieder einen Auftrag für dich, stimmt's?«

»Sieht ganz so aus. Ich mag ihn nicht.«

»Ich auch nicht, das weißt du, aber aus einem anderen Grund.«

»Den du mir immer noch nicht verraten hast.«

»Nein, habe ich nicht … vielleicht werde ich es mal tun …« Sie verzog das Gesicht. »Aber es bringt nichts. Was geschehen ist, ist geschehen.«

Lucien war im Prinzip ihrer Meinung. Doch interessierte ihn wirklich, weshalb Rosalie seinen Onkel verabscheute. Es musste was Persönliches sein. Er würde es herausfinden. Nicht heute, aber irgendwann. Rosalie trank gerne *Marc de Provence*. Er würde sie beschwipst machen, vielleicht löste das ihre Zunge.

Lucien gab sich einen Ruck und stand auf.

»Am besten bringe ich es hinter mich. Ich fahr jetzt zu Edmond, komme aber im Anschluss wieder her. Bis dahin ist ja vielleicht auch Francine zurück vom Arzt.«

Rosalie langte sich ans Ohr.

»Du musst zum Arzt? Warum denn das?«

Lucien sah sie lächelnd an. Spätestens jetzt wusste er, dass sie doch keine Hörgeräte in den Ohren hatte.

»Du hast recht, mir fehlt nichts. Ich sag den Arzt ab.«

»*Très bien.* Weißt du, warum ich so alt geworden bin? Weil ich nie zum Arzt gehe, das ist die beste Vorsorge.«

Beaulieu-sur-Mer, wo Edmond eine repräsentative Art-déco-Villa bewohnte, war von der *Villa Béatitude* fast noch schneller erreichbar als Villefranche-sur-Mer. Nach Luciens Empfinden waren diese Orte auf beiden Seiten des Cap Ferrat aber himmelweit voneinander entfernt. Villefranche stand für ein unbeschwertes, lockeres Leben. Beaulieu dagegen kam ihm steifer, gediegener vor. Ihm war klar, dass dieser Eindruck wenig objektiv war … und direkt mit seinem Onkel zu tun hatte. Edmond Comte de Chacarasse schwamm nicht im Meer und tanzte auf keiner Party – schon deshalb, weil er von der Hüfte abwärts gelähmt im Rollstuhl saß. Lucien kannte ihn nur als Invalide. Er wusste, dass Edmond als junger Mann beim Fallschirmspringen verunglückt war. Seltsamerweise hatte er kein Mitleid mit ihm. Vielleicht deshalb, weil Edmond chronisch schlecht gelaunt war und ihn gerne herablassend behandelte. Auch wusste er, dass sein Vater und Edmond zwar Brüder waren, aber ihre Differenzen hatten. Schon als Kind hatte er heftige Auseinandersetzungen miterlebt, ohne je zu verstehen, worum es ging. Doch war es nie zum Bruch zwischen den Brüdern gekommen. Die Familienbande hielten sie zusammen – und die Verpflichtung, die sie beide eingegangen waren. Die Verpflichtung nämlich, Aufträge zu erledigen, die zum Ziel hatten, ein Menschenleben zu eliminieren. Diskret und effektiv. Ohne nach den Gründen zu fragen. So wie es die Grafen von Chacarasses seit Generationen erfolgreich taten. Weil Edmond an den Rollstuhl gefesselt war und für den aktiven Einsatz ausschied, hatten sie eine Arbeitsteilung vereinbart. Edmond nahm die Aufträge entgegen – wie dies erfolgte, wusste Lucien bis heute nicht –, und sein Vater führte sie aus. Edmond, der Beschaffer, und Alexandre, der Vollstrecker. Zwei Brüder, die die Familientradition der Chacarasses zusammenschweißte, die sich ansonsten aber aus dem Weg gingen.

Lucien stellte die Vespa auf der Straße ab und ging die letzten Meter zu Fuß. Er musste nicht läuten. Die Überwachungskamera hatte ihn längst erfasst. Ein Butler öffnete die Tür und begrüßte ihn mit englischem Akzent. Diese Attitüde nervte ihn jedes Mal, weil er wusste, dass der gute Mann ein waschechter Franzose war. Wie so vieles im Leben war auch er ein Schwindel.

Lucien wurde von ihm in den Pavillon geführt, wo Edmond im Rollstuhl auf ihn wartete. Das Ritual war immer das gleiche. Nur fehlte heute der obligatorische Tee. Sein Onkel wartete, bis der Butler die Tür hinter sich geschlossen hatte. In der Zeit musterte Edmond ihn vom Scheitel bis zur Sohle.

»Irgendwas nicht in Ordnung?«, fragte Lucien.

»Du hast zugenommen. Wird Zeit, dass du wieder in Bewegung kommst.«

Lucien stellte sich zwar nie auf die Waage, aber er war sich sicher, dass sein Gewicht das gleiche war wie immer.

»Nett, dass du dich um meine Fitness sorgst. Wäre aber nicht nötig.«

»Ich habe einen Auftrag für dich. Er sollte dich vor keine allzu großen Probleme stellen. Die Zielperson heißt Jacques Collard.

Vierundfünfzig Jahre alt, wohnhaft in Marseille. Derzeit ohne Arbeit. Liquidation innerhalb der nächsten zehn Tage. Hinsichtlich der Tötungsart hat unser Auftraggeber keine Präferenzen.«

Der geschäftsmäßige Ton war Lucien zuwider. Aber wahrscheinlich ging es nicht anders.

»Hier habe ich ein Foto von ihm. Kannst es behalten. Hinten habe ich die Adresse draufgeschrieben.«

»Lebt er alleine?«

»Weiß ich nicht. Falls er eine Frau hat, kannst du sie am Leben lassen.«

Wie großherzig, dachte Lucien. Geradezu menschenfreundlich.

»Irgendeinen Anhaltspunkt, warum dieser Collard sterben muss?«

Edmond lachte krächzend. Er war chronisch heiser.

»Du versuchst es immer wieder. Du erfährst von mir weder den Auftraggeber noch die Hintergründe. Das sind die Spielregeln …«

»Ist kein Spiel.«

»Dann halt unsere Geschäftsvereinbarung. Du kennst den Delinquenten, mehr musst du nicht wissen. Ist auch zu deinem Schutz.«

Unsinn, dachte Lucien. Etwas nicht zu wissen war noch nie ein guter Schutz.

»Das Honorar ist bereits auf unserem Treuhandkonto«, fuhr Edmond fort. »In üblicher Höhe. Sobald der Auftrag erledigt ist, wird das Geld freigegeben. *Business as usual.*«

Schon wieder eine Formulierung, die ihm missfiel. Doch war es besser, darauf nicht zu reagieren. Edmond sollte glauben, dass er den Job mittlerweile genauso nüchtern sah. Er durfte an ihm nicht zweifeln – umso leichter fiel es, ihn hinters Licht zu führen.

Lucien steckte das Foto ein.

»Dann fahre ich also nach Marseille«, sagte er betont unaufgeregt, fast gelangweilt. »Ich mag die Stadt. Dort gibt es immer noch die beste Bouillabaisse … und die drittbeste.«

»Was ist mit der zweitbesten?«

»Die gibt's bei mir im *P'tit Bouchon.*«

»Angeber.«

»Kannst ja mal vorbeikommen und dich davon überzeugen.«

»Das wird nie passieren.«

5

In der Eingangshalle der *Villa Béatitude* blieb Lucien vor der Marmorbüste seines Urgroßvaters stehen. Von ihm war überliefert, auf welche Weise er viele seiner Aufträge ausgeführt hatte. Er war ein exzellenter Pistolenschütze und Degenfechter gewesen. Deshalb musste er seine Mordopfer nur so lange provozieren, vor Freunden beleidigen oder ihren Frauen schöne Augen machen, bis sie ihn, um ihre Ehre zu verteidigen, zum Duell aufforderten. Damit war ihr Schicksal besiegelt – und der Auftrag mit Stil und Würde erledigt.

Zwar hatte es auf französischem Boden noch 1967 ein legendäres Duell gegeben, allerdings ohne Beteiligung eines Chacarasse, dann aber sei es mit dieser schönen Tradition endgültig vorbei gewesen, hatte Luciens Vater beklagt.

Das Degenduell von 1967 ging auf einen Streit in der französischen Nationalversammlung zurück. Der sozialistische Fraktionschef und langjährige Bürgermeister von Marseille Gaston Defferre hatte sich mit dem Abgeordneten René Ribière angelegt. Der war so dumm, ihn zum Duell mit dem Degen zu fordern – dabei konnte er überhaupt nicht fechten. Der viel ältere »Haudegen« Defferre aber schon. Zu den Sekundanten zählte pikanterweise der Rechtspopulist Jean-Marie Le Pen. Nach den ersten Treffern von Defferre wurde der ungleiche Kampf abgebrochen. Ribière war nur leicht verletzt – und konnte am nächsten Tag seine Verlobte heiraten.

So glimpflich waren die Duelle der Grafen von Chacarasses nie ausgegangen. Natürlich nicht, sonst hätten sie ja ihren Zweck verfehlt. Im Gegensatz zu seinem Vater fand Lucien, dass diese Zweikämpfe zu Recht verboten waren. Duelle hatten Berühmtheiten wie Ferdinand Lassalle oder Alexander Puschkin das Leben gekostet. Was alles hätten sie im Leben noch leisten können?

»Was stehst du hier dumm herum?«

Lucien hatte Rosalie nicht kommen hören. Hatte er es jetzt auch an den Ohren? Das wäre bei seinem Job ziemlich unvorteilhaft.

»Ich habe nachgedacht. Über meinen Urgroßvater und über meine Familie.«

»Das bringt nichts, Lucien, glaub mir. Lass die Vergangenheit ruhen. Sag mir lieber, was Edmond von dir wollte?«

»Leider das, was wir vermutet haben.«

Sie schüttelte den Kopf.

»Warum gibt er keine Ruhe? Soll das immer so weitergehen?«

Lucien deutete auf die Büste seines Urgroßvaters. »Er hätte es so gewollt. Und nicht nur er, auch mein Vater.«

»Da hast du wohl recht«, sagte sie resignierend. »Und … wirst du es tun?«

»Natürlich.« Er lächelte. »Aber auf meine Art.«

Sie tätschelte seinen Arm.

»Du bist ein guter Junge.«

Er überlegte, nach seinem Appartement zu sehen, das er sich gerade in einem Seitenflügel der Villa errichten ließ. Aber der Bau ging nur schleppend voran. Außerdem war er sowieso viel lieber in seiner Wohnung auf der anderen Seite der großen Bucht. Also war es egal, wann es fertig wurde.

Lucien lief die große, geschwungene Steintreppe hinauf in den ersten Stock. Als Kind war er über die Stufen mit dem Schlitten in die Halle gesaust. Um die Wette mit seinem Bruder Raymond. Einige Kratzspuren sah man bis heute. Nicht nur vom Schlitten, sondern, wenn man wusste, wo, auch von den Hufeisen der Pferde, mit denen seine Vorfahren im trunkenen Zustand direkt vor ihre Schlafgemächer geritten waren. Die herrschaftliche *Villa Béatitude* barg nicht nur dunkle Geheimnisse, sondern auch schöne und lustige Erinnerungen.

Vor der Tür zum Büro zögerte er kurz. Drinnen wartete Francine. Er erinnerte sich an ihre erste Begegnung. Das war am Tag nach dem Tod seines Vaters gewesen. Bei ihrem Anblick hatte es ihm die Rede verschlagen. Nicht nur, weil sie fantastisch aussah und etwa in seinem Alter war, was er nicht erwartet hatte, sondern weil sie einen auffälligen Smaragdring am Finger hatte, den er von seiner verstorbenen Mutter kannte. Die Schlussfolgerung lag nahe: Francine war nicht nur die Sekretärin seines Vaters gewesen, sondern … sondern auch seine Geliebte. Eine Geliebte, die ihre Tränen kaum hatte zurückhalten und nur mit größter Anstrengung ihre Haltung hatte bewahren können.

Seit dem Tod des Comte Alexandre hatte er zu Francine ein Vertrauensverhältnis aufgebaut. Das musste auch sein, denn wie sich herausstellte, kannte sie das Familiengeheimnis. Sie wusste, welcher Tätigkeit sein Vater nachgegangen war. Sie hatte ihn davon abbringen wollen. Ob es ihr gelungen wäre? Sie würden es nie erfahren.

Jetzt versuchte sie, Lucien daran zu hindern, die Tradition der Chacarasses fortzusetzen. Im Prinzip sollte ihr das leichtfallen, denn Lucien hatte sich geschworen, nie jemanden umzubringen. Dennoch hatte er seinem Vater versprochen, das Erbe der Chacarasses fortzusetzen. Francine wusste, dass er in einem Dilemma steckte.

Lucien klopfte und trat ein. Sie stand am offenen Fenster und hielt ein Glas Wasser in der Hand. Blaues Kleid, hohe Schuhe, makellos frisiert – top gepflegt wie immer. Zweifellos hatte sie trotz des Altersunterschieds gut zu seinem Vater gepasst. Alexandre hatte immer großen Wert auf ein korrektes Äußeres gelegt. Selbst bei der Ausübung seines »Berufes« hatte er häufig Krawatte und Clubblazer getragen.

»*Bonjour,* Francine«, begrüßte er sie. »Du warst beim Arzt?«

Sie lächelte.

»Und du bei Edmond. War sicher weniger erfreulich.«

Er hob fragend die Augenbrauen nach oben.

»Zum Arzt geht man ja auch nicht freiwillig.«

»Ich schon. Mir geht es wunderbar.«

Er brauchte einen Moment, bis er begriff.

»Du warst beim Frauenarzt?«

»Ärztin«, korrigierte sie ihn.

»Man sieht es dir immer noch nicht an.«

»Wird nicht mehr lange dauern, bis es auffällt. Rosalie hat mich schon so komisch angeschaut. Ich glaube, sie ahnt es.«

»Wir werden es ihr sagen müssen.«

»Ja, werden wir.«

»Auch muss sie wissen, wer der Vater des Kindes ist.« Er lächelte. »Bevor sie auf falsche Gedanken kommt.«

»Denkst du, sie kann es für sich behalten?«

»Rosalie hat noch nie etwas verraten. Außerdem … wem soll sie es erzählen? Sie hat ja niemanden. Bis auf Paul, ihren Neffen, der in meinem Restaurant arbeitet. Sie haben wenig Kontakt.«

»Wie wird sie es finden, dass ich ein Kind … ein Kind deines Vaters unter meinem Herzen trage?«

Lucien sah sie nachdenklich an.

»Sie wird sich freuen. Genauso wie ich.«

Francine setzte sich an ihren Schreibtisch.

»Freust du dich wirklich?«

»Natürlich. Mein Vater hat uns einen Chacarasse hinterlassen …«

»Könnte auch eine Chacarassine werden.«

»Sehr unwahrscheinlich. Meine Familie hat seit Generationen nur Jungs in die Welt gesetzt.«

»Liegt ja immer auch an der Mutter. Lassen wir uns überraschen.«

»Es wird ein Junge, glaub mir.«

Dieser Junge, dachte Lucien, könnte vom Alter her sein Sohn sein. Tatsächlich würde er aber einen Bruder bekommen – einen Halbbruder zwar, aber zweifellos einen Chacarasse. Sein Vater hatte sich von Lucien auf dem Sterbebett gewünscht, dass er für einen männlichen Nachkommen sorgen sollte. Eigentlich sollte er erleichtert sein. Für einen jungen Chacarasse der nächsten Generation hatte sein Vater noch selber gesorgt. Zumindest diese Pflicht war ihm von den Schultern genommen. Jetzt gab es mehrere Möglichkeiten: Sie könnten Francines Kind als sein eigenes ausgeben. Damit wäre die Erbfolge gesichert. Alternativ könnte er das Kind adoptieren. Das wäre genauso gut. Allerdings gab es noch eine dritte Möglichkeit. Francine hatte sie schon mal angedeutet. In der Geburtsurkunde des Kindes würde sie keinen Namen des Vaters angeben. Lucien hielt es für möglich, dass sie sich für diesen Schritt entschied. Auf diese Weise blieb dem Kind erspart, die Familientradition fortzusetzen. Sein Vater würde sich im Grab umdrehen …

Francine sah ihn schmunzelnd an. »Ich glaube, es wird ein Mädchen, schon aus Trotz. Aber erzähl, was wollte Edmond von dir?«

»Was wohl? Er hat einen neuen Auftrag.« Lucien gab ihr das Foto mit den Angaben auf der Rückseite. »Jacques Collard. Vierundfünfzig Jahre alt, wohnhaft in Marseille. Derzeit ohne Arbeit. Ich hab zehn Tage Zeit.«

Francine sah sich das Foto an.

»Da kann man gar nichts sagen«, stellte sie fest. »Der Mann kann sympathisch sein oder das Gegenteil davon. Spielt aber eigentlich keine Rolle. Du wirst ihn in jedem Fall am Leben lassen!«

Das klang wie ein Befehl. Unwillkürlich dachte er daran, dass Francine auch keine Heilige war. Immerhin hatte sie den Mörder seines Vaters getötet. Doch das war – diese Entschuldigung billigte er ihr zu – eine Ausnahmesituation gewesen. Sie hatte im Affekt gehandelt.

»Edmond hat mir nicht den geringsten Hinweis auf den Auftraggeber gegeben …«

»Wie immer.«

Er deutete auf ihren Computer.

»Kannst du mal versuchen, etwas über diesen Collard rauszubekommen?«

Francine war gut darin, im Internet zu recherchieren. Bislang hatte sie noch immer eine Spur gefunden.

»Ich probiere es.«

»Kannst du gleich damit anfangen?«

»*Bien sûr.* Schließlich … schließlich ist es wichtig.«

Lucien ließ sie alleine. Er suchte Rosalie – und fand sie wie so häufig in der Küche. Hier hielt sie sich am liebsten auf. Früher arbeiteten hier nicht nur die Köche und Köchinnen, die Küche war der Treffpunkt für alle Hausangestellten. Entsprechend groß war sie dimensioniert. In der Mitte stand ein riesiger Eichentisch. An den passten gut und gerne zwanzig Leute. Köche gab es keine mehr, seit dem Tod seines Vaters auch keine Hausangestellten. Rosalie hielt alleine die Stellung. Lucien kam der Gedanke, dass sie sich oft ziemlich einsam fühlen musste. Umso wichtiger war es, ihr möglichst häufig Gesellschaft zu leisten. Auch Francine hatte sich angewöhnt, immer wieder mal in der Küche vorbeizuschauen und mit Rosalie ein Schwätzchen zu halten.

»War ja ein kurzer Besuch bei Francine«, stellte sie fest, als er bei ihr auftauchte. »Gibt's Probleme?«

»Nein, in keinster Weise. Sie macht für mich eine Recherche im Internet, da will ich nicht stören.«

»Zum neuen Auftrag von Edmond?«

Er nickte.

»Ich hoffe, sie findet was heraus. Ganz was anderes, Rosalie, ich wollte dich schon länger mal fragen: Paul ist dein Neffe …«

»Zweiten Grades, also der Sohn einer Cousine meines Vaters …« Sie rieb sich das Kinn. »Oder seiner Schwester? Da bin ich mir gerade nicht sicher.«

»Musst nicht darüber nachdenken. Der Verwandtschaftsgrad interessiert mich nicht. Ich bin froh, dass Paul bei mir im *P'tit Bouchon* arbeitet. Er schmeißt den ganzen Service …«

»Er schmeißt das Service? Das tut mir leid.«

Lucien lachte.

»So habe ich es nicht gemeint. Paul sorgt dafür, dass im Service alles klappt. Er macht das vorzüglich.«

»Lucien, du solltest dich klarer ausdrücken. Wie soll man dich sonst verstehen? Was war gleich deine Frage?«

»Die habe ich noch gar nicht gestellt. Mich interessiert, was Paul über die Chacarasses denkt?«

»Was soll er schon denken? Er ist stolz darauf, dass seine Tante im Dienst einer so ehrenhaften und respektablen Familie steht.«

Er sah sie skeptisch an.

»Ehrenhaft und respektabel?«

»Natürlich. Das sollte dir immer bewusst sein, du bist doch selber ein Chacarasse.«

»Ebendeshalb. Wir wissen beide …«

»*Taratata*«, fuhr sie Lucien über den Mund. »Was wir beide wissen, geht niemanden etwas an.«

»Um auf Paul zurückzukommen, er hat also keine Ahnung?«

»Wovon?«

»Womit, glaubt er, haben wir unser Geld verdient?«

Rosalie runzelte die Stirn.

»Paul kommt aus einfachen Verhältnissen. In seiner Vorstellung sind Grafen von Geburt an reich. Sie müssen kein Geld verdienen. So einfach ist das.«

»So einfach und so falsch.«

»Paul war Catcher, er hat schwere Jungs verprügelt. Warum

sollte er darüber nachdenken, wie die Chacarasses zu ihrem Wohlstand gekommen sind?«

»Hast recht. Jedenfalls bin ich froh, dass er bei mir im *P'tit Bouchon* arbeitet.« Er sah sie schmunzelnd an. »Was für ein Zufall, dass er sich ausgerechnet bei uns beworben hat.«

Sie rieb sich die Nase.

»War kein Zufall. Paul musste nach einer Verletzung mit dem Catchen aufhören und brauchte einen Job. Da habe ich ihm den Tipp gegeben. Ich wusste ja, dass du jemanden suchst.«

Lucien lächelte. So ähnlich hatte er sich das gedacht. Denn er glaubte aus Prinzip nicht an Zufälle.

»Warum hat er bei seiner Bewerbung nicht erwähnt, dass er dein Neffe ist?«

»Weil er daraus keinen Vorteil ziehen wollte. Und wie du siehst, hat er den Job auch so bekommen.«

Lucien erinnerte sich, dass Paul bei seiner Bewerbung nicht viel gesprochen hatte. Er war überhaupt sehr schweigsam. Dieser Wesenszug gefiel ihm.

»Er erzählt nie was von sich«, stellte er fest.

»So ist er, mein Paul.«

»Ich weiß nicht mal, ob er eine Freundin hat.«

»Ich denke schon, aber warum soll er darüber reden?«

Ja, warum sollte er?

Rosalie legte den Kopf zur Seite und sah ihn grübelnd an.

»Du bezweckst was mit deinen Fragen, so gut kenn ich dich.«

Lucien zögerte. Doch warum sollte er es nicht sagen?

»Mir ist der Gedanke gekommen, dass ich Paul auch mal außerhalb seiner Servicetätigkeit beschäftigen könnte.«

»Wie stellst du dir das vor? Doch nicht etwa …«

Sie sprach den Satz nicht zu Ende.

Lucien schüttelte lächelnd den Kopf.

»Nichts Illegales. Ich will ihn nicht vom Pfad der Tugend abbringen.«

Sie hielt sich die Hand ans Ohr. Die Geste kannte er.

»Vom Pfad der Jugend?«

»Tugend, meine liebe Rosalie, Tugend. Ich könnte mir vorstellen, dass Paul mir ab und zu mal … nun ja, zur Hand gehen könnte.«

»Das würde ihn sicher freuen. Ich glaube, ihm ist oft langweilig.«

»Hat er das gesagt?«

»Nein, natürlich nicht. Aber ich kenne meinen kleinen Paul.«

Klein war lustig, dachte Lucien. Paul war fast zwei Meter groß und hatte die Statur eines Kleiderschranks. Eigentlich ungünstig für eine Tätigkeit in einem eng mit Tischen und Stühlen zugestellten Restaurant. Aber Paul war, wahrscheinlich durch seinen früheren Sport, erstaunlich beweglich. Er schlängelte sich geschmeidig durch die Lücken. Nie warf er etwas um. Es machte Spaß, ihm dabei zuzusehen. Ein Koloss mit der Grazie einer Gazelle.

Zwanzig Minuten später saß Lucien immer noch mit Rosalie in der Küche. Sie hatten das Thema gewechselt. Und weil sie meinte, dass er nach seinem Besuch bei Edmond gewiss gut einen Tresterschnaps vertragen könnte, stand ein *Marc de Provence* auf dem Tisch. Ihm war klar, dass sie nur einen Vorwand gesucht hatte, selbst einen zu trinken. Edmond hatte ihm zwar keine Freude bereitet, aber auf den Magen schlug Lucien der neue Auftrag auch nicht. Außerdem forderte er einen klaren Kopf.

Rosalie berichtete gerade, dass ihr der neue Gärtner mit seinen Mitarbeitern fortan auch beim Putzen im Haus helfen werde, da kam Francine in die Küche.

»Magst auch einen *Marc?*«, fragte Rosalie.

Francine lehnte höflich ab.

»Soso, keinen *Marc* …«, sagte Rosalie und sah sie seltsam an.

Lange, dachte Lucien, würde es nicht mehr dauern, bis sie die richtigen Schlüsse zog. Oder sie hatte sie längst gezogen, war sich aber noch nicht hundertprozentig sicher.

»Was hat deine Internetrecherche ergeben?«, fragte er Francine.

»Leider nichts. Der Name und die Adresse stimmen. Sonst aber ist der Mann ein unbeschriebenes Blatt.«

»Schön für ihn, schlecht für uns.«

Warum hatte er gerade *uns* gesagt? Jacques Collard war ganz alleine *sein* Problem.

»Ich werde es weiter versuchen«, sagte Francine. »Aber ich will dir keine Hoffnung machen.«

Keine Hoffnung, das hatte er verstanden. In den vorangegangenen Fällen hatte es ihm geholfen, die Auftraggeber zu kennen. Edmond hatte sie ihm nicht verraten, aber Francine war ihnen schnell auf die Spur gekommen. Diesmal konnte er wohl nicht damit rechnen. Wie es aussah, musste er ohne Plan nach Marseille fahren – und auf die Gunst des Augenblicks hoffen. Oder es fiel ihm noch etwas Gescheiteres ein.

»Lucien, ich glaube, du kannst einen zweiten *Marc* vertragen. Jedenfalls schaust du so aus.«

Er gab es nur ungern zu, aber Rosalie hatte recht.

6

Am nächsten Vormittag traf er sich mit Francine im Büro. Es stellte sich heraus, dass sie tatsächlich nichts mehr in Erfahrung gebracht hatte. Als er ankündigte, noch heute nach Marseille zu fahren, blieb sie zunächst wortlos – um dann zu sagen, sie würde ihn gerne begleiten. Ihm war klar, dass sie das nur aus einem Grund vorschlug: Sie wollte das Überleben von Jacques Collard sicherstellen. Sie wollte nicht in der Zeitung lesen, dass er unglückseligerweise unter einen Zug geraten war. Oder im *vieux port* ertrunken. Alternativ könnte er von der Festungsmauer des Fort Saint-Jean stürzen. Das alles sollte nicht passieren.

Es gab attraktive Frauen, die würden ihm aus charmanteren Motiven Gesellschaft leisten wollen. In Marseille konnte man schöne Stunden … und Nächte verbringen. Francine würde keine Sekunde auf diesen Gedanken kommen. Er auch nicht. Oder vielleicht doch? In einem schwachen Moment? Damit, überlegte er, würde alles noch viel komplizierter werden, als es ohnedies schon war. Ein Grund mehr, sie nicht mitzunehmen.

Woher nahm Francine eigentlich die Gewissheit, für Jacques Collard ein guter Schutzengel sein zu können? Wer hatte auf einem Hausdach in Nizza die Kontrolle verloren? Francine war es, die dort den Mörder seines Vaters niedergeschossen hatte. Francine, nicht er! Dennoch war der Mann hinterher tot.

Lucien versprach Francine, nichts Unüberlegtes zu tun. Er wolle sich in Marseille zunächst ein Bild vom designierten Mordopfer machen. Vielleicht gelang es ihm sogar, mit Jacques Collard ins Gespräch zu kommen? Ihn also auszuforschen, das könne er am besten alleine. Erst danach könne er eine Entscheidung treffen. Theoretisch wäre sogar möglich, dass es Collard verdient hatte zu sterben, fügte er leichtsinnigerweise hinzu. Man könne nicht selbstverständlich davon ausgehen, dass ein Opfer immer unschuldig sei.

Francine stimmte ihm prinzipiell zu, aber kein Chacarasse habe das Recht, Gott zu spielen, stellte sie klar.

Das gewiss nicht, dachte Lucien. Ob sie wusste, dass sich sein Vorname von Luzifer ableitete? Wenn überhaupt, war er der Teufel, der von Gott aus dem Himmel verbannt wurde und über die Hölle herrschte. Das war natürlich blanker Unsinn. Weder glaubte er das eine noch das andere. Ihm genügte es völlig, in Villefranche-sur-Mer ein Restaurant zu besitzen und jeden Tag zu genießen. *Vivre le moment présent,* das war immer seine Devise gewesen. Doch auf dem Grabstein der Grafen von Chacarasses war ein anderes Motto eingemeißelt: »*Obligé aux vivants et aux morts*«. Verpflichtet den Lebenden und den Toten. Darunter zwei gekreuzte Säbel.

»Ich halte dich auf dem Laufenden«, versprach er. »Musst dir keine Sorgen machen. *Tout va bien.*«

Alles wird gut? Wie konnte er sich da so sicher sein?

Wenige Stunden später war er unterwegs nach Marseille. Im *P'tit Bouchon* hatte er hinterlassen, dass er kurzfristig für einige Tage wegmüsse. Er vertraue darauf, dass seine *équipe* den Laden auch ohne ihn schmeiße. Roland solle sich in der Küche allzu wilde Experimente verkneifen. Und, ach ja, falls eine gewisse Anne Dalmasso nach ihm fragen sollte, dürften sie ihr seine Handynummer verraten.

Es war also alles geregelt. Waffen hatte er keine dabei. Darauf hatte Francine geachtet. Rosalie hätte da weniger Umstände gemacht. Sie war vom Comte Alexandre anderes gewohnt.

Lucien saß am Steuer des Citroën seines Vaters. Einer *Déesse* aus den Sechzigerjahren. Nicht immer zuverlässig, aber ein avantgardistisches Glanzstück und begehrt bei Sammlern. Vor allem in diesem perfekten Zustand. Die hydropneumatische Federung lasse einen wie auf Wolken schweben, hatte sein Vater behauptet. Das stimmte sogar, wenn sie nicht gerade defekt war. Gerade eben funktionierte alles.

Lucien ließ sich Zeit. Er hatte keinen fixen Termin. Er fuhr an Cannes und Fréjus vorbei über die A8. Etwa zweihundert Kilometer waren es bis Marseille. Vor der Ausfahrt Gardanne gab es einen Stau. Nicht schlimm. Dann dauerte die Fahrt halt doch knapp drei Stunden.

Jacques Collard wohnte im Stadtviertel *Saint-Victor* zwischen dem Alten Hafen und der auf einem hohen Hügel gelegenen Wallfahrtskirche Notre-Dame-de-la-Garde. Mit ihrer weithin sichtbaren goldenen Marienfigur wachte *la bonne mère* über der Stadt. Keine schlechte Wohngegend, dachte Lucien. Jedenfalls sehr zentral gelegen. Und mit Schutz von oben.

Er hatte auf der anderen Seite des *vieux port* ein Zimmer reserviert. In einem Hotel, das er von früheren Aufenthalten kannte und einen besonderen Vorzug hatte: Es verfügte über eine Tiefgarage. Schließlich wollte er auch die Rückfahrt mit der *Déesse* antreten. Wenn möglich, in einem unversehrten Zustand. Das Hotel lag am Rand des historischen Stadtviertels *Le Panier*. Lange war es als Rotlichtmilieu verrufen, heute zählte es mit seinen engen Gassen und Treppen zu den Attraktionen von Marseille. Eine Art Dorf inmitten der Großstadt. Lucien liebte es, in den zahlreichen Bistros, Cafés und Szenekneipen abzuhängen. Doch diesmal würde ihm dazu die Zeit fehlen. Dessen war er sich bewusst.

Am späten Nachmittag machte er sich zu Fuß auf den Weg zur Wohnung von Jacques Collard. Er lief hinunter an den Quai du Port, dann an den vielen Jachten und Fischerbooten entlang zur Anlegestelle der kleinen *navette*, die ständig über den Hafen hin- und herpendelte und den Umweg über den Quai des Belges am Kopfende ersparte. Dort gab es zwar mit dem unten verspiegelten

Pavillondach von Stararchitekt Norman Foster eine besondere Sehenswürdigkeit, aber die kannte er schon. Außerdem war er nicht als Tourist hier. Bei der kurzen Überfahrt warf er einen Blick zur Hafeneinfahrt und dem Fort Saint-Jean. Mit der Ernennung Marseilles zur Kulturhauptstadt Europas wurde dort 2013 das MuCEM eröffnet, ein Museum, das mit seinem spektakulären Glasbau und einer Stahlbrücke ebenfalls zu den touristischen Highlights zählte. Lucien stellte lächelnd fest, dass er einen passablen Stadtführer abgeben würde. Auch kannte er weiter draußen die Frioul-Insel mit dem Château d'If, das durch den Roman *Der Graf von Monte Christo* Berühmtheit erlangt hatte. Die Bücher von Alexandre Dumas hatte er als Kind verschlungen. Später hatten ihn dann eher Filme wie *The French Connection* fasziniert, wo sich Gene Hackman auf dem jetzt hinter ihm liegenden Quai du Port eine wilde Verfolgungsjagd geliefert hatte …

Die *navette* legte am anderen Hafenufer an. Es wurde Zeit, sich auf seine eigene Geschichte zu konzentrieren, die weder in der Vergangenheit spielte noch fiktiv war.

Er lief zur angegebenen Adresse im Stadtviertel *Saint-Victor* und gelangte zu einem mehrstöckigen Mietshaus, das einen gepflegten Eindruck machte. Laut Klingelbrett gab es zwölf Wohnungen. Eine mit dem Namen Jacques Collard. Er war am Ziel. Und jetzt?

Er erinnerte sich an eine ähnliche Situation in Lyon. Da hatte er einfach geklingelt, um dann unflätig beschimpft zu werden. Die Geschichte war nicht gut ausgegangen. Lucien stellte fest, dass er keinen Plan hatte. Wieder einmal. Diesmal sogar ganz besonders. Gab es das? Ganz besonders keinen Plan zu haben? In seinem Fall wohl schon.

Schräg gegenüber gab es eine *bar à vin* mit kleinen Tischen auf dem Gehsteig. Lucien lief rüber und setzte sich. Von hier hatte er den Eingang gut im Blick. Sofern Collard einen Job mit normalen Bürozeiten haben sollte, könnte er demnächst nach Hause kommen. Dann erinnerte er sich, dass Collard laut Edmonds Briefing derzeit ohne Arbeit war. Folglich war sein Auftauchen reine Spekulation. Wie so vieles im Leben. Sollte er in der nächsten Stunde nicht erscheinen, würde er vielleicht doch klingeln. Lucien bestellte ein Glas Wein und eine *quiche Marseille* – mit Zucchini, Auberginen, schwarzen Oliven und Thunfisch.

Ihm fiel wieder Anne Dalmasso ein. Ob sie sich melden würde? Sie hatte ihm gefallen. Sogar im kollabierten Zustand. Nun ja, das rot angelaufene Gesicht vielleicht weniger. Am nächsten Tag in der Klinik sah sie jedenfalls wieder supernett aus. Motorroller fuhr sie auch. Diese Anne war vielversprechend. Aber auch das war reine Spekulation.

Lucien trank den Wein, aß die Quiche … und blätterte unaufmerksam in einer lokalen Tageszeitung, die ein voriger Gast hatte liegen lassen. Ein Artikel weckte dann doch sein Interesse. Ein Werkstattbesitzer aus Draguignan war von einem Gericht zu einer langjährigen Gefängnisstrafe verurteilt worden. Wegen Mordes, versuchten Mordes und weiterer Vergehen. Er kannte den Mann nicht, aber jenem Opfer, das offenbar nur mit viel Glück seinen Anschlag überlebt hatte, war er mal begegnet. Es handelte sich um eine Kommissarin der *Police nationale.* Sie war mal im *P'tit Bouchon* zu Gast gewesen. Er erinnerte sich noch genau an die *Madame le Commissaire,* auch an ihren Begleiter, einen prominenten Kunstmäzen. Sogar ihr Auto hatte er noch in Erinnerung. Ein alter Ford Mustang. Was Lucien am Artikel besonders interessierte, war die Vorgehensweise des Verurteilten. Sowohl beim versuchten Mord an der Kommissarin als auch bei seinem wesentlich erfolgreicheren Mordanschlag auf einen Mann aus Bormes-les-Mimosas hatte er sich von einer pathologischen Leidenschaft leiten lassen. Schuldminderung war ihm dennoch nicht zugebilligt worden.

Lucien legte die Zeitung zur Seite und fragte nach einem *café noir.*

Dann dachte er lange nach. Bis er schließlich feststellte, dass der Artikel in vielerlei Hinsicht sehr inspirierend war.

Später kam er ins Gespräch mit dem Kellner. Gerade wollte er fragen, ob er einen Jacques Collard aus dem Haus gegenüber kenne, da öffnete sich die Eingangstür. Ein Mann trat heraus, mit einem kleinen Hund an der Leine. Er setzte sich eine Sonnenbrille auf und spazierte davon.

Lucien erkannte Collard sofort. Er sah genauso aus wie auf dem Foto. Immerhin versorgte ihn Edmond mit erstklassigem Bildmaterial. Was natürlich in seinem ureigenen Interesse lag. Es half nichts, wenn Lucien den Falschen umbrachte. Das Honorar auf dem Treuhandkonto würde nicht freigegeben werden. Edmond würde auf seinen Anteil verzichten müssen. Vierzig Prozent – von einer Million Euro. Das war das »übliche Honorar«, von dem er gesprochen hatte. Wer bei den Chacarasses einen Mord in Auftrag gab, musste gut bei Kasse sein. Lucien bekam wie schon sein Vater sechzig Prozent, also sechshunderttausend Euro. Immerhin trug er das Risiko, während Edmond »gemütlich« in seinem Rollstuhl saß. Lucien brauchte das Geld nicht. Einen Teil davon spendete er. Francine half ihm dabei.

Er blickte Collard hinterher, stand auf und verabschiedete sich vom Kellner. Das Geld hatte er zur Rechnung auf den Tisch gelegt. Dann folgte er Collard. Den Anschluss zu halten, fiel nicht schwer. Immer wieder blieb der Mann stehen, weil der Hund irgendwo herumschnüffelte. Was war das für eine Rasse? Mit Hunden kannte er sich nicht aus. Es reichte völlig, dass er wusste, welche gefährlich waren. Collards Hund war das ganz sicher nicht, er war klein, hatte ein flauschiges, weißes Fell, erinnerte irgendwie an einen Pudel, war aber keiner.

Tatsächlich war ihm der Hund egal, ihn interessierte das Herrchen. Collard hatte gescheitelte Haare und war ordentlich angezogen. Lange graue Hose, blaues Hemd. Ledermokassins. Sehr konservativ, geradezu spießig. Seine Haltung war leicht gebückt, die Schultern hängend. Da konnte man viel hineininterpretieren. Vom Bandscheibenschaden bis zu einem depressiven Gemüt. Nichts davon musste stimmen.

Lucien sah, wie Collard einen nahe gelegenen Park ansteuerte. Vermutlich war das seine übliche Routine beim Gassigehen. Einmal hin und zurück. Der Hund erledigte sein Geschäft. Collard holte eine Plastiktüte hervor und sammelte den Kot ein. Er schien ein gesetzestreuer Bürger zu sein – jedenfalls bei der Hundetoilette. Wahrscheinlich war der Beutel biologisch abbaubar.

Auf dem Rückweg bog Collard in eine Seitenstraße ab. Vor einer kleinen Kirche blieb er stehen. Er machte die Hundeleine an einem Fahrradständer fest und ging hinein. Lucien wartete einen Moment, dann folgte er ihm. Er entdeckte Collard vor einem Seitenaltar. Er wandte ihm den Rücken zu und zündete eine Kerze an.

Lucien machte kehrt und verließ die Kirche. Er wollte von ihm nicht gesehen werden. Heute jedenfalls nicht. Morgen dagegen schon. Lucien lächelte. Denn plötzlich hatte er einen Einfall.

7

Wie oft ging man mit einem Hund Gassi? Zwei-, dreimal am Tag? Lucien hatte keine Ahnung. Aber warum sollte es Hunden anders ergehen als Menschen? In der Früh drückte die Blase.

Lucien wartete am nächsten Morgen am Eingang zum Park. Und tatsächlich: Bald sah er Collard näher kommen, mit dem weißen Hund an der Leine. Als er an ihm vorbeiging, grüßte er ihn: »*Dieu soit avec toi, mon fils.* Gott sei mit dir, mein Sohn.«

Collard sah ihn erstaunt an. »*Merci*«, antwortete er irritiert – und ging weiter.

Lucien bekreuzigte sich. Er trug eine schwarze Soutane, die er noch gestern Abend in Marseille gekauft hatte. Am Hals ein weißer Kragen. Mit einem schweren Kreuz an einer Kette über der Brust. Langsam folgte er Collard. Der Hund verrichtete sein Geschäft. Der Plastikbeutel … Alles wie gestern Abend und wie wahrscheinlich an jedem Tag. Wie konnte es sein, fragte sich Lucien, dass der Tod dieses unscheinbaren Mannes jemandem eine Million Euro wert war? Was hatte er getan? Oder gab es etwas, das er keinesfalls tun durfte?

Collard drehte an derselben Stelle um wie gestern. Lucien erwartete ihn.

»Jacques Collard?«, fragte er.

»*Oui, c'est moi.* Woher kennen Sie meinen Namen?«

»Das ist eine gute Frage, mein Sohn.«

Lucien wusste nicht, ob ein Geistlicher einen fast doppelt so alten Mann mit »mein Sohn« ansprechen würde. Aber er fand, dass sich das gut anhörte. Die Sprache des Klerus war ihm schon immer unlogisch erschienen. Unlogisch und verlogen.

»Jacques Collard«, fuhr er fort. »Ich verstoße gerade gegen das Beichtgeheimnis. Aber es muss sein, um deiner Seele willen.« Er deutete auf eine Bank. »Können wir uns kurz setzen? Es ist wichtig.«

Collard war anzusehen, dass er gerade nichts verstand. Hielt er ihn für einen Spinner, der Passanten für eine Sekte missionieren wollte? Aber woher kannte er seinen Namen?

Der Hund schnüffelte an Luciens Soutane. Hoffentlich war das Preisschild nicht mehr dran.

»Bitte setze dich. Ich will dir alles erklären.«

Collard folgte zögernd seiner Aufforderung.

»Es geht um meine Seele? Ich muss Ihnen leider sagen, dass ich Atheist bin. Ich glaube weder an eine Seele noch an ein Leben nach dem Tod.«

Ein Atheist? Warum, fragte sich Lucien, hatte er dann in einer Kirche eine Kerze angezündet? Dann fiel ihm ein, dass er das auch schon einige Male gemacht hatte. Für seine verstorbene Mutter. Dabei glaubte auch er nicht an Gott. Außerdem war es zu spät, seinen Plan zu ändern.

»Ein Leben nach dem Tod?«, wiederholte er Collards Worte. »Ich hoffe, dass dir diese Erfahrung noch möglichst lange erspart bleibt. Genau darüber will ich mit dir sprechen …«

Collard machte Anstalten, aufzustehen. Offenbar wollte er sich dieses salbungsvolle Geschwätz nicht länger anhören.

»Bitte bleib sitzen. Gib mir eine Minute, dann entscheide, ob du gehen möchtest.«

Collard tippte auf seine Uhr.

»Okay, eine Minute. Aber keine Sekunde länger.«

»Ich bin Priester und nehme regelmäßig die Beichte ab. Vor zwei Tagen ist mir Erschreckendes widerfahren. Ein Mann hat für eine Tat um Vergebung gebeten, die er noch gar nicht begangen hat. Er sei im Begriff, einen Mord zu begehen, hat er gesagt. Aus niederen Beweggründen. In Marseille werde das geschehen und in weniger als einer Woche. Seinen Namen hat er mir nicht verraten. Aber den Namen seines Opfers: …« Er machte eine dramatische Pause. »Der Name des Opfers ist … Jacques Collard!« Lucien sah ihn von der Seite an. Die Farbe wich aus seinem Gesicht. »Mein Sohn, verstehst du jetzt, warum ich mit dir reden will? Es hat mich einige Mühe gekostet, dich aufzuspüren. Das Sakrament der Beichte untersagt es, das Vertrauen eines Sünders zu missbrauchen und in Geschehnisse einzugreifen. *La volonté de Dieu soit faite* … Gottes Wille geschehe. Amen. Doch bin ich dazu nicht fähig. Ich kann dich nicht einem gewissenlosen Menschen ausliefern, der dir nach dem Leben trachtet. Nein, das verbietet mir das Gebot der Menschenliebe.«

Lucien hatte das Gefühl, dass er ziemlichen Unsinn daherredete. Die Sprache der Kirche war ihm nicht vertraut. Aber wenn Collard wirklich Atheist war, würde er es nicht merken.

»Er hat tatsächlich meinen Namen genannt?«, flüsterte Collard.

Lucien dachte, dass das wirklich mehr als unwahrscheinlich war. Warum sollte ein Mörder im Beichtstuhl den Namen seines Opfers preisgeben? Aber Collard stand unter Schock. Da glaubte man vieles.

»Ja, mein Sohn. Ganz eindeutig deinen Namen. Ich habe ihn gefragt, warum er diese Todsünde begehen wolle? Und wie ich ihn davon abbringen könne? Ich habe keine Antwort erhalten. Er solle zur Mutter Maria sprechen, habe ich ihm geraten, und sie um himmlischen Beistand bitten. Dazu sei es zu spät, hat er mir geantwortet. Er sei für den Mord bereits bezahlt worden.«

»Ich hätte nie gedacht, dass sie so weit gehen würden«, sagte Collard leise. »Diese Schweine …«

Lucien atmete tief durch. Auf eine solche Äußerung hatte er gewartet. Das war die erhoffte Bestätigung. Ganz offenbar hielt es Collard für möglich, dass man ihn umbringen wollte.

Und er hatte einen Verdacht, wer seinen Mord in Auftrag gegeben hatte.

»*Dieu du ciel*«, betete Lucien, »verzeih uns unsere Sünden, bewahre uns vor dem Feuer der Hölle …«

Der Hund hatte sich mit der Leine in den Beinen der Bank verfangen. Collard fiel es nicht auf. Er war mit seinen Gedanken gerade ganz woanders …

Lucien stand auf und befreite den Hund.

»Na, wie heißt du denn?«

»Coco«, antwortete Collard geistesabwesend.

»Coco? Wie Coco Chanel? Ein schöner Name. Du bist also ein Mädchen. Sieht man ja eigentlich. Ein Pudel bist du aber nicht?«

»Coco ist ein Malteser«, murmelte Collard.

Lucien streichelte Coco. Dann legte er seine Hand auf Collards Schulter.

»Ich bin hier, um dir zu helfen. Es gibt einen Ausweg. Im Leben gibt es immer einen Ausweg. Sag, mein Sohn, wer trachtet dir nach dem Leben und wieso?«

Collard atmete schwer.

»Es ist kompliziert …«

»Ist es das nicht immer? Und doch sind die meisten Dinge im Kern ganz einfach.«

Lucien staunte über die Trivialitäten, die ihm wie selbstverständlich über die Lippen kamen. Er fand sich immer besser in die Rolle des mitfühlenden Priesters ein.

»Ich war … ich war als Chemiker in der Forschung eines großen Pharmaunternehmens tätig«, begann Collard stockend, »beziehungsweise bei einer Tochterfirma. Dort sind Untersuchungsergebnisse manipuliert worden, um ein neues Präparat auf den Markt bringen zu können. Ich habe den Vorstand damit konfrontiert. Daraufhin haben sie mich gefeuert.«

Das war zweifellos bitter, dachte Lucien, aber keine hinreichende Erklärung.

»Und jetzt will man dich umbringen? Das verstehe ich nicht.«

»Ich schon«, flüsterte Collard.

Lucien faltete die Hände.

»Bitte erkläre es mir!«

»Die Tochterfirma des Pharmaunternehmens wird in einem Monat an die Börse gehen. Das wird ein gigantisches Geschäft. Da habe ich meine Chance gesehen. Ich habe den Inhabern ...«

Collard sprach nicht weiter. Wurde ihm gerade bewusst, dass er zu viel ausplauderte?

»Den Inhabern?«

»Ja, das Unternehmen ist im Familienbesitz ...«

Lucien versuchte, in seinem Gesicht zu lesen. Er fand ihn nicht unsympathisch. Der Mann hatte eine angenehme Stimme und war nett zu seinem Hund. Fröhlich wirkte er aber nicht. Für wen hatte er in der Kirche die Kerze angezündet? Ihm war anzusehen, dass ihn viel bedrückte. Eine Erklärung hatte er gerade gegeben – auch wenn er sie nicht zu Ende geführt hatte. Collard hatte seinen Job verloren. Er fühlte sich im Recht ...

»Hast du bei deiner Entlassung wenigstens eine Abfindung erhalten?«

Collard streichelte Coco. »Eben nicht. Das ist es ja. Erst fälschen sie Prüfungsergebnisse, gefährden auf diese Weise die Gesundheit anderer Menschen, dann setzen sie mich fristlos auf die Straße ... und jetzt scheffeln sie das große Geld. Ich frage Sie, ist das gerecht?«

»Gerechtigkeit gibt es nur im Himmel, aber nicht auf Erden.«

Langsam, dachte Lucien, glaubte er selbst, dass er ein Priester war.

»Vor einiger Zeit ist meine Frau gestorben«, sagte Collard.

Lucien bekreuzigte sich. »*Paix à son âme,* Gott sei ihrer Seele gnädig.«

»Später habe ich eine andere Frau kennengelernt und meine Trauer überwunden. Ich habe neuen Lebensmut gefasst. Aber Malaika musste zurück in ihre Heimat ...«

»Malaika? Das ist ein afrikanischer Name, oder?«

»Ja, sie stammt aus Kenia. Ihre Familie hat sie gebraucht, deshalb ist sie zurück. Ich würde gerne zu ihr ziehen … aber … aber wovon soll ich dort leben? Meine Ersparnisse habe ich aufgebraucht. Ab nächsten Monat kann ich meine Miete nicht mehr zahlen.«

Collard hatte wirklich allen Grund, depressiv zu sein, dachte Lucien. Der Eindruck hatte also nicht getäuscht.

»Da kam dir die Idee«, half er ihm auf die Sprünge, »deinen früheren Arbeitgeber …« Er machte eine auffordernde Handbewegung.

Collard nickte. »Zu erpressen … sprechen Sie es ruhig aus.«

Vor einer Börseneinführung, dachte Lucien, mussten negative Schlagzeilen mit allen Mitteln verhindert werden. Collards Überlegung war also prinzipiell richtig. Mit einem kleinen Denkfehler: Auch nach Zahlung eines Lösegelds war nicht sicher, dass er den Mund hielt. Ihn umzubringen war vielleicht teurer, im Ergebnis aber effektiver – weil endgültig.

Collard stand auf.

»*Cher pasteur*, ich bin Ihnen dankbar, dass Sie mich aufgesucht und mich gewarnt haben. Aber sind Sie mir bitte nicht böse, ich möchte unser Gespräch beenden. Das alles ist gerade zu viel für mich.«

»Ich kann dich verstehen. Darf ich dich zu deinem Haus begleiten? Wir müssen dabei auch nicht reden.«

»Nicht reden? Ja, das ist eine gute Idee.«

Schweigend liefen sie nebeneinanderher. Lucien, Jacques Collard – und an der Leine sein wuscheliger Hund.

Lucien ging durch den Kopf, dass er viel erfahren hatte und dass sich ein stimmiges Bild ergab. Inwieweit Collard eine völlig weiße Weste hatte, war im Prinzip ohne Belang. Er sollte umgebracht werden – das stand zweifelsfrei fest. Schließlich hatte er selbst den Auftrag erhalten, ihn zu töten. Allerdings würde er nie auf die Idee kommen, sich im Beichtstuhl einem Priester anzuvertrauen und um Absolution zu bitten, so viel war sicher. Vielmehr suchte er gerade nach einer Möglichkeit, den Mord professionell auszuführen – freilich ohne dass Jacques Collard dabei ums Leben kam.

Vor dem Hauseingang blieben sie stehen.

»Was willst du jetzt tun?«, fragte Lucien.

»Aufpassen, dass ich nicht getötet werde«, antwortete Collard mit schiefem Lächeln.

Das nannte man wohl Galgenhumor.

»Das ist ein guter Vorsatz, löst aber nicht dein Problem. Ich sagte eingangs, dass es für alles eine Lösung gibt und dass ich dir helfen will. Das war keine Floskel. Erlaube mir eine Frage: Wie hoch ist die Zahlung, die du von deinem früheren Arbeitgeber erhofft hast?«

Collard zögerte.

»Ursprünglich eine Million Euro. Darauf sind sie nicht eingestiegen, dann bin ich auf fünfhunderttausend Euro runtergegangen. Immer noch genug, um mir mit Malaika in Nairobi ein neues Leben aufzubauen. Das war mein Traum. Ein naiver Traum, der, wie ich jetzt weiß, nicht in Erfüllung gehen wird.«

»Eine halbe Million? Das ist viel Geld. In Kenia wahrscheinlich ein Vermögen.«

»So ist es. Aber für ein Pharmaunternehmen ein Pappenstiel.«

Lucien nickte.

»Sollte man meinen.«

»Doch auch diese Summe wollten mir die Aasgeier nicht zahlen. Daraufhin habe ich vorgestern meine Forderung weiter reduziert«, sagte Collard stockend. »Auf zweihunderttausend. Damit würde ich zur Not noch klarkommen.«

Lucien sah ihn fast mitleidig an. Collards Verhandlungstaktik war eine einzige Katastrophe.

»Und? Hast du eine Antwort bekommen?«

»Nein, dabei habe ich eine Frist von vierundzwanzig Stunden gesetzt.«

Lucien suchte nach einer Erklärung, warum man ihm das Geld nicht einfach gab? Wäre in jedem Fall billiger, als ihn umbringen zu lassen. Aber nicht annähernd … nicht annähernd so *nachhaltig*. Es gab keine Garantie, dass er nach Erhalt des Geldes Stillschweigen bewahrte. Der bevorstehende Börsengang durfte nicht gefährdet werden.

»Was hast du eigentlich gegen das Pharmaunternehmen konkret in der Hand? Weißt du nur von den Manipulationen in den Labors, oder hast du Beweise gesammelt, die du der Presse zuspielen könntest?«

Collard hüstelte verlegen.

»Das ist ja das Problem, ich habe keine stichhaltigen Beweise … aber ich könnte welche haben. Die Gelegenheit dazu hätte ich gehabt. Das weiß man im Unternehmen. Also dachte ich, allein die Drohung, die Presse zu informieren und so den Börsengang zu torpedieren, reiche aus, die Schweine in Panik zu versetzen … aber da habe ich mich offenbar getäuscht.«

Hatte er nicht, dachte Lucien. Sonst hätte er kaum den Auftrag erhalten, ihn umzubringen.

»Vor einer Woche wurde in meiner Wohnung eingebrochen«, fiel Collard ein. »Auf der Suche nach Wertsachen hat man alles durchwühlt, den Inhalt von Schubladen auf den Boden gekippt, sogar die Matratze aus dem Bett gerissen … ein fürchterliches Chaos …«

»Und? Wurde etwas gestohlen?«

»Nein, nichts. Was auch? Ich hab ja nichts.«

Lucien sah ihn nachdenklich an.

»Aber jetzt wird dir plötzlich klar, dass das kein normaler Einbruch war, stimmt's? Die Diebe hatten es nicht auf Wertsachen abgesehen. Sie haben nach Beweismaterial gesucht, mit dem du deinen früheren Arbeitgeber erpresst.«

Collard nickte.

»Ich hab keinen Zusammenhang gesehen …«

Weil du unsagbar naiv bist, dachte Lucien.

»… aber das wird der Grund für den Einbruch gewesen sein. Doch, doch … das passt ins Bild.«

»Natürlich haben die Einbrecher keine Beweise gefunden, weil es ja keine gibt.«

»Aber ich könnte sie woanders versteckt haben.«

»Oder besonders gut.«

Wie auch immer, dachte Lucien, es lohnte nicht, der Sache weiter auf den Grund zu gehen. Er sollte endlich auf den Punkt kommen.

»Habe ich mich eigentlich schon vorgestellt?«, fragte er. »Ich bin *Frère Lucianus.* Meine Kirche gehört einem philanthropischen Orden an. Wenn du gestattest, möchte ich dein Schicksal mit unserem Prior besprechen. Wie ich schon sagte, es gibt für alles eine Lösung.«

»Wie soll eine solche Lösung aussehen?«

»Das weiß ich nicht. Nur, dass wir wenig Zeit haben. Dein Mörder hat von einer Frist von weniger als einer Woche gesprochen. Zwei Tage sind bereits vergangen. Vorgestern hast du deinerseits den Druck erhöht …«

Lucien musste sich konzentrieren, um mit den Terminen nicht durcheinanderzugeraten. Edmond hatte ihm zehn Tage eingeräumt. Vielleicht machten die Auftraggeber einen Rückzieher und stornierten die Exekution? Lucien ahnte, dass dieser fromme Wunsch unerfüllt bleiben würde.

Er sah Collard eindringlich an. »Bitte tue mir einen Gefallen. Bleibe die nächsten Stunden in deiner Wohnung. In der Zwischenzeit bespreche ich mich mit meinem Prior. Wann muss Coco wieder raus?«

»Mittags. Warum?«

»Bis dahin bin ich zurück. Ich werde dreimal läuten.« Lucien hob mahnend den Finger. »Bitte tue nichts Unüberlegtes. Und komm erst recht nicht auf die Idee, dich aus dem Staub zu machen …«

»Ich wüsste nicht, wohin? Außerdem habe ich kein Geld.«

»Gott beschütze dich, mein Sohn. Wir sehen uns zur Stunde des Herrn.«

Lucien schlug ein Kreuz – gleichzeitig fragte er sich, ob es eine solche Stunde überhaupt gab. Aber sie hörte sich gut an.

8

Lucien hatte keinen Prior, mit dem er sich besprechen konnte. Er musste das mit sich selber ausmachen. Gedankenversunken lief er durch die Straßen des Viertels. Er gelangte zur mittelalterlichen Abtei Saint-Victor. Vielleicht sollte er hinter den mächtigen Mauern Zuflucht suchen und im stillen Gebet auf göttliche Eingebung hoffen?

Er nahm sein Handy und rief bei Francine an. Sie war schon im Büro. Er habe eine erste, sehr aufschlussreiche Unterredung gehabt, sagte er. Wie üblich vermied er es, am Telefon Namen zu nennen. Ob Francine ihm einen Gefallen tun könne? Im Großraum Marseille müsse es ein familiengeführtes Pharmaunternehmen geben, das gerade den Börsengang einer Tochterfirma vorbereite. Er würde gerne wissen, ob das stimme.

»Seit wann interessierst du dich für den Aktienmarkt?«, fragte sie.

Ob sie dabei amüsiert lächelte? Denn natürlich war ihr klar, dass aus ihm nie ein Börsianer werden würde. Er hatte definitiv andere Interessen.

»Das lässt sich schnell herausfinden«, fuhr sie fort. »Du hörst von mir.«

»*Merci,* Francine.«

Während des Telefonats war Lucien weitergeschlendert. Vor dem *Café de l'Abbaye* war ein Tischchen frei. Er setzte sich. Ob Ordensbrüder hier ihren Messwein gratis bekamen? Lucien bestellte einen *café double* und zwei Brioches.

Er hatte Jacques Collard in Aussicht gestellt, eine Lösung zu finden. Eine Lösung für wen? Im Idealfall für beide!

Lucien ließ das Gespräch mit ihm Revue passieren. Collards Geschichte schien plausibel. Für den Wahrheitsgehalt sprach zudem, dass er keine Zeit gehabt hatte, sich diese erst auszudenken. Er konnte ja nicht ahnen, dass ihm plötzlich ein Priester über den Weg lief, der ihn mit seiner geplanten Ermordung konfrontierte.

Wenn Collards Darstellung also mehr oder weniger stimmte, überlegte Lucien, musste er ihn überzeugen, dass es für ihn am besten war, aus dem Leben zu scheiden – jedenfalls dem Anschein nach.

Aber … aber warum sollte sich Collard darauf einlassen? Aktuell war er noch am Leben, doch so gut wie pleite und ohne Perspektive. Nach seinem vorgetäuschten Tod wäre er immer noch pleite und ohne Perspektive. Außerdem musste er von der Bildfläche verschwinden. Mordopfer gingen nicht mit ihrem Hund im Park spazieren. Lucien dachte an Collards utopischen Wunschtraum, mit einer Million Euro nach Kenia auszuwandern. Oder im Sparmodell mit zweihunderttausend Euro. Nairobi wäre nicht schlecht, dort würde man ihn kaum suchen. Erst recht nicht, wenn er tot war …

Lucien versuchte, sich zu konzentrieren.

Er selbst wurde für den Auftragsmord gut bezahlt. Er könnte also bequem nach Kenia auswandern … Lucien langte sich an die Stirn. Hatte er jetzt Fieberträume? Was wollte er in Kenia? Ach so, dort wartete Malaika … nicht auf ihn, sondern auf Collard …

Sein Handy klingelte. Francine? Nein, Onkel Edmond. Das war definitiv der falsche Augenblick.

Er atmete tief durch. Oder kam es jetzt doch zu einer Stornierung des Auftrags? Dann sollte er sich über den Anruf freuen.

Lucien stand auf und ging einige Schritte, bis ihn niemand mehr hören konnte.

»*Salut, Edmond? Quoi de neuf?*«, begrüßte er ihn so knapp wie möglich.

»Ob es was Neues gibt?«, grummelte sein Onkel. »Das frage ich dich: Wie kommst du voran?«

Das hatte er noch nie gefragt. Zweifelte er etwa an seinem Arbeitseifer?

»*Très doué,* ganz ausgezeichnet.«

»Freut mich zu hören …« Edmond räusperte sich. »Lucien, mein Lieber, ich würde dich gerne in zwei Tagen um sechzehn Uhr zum Tee einladen. Könntest du deine Angelegenheiten bis dahin erledigt haben?«

Edmond sprach gerne in Rätseln, aber so, dass sie nicht schwer zu entschlüsseln waren. In zwei Tagen? Damit wollte er ihm sagen, dass es einen neuen, vorgezogenen Termin gab. Collards Kerze musste binnen dieser Frist … nun ja, ausgeblasen sein. Die Eile, überlegte Lucien, hatte Collard durch sein Verhalten wohl selber provoziert. Sein vierundzwanzigstündiges Ultimatum war zwar schon abgelaufen, aber seine Widersacher hatten die Faxen endgültig dicke. Was mochte ihm als Nächstes einfallen? Ergo musste er so schnell wie möglich »mundtot« gemacht werden.

»Zum Tee?«, erwiderte Lucien. »Muss das sein? Ich hätte lieber ein Glas Wein.«

Erneut musste sich Edmond räuspern. Er mochte es nicht, wenn man ihm widersprach.

»Einverstanden, aber nur, wenn es dir möglich ist, deine Angelegenheiten bis dahin abschließend zu regeln.«

Das war eine klare Ansage. Aber war das auch zu schaffen? Edmond hatte keine Ahnung, wie schwierig das war. Collard einfach zu erschießen oder ihn auf das mittelalterliche Fort Saint-Jean zu locken, um ihn von dort in die Tiefe zu stürzen, wäre ein Kinderspiel. Ihn dabei aber gleichzeitig am Leben zu lassen, war die eigentliche Herausforderung.

»Aber bitte keinen einfachen Landwein, ein *Grand cru* sollte es schon sein«, stellte Lucien klar. »Lafite, Latour, Margaux …«

»Geht auch ein Pétrus?«

Lucien lächelte.

»Ich sehe, wir verstehen uns. Das ist ja ganz was Neues. Okay, in zwei Tagen bin ich hier fertig.«

Das Versprechen war leichtfertig, dachte Lucien. Allerdings wollte er auch nicht ewig den Priester spielen.

»Du hast recht, wir verstehen uns immer besser. Also dann bis übermorgen.«

Wie sich Edmond doch täuschte? Lucien legte keinen Wert darauf, sich mit seinem Onkel immer besser zu verstehen. Ganz im Gegenteil. Aber er verstand es immer besser, diesen Eindruck zu erwecken.

»Dein komischer Butler«, fiel ihm noch ein, »soll den Wein rechtzeitig dekantieren. *À bientôt, mon oncle.*«

Ohne eine Reaktion abzuwarten, legte er auf.

Bevor er über das Gespräch sowie über die Konsequenzen nachdenken und an sein Tischchen zurückkehren konnte, klingelte sein Handy schon wieder. War Edmond noch was eingefallen? Nein, diesmal war es wirklich Francine.

»Ich bin schon fertig. Die Story mit dem familiengeführten Pharmaunternehmen, das eine Tochterfirma an die Börse bringen will, stimmt«, bestätigte sie. »Die *Due Diligence,* also die Risikoprüfung, ist bereits abgeschlossen. Gerade wird die Emissionspreisspanne ausgelotet. Das IPO, das Initial Public Offering befindet sich also in der heißen Phase …«

Lucien verstand nicht einmal die Hälfte.

»So genau will ich das gar nicht wissen«, unterbrach er sie.

»Auch nicht den Namen der Inhaberfamilie?«

»Nein, diesmal genügt mir völlig die Bestätigung, dass ich nicht angelogen wurde.«

»Du meinst also, dass im Börsengang das Motiv begründet sein könnte?«, schlussfolgerte sie. »Auch wenn mir gerade die Fantasie fehlt, mir eines vorzustellen.«

Lucien lachte.

»Für die Fantasie bin ich zuständig.«

»Klingt nach einer guten Arbeitsteilung. Und jetzt? Hast du schon einen Plan, wie es weitergehen soll?«

Ein Plan wäre nicht schlecht, dachte er. Erst recht angesichts der neuen Fristsetzung.

»Sagen wir so, ich habe eine Idee, aber noch sehr vage und unausgegoren. Ich weiß nur eines: Edmond würde sie nicht gefallen!«

»Dann ist es eine gute Idee«, stellte Francine fest.

Er wusste, wie sie das meinte. Ein Vorsatz sollte sein, immer das Gegenteil zu tun, was Edmond erwartete. Dann lag man schon mal nicht so falsch.

»Bevor ich meinem … meinem Gesprächspartner einen Vorschlag unterbreite, will ich ihm noch etwas auf den Zahn fühlen. Und dann bleibt immer noch abzuwarten, ob er sich bereit erklärt, mitzuspielen.«

»Du wirst ihn schon überzeugen, da bin ich optimistisch. Dafür hast du Talent. Wie hast du es eigentlich geschafft, den persönlichen Kontakt herzustellen?«

Er sah an sich herunter. Die schwarze Soutane und das Kreuz an der schweren Kette.

»Mit Gottes Hilfe«, antwortete er.

9

Gegen dreizehn Uhr läutete Lucien bei Collard. Dreimal, wie vereinbart. Es dauerte. Lucien fürchtete, dass sich der verschüchterte Mann doch aus dem Staub gemacht haben könnte. Endlich wurde der Türöffner betätigt. Erleichtert betrat Lucien das Treppenhaus. Bald würde er wissen, ob seine Überzeugungskraft wirklich so groß war, wie Francine glaubte.

Jacques Collard erwartete ihn in der geöffneten Wohnungstür.

»Hab nicht gedacht, dass Sie wirklich kommen«, sagte er und ließ ihn herein. »Ich dachte schon, ich habe alles nur geträumt.«

»Das wäre schön. Auch mir würde eine schwere Last von den Schultern genommen, wäre das alles nur ein Traum. Aber … aber seit Adam und Eva im Garten Eden die verbotene Frucht vom Baum der Erkenntnis gepflückt haben, gibt es auf Gottes Erden die Sünde«, fabulierte er darauflos – wusste dann aber nicht weiter. So etwas passierte, wenn man sich als Priester ausgab, aber eine unchristliche Erziehung genossen hatte.

Lucien bekreuzigte sich. Das machte sich immer gut.

Collard schloss hinter ihnen die Tür.

»Bitte kommen Sie herein. Coco kann mit dem Gassigehen noch etwas warten.«

Er ging voran durch den Flur ins Wohnzimmer. Bilder hingen an der Wand, Matisse, Gauguin – schön, aber wertlose Drucke. Die Vorhänge waren halb zugezogen. Das Licht schummrig. Coco lag in einem Korb und nagte an einem Hundeknochen. Die spartanische Einrichtung folgte keinem besonderen Stil. Nirgends lag etwas herum, alles hatte seine Ordnung. Lucien fand seinen Eindruck bestätigt, dass Collard ein gewissenhafter Mensch war.

Über dem Fernseher hing eine bemalte afrikanische Holzmaske.

»Aus Kenia?«, fragte Lucien.

Collard nickte.

»Ja, ein Geschenk von Malaika. Die Maske wurde früher bei Stammestänzen getragen und soll Glück bringen …« Er schniefte. »Ich fürchte, sie hat ihre Wirkung verloren.«

Lucien wiegte den Kopf.

»Da bin ich mir nicht so sicher. Zwar glaube ich nicht an die Magie unchristlicher Rituale, aber dein Glück muss dennoch nicht verloren sein. Genau darüber möchte ich mit dir reden.«

Collard fuhr sich mit einer Hand über das müde Gesicht.

»Pardon, ich habe in den letzten Nächten kaum geschlafen … Was meint Ihr Prior? Soll ich ins Kloster gehen, um mich vor einem Auftragskiller zu schützen?«

Lucien lächelte.

»Das wäre eine Lösung, da hast du recht. Aber mir scheint, dir fehlt der Glaube, dein restliches Leben hinter Klostermauern dem Gebet zu widmen. Deshalb haben wir einen anderen Vorschlag. Er ist, nun ja, ziemlich unkonventionell. Aber wie ich schon sagte, mein Orden ist dem Wohle unserer Schutzbefohlenen verpflichtet und bereit, ungewöhnliche Wege zu beschreiten. Nach deinem Bekunden ist es dein Wunsch, zu deiner Malaika nach Kenia auszuwandern und dir dort mit dem erpressten Geld ein neues Leben aufzubauen.« Lucien sah ihn eindringlich an. »Was schwierig wird, wenn dir der Sünder aus meinem Beichtstuhl zuvor das Licht ausbläst. Also müssen wir eine Situation herbeiführen, die sein Vorhaben hinfällig erscheinen lässt.«

Collard zuckte nervös mit dem Auge.

»Sie spannen mich ganz schön auf die Folter. Was also ist der Vorschlag Ihres Priors?«

»Kann ich zuvor ein Foto von Malaika sehen? Und wenn möglich, auch eines von deiner verstorbenen Frau?«

»Warum?«

»Weil mich mein Prior darum gebeten hat. Er möchte, dass ich deine Wahrhaftigkeit einer Prüfung unterziehe.«

Collard stand auf und nahm aus einem Regal ein gerahmtes Bild sowie ein abgegriffenes Fotoalbum. Lucien sah sich das Foto im Rahmen an. Eine schwarze Frau sah lächelnd in die Kamera. Mit den Händen formte sie ein Herz. *»Je t'aime«*, hatte sie quer darübergeschrieben. *»Pour toujours. Malaika.«*

Das war überzeugend, dachte Lucien. Jedenfalls war Collards kenianische Freundin kein Hirngespinst.

Er nahm das Album zur Hand und blätterte darin. Urlaubsfotos, Geburtstagsfeiern … Zeugnisse vergangener, glücklicher Zeiten – mit einer sympathischen Frau an Collards Seite.

»Krebs«, sagte Collard leise.

»Eine Geißel der Menschheit«, murmelte Lucien und gab ihm das Album zurück.

Coco trottete herbei und schnupperte an Luciens Soutane.

»Und jetzt?«, fragte Collard.

»Jetzt komme ich zum Angebot unseres Priors. Es ist außergewöhnlich. Unser Orden hat einen Fonds für besondere Hilfsprojekte und bedürftige Menschen. Er speist sich aus Spendengeldern sehr vermögender Gönner. Unser Prior hat mir gestattet, dem Fonds zweihunderttausend Euro zu entnehmen, um dir ein neues Leben in Frieden und Freiheit zu ermöglichen.«

Collard sah ihn fassungslos an.

»Wirklich?«

Lucien nickte.

»Ich kann es selber kaum glauben. Aber unser Prior meint, dass ein Menschenleben jeden Preis wert sei.«

»Bitte küssen Sie meinem Wohltäter die Hände«, stammelte Collard.

Lucien dachte, dass er das sofort tun könnte. Schließlich waren es *seine* Hände, die zweihunderttausend Euro bereitstellten. Entnommen einem Fonds, den es nicht gab. Aber leicht finanzierbar, wenn er sein eigenes Honorar in Betracht zog.

»An die Zahlung sind Bedingungen geknüpft«, erklärte Lucien. »Das hat mein Prior unmissverständlich klargemacht. Damit dein Mörder von dir ablässt, müssen wir den Anschein erwecken, dass du tot bist. Damit verstoßen wir zwar gegen das Gebot der Wahrhaftigkeit, aber nur so macht es Sinn …« Lucien dachte an Edmonds neue Fristsetzung, die ihn zur Eile zwang. »Darüber hinaus muss dein vermeintliches Ableben möglichst schnell erfolgen. Wir können das Risiko nicht eingehen, dass uns der Mörder aus dem Beichtstuhl zuvorkommt. Du hast bis morgen Abend Zeit, alles, was dir am Herzen liegt und du in dein neues Leben mitnehmen möchtest, in eine Reisetasche zu packen. Mehr Platz gibt es nicht. Wir werden deinen Tod inszenieren und dich anschließend mit dem Geld in ein Flugzeug nach Nairobi setzen. Von dort darfst du nie mehr zurückkommen.«

Jacques Collard war anzusehen, wie schwer es ihm fiel, Luciens Worten zu folgen. War ja auch ziemlich viel auf einmal. Mehrfach öffnete er den Mund, um was zu sagen, brachte aber keinen Ton hervor.

»Morgen Abend«, wiederholte Lucien. »Kannst du das schaffen?«

Collards Augen flatterten. Er kratzte sich am Hals, dann am Kopf. Schließlich warf er einen fast schon verzweifelten Blick zu seinem Hund.

»Ich vielleicht schon, aber so schnell finde ich niemanden für Coco. Nach Kenia kann ich sie nicht mitnehmen …«

Die Frage traf Lucien nicht unvorbereitet.

»Ich kenne eine ausgesprochen nette alte Dame«, sagte er. »Sie lebt in einer großen Villa mit Park und ist oft einsam. Bei ihr wäre Coco in den besten Händen.«

Rosalie war wirklich oft einsam, dachte Lucien. Ein süßer Hund wie Coco würde ihr guttun.

Collard biss sich auf die Lippe.

»Kann ich mich darauf verlassen?«

»Ganz sicher. Der Herr ist mein Zeuge.«

Collard streichelte Coco hinter den Ohren.

»Morgen Abend, morgen Abend …«, sprach er vor sich hin. »Wirklich so bald? Muss das sein?«

»Leider ja. Das gebietet die Vernunft.«

Collard runzelte die Stirn.

»Worüber wir noch gar nicht gesprochen haben: Wie wollt ihr meinen Tod inszenieren?«

Das war eine supergute Frage, dachte Lucien. Noch konnte er sie nicht beantworten. Er hatte zwar eine Idee, aber keine Ahnung, ob und wie sie umzusetzen war.

»Du musst uns vertrauen. Unser Orden beschäftigt Spezialisten, die können das.«

»Spezialisten? Ihr seid eine seltsame Kirche.«

Lucien lächelte.

»Ein wenig seltsam, ja, das mag sein. Unsere Nachbargemeinde beschäftigt einen Exorzisten. Wir halten nichts von Teufelsaustreibung. Dagegen verstehen wir uns darauf, dem Teufel ein Schnippchen zu schlagen, ihn zu überlisten.«

Collard fuhr sich mit einer Hand über die Augen.

»Was ist, wenn die Sache schiefgeht und ich dabei nicht nur zum Schein, sondern wirklich ums Leben komme?«

»Das wird nicht geschehen«, antwortete Lucien. »Und selbst wenn, kannst du darauf vertrauen, dass du ins Himmelreich kommst, egal, wie viele Sünden du in deinem Leben angehäuft hast.«

»Sagt das Ihr Prior?« Collard atmete tief durch. »Ich möchte nicht sterben.«

»Weil du nicht an die Auferstehung glaubst und an ein Leben nach dem Tod, aber das sei dir verziehen. Auch ich hege gelegentlich Zweifel. Doch ist dein Überleben im Diesseits ja genau der Grund, warum ich dich aufgesucht habe. Wir wollen nicht, dass du einem Attentat zum Opfer fällst. Also tragen wir Sorge, dass du nicht zu Schaden kommst. Sonst könnten wir uns ja die Mühe sparen.«

»Das leuchtet mir ein«, flüsterte Collard.

Der Zeitpunkt war gekommen, dachte Lucien, den Deal perfekt zu machen. Er streckte ihm die Hand entgegen.

»Unser Angebot steht. Schlag ein, bevor es sich unser Prior anders überlegt.«

Collard zögerte.

»Was gibt es nachzudenken?«, fragte Lucien. »Du hast zwei Alternativen: Entweder du stirbst nur zum Schein und fliegst mit zweihunderttausend Euro nach Kenia zu deiner Malaika. Oder du stirbst tatsächlich, gemeuchelt von einem gedungenen Mörder. Kein Geld, keine Malaika.«

Collard atmete tief durch ... und schlug ein. Seine Hand war vor Aufregung schweißnass. Der Griff schlaff ... aber eindeutig.

»Du tust das Richtige, mein Sohn. Der Herr sei mit dir. In Ewigkeit. Amen.«

Eine halbe Stunde später begleitete ihn Lucien aus dem Haus. An der Leine Coco. Vorher hatte er noch in Erfahrung gebracht, wer sich um Collards Nachlass kümmern würde, wenn er plötzlich »verstorben« war. Wie sich herausstellte, hatte er eine Schwester, die in der Normandie lebte, zu der er aber kaum Kontakt hatte. Sie war seine einzige Verwandte, also würde man sie benachrichtigen. Außerdem sei ihm egal, was aus seiner Wohnung werde.

Man könne alles auf den Sperrmüll werfen – zusammen mit seinem alten Leben. Alles bis auf seine Fotoalben und die afrikanische Holzmaske, die werde er mitnehmen.

Sie blieben bei einem angejahrten roten Renault stehen. Dem Kofferraum entnahm Collard frische Hundekotbeutel. Dann liefen sie Richtung Park.

Nach wenigen Schritten dachte Lucien, dass er definitiv Wichtigeres zu tun hatte, als sich dem Müßiggang hinzugeben. Die Zeit drängte.

Er nahm Collard am Arm.

»*Pardonne moi,* ich muss dich jetzt allein lassen. Mein Prior erwartet mich. Auch muss ich mit unseren Spezialisten sprechen, um dein … dein Ableben vorzubereiten.«

»Nicht zu vergessen das Geld«, erinnerte ihn Collard.

Offenbar gingen ihm mittlerweile höchst irdische Dinge durch den Kopf. Das wertete Lucien als positives Zeichen.

»Wie könnte ich das vergessen.« Lucien lächelte. »Eine solche Summe haben wir natürlich nicht im Klingelbeutel. Aber in unserer Sakristei gibt es hinter den liturgischen Gewändern einen eingebauten Safe. Den Code kennt nur unser Prior – und natürlich der Herr im Himmel.«

»Wie komme ich eigentlich zu meinem Flugticket?«

Noch eine ganz praktische Frage. Gut so.

»Auch darum kümmern wir uns. Mache dir über diese schnöden Dinge keine Gedanken. Überlege lieber, was du alles in dein neues Leben mitnehmen möchtest, vorausgesetzt, es passt in deine Reisetasche.«

»Reisetasche … das wird schwierig.«

Lucien klopfte ihm auf die Schulter.

»Du schaffst das. Verlasse außer zum Gassigehen mit Coco möglichst wenig das Haus, um kein Ziel abzugeben! Verabschiede dich von keinen Freunden …«

»Ich habe kaum Freunde.«

»Morgen gegen elf Uhr komme ich wieder zu dir. Gibt es Probleme, kannst du mich jederzeit auf meinem Handy anrufen. Die Nummer habe ich dir ja aufgeschrieben. Und, noch was …« Lucien hob mahnend den Finger. »Bedenke, dass wir ein heiliges Abkommen getroffen haben. Ab jetzt gibt es kein Zurück. Sonst trifft dich der Zorn Gottes … und mein Prior schickt mich als Missionar auf eine einsame Insel.«

»Das wird nicht passieren«, versprach Collard mit erstaunlich fester Stimme.

Lucien bekreuzigte sich.

»*Paix à toi,* Friede sei mit dir.«

10

Lucien sah Collard hinterher, wie er mit Coco seinen Weg zum Park fortsetzte. Jetzt atmete auch er tief durch. Wie es schien, hatte er den Delinquenten überzeugt. Weil aber Vorsicht besser als Nachsicht war, eilte er zu Collards Renault. Dort bückte er sich und tat so, als ob er seine Schnürsenkel zubinden würde. In Wahrheit befestigte er einen GPS-Tracker im Radkasten. Ab jetzt konnte er mit seinem Handy kontrollieren, ob das Fahrzeug bewegt wurde. Gerne hätte er einen weiteren Peilsender an Cocos Halsband befestigt, aber das wäre Collard beim Streicheln seines Hundes wohl aufgefallen.

Lucien dachte, dass er sich wirklich sputen musste. Denn all die Wunder, die er Collard versprochen hatte, musste er selber zustande bringen. Kein Prior würde ihm helfen, es gab keine Spezialisten für inszenierte Sterbefälle – und keinen Safe in der Sakristei.

Mit wehender Soutane eilte er zum *vieux port*, um dort wieder mit der *navette* auf die andere Seite überzusetzen. Zwei Geistliche kamen ihm entgegen. Er nahm sie erst im letzten Moment wahr. Fast stockte ihm der Atem. Wie begrüßten sich Kirchenmänner auf der Straße? Wurde von ihm erwartet, mit ihnen ein kurzes Gespräch zu führen?

Er hielt sich demonstrativ sein Handy ans Ohr. Mit der anderen Hand winkte er ihnen entschuldigend zu.

»Meine Brüder, ein wichtiges Telefonat …«

Schon war er vorbei.

Es wurde Zeit, höchste Zeit, dachte er, einen Plan zu entwickeln. Gegenüber Francine hatte er angedeutet, eine Idee zu haben. Das stimmte sogar. Sie war ihm gekommen, als er in der Zeitung den Artikel über den mordenden Werkstattbesitzer aus Draguignan gelesen hatte, der für lange Jahre hinter Gitter musste – und eine spannende Vorliebe hatte.

Lucien griff erneut zum Handy. Diesmal nicht zum Schein. Er rief Francine an und informierte sie in kurzen Worten, dass alles gut gelaufen sei. Am späten Nachmittag sei er zurück in der *Villa Béatitude,* dann könne er ihr alles erzählen. Ach ja, es gebe noch eine Neuigkeit. Edmond habe ihn angerufen und für übermorgen zum Tee eingeladen.

Francine verstand nicht sofort. Wie das zu interpretieren sei, fragte sie.

Dass bis dahin alles erledigt sein müsse, erklärte Lucien. Er stehe also unter beträchtlichem Zeitdruck. Deshalb müsse er jetzt Schluss machen. *Adieu et à plus tard.*

Auf der anderen Seite des *vieux port* am Quai du Port angekommen, eilte er in die nächstgelegene Brasserie und dort auf die Toilette. Er hatte ein dringendes Bedürfnis – nämlich die Soutane auszuziehen. Darunter trug er normale Freizeitklamotten. Er nahm auch die Kette mit dem Kreuz vom Hals und rollte die schwarze Bekleidung zusammen. So schnell ging es, dachte er, sich vom geweihten Priester zum weltlichen Sünder zu wandeln. In wenigen Augenblicken und ganz profan auf einer Herrentoilette.

Er fühlte sich unbeschwerter, als er danach durch das Viertel *Le Panier* lief. Am Gewicht der Soutane lag das nicht. Im Hotel angekommen, erklärte er an der Rezeption, dass er wegmüsse und kommende Nacht womöglich nicht da sei, aber das Zimmer behalten wolle. Und zwar bis übermorgen. Auch der Garagenplatz für seinen Citroën solle reserviert bleiben.

Vor seinem Aufbruch führte er vom Zimmer aus noch ein wichtiges Telefonat. Und zwar mit dem Hausarzt seiner Familie. Er erinnerte sich, wie Docteur Moreau nach dem Tod seines Vaters einen falschen Totenschein ausgestellt hatte. Mit festem Händedruck hatte ihm der Arzt seine Freundschaft versichert – und sich auch in Zukunft *eine gute Zusammenarbeit* gewünscht. Lucien hatte sich nicht vorstellen können, wie diese aussehen könnte. Jetzt hatte er eine Idee.

Er erreichte Docteur Moreau in seiner Praxis. Dieser versprach, gegen sechs Uhr in die *Villa Béatitude* zu kommen.

Die Soutane verstaute er in einer Schrankschublade. Auf dem Handy kontrollierte er den GPS-Tracker. Collards Auto stand noch immer auf seinem Platz.

Lucien entschied sich, noch ein weiteres Telefonat zu führen. Er erreichte Paul, seinen *chef de service*, im Restaurant. Der Form halber fragte er, ob im *P'tit Bouchon* alles glatt laufe. Tatsächlich interessierte ihn das gerade am allerwenigsten. *Naturellement, comme toujours,* bestätigte Paul. Lucien fragte, ob er schon mal seine Tante in der *Villa Béatitude* besucht habe? Paul zögerte. Wusste er gerade nicht, ob er das zugeben durfte? Für Lucien ein weiterer Hinweis, dass sich Paul jedes Wort überlegte. Im Zweifelsfall sagte er lieber gar nichts. Lucien lachte. Er wolle doch nur wissen, ob Paul hinfinden würde, er müsse mit ihm etwas besprechen. Heute am frühen Abend gegen sieben Uhr? Paul versprach zu kommen. Und ja, er kenne die Adresse.

Zwanzig Minuten später rollte Lucien mit dem Citroën über die Uferstraße, die südöstlich von Marseille über die *Anse de la Fausse Monnaie* zur *Plage du Prophète* führte. Was für schöne Namen, dachte er. Vom »Falschgeld« zum »Propheten«. Er hatte nicht vor, Collard mit gefälschten Scheinen hinters Licht zu führen. Aber eine Option wäre es. Vom Propheten würde er gerne wissen, ob seine Idee, die mittlerweile zum Plan gereift war, gut ausgehen würde. Nun ja, das konnte niemand vorhersagen. Aber genau deshalb war er ja gerade hier, nämlich, um herauszufinden, ob eine Umsetzung realistisch war. Er fuhr so langsam, dass er angehupt und überholt wurde. Das war ihm egal. Touristen ließen sich hier auch Zeit und genossen den Blick aufs Meer mit den vorgelagerten Inseln. Oder sie suchten ein Lokal, von denen es entlang der Corniche einige gab.

Sein Handy klingelte. Die Nummer auf dem Display war ihm unbekannt.

»Hallo«, meldete er sich vorsichtig.

»Hier ist Anne. Spreche ich mit Lucien?«

Er brauchte einige Sekunden, dann wurde ihm klar, dass der Anruf nichts, aber auch gar nichts mit seinen aktuellen Problemen zu tun hatte. Im Gegenteil bot er eine höchst erfreuliche Abwechslung.

»Anne Dalmasso? Mein charmanter Gast aus dem *P'tit Bouchon* mit der Allergie auf Austern und Schalentiere? Schön, von Ihnen zu hören.«

»Ich habe Ihre Telefonnummer von Ihrer Bedienung Inès. Ich hoffe, sie durfte mir Ihre Nummer geben?«

Lucien grinste.

»Natürlich, ich habe meinen Mitarbeitern gesagt, dass sie genau das tun sollen, falls Sie im Lokal anrufen und ich nicht da bin.«

»Also haben Sie gehofft, dass ich mich melde?«

Das war zwar zutreffend, dachte Lucien, aber nach seiner Erfahrung war es nicht geschickt, allzu großes Interesse zu zeigen.

»Gehofft? Nun ja, das ist übertrieben …«, versuchte er seine Reaktion abzuschwächen.

»Schwindler. Natürlich haben Sie das gehofft.«

Ganz schön selbstbewusst, diese Anne.

»Sagen wir so, ich habe es erwartet. Schließlich habe ich Sie zu einem Abendessen eingeladen. Das wollen Sie sich vermutlich nicht entgehen lassen.«

Er hörte sie lachen.

»Nein, das auch nicht. Apropos, würde es Ihnen heute Abend passen?«

»Schade, ausgerechnet heute kann ich nicht. Ich bin in … in Paris. Übermorgen komm ich zurück. Dann können wir gerne einen Termin vereinbaren.«

»Termin vereinbaren? Wie das klingt.«

»Pardon, das war uncharmant.«

»Die Generation unserer Eltern hätte vermutlich von einem *Rendez-vous* gesprochen«, half sie ihm auf die Sprünge. »Wir könnten es ein Date nennen, egal, aber Termin geht gar nicht.«

Da hatte sie wohl recht, dachte er. Und emanzipiert war sie auch, schließlich war sie es, die gerade die Initiative ergriff. Das gefiel ihm.

»Ist immerhin kein Blind Date«, erwiderte er lachend, »wir kennen uns ja schon. Im Ernst, ich freu mich, dass Sie angerufen haben. Wollen wir übermorgen Abend ins Auge fassen? Muss ja nicht das *P'tit Bouchon* sein.«

»Ich lass mich gerne überraschen.«

»Dann melde ich mich also bei Ihnen.«

»*Ça me dit bien*. Noch viel Spaß in Paris …«

Paris? Ach so.

»Bin geschäftlich hier. Ist langweilig.«

»Paris ist nie langweilig, oder Sie machen was grundsätzlich verkehrt. *À bientôt.*«

»*Salut!*«

Während des Gesprächs war er langsam weitergefahren – mit den Gedanken bei Anne Dalmasso. Er hatte ein Date, das war doch mal eine schöne Perspektive. Aber jetzt sollte er sich wieder auf seine aktuelle Aufgabe konzentrieren. Langweilig war sie nicht, in dem Punkt hatte er gelogen. Lucien wendete bei einem Kreisel und fuhr wieder zurück. Schließlich hielt er vor einem Restaurant, in dem er noch nie zu Gast gewesen war.

Er interessierte sich nicht für die Qualität der Küche. Er stieg aus und überquerte die Straße. Auf der gegenüberliegenden Seite setzte er sich auf eine Kaimauer. Dass es direkt davor eine Parkbucht gab, minderte die Aussicht von der Terrasse des Lokals auf das Meer, schien ihm aber geradezu ideal. Er stieg über die etwa hüfthohe Mauer und inspizierte die dem Meer zugewandte Seite. Es gab einen schmalen Streifen, danach folgten Felsen, an denen die Wellen anbrandeten. Er holte sein Handy aus der Tasche und machte einige Fotos. Nach allen Richtungen. Dann stieg er über die Mauer zurück und beobachtete die vorbeifahrenden Autos. Schließlich lief er zur Terrasse des Restaurants, auf der immer noch Gäste beim Mittagessen saßen. Jetzt schaute er doch auf die Speisekarte. Tatsächlich, es gab sogar eine Bouillabaisse. Er erinnerte sich an sein Geplänkel mit Onkel Edmond. Allerdings war es völlig egal, wie gut sie hier schmeckte. Er überzeugte sich, dass morgen kein Ruhetag war, fotografierte die Telefonnummer, lief zurück zu seinem Citroën und fuhr davon. Aus dem Auto rief er im Lokal an und reservierte für morgen Abend einen Tisch für eine Person. Auf den Namen Jacques Collard. Das würde sein Abschiedsessen werden.

11

Die Rückfahrt von Marseille verlief ohne größere Staus und Behinderungen. Das war auch gut so, denn er hatte einen straffen Terminplan. Als er auf dem gekiesten Vorplatz der *Villa Béatitude* neben Francines rotem Alfa parkte, öffnete sich unmittelbar danach der Eingang, und Rosalie kam ihm entgegen. Für Lucien zählte das zu den Rätseln der Menschheit: Wie konnte eine nachweislich schwerhörige Frau durch die dicken Mauern der Villa fast immer mitbekommen, wenn er ankam? Egal, ob mit dem Citroën oder mit seiner Vespa. Von ihrer Küche konnte sie es nicht sehen. Und ein Monitor der Überwachungskamera stand dort auch nicht.

»Hallo, mein lieber Lucien«, begrüßte sie ihn. »Alles gut bei dir?«

Er umarmte sie. »Natürlich, wie immer.«

»Versprich mir, dass du immer auf dich aufpasst. Noch mal will ich das nicht erleben.«

Den Tod seines Vaters hatte sie nur schwer verkraftet. Er glaubte ihr, dass sie sich fortwährend Sorgen machte. Ein süßer Hund wie Coco würde sie hoffentlich auf andere Gedanken bringen.

»Ich verspreche es. Außerdem will ich keinem was Böses. Was soll mir schon geschehen?«

Sie riss die Augen auf.

»Es ist was Böses geschehen?«

Er lächelte nachsichtig.

»Nicht doch. Gar nichts ist geschehen. Ich war die ganze Zeit brav wie ein Lamm Gottes.«

Fast hätte er sich dabei bekreuzigt. So sehr hatte er die Rolle als Priester verinnerlicht.

»Ein Lamm Gottes? Das habe ich verstanden. Warum drückst du dich so komisch aus?«

»Tut mir leid. Mir ist in Marseille ein Geistlicher begegnet, der hat so geredet.«

Rosalie rieb sich das Kinn.

»Apropos Lamm, ich könnte wieder mal eine Lammkeule machen. Ein köstliches *gigot d'agneau* mit Honig, Rosmarin und Thymian. Als Beilage vielleicht ein Kartoffelgratin. Hättest du darauf Lust?«

Sie vergaß immer wieder, dass er ein eigenes Lokal führte. Auch dort gab es gelegentlich Lammbraten. Aber Lucien musste zugeben, dass Rosalies *gigot* so gut war, wie es Roland nicht hinbrachte. Was vielleicht daran lag, dass er nicht objektiv war und Rosalies Küche schon als Kind lieb gewonnen hatte.

»Sehr gerne. Aber dann sollten wir Francine dazu bitten.«

»Hätte ich sowieso gemacht. Übrigens wartet sie schon auf dich.«

»Ich weiß, wir haben telefoniert. Bitte nicht erschrecken, später kommt mich Docteur Moreau besuchen, wir haben was zu besprechen. Ach ja, und du bekommst noch Familienbesuch«, kündigte er an.

»Familie? Von meiner Verwandtschaft lebt doch keiner mehr …«

»Du hast deinen Neffen vergessen.«

»Paul kommt mich besuchen? Das ist aber lieb. Ich hab den Kleinen schon länger nicht mehr gesehen …«

So war das mit Kindern und Neffen, dachte Lucien, man konnte zwei Meter groß werden und blieb doch immer klein.

»Ihr könnt ja einen *Marc* zusammen trinken«, schlug er vor. »So, jetzt muss ich zu Francine. Ach so, magst du eigentlich Hunde?«

»Ist wie bei Menschen«, antwortete sie, »hängt von ihrem Charakter ab. Warum fragst du?«

»Nur so, ist mir gerade eingefallen.«

Auf der Treppe in den ersten Stock meldete sich auf seinem Handy die App für den GPS-Tracker, den er bei Collards Auto angebracht hatte. Er blieb stehen und sah, dass das Fahrzeug bewegt wurde. Machte sich Collard jetzt doch aus dem Staub? Dann wäre sein ganzer schöner Plan hinfällig. Er müsste sofort nach Marseille zurück und sich an seine Fersen heften. Er lehnte sich an das Geländer und kontrollierte die Fahrstrecke. Nach wenigen Minuten stoppte Collard. Nichts tat sich mehr. Lucien hatte Collard zwar geraten, die Wohnung möglichst wenig zu verlassen, aber mit dem Auto etwas zu erledigen hatte er ihm nicht verboten. Er hatte seine Handynummer. Er könnte ihn anrufen und ihn fragen, was er gerade mache. Doch wäre das ein Fehler. Collard könnte Verdacht schöpfen. Solange der GPS-Tracker unentdeckt blieb, hatte er seine Spur. Lucien beschloss, die Ruhe zu bewahren.

Als er Francine im Büro gegenübersaß, dachte er einmal mehr, dass sie außergewöhnlich gut aussah. Wie immer untadelig, in einem roten Kleid, mit einer Figur, der man noch nicht ansah, dass sie schwanger war. Francine war ganz anders als alle anderen Frauen, die er so kannte. Es umwehte sie eine Aura der Überlegenheit und des Unnahbaren. Obwohl sie sich mittlerweile schon ziemlich gut kannten, musste er zugeben, dass sie ihm noch immer Rätsel aufgab. Er wurde nicht schlau aus ihr. Einerseits wirkte sie in jeder Sekunde beherrscht, andererseits war sie zu explosiven Ausbrüchen fähig und konnte kaltblütig einen Mann über den Haufen schießen. Kaltblütig? Wohl eher heißblütig! Ob sein Vater sie wohl besser verstanden hatte? Ganz sicher sogar, dachte Lucien. Immerhin waren sie ein Liebespaar gewesen, da verstand man sich naturgemäß besser. Oder man bildete es sich ein. Lucien erinnerte sich an unheilvolle Erfahrungen mit dem anderen Geschlecht. Seitdem wusste er, dass man sich gewaltig täuschen konnte.

»Hallo, Lucien, schön, dich zu sehen. Dein lieber Onkel Edmond hat dir also einen neuen Termin gesetzt, das habe ich am Telefon richtig verstanden?«

»Ist nicht mein *lieber* Onkel«, korrigierte er. »Aber du hast recht, er drückt aufs Tempo.«

»Nicht er, sondern wahrscheinlich eure Auftraggeber, die haben es plötzlich eilig. Weißt du, warum? Und wie habe ich das zu verstehen, dass du den Kontakt zu Collard mit *Gottes Hilfe* zustande gebracht hast?«

Er erinnerte sich an seine Worte. Er hatte das witzig gefunden.

Lucien setzte sich auf die Schreibtischkante – und erzählte ihr die ganze Geschichte. Angefangen vom ersten Treffen im Park bis zur getroffenen Vereinbarung, die sie mit einem Handschlag besiegelt hatten.

Francine sah ihn amüsiert an.

»Ich wusste ja, dass du sehr überzeugend sein kannst. Auch wenn du dich in diesem Fall unlauterer Mittel bedient hast.«

Er zuckte mit den Schultern.

»*La fin justifie les moyens,* der Zweck heiligt die Mittel.«

»Und großzügig bist du auch. Zweihunderttausend Euro für jemanden, den du kaum kennst.«

»Tja, das ist ein Risiko. Ich hoffe, Collard macht das Beste daraus. In Nairobi mit seiner Freundin Malaika. Rein rechnerisch ist es kein Verlustgeschäft. Wenn ich mich jedes Mal mit dieser Summe aus einem Mordauftrag rauskaufen könnte, wäre ich froh.«

Francine lächelte leise.

»Vom Killer zum Menschenfreund, das wäre keine schlechte Entwicklung deiner Persönlichkeit.«

»Ich war nie ein Killer«, protestierte Lucien.

»Ich weiß, aber es war deine Bestimmung.«

»Das ist wohl richtig. Aber nur, weil ich niemanden umbringen will, muss ich nicht gleich zum Menschenfreund werden. Vom Saulus zum Paulus? Ich bin kein Heiliger, mir sind die meisten

Menschen ziemlich egal. Jeder soll für sich entscheiden, wie er durchs Leben kommt. Ich mache es genauso, auch ich versuche nur, meinen … meinen Arsch zu retten.«

Francine hob eine Augenbraue. Störte sie sich an seiner Ausdrucksweise?

»Das gelingt dir bislang ganz gut«, ging sie darüber hinweg. »So, jetzt wäre es aber an der Zeit, mir deinen Plan zu verraten. Du musst ja einen Mord vortäuschen. Wie willst du das anstellen?«

Sein Handy gab einen Signalton. Collards Auto hatte sich wieder in Bewegung gesetzt.

»Ich habe an Collards Auto einen GPS-Tracker angebracht«, erklärte er mit Blick auf das Display. »Offenbar hat er gerade was erledigt, jetzt fährt er wieder … Moment … ja, wie es scheint, fährt er wieder zurück zu seiner Wohnung.«

»Du überwachst ihn?«

»Natürlich. Mein Gottvertrauen hält sich in Grenzen.«

»Sagst du als Priester … Jetzt erzähl schon, was hast du dir überlegt?«

Bevor er antworten konnte, klopfte es an der Tür. Rosalie steckte den Kopf herein.

»Docteur Moreau ist eingetroffen. Soll ich ihn in den Salon bitten?«

»Ja, gerne, ich komm gleich.«

»Bist du krank?«, fragte Francine.

»Ich bin unheilbar gesund«, antwortete er grinsend.

»Hoffentlich kannst du das noch in vierzig Jahren sagen.«

»Außerdem bin ich unheilbar optimistisch.«

»Ich nicht. Im Gegenteil rechne ich immer damit, dass das Schicksal einem ein Bein stellt.«

Ihm war klar, dass sie allen Grund hatte, so zu denken. Auch seine eigene Vita wurde von Tragödien begleitet. Und doch wollte er sich die Zuversicht nicht nehmen lassen.

»Darüber müssen wir mal ausführlicher reden«, sagte er. »Jetzt muss ich aber zu Moreau. Mein Gespräch wird hoffentlich nicht lange dauern. In der Zwischenzeit könntest du mir einen Gefallen tun und für Collard einen Flug nach Nairobi buchen. Aber nicht von Marseille, sondern von Barcelona über Madrid. Übermorgen um acht Uhr dreißig, da geht ein Flieger, ich hab es gecheckt.«

»Warum Barcelona?«

»Um auf Nummer sicher zu gehen. Spanien ist besser als Frankreich.«

»Ein Toter geht auf Reisen, ich verstehe.«

»Ich will kein Risiko eingehen.«

»Und wie kommt er nach Barcelona?«

»Ich werde ihm einen Fahrer organisieren.«

Rosalie stellte ihnen eine Schale mit Macarons hin und zwei Tassen Cappuccino, dann waren sie alleine.

»Ist eine Weile her, dass wir uns das letzte Mal gesehen haben«, sagte der Arzt.

»Das war zur Beerdigung meines Vaters in Roquebrune.«

Moreau nickte.

»Ein würdiger Abschied … Ich kann es immer noch nicht glauben, dass er von uns gegangen ist.«

»Dabei haben Sie persönlich den Totenschein ausgestellt.«

»Das ist wohl wahr, auch erinnere ich mich noch genau an seine fürchterliche Verletzung …« Moreau hüstelte verlegen. »Nun ja, sollte ich besser nicht. Ich habe ja einen Herzinfarkt als Todesursache diagnostiziert.«

Diese Gefälligkeit, dachte Lucien, hatte sich der Doktor fürstlich entlohnen lassen. »Das war sehr rücksichtsvoll von Ihnen.«

Moreau schob sich ein Macaron in den Mund.

»Wie schon mein Vater, der Ihrer Familie als Leibarzt gedient hat, kann ich den Grafen Chacarasses nur schwer einen Wunsch abschlagen.«

»Das freut mich zu hören. Denn tatsächlich habe ich ganz aktuell ein Problem, bei dem Sie mir vielleicht helfen könnten.«

»Kein gesundheitliches, wie ich annehme?«

»Nein, mir geht's gut.«

Dann verriet ihm Lucien sein Anliegen. Moreau verstand sehr schnell, was er von ihm wollte. Offenbar war er es gewohnt, von den Chacarasses mit ungewöhnlichen Bitten konfrontiert zu werden.

Der Doktor sah ihn stirnrunzelnd an.

»Grundsätzlich ließe sich das bewerkstelligen«, sagte er schließlich. »Vorausgesetzt, vorausgesetzt … Nun ja, das wäre abzuklären.« Er kratzte sich am Kopf. »Und es würden einige … wie soll ich sagen … einige Spesen anfallen …«

»Die ich Ihnen selbstverständlich erstatte. Daran soll es nicht scheitern. Wie ich natürlich auch Ihre persönliche Tätigkeit großzügig honorieren werde.«

»Das käme mir sehr gelegen. Ich bräuchte in meiner Praxis ein neues EKG …«

Lucien lächelte.

»Dann hätten sogar Ihre Patienten was davon.«

»Wäre schön, aber noch kann ich nichts versprechen. Zuvor müsste ich abklären …«

»Geht das per Telefon? Wie gesagt, die Angelegenheit ist von hoher Dringlichkeit.«

Moreau nickte.

»Ich kann's versuchen.«

»Ich lasse Sie alleine, damit Sie ungestört telefonieren können.« Lucien stand auf und verließ den Salon.

Draußen setzte er sich auf eine Truhe und kontrollierte den GPS-Tracker. Collards Auto parkte wieder in seiner Straße. Eine Sorge weniger.

Rosalie kam vorbei.

»Ist Moreau schon weg?«

»Nein, er telefoniert.«

»So diskret kenne ich dich gar nicht. Na egal, bleibt er zum Abendessen?«

»Was für ein Abendessen?«

Sie sah ihn kopfschüttelnd an.

»Lucien, ein Abendessen heißt so, weil man das Essen am Abend zu sich nimmt. Was ist daran so schwer zu verstehen?«

»So weit kann ich dir folgen.«

»Sehr schön. Ich habe einen provenzalischen Nudelauflauf vorbereitet, den hat Paul als Kind geliebt. Ich dachte mir, wenn mein Neffe mich schon mal besuchen kommt, könnten wir doch zusammen essen. Francine habe ich schon gefragt, sie würde solange bleiben.«

»Was ist mit mir?«

»Bist natürlich auch dabei, du Dummkopf. Soll ich für Moreau ein fünftes Gedeck auflegen?«

»Nein, er hat leider keine Zeit«, entschied Lucien.

Die Tür zum Salon ging auf. Moreau gab ihm ein Zeichen, wieder hereinzukommen.

»Bin fertig.«

»Mit welchem Ergebnis?«, fragte Lucien, als sie wieder unter sich waren.

»Wir haben Glück. Die, die … nun ja, die Angelegenheit lässt sich im gewünschten Sinne arrangieren. Auch im vorgesehenen Zeitrahmen.«

Lucien atmete erleichtert durch. Die entscheidende Hürde war genommen.

Er klopfte Moreau auf die Schulter. »Gut gemacht.«

»Immer zu treuen Diensten.«

Sie setzten sich und besprachen die Details. Probleme tauchten keine auf. Es sollte alles so klappen wie geplant.

Moreau schob sich ein weiteres Macaron in den Mund.

»Was die Bezahlung betrifft, können Sie mir bei Gelegenheit einen Blankoscheck geben. Sie wissen ja, dass ich keine übertriebenen Forderungen stelle.«

Übertrieben nicht, dachte Lucien. Den falschen Totenschein nach dem Tod seines Vaters hatte sich Moreau aber dennoch sehr ambitioniert honorieren lassen.

»Einverstanden, so machen wir das. Wie gesagt, Sie haben mir sehr geholfen.«

»Das freut mich. Ach ja, ich hätte gern noch eine Bonusleistung«, fiel Moreau plötzlich ein.

Verlor er jetzt doch die Maßstäbe, überlegte Lucien.

Moreau lächelte.

»Ich würde gerne mal mit meiner Frau ins *P'tit Bouchon* zum Essen kommen.«

»Mit dem größten Vergnügen. Sie sind natürlich herzlich eingeladen.«

12

Als Lucien im Salon wieder alleine war, schloss er die Tür ab und ging zu dem großen Gemälde von Auguste Renoir. Er schwenkte den schweren Rahmen zur Seite. Hinter Renoirs *Femme dans un jardin* verbarg sich ein Wandtresor. Ihn zu öffnen war selbst dann unmöglich, wenn man den Zahlencode kannte. Er war zusätzlich mit einem Fingerabdruck- und Augenscanner gesichert. Wenn man was falsch machte, setzte einen ein Stromstoß außer Gefecht. Diesen »Willkommensgruß« hatte sich sein Vater ausgedacht. Nach seinem Tod hatte nur noch Lucien Zugang.

Im Safe lagen neben Dokumenten, Bankunterlagen und Goldbarren auch in erheblichem Umfang Geldbündel. Sein Vater hatte dies damit begründet, dass er eben noch von altem Schlag sei. Nur Bares sei Wahres. Lucien zählte zweihunderttausend Euro ab – und einige Scheine mehr für unerwartete Betriebsausgaben.

Er verschloss den Safe und schwenkte den Renoir zurück.

Aus einer Vorratskammer hinter der Küche holte er eine große, rechteckige Blechdose mit der Aufschrift *Le Bassin d'Arcachon*. Auf dem Bild ein nostalgisches Segelschiff. Die Kekse waren längst vertrocknet. Die Geldscheine passten genau rein.

Nach kurzer Überlegung führte er ein Telefonat.

»Ich wünsche einen gesegneten Abend«, meldete er sich. »Mein Prior hat mich gebeten, mich nach deinem Wohlergehen zu erkundigen.«

Collard antwortete mit belegter Stimme.

»Mir geht's gut und schlecht zugleich. Immerhin …«

»Sprich nicht weiter, mein Sohn«, unterbrach ihn Lucien. »Alles Wichtige bereden wir nur unter vier Augen. Aber ich kann deine innere Unruhe verstehen. Vielleicht erfreut es dich zu hören, dass von unserer Seite alles geregelt ist. Morgen um elf werde ich dich wie besprochen aufsuchen. Ich hoffe, du beherzigst meine Bitte, deine Wohnung möglichst wenig zu verlassen?«

Auf die Antwort war er gespannt.

»Natürlich. Ich gehe nur mit Coco raus. Und vorhin bin ich kurz zur Post gefahren, um ein Paket aufzugeben.«

Immerhin war der Mann ehrlich, stellte Lucien fest. Er hatte seinen kurzen Ausflug nicht verschwiegen.

»Dann wünsche ich dir eine geruhsame Nacht. Morgen ist der Tag des Herrn. *Que Dieu te bénisse!*«

Dass ihn Gott beschützen möge, war ein frommer Wunsch. Schaden konnte er nicht.

Zurück im Büro, wurde er von Francine erwartet.

Der Flug für Collard sei gebucht, sagte sie. Economy, das müsse reichen. Erste Klasse wäre übertrieben.

Sie sah ihn fragend an.

»Jetzt schieß schon endlich los. Ich höre!«

Lucien nickte. Nach dem Gespräch mit Moreau konnte er ihr wirklich seinen Plan verraten, denn nun schien klar, dass er auch realisierbar war. Er setzte sich hinter seinen Schreibtisch, lehnte sich zurück, verschränkte die Hände hinter dem Kopf – und schilderte ihr, was er vorhatte.

Sie hörte ihm aufmerksam zu. Einige Male stellte sie Zwischenfragen. Aber nur wenige, denn so kompliziert war seine Idee nun auch nicht. Abschließend klopfte er auf die große Keksdose. Die zweihunderttausend für Collard habe er schon vorbereitet.

»Könnte funktionieren«, sagte Francine schließlich.

»Ein wenig mehr Enthusiasmus hätte ich schon erwartet.«

Über ihr Gesicht huschte ein Lächeln.

»Doch, da hast du dir was Nettes ausgedacht. Nicht gerade besonders unauffällig, aber … wie soll ich sagen … zielorientiert.«

»Na immerhin, danke für die Ermunterung. Später kommt Paul, mein *chef de service*, du erinnerst dich bestimmt an ihn …«

»Wie könnte man sich an Paul nicht erinnern? Rosalie hat mir den Besuch ihres Neffen bereits angekündigt. Sie ist ganz aufgeregt. Ich habe versprochen, zum Abendessen zu bleiben. Warum hast du ihn herbestellt?«

»Weil ich die Nummer nicht alleine durchziehen kann. Ich brauche Hilfe.«

»Ich bin auch noch da.«

»Lieb von dir, aber das will ich dir nun wirklich nicht zumuten.«

»Dazu müsstest du ihn aber einweihen. Ist das eine gute Idee?«

»Natürlich verheimliche ich ihm den wahren Hintergrund. Er wird mir glauben, wenn ich ihm vorschwindle, dass ich gelegentlich Samariterdienste leiste und Menschenleben rette. Dabei muss ich mich oft unkonventioneller Methoden bedienen.«

»So kann man das auch formulieren.«

»Ist wie immer eine Frage der Perspektive. Außerdem läuft es im Falle von Collard genau darauf hinaus.«

Sie deutete auf ihren Computer.

»Ich hab in der Zwischenzeit ein wenig recherchiert. Du liegst mit deiner Idee im Trend. Die Polizei vermutet Jugendliche hinter den Taten, die mit diesen Protestaktionen gegen die Gesellschaft rebellieren wollen.«

»Dann bin ich eben auch ein Jugendlicher und schließe mich dieser Protestbewegung an.«

»Geht nur nicht immer so schlimm aus wie bei dir.«

»Aber es kann passieren.«

»Edmonds Einladung zum Tee folgend, stehst du ziemlich unter Zeitdruck.«

»Kann man so sagen. Deshalb muss Collard bereits morgen Abend … seinen Abschied nehmen.«

»Stell ich mir nicht einfach vor, selbst mit Pauls Hilfe.«

»Einfach nicht, aber wird schon klappen.« Er klopfte sich an die Stirn. »Das Drehbuch habe ich im Kopf.«

»Ein Drehbuch ist das eine, die filmische Umsetzung etwas anderes. Ich möchte dir meine Dienste als Regieassistentin anbieten.«

Lucien hatte eigentlich nicht vorgehabt, sie dabeizuhaben. Andererseits, überlegte er, war sie ihm schon mal zur Seite gestanden. Bei einem Mordauftrag, der ihn nach San Remo geführt hatte. Mit ihrer coolen Art hatte sie zum Erfolg beigetragen.

»Hast du Angst, ich könnte die Produktion in den Sand setzen?«, fragte er lächelnd.

»Nein, habe ich nicht. Als Regieassistentin könnte ich besonders auf den künstlerischen Ausdruck achten …«

Lucien grinste.

»Hört sich gut an. Vielleicht werden wir für den Oscar nominiert?«

»Wann willst du nach Marseille fahren? Noch heute Nacht?«

»Muss nicht sein. Morgen früh um sieben reicht völlig.«

Francine nickte.

»Ich bin pünktlich hier. Fahren wir zu dritt im Citroën?«

»Nein. Paul soll den alten Landrover aus der Garage nehmen. Ich finde, der passt besser zu ihm.«

»Vorausgesetzt, Paul macht mit. Ist ja noch nicht sicher.«

»Davon gehe ich fest aus. Er muss jeden Moment kommen. Ich würde mich sehr wundern, wenn er ablehnt.«

13

Lucien hatte sich nicht getäuscht. Er musste Paul nicht lange überreden. Er war sofort dabei. Und zwar voller Begeisterung. Viele Worte verlor er dennoch nicht. Wie es eben seine Art war. Seltsamerweise zeigte er sich wenig überrascht, dass sein Chef neben dem *P'tit Bouchon* noch einer anderen, gewissermaßen ehrenamtlichen Tätigkeit nachging. Wie genau die Zusammenhänge im Einzelnen waren, wollte er nicht wissen. Ausschlaggebend war für ihn die Aussicht auf Abwechslung mit einem Hauch von Abenteuer. Als Catcher hatte er früher schwere Jungs aufs Kreuz gelegt. Dagegen musste er als *chef de service* immer brav und freundlich sein. Das brachte er erstaunlich gut hin, aber tief im Inneren war er wohl doch ein wenig frustriert. So gesehen, überlegte Lucien, hatte der aktuelle Auftrag fast schon therapeutischen Nutzen. Paul freute sich über den Landrover. Selber fuhr er ein schweres Motorrad, aber es leuchtete ihm ein, dass er für den Auftrag ein Auto brauchte. Er wusste, was er zu tun hatte.

Sie verabredeten sich am nächsten Vormittag in Marseille. Lucien sagte, dass er sich nicht wundern dürfe, wenn er dort womöglich im Ornat eines Priesters auftrete. Paul zuckte gleichmütig mit den Schultern. Beim Catchen sei er im Kostüm eines Furcht einflößenden Wikingers in den Ring gestiegen.

Lucien hatte für ihn noch einen weiteren Auftrag. Nach der Aktion morgen Abend müsse er jemanden zum Flughafen nach Barcelona fahren und dort bis zur Passkontrolle begleiten. Die Strecke über Montpellier betrage etwas über fünfhundert Kilometer. Bis zum Abflug nach Madrid um acht Uhr dreißig sei das gut zu schaffen. Selbst im alten Landrover. Dass es in Madrid einen Anschlussflug nach Nairobi gab, musste Paul nicht wissen. Wahrscheinlich interessierte es ihn auch nicht.

Eine halbe Stunde später saßen sie zusammen am großen Tisch in der Küche: Rosalie, Francine, Paul und Lucien. In der Mitte eine große Terrine mit dem provenzalischen Nudelauflauf à la Rosalie. Mit Hackfleisch, Paprika, Tomaten, Zucchini, Zwiebeln, geriebenem Käse – und so viel Knoblauch, dass es die provenzalischen Kräuter wie Thymian und Rosmarin schwer hatten, sich zu behaupten.

Paul fächerte vor der Nase mit der Hand.

»Da hast du es mit dem Knoblauch aber gut gemeint«, stellte er fest, »da beschlägt sich ja meine Brille.«

Rosalie runzelte die Stirn.

»Du trägst ja gar keine Brille. Aber zugegeben, diesmal bin ich vielleicht etwas über das Ziel hinausgeschossen.«

»Ist gut gegen Vampire«, sagte Francine.

»Und gegen zu hohen Blutdruck und Durchfall«, ergänzte Lucien feixend.

»Aber schmeckt großartig«, konstatierte Paul mit vollem Mund. »Ein Fest für die Sinne.«

Rosalie warf Lucien einen triumphierenden Blick zu.

»Hast du das gehört? Gib es zu, so etwas Feines hast du in deinem Lokal nicht auf der Speisekarte.«

Aus gutem Grund, dachte er. Denn obwohl Knoblauch wie der Lavendel zum Odeur der Provence gehörte, würden bei dieser Wolke im *P'tit Bouchon* nur die wirklich Hartgesottenen ausharren.

»Nein, habe ich nicht. Umso schöner die Abwechslung. Rosalie, du bist ein Schatz. *Un grand merci.*«

»Ich habe im *P'tit Bouchon* angerufen«, sagte Paul zwischen zwei Bissen, »und mir für zwei Tage freigenommen.« Er grinste. »Ich hoffe, das geht in Ordnung?«

Lucien lachte.

»Ist hiermit genehmigt. Es interessiert mich auch nicht, was du während deines Kurzurlaubs so treibst. Hauptsache, du hast Spaß dabei.«

»Da bin ich zuversichtlich.«

Francine sah auf die Uhr.

»Bitte seid mir nicht böse, ich muss jetzt weg.« Und an Paul gerichtet: »Wir sehen uns morgen. *Bonne chance.*«

Rosalie sah fragend in die Runde.

»Ihr seht euch morgen?«

»Ja, in Marseille.«

Rosalie klatschte in die Hände.

»Eine Art Familienausflug, wie schön. Das nächste Mal will ich auch dabei sein. Francine, bitte warte noch einen Moment, darauf müssen wir anstoßen.«

Die alte Haushälterin stand auf und holte ihre geliebte Flasche *Marc de Provence.* Dazu vier Gläser, die für den Tresterschnaps eigentlich zu groß waren. Aber daran hatte sie sich noch nie gestört. Sie goss ein und hob ihr Glas.

»*À la famille! Santé!*«

Auf die Familie? Lucien gab dieser gut gemeinte Trinkspruch einen Stich. Mit einem Blick zu Francine sah er, dass es ihr ähnlich ging. Zu seiner Familie gehörte als Oberhaupt sein Vater Alexandre, doch der lebte nicht mehr. Francine wäre mittlerweile vielleicht mit ihm verehelicht und würde somit tatsächlich ganz offiziell zur Familie gehören. Sie wäre eine angeheiratete Comtesse de Chacarasse. Aber dazu war es nicht mehr gekommen. Und Rosalie? Sie war die gute Seele der Familie. Hoffentlich weilte sie noch lange unter ihnen. Und Paul? Den hatte er nie zur Familie gezählt – und würde es auch in Zukunft nicht tun. Er war Rosalies Neffe … und sein Angestellter im *P'tit Bouchon*. Doch er war, die Hoffnung hegte er, eine Person, der er vertrauen konnte. Jedenfalls bis zu einem bestimmten Punkt. Aber keinen Schritt darüber hinaus. Lucien dachte an seinen Vater, der ihm eingebläut hatte, nur einem einzigen Menschen zu vertrauen – nämlich sich selbst. So gesehen, fühlte er sich nicht wohl dabei, dass er Edmonds aktuellen Auftrag nun im Team anging. Er nahm sich vor, in Zukunft einfachere Lösungen zu finden. Die Grafen von Chacarasses waren immer Einzelgänger gewesen. Nur so hatten sie überlebt – die meisten jedenfalls. Als einzige Entschuldigung könnte er vorbringen, dass es relativ einfach war, jemanden umzubringen – aber ungleich schwieriger, dies nur zum Schein zu tun.

Später am Abend stieg er die Treppe hinunter in die Katakomben der *Villa Béatitude. Les catacombes,* das waren unterirdische Räume, die schon sein Großvater angelegt hatte. Mit einem versteckten Zugang. Vor der schweren Stahltür atmete er einige Male tief durch. Dann entsicherte er sie und trat ein. Innen gingen automatisch die Lichter an. Er zog die Tür hinter sich ins Schloss – und war alleine. Kein Geräusch drang von außen an sein Ohr. Ein beklemmendes Gefühl. Eine Belüftungsanlage schaltete sich mit leisem Surren ein.

Der Vorraum erinnerte an ein Museum. In Vitrinen lagen Reliquien, die alle an die jahrhundertealte Tradition der Familie erinnerten. Mit den Duellpistolen im ersten Schaukasten hatte einer seiner Vorfahren im 18. Jahrhundert einen spanischen Thronfolger ins Jenseits befördert. Im nächsten lag eine Armbrust. Mit ihr hatte sein Urgroßvater einen englischen Warlord aus dem Sattel geschossen. Lucien kannte alle Geschichten. Als Kind hatte er sie für gruselige Märchen gehalten. Doch irgendwann war ihm klar geworden, dass sie der Wahrheit entsprachen. Die ausgestellten Waffen hatten alle eines gemeinsam: Mit ihnen wurden Menschen getötet. Die Vorstellung war nicht weniger gruselig.

Lucien ging an den Vitrinen vorbei nach hinten, wo sich ein Schießstand befand. Davor eine Waffenkammer. Von kleinen Pistolen, die sich im Ärmel verstecken ließen, bis hin zu Gewehren mit Zielfernrohr waren alle Gattungen vertreten. Er hatte sich vorgenommen, mit keiner dieser Schusswaffen je auf einen Menschen zu schießen. Und dennoch blieb der Zweifel, ob es nicht doch mal nötig werden könnte.

Für seinen aktuellen Auftrag, so viel war klar, brauchte er keine Waffe. Aber was anderes. Er öffnete einen Stahlschrank und lächelte. Die Vorratshaltung seines Vaters war wirklich vorbildlich.

Lucien nahm, was er brauchte, und stopfte alles in eine mitgebrachte Reisetasche. Benötigte er sonst noch was? Nein – nur die Zuversicht, dass alles so klappte, wie er sich das überlegt hatte. Er hoffte, dass morgen um diese Zeit alles vorbei war.

14

Sie fuhren pünktlich kurz nach sieben Uhr los. Lucien war es nicht gewohnt, so früh aufzustehen. Francine offenbar auch nicht. Weshalb sie beide noch nicht so richtig wach waren und kaum miteinander sprachen. Er wusste das sehr zu schätzen. Francine war eine wunderbare Beifahrerin – sie verlor keine überflüssigen Worte.

In Marseille angekommen, fuhren sie zu dem Hotel, in dem Lucien schon die letzten Tage gewohnt hatte.

Man hieß ihn an der Rezeption wieder herzlich willkommen. Francine bekam einen Schlüssel für ihr Zimmer ausgehändigt. Es lag im selben Stockwerk. Wie auch das reservierte Zimmer für Paul. Eigentlich brauchte er keines. Wenn alles nach Plan lief, würde er in der kommenden Nacht nach Barcelona fahren. Aber vielleicht wollte er sich zuvor etwas ausruhen und frisch machen? Lucien war wichtig, dass er später, wenn es darauf ankam, fit war.

Mit Francine hatte er vereinbart, dass sie vorläufig im Hintergrund blieb. Collard könnte es verwirren, wenn er in seiner Rolle als Priester plötzlich in Begleitung einer attraktiven jungen Frau erschien. Doch sprach nichts dagegen, dass sie ihn auf dem Weg zu Collards Wohnung begleitete.

Auf die schwarze Soutane verzichtete er. Schließlich war er heute in geheimer Mission unterwegs. Außerdem war ihm darunter zu warm. Um aber dennoch einen würdigen Eindruck zu machen, trug er zur weißen Leinenhose die Kette mit dem schweren Kreuz über einem ebenfalls weißen T-Shirt. Die Keksdose mit den zweihunderttausend Euro hatte er in einer Einkaufstasche der *Galeries Lafayette*. Er wollte die Scheine Collard noch nicht geben, aber sie ihm kurz zeigen, um etwaige Zweifel zu zerstreuen. Der Anblick von Geld war ein überzeugender Köder.

Weil sie früh dran waren, blieb Zeit für eine Tasse *café au lait* mit Croissant im Panier-Viertel. Francine war noch nie hier gewesen. Sie fand die Atmosphäre *très charmante.*

Mit der kleinen *navette* setzten sie über auf die andere Seite des *vieux port.* Kurz vor Collards Wohnung trennten sie sich. Francine versprach, in der Nähe zu warten.

Lucien entdeckte Collards alten Renault in einer Seitenstraße. Das Auto war wirklich in einem erbärmlichen Zustand.

Kurz nach dem Läuten wurde der Summer betätigt. Collard erwartete ihn in der Wohnungstür und bat ihn eilig herein. Er sah müde aus. Was kein Wunder war, wahrscheinlich hatte er kaum geschlafen.

»Wie geht es dir, mein Sohn?«, fragte Lucien. »Ich hoffe, du bist frohen Mutes und voller Zuversicht. Morgen um diese Zeit wirst du über den Wolken deinen Häschern entfliehen und im Flugzeug einem neuen Leben entgegenschweben.«

Einmal mehr wunderte sich Lucien, wie leicht es ihm fiel, so verquast zu sprechen. Mindestens ebenso sehr erstaunte es ihn, dass Collard diese Komödie für authentisch hielt.

Die nächste halbe Stunde verbrachten sie damit, alles im Detail durchzusprechen. Gleich zu Beginn zeigte ihm Lucien das Geld. In Collards fahlem Gesicht leuchteten plötzlich die Augen. Der Köder funktionierte. Ab jetzt war er konzentriert bei der Sache.

Collard deutete auf seine gepackte Reisetasche. Oben lagen das abgegriffene Album mit den Fotos seiner verstorbenen Frau und der Bilderrahmen mit Malaika. Er sei bereit, sagte er.

Lucien fragte nach dem Paket, das er gestern auf die Post gebracht hatte. Er habe nicht alles in der Tasche untergebracht, gestand Collard, deshalb habe er einiges per Luftfracht nach Nairobi vorausgeschickt. Ohne Absender. Ob das ein Problem sei?

Gute Frage, dachte Lucien, aber wohl eher nicht.

Immer wieder streichelte Collard seinen Hund. Von Coco Abschied zu nehmen, falle ihm unglaublich schwer, sagte er. Das sei am allerschwersten. Ihn tröste nur das Versprechen, dass es Coco in Zukunft gut haben werde. Darauf setze er.

Dass es Coco gut haben werde? Lucien war davon überzeugt, auch wenn Rosalie von ihrem Glück noch nichts wusste.

Als sie sich verabschiedeten, hatte Collard feuchte Hände. Natürlich war er aufgeregt. Lucien hoffte, dass er durchhalten würde. Bis zu seinem Abschiedsessen heute Abend an der Corniche – mit Blick aufs Meer. Aber so lange würde er ihn nicht alleine lassen. Collard brauchte in den letzten Stunden seines Lebens ganz sicher priesterlichen Beistand. Er würde ihm zur Seite stehen und darauf achten, dass er auf keine dummen Gedanken kam.

Wieder draußen auf der Straße, entdeckte er Francine an einem der kleinen Tische der gegenüberliegenden *Bar à vin*. Sie las Zeitung, sah ihn aber kommen. Lucien zog einen Stuhl heran und setzte sich zu ihr. Die Einkaufstüte mit der Keksdose hängte er an die Armlehne. Es hatte völlig genügt, Collard das Geld zu zeigen. Bekommen würde er es erst heute Abend. Er wollte ihn nicht in Versuchung führen.

Francine zeigte ihm einen Zeitungsartikel, in dem über den bevorstehenden Börsengang des Pharmaunternehmens berichtet wurde, für das Collard bis zu seinem Rauswurf gearbeitet hatte. Es zeichne sich eine starke Nachfrage für die Aktien ab, hieß es. Unter den neu entwickelten Arzneimitteln, die sich in der Pipeline befänden, seien einige Blockbuster, die eine Gewinnexplosion erwarten ließen. Francine lächelte. Das sei ja wohl ein Trugschluss, merkte sie an. Falls in der Entwicklung, wie von Collard behauptet, wirklich Untersuchungsergebnisse gefälscht wurden, würde das spätestens bei der Arzneimittelprüfung auffliegen. Aber erst nach dem Börsengang, dann hätte man längst Kasse gemacht.

Lucien dachte an Edmonds Fristsetzung. Die Nervosität der Auftraggeber war leicht nachzuvollziehen. Sollte er ein schlechtes Gewissen haben, weil er bei dem Spiel indirekt mitspielte? Nein, ihn plagten keine Zweifel. Die Geschäfte an den Kapitalmärkten waren ihm schon immer suspekt gewesen. Nur Narren glaubten, dass hier alles mit rechten Dingen zuging. Ihm fiel der Roman *L'argent* von Émile Zola ein. Der hatte schon vor über hundert Jahren erkannt, nach welchen Regeln gespielt wurde – nämlich nach keinen.

Aus dem Augenwinkel sah Lucien, wie Collard sein Haus verließ. Mit Coco an der Leine. Er konnte sich denken, wo es hinging: zum Park und wieder zurück. Vielleicht mit einem kurzen Abstecher zu einer kleinen Kirche, um vor einem Seitenaltar eine Kerze anzuzünden.

»Ist das Collard?«, fragte Francine leise.

Lucien nickte.

»Süßer Hund«, stellte sie fest. »Rosalie wird sich freuen.«

»Das hoffe ich.«

Francine stand auf.

»Ich werde mal hinter ihm hergehen und schauen, dass er keinen Unsinn macht.«

»Rück ihm nicht zu sehr auf die Pelle, sonst denkt er noch, du willst ihn umbringen.«

Sie zog eine Augenbraue nach oben.

»Erstens sehe ich nicht aus wie eine Killerin, und zweitens hast du ihm von einem Mann erzählt, der im Beichtstuhl den bevorstehenden Mord gebeichtet hat. Wartest du hier?«

»Ja. Aber anschließend müssen wir weiter, es gibt einiges vorzubereiten.«

Er sah Francine versonnen hinterher. Sie beherrschte die Kunst, mit hochhackigen Schuhen über Kopfsteinpflaster zu laufen, als würde es sich um einen ebenen Parkettboden handeln. Francine hatte eine erotische Ausstrahlung – selbst von hinten. Durfte er so etwas denken? Über die Geliebte seines Vaters? Denken schon, überlegte er, das war normal. Solange er die Grenzen respektierte, die sie sich unausgesprochen gesteckt hatten. Zumindest für den Augenblick – oder für immer. Das stand in den Sternen.

Jedenfalls sah sie wirklich nicht aus wie eine Killerin. Aber Gottesanbeterinnen sahen auch gut aus – und brachten Männchen um. Vom äußeren Schein sollte man sich also nicht täuschen lassen.

Er nahm sein Handy und kontaktierte Paul. Der war bereits im Hotel eingetroffen. Er habe eine angenehme Fahrt gehabt, sagte er. Um lachend hinzuzufügen, es sei ja keiner im Auto gewesen, der ihn hätte stören können. Jetzt mache er ein Nickerchen. Lucien sagte, dass er noch mit Francine unterwegs sei. In einer guten halben Stunde sei er zurück, um mit ihm die nächsten Schritte zu besprechen.

Lucien bestellte einen Pastis. Mehr Alkohol würde er bis heute Nacht nicht trinken. Er brauchte einen klaren Kopf. In Gedanken ging er seinen Plan durch. Es sprach nichts dagegen, dass alles genauso klappte, wie er sich das vorstellte. Aber auch das Gegenteil war möglich. Sein Vater hatte oft einen Anglizismus bemüht: *Shit happens!* Unvorhergesehene Ereignisse konnten den schönsten Plan zunichtemachen. Deshalb brauche es immer einen Plan B. Lucien gestand sich ein, dass er sich keinen zweiten Plan überlegt hatte. Er musste einfach funktionieren.

15

Francine berichtete, dass Collard tatsächlich einen Umweg über die kleine Kirche gemacht habe. Diesmal habe er sogar drei Kerzen angezündet. Vielleicht eine für seine verstorbene Frau, eine für Malaika – und eine für sich? Das sei keine schlechte Idee, meinte sie. Etwas himmlischer Beistand könne nicht schaden. Dabei sah sie Lucien schmunzelnd an. Als Priester würde er ihr wohl kaum widersprechen.

Im Hotel angekommen, verstaute Lucien die Keksdose im Safe. Sie passte genau hinein. Er nahm die Kette mit dem Kreuz ab, dann klopfte er an Pauls Zimmer. Sein *chef de service* war bester Dinge. Mit einer Einschränkung: Sein Bett sei zu klein, aber diagonal gehe es. Er hoffe nur, dass es unter seinem Gewicht nicht zusammenbreche.

Die Sorge sei hypothetischer Natur, stellte Lucien fest. Wie er wisse, werde er in diesem Zimmer ohnehin nicht übernachten. Stattdessen werde er die kommende Nacht am Steuer des Landrover verbringen. Er erklärte ihm erneut den Ablauf. Paul hatte keine Fragen.

Später trafen sie sich in der Garage. Sie ließen den Landrover stehen und fuhren alle drei in Luciens Citroën. Es ging über den Quai des Belges am alten Hafen vorbei, dann nach rechts zur Plage des Catalans und weiter über die Corniche Kennedy am Meer entlang. Links oben thronte die Basilika Notre-Dame-de-la-Garde, von der man einen fantastischen Blick über Marseille hatte und zu den vorgelagerten Frioul-Inseln, zu denen auch das legendäre Château d'If zählte. Auch aus dem Auto war die einstige Gefangeneninsel zu sehen. Lucien musste nur den Kopf drehen und an Francine vorbei hinaus aufs Meer blicken.

Berühmtheit hatte die Festung nicht nur durch Alexandre Dumas erlangt, sondern im 16. Jahrhundert auch durch ein … durch ein Panzernashorn. Während er den Wagen weiter über die Uferstraße steuerte, erinnerte sich Lucien, wie er als Kind von seinem Vater die abenteuerliche Reise des ersten Nashorns in Europa erzählt bekommen hatte. Ursprünglich stammte es aus Indien und wurde dem portugiesischen König zum Geschenk gemacht, der es wiederum dem Papst versprochen hatte. Auf seiner Schiffsreise nach Italien wurde das Panzernashorn womöglich seekrank, jedenfalls blieb es für einige Zeit auf Château d'If, wo es von Tausenden Besuchern bewundert wurde. Auch der französische König ließ sich den Anblick des Fabelwesens nicht entgehen. Tragischerweise geriet das Schiff bei der stürmischen Weiterfahrt in Seenot und sank. Das Panzernashorn ertrank. Dabei seien asiatische Nashörner gute Schwimmer, hatte sein Vater erzählt, aber sie seien auch sehr kurzsichtig, weshalb es womöglich das rettende Ufer nicht gesehen habe. Lucien wusste, dass sein Vater Geschichten gerne ausschmückte, weshalb er als Kind nie sicher sein konnte, was wahr oder erfunden war. Schließlich sei das Nashorn doch noch im Vatikan angekommen, hatte er erzählt. Ausgestopft! Von einem deutschen Künstler gebe es einen berühmten Holzschnitt mit dem Rhinozeros. Das Bild kannte er, wie war doch gleich der Name des Künstlers …

»Hast du mich gehört?«, riss ihn Francine aus seinen Gedanken. »Ich habe dich gerade gefragt, wie weit wir noch fahren müssen?«

Überrascht stellte Lucien fest, dass er sich trotz der aktuellen Anspannung in Erinnerungen aus seiner Kindheit verloren hatte. Seine Mutter hatte wohl recht gehabt, als sie ihn liebevoll einen Träumer genannt hatte. Aber das Leben war kein Traum. Das wusste er mittlerweile. Er sollte sich vielmehr darauf konzentrieren, dass es kein Albtraum wurde.

»Tut mir leid«, entschuldigte sich Lucien. »Wir sind gleich da.«

Ihm fiel der Name des Künstlers mit dem Nashorn ein. Dürer, Albrecht Dürer.

Sie näherten sich dem Restaurant, in dem er für heute Abend einen Tisch für Collard reserviert hatte. In der Parkbucht gegenüber stand ein Cabrio mit belgischem Kennzeichen.

Neben dem Restaurant waren weitere Standplätze. Einer war frei. Lucien parkte. Sie stiegen aus. Nach einer kurzen Erklärung verstanden Francine und Paul, warum das hier eine geeignete Location war. Sie schlenderten auf die andere Straßenseite zum belgischen Cabrio. Heute Abend durfte es hier nicht mehr stehen. Wenn die Belgier nicht rechtzeitig wegfuhren, musste er das Auto abschleppen lassen. Aber mit welcher Begründung?

Sie stiegen über die niedrige Mauer. Francine trug einen engen Rock, hatte aber trotzdem keine Probleme. Auch die Stöckelschuhe behinderten sie nicht. Seine Hand, die er ihr zur Hilfe anbot, ignorierte sie.

Lucien erläuterte Paul, wie er sich den Ablauf konkret vorstellte. Der Hüne nickte stumm vor sich hin. Er begutachtete den schmalen Streifen zwischen Mauer und den Felsen zum Meer. *»Ça pourrait marcher«,* brummte er schließlich, »das könnte klappen.« Lucien hätte sich mehr Zuversicht gewünscht. Aber immerhin machte er keinen Rückzieher. Schließlich kam es auf ihn entscheidend an.

»Der Plan ist gut, ich bin mir sicher, er funktioniert«, sagte Francine mit einem Lächeln.

Worte der Ermunterung. Lucien warf ihr einen dankbaren Blick zu.

»Ich gehe jetzt rüber und reserviere einen weiteren Tisch«, entschied Francine. »Für zwei Personen. Wir sollten Collard im Auge behalten.«

Da sprach nichts dagegen, überlegte Lucien. Zuvor sollte er Collard aber eine einleuchtende Erklärung geben, warum ein Priester, der irdische Enthaltsamkeit gelobt hatte, mit einer attraktiven Dame von Welt zu Abend dinierte. Er würde Francine als eine der »Spezialisten« deklarieren, die er erwähnt hatte. Ihr glamouröses Aussehen gehöre zur Tarnung.

16

Am Abend war es endlich so weit. Lucien begleitete Jacques Collard aus seiner Wohnung. Auf der Straße machte er ihn mit Francine bekannt. Sie sei eine wertvolle Mitarbeiterin, sagte er, und stelle ihre Fähigkeiten ehrenamtlich in den Dienst der Kirche. Außerdem werde sie sich vorübergehend um seinen Hund kümmern und Coco morgen zu der alten Dame bringen, die sich schon sehr auf den vierbeinigen Familienzuwachs freue.

Collard wischte sich eine Träne aus dem Auge und gab seinem Hund einen Abschiedskuss zwischen die Ohren. Ein letzter Blick hinauf zur Wohnung, dann setzte er sich ans Steuer seines Renault.

Lucien und Francine fuhren im Citroën vorneweg, Collard folgte.

Kurz vor dem Ziel rief Lucien Paul an. Der blockierte mit seinem Landrover den Parkplatz gegenüber dem Restaurant an der Corniche. Die Belgier waren nach dem Mittagessen weggefahren. Als sie die Parkbucht erreichten, räumte Paul den Platz für Collards Renault. Den Landrover stellte Paul hundert Meter weiter auf dem rechten Seitenstreifen ab. Nicht ganz legal, aber so, dass er den Verkehr nicht behinderte. Lucien parkte den Citroën neben dem Lokal im Schatten eines Baumes. Die Fenster ließ er mit Rücksicht auf den Hund einen Spalt geöffnet. Coco machte es sich auf dem Rücksitz bequem.

Lucien und Francine beobachteten Collard, wie er die Straße überquerte und zur Terrasse des Restaurants ging. Er sprach mit einer Bedienung und deutete zum gegenüber geparkten Renault. Lucien wusste, dass er fragte, ob er dort stehen dürfe.

So hatten sie das ausgemacht. Natürlich durfte er. Die Frage war dennoch wichtig: Collard sollte sich möglichst auffällig verhalten. Möglichst viele Angestellte sollten ihn in Erinnerung behalten und zudem wissen, dass der rote Renault auf der anderen Straßenseite ihm gehörte. Collard hielt sich an das Drehbuch. Jedenfalls bis zu diesem Zeitpunkt. Er nahm an seinem reservierten Tisch auf der Terrasse Platz. Vorneweg bestellte er ein Glas Champagner.

Francine brachte Collards Reisetasche aus dem Citroën zum Landrover. Auch einen kleinen Rucksack, in dem Lucien die Keksdose mit dem Geld verstaut hatte. Anschließend ging auch sie zum Restaurant und zu ihrem reservierten Tisch. Im Vorbeigehen schenkte sie Collard ein aufmunterndes Lächeln.

Lucien beobachtete alles von der Straße aus. Er schlenderte zu Collards Renault. Kein Mensch interessierte sich für ihn. Er stieg über die Mauer. Der Streifen bis zu den Felsen am Wasser war knapp zwei Meter breit. Paul hockte auf dem Boden. Mit dem Rücken gegen die Mauer gelehnt, rauchte er eine Zigarette und schaute hinaus aufs Meer. Er machte einen tiefenentspannten Eindruck.

»*Salut, Paul, tout sous contrôle?*«

»*Mais oui,* alles unter Kontrolle. Ihr könnt euch Zeit lassen, ist gemütlich hier.«

Lucien lächelte.

»Dann schlaf mal nicht ein.«

Er stieg zurück über die Mauer, wartete einige vorbeifahrende Autos ab, um dann die Straße zu überqueren. Wie zuvor schon Francine nickte auch er Collard im Vorbeigehen aufmunternd zu. Zudem deutete er ihm mit gestrecktem Daumen kurz an, dass alles in Ordnung sei. Er setzte sich zu Francine an den Tisch.

Lucien bekam gerade einen Teller mit *fruits de mer* serviert, da erhielt er einen Anruf von Paul.

»Wir haben ein Problem. Du musst kommen.«

Lucien entschuldigte sich bei Francine.

»Pardon, bin gleich wieder da.«

Paul kam ihm auf der Straße entgegen. Sie gingen einige Meter zur Seite, wo sie ungestört reden konnten – und nicht Gefahr liefen, überfahren zu werden.

»Was gibt's?«, fragte Lucien.

»Ein Angler hat sich genau dort hingesetzt, wo wir ihn nicht brauchen können, auf einem Felsen direkt hinter der Parkbucht. Er sagt, das sei sein Stammplatz zum Fischen. Er lässt sich mit guten Worten nicht vertreiben.«

Lucien dachte, dass es für Paul mit seiner Catcher-Vergangenheit ein Leichtes wäre, dem Mann das Genick zu brechen, doch wäre das keine Lösung. Zudem war Paul ein friedfertiger Mensch.

»Mal schauen, was ich erreichen kann«, sagte Lucien.

Er ging über die Straße und stieg über die Mauer. Paul folgte ihm.

Der Angler saß mit dem Rücken zu ihnen auf dem Felsen und blickte über seine Angelrute hinaus auf das Meer. Unter dem Hintern ein Kissen. Neben sich ein Korb für den erhofften Fischfang. Eine aufgeklappte Box mit den nötigen Angelutensilien. Eine Thermoskanne … Ganz offensichtlich beabsichtigte er, länger zu bleiben.

Lucien fiel kein überzeugendes Argument ein, mit dem er ihn von hier vertreiben könnte. Doch ein Argument gab es immer …

Er machte Paul ein Zeichen, sich ruhig zu verhalten, und schlich sich von hinten an.

Der Handkantenschlag traf ihn kurz und trocken an genau der richtigen Stelle. Der Angler sackte zusammen und kippte um … Lucien fing ihn auf, zog mit der anderen Hand das Kissen hervor und legte es ihm unter den Kopf. Paul beobachtete Lucien mit großen Augen. Von dieser Seite hatte er seinen Chef noch nicht kennengelernt. Lucien fühlte dem Angler den Puls. Dann drückte er ihm die Halsschlagader zu. Nicht so lange, dass er bleibende Schäden davontrug, aber lange genug, dass er für eine Weile nicht mehr zur Besinnung kommen würde. Vor allem in Kombination mit dem Druck, den er auf einen besonders sensiblen Vitalpunkt ausübte. Die Methode hatte er von seinem Vater gelernt. Wie so vieles, von dem er eigentlich nichts mehr wissen wollte – das sich in der Praxis aber dann doch als nützlich erwies.

»Er wird sich eine Weile ruhig verhalten«, sagte Lucien zu Paul. »Bitte schaff ihn von hier weg und leg ihn in sicherer Entfernung ans Ufer. Mitsamt seiner Ausrüstung.«

Paul nickte. Die Problemlösung leuchtete ihm offenbar ein.

»Was mach ich, wenn er plötzlich aufwacht?«

»Wird er nicht. Falls doch, gib ihm mit seiner Thermoskanne eine Kopfnuss. Aber nicht zu fest.«

»Kopfnuss … aber nicht zu fest. Verstehe.«

Lucien klopfte ihm auf die Schulter.

»Bist ein guter Kerl. Jetzt muss ich aber zurück. Beeil dich mit der Vorbereitung. Collard ist schon beim Hauptgericht …«

»Soll sich ein Dessert bestellen«, brummte Paul. »Zum Beispiel ein *soufflé au chocolat,* das dauert.«

Im *P'tit Bouchon* schon, dachte Lucien. Tiefgefroren in der Mikrowelle ging es schneller.

Collard war mit dem Essen fertig und fragte nach der Rechnung. Lucien beobachtete ihn von seinem Tisch aus. Er nickte zufrieden, als er sah, dass er mit seiner Kreditkarte bezahlen wollte. So hatten sie es besprochen. Collard war pleite, seine *carte de crédit* war gesperrt. Einmal mehr würde er für Aufmerksamkeit sorgen. Mit dem Ziel, dass man sich später an ihn erinnerte.

Lucien legte die Serviette auf den Tisch und stand auf.

»Ich muss gehen.«

Francine lächelte.

»Ich bin es nicht gewohnt, dass mich ein Mann beim Essen plötzlich alleine sitzen lässt. Ist mir noch nie passiert. Bezahlt hast du auch nicht.«

»Tut mir aufrichtig leid. Ich werde es wiedergutmachen.«

Sie hauchte ihm einen Kuss zu.

»*Bonne chance.*«

Im Hinausgehen blieb er an Collards Tisch stehen.

»Monsieur Collard, was für ein Zufall, schön, Sie zu sehen«, sagte er so laut, dass ihn möglichst viele Gäste hören konnten. »Gibt's Probleme? Kann ich Ihnen helfen?«

Collard winkte ab.

»Nein, alles in Ordnung. Aber das Lesegerät für meine Kreditkarte scheint defekt.«

»Monsieur Collard, Sie haben hier sicherlich Kredit.«

»Ich bin zum ersten Mal in diesem Lokal, hier kennt mich keiner.«

Jetzt schon, dachte Lucien.

»Na egal, dann zahle ich halt bar.«

»Noch einen schönen Abend, Monsieur Collard. Vielleicht sehen wir uns mal wieder.«

Hoffentlich nicht, dachte Lucien. Am besten nie mehr.

»*Au revoir.*«

Lucien eilte hinaus auf die Straße. Er nahm sein Handy und rief Paul an.

»Alles klar? Collard ist im Anmarsch.«

»Ich erwarte ihn.«

Wenige Minuten später kam Collard. Er schimpfte beim Gehen laut vor sich hin. Er war definitiv ein besserer Schauspieler, als Lucien erwartet hatte.

Aber wie das so ist bei der Schauspielerei: Man konzentrierte sich zu sehr auf seine Rolle – und übersah leicht, was um einen herum geschah.

»*Attention!*«, rief Lucien, so laut er konnte.

Bremsen kreischten. Ein Geländewagen kam schleudernd zum Stehen. Collard stürzte zu Boden …

Quelle merde, schoss Lucien durch den Kopf. Es war ihm schon mal passiert, dass direkt vor seinen Augen ein Mann, auf den er angesetzt war, zu Tode gefahren wurde. Bitte nicht schon wieder …

Collard rappelte sich auf. Er war wohl nur vor Schreck hingefallen. Der Fahrer aus dem Geländewagen sprang heraus und kümmerte sich um ihn. Aus dem Restaurant kamen zwei Bedienungen herbeigeeilt.

»Monsieur Collard, sind Sie verletzt?«

Sie halfen ihm auf.

Er betastete seine Arme.

»Nein, ich glaube nicht.«

»Wirklich?«

»Nein, alles … alles in Ordnung«, stammelte Collard. »Tut mir leid, ich war unaufmerksam.«

»Kann man wohl sagen«, schnaubte der Geländewagenfahrer. »Sie können doch nicht einfach über die Straße laufen, ohne nach rechts und links zu schauen.«

Collard zitterte.

»Tut mir wirklich leid …«

»Soll ich Sie zu Ihrem Auto begleiten?«, fragte der Ober und deutete zu seinem Renault.

»Das übernehme ich«, rief Lucien.

Er nahm Collard am Arm.

»Das ist sehr freundlich von Ihnen«, sagte der Ober. Und zu seinem Gast: »Monsieur Collard, ich freue mich, dass Ihnen nichts passiert ist.« Dann ging er mit seiner Kollegin zurück ins Restaurant.

»Vollidiot«, rief der Geländewagenfahrer zu Collard. »*Crétin!*« Er langte sich an den Kopf, stieg ins Auto – und fuhr mit aufheulendem Motor davon.

»Das war knapp«, sagte Lucien.

»*Mon Dieu.* Jetzt wäre ich heute Abend doch noch fast gestorben.«

Collard hinkte an Luciens Arm zum Renault. Lucien half ihm hinein. Es dauerte einen Moment. Er schloss die Fahrertür, klopfte aufs Dach und wünschte ihm eine gute Fahrt und Gottes Segen. Dann eilte er davon, in Richtung des am Straßenrand geparkten Landrover.

Auf seinem Handy erreichte ihn eine Nachricht von Francine.

»Niemand in der Nähe. Kann losgehen.«

Lucien stieg auf die Mauer und überzeugte sich selbst. Keine Passanten, im Moment auch keine vorbeifahrenden Autos. Ein kurzer Blick hinter die Mauer, dann betätigte er eine Fernsteuerung. Es dauerte nur wenige Sekunden, schon loderten die ersten Flammen aus dem Renault. Er sah, wie auf der Terrasse die ersten Gäste aufsprangen. Hoffentlich kam keiner auf die Idee, mit einem Feuerlöscher zum Auto zu rennen …

Warum lange warten? Lucien drückte erneut die Fernsteuerung. Es folgte eine Detonation. Die Kühlerhaube flog durch die Luft, machte einen sehenswerten Looping und krachte auf den Asphalt. Offenbar hatte er den Sprengstoff zu hoch dosiert. Das war ihm schon mal passiert, als Kind. Aber soweit er sehen konnte, blieben die Gäste im Restaurant unbeschadet. Ob der Angler durch die Detonation aus seiner Bewusstlosigkeit erwacht war? Im geparkten Citroën würde Coco aufschrecken. Hunde mochten kein Feuerwerk.

Collards Renault brannte lichterloh. Die Hitzeentwicklung war beachtlich.

Lucien sah, wie Paul den Landrover startete. Er blickte ihm hinterher, wie er davonfuhr – mit Collard auf dem Beifahrersitz.

Neben ihm hielt der Citroën mit Francine am Steuer.

»Komm, steig ein! *Le spectacle est terminé …*«

17

Natürlich gingen sie anschließend nicht sofort ins Bett. Dafür hatten sie zu viel Adrenalin im Blut. Auf der Terrasse einer Bar in der Altstadt *Le Panier* versuchten sie, runterzukommen und den Abend angenehm ausklingen zu lassen. Ihr Tisch stand abseits, sie konnten sich ungestört unterhalten.

»Ganz schön mutig von dir«, sagte Francine, »mit Brandbeschleunigern und Sprengstoff zu hantieren. Allzu viel Erfahrung dürftest du damit nicht haben, oder?«

Er zuckte mit den Schultern.

»Nein, aber als Kind habe ich mit meinem Bruder gerne alles Mögliche angezündet und auch mal was in die Luft gesprengt, sogar unter Anleitung unseres Vaters …«

»Ihr habt definitiv die falsche Erziehung genossen.«

»Wir fanden es toll. Ich erinnere mich an einen Zwischenfall, der uns Ärger eingebracht hat. Mein älterer Bruder Raymond, ich war damals vielleicht zwölf Jahre alt, wollte mit meiner Hilfe ausprobieren, ob sich unser Sprengstoff auch unter Wasser zünden lässt. Das hat überraschend gut funktioniert. Allerdings hatten wir uns bei der Dosierung vertan. Auch hätten wir für unser Experiment nicht den Teich mit Koi-Karpfen aussuchen sollen. Von den sündhaft teuren Fischen hat keiner überlebt.«

»Du bist doch ein Killer, sogar ein Massenmörder …«

»Ich hatte ganz lange Schuldgefühle«, gab er zu. »Übrigens habe ich mich auch diesmal bei der Dosierung des Sprengstoffs vertan. Ganz so spektakulär sollte das Auto nicht in die Luft fliegen.«

»Ist ja niemand zu Schaden gekommen. Bis auf den armen Kerl am Steuer – aber der war ja schon vorher tot. Wann hast du eigentlich Collards Auto präpariert?«

»Heute Nachmittag, während du einen kurzen Stadtbummel gemacht hast. Ich hab mir einen blauen Werkstattoverall angezogen …«

»Macht dir wohl Spaß, dich zu verkleiden.«

»… und habe vor Collards Wohnung auf der Straße an seinem Auto herumgewerkelt. Sollte so aussehen, als ob ich im Auftrag des Fahrzeughalters ein technisches Problem behebe. Bei der alten Karre war das glaubwürdig.«

»Ja, um den Renault war es nicht schade. Dass in Marseille derzeit wieder besonders häufig Autos angezündet werden, weißt du ja sicherlich. Erst letzte Woche wurden in den Banlieues zwei Fahrzeuge abgefackelt. Ein weiteres Auto am Centre Commercial. In keinem anderen Land Europas werden regelmäßig so viele Autos angezündet.«

»Leider ist mir dabei das Missgeschick passiert, dass ein Mensch ums Leben gekommen ist.«

»Ist in der Vergangenheit auch schon mal vorgekommen.«

»Das ist tröstlich.«

»Übrigens hast du mir immer noch nicht erzählt, wie das mit Moreau genau gelaufen ist. Wie bist du zu der Leiche gekommen, die anstelle von Collard im Auto verbrannt ist?«

»Docteur Moreau ist gewissermaßen der Leibarzt der Familie. Nach Alexandres Tod hat er mich zur Seite genommen und gesagt, dass ich immer auf seine Hilfe zählen könne. Er habe den Chacarasses in der Vergangenheit schon häufig behilflich sein können. Außerdem wusste ich, dass er einen guten Kontakt zu einem Krematorium hat. Schließlich hatte er veranlasst, dass der Leichnam meines Vaters innerhalb weniger Stunden eingeäschert wurde …«

»Damit die wahre Todesursache nicht mehr festgestellt werden konnte«, sagte Francine mit gedämpfter Stimme.

»Also habe ich ihn gefragt, ob er mir über das Krematorium kurzfristig einen männlichen Leichnam mittleren Alters vermitteln könnte. Wie sich herausstellte, gab es tatsächlich einen geeigneten Kandidaten, der gerade im Sarg auf seine Einäscherung am nächsten Morgen wartete. Nun, er wartete wohl nicht wirklich, denn er war ja bereits verblichen. Verwandte würden der Zeremonie nicht beiwohnen. Asche, um die Urne zu füllen, ließ sich leicht abzweigen. Die Leiche war also ein wahrer Glücksfall.«

»Hat dich aber wahrscheinlich einiges gekostet.«

»Moreau hat gesagt, er würde mir einen angemessenen Betrag in Rechnung stellen. Jedenfalls hat Paul den Leichensack mit dem Toten noch in der Nacht im Krematorium abgeholt und im Landrover nach Marseille gebracht. Aber das weißt du ja schon.«

»Du hast die Totenruhe des Verblichenen gestört«, merkte Francine an.

Meinte sie das ernst?

»Nach meiner Überzeugung hat er davon nichts mitbekommen. Ich sehe das so: Wer bekommt schon die Möglichkeit, nach dem Tod noch eine gute Tat zu vollbringen. Er hat Collard die Möglichkeit eröffnet, ein neues Leben zu beginnen. Das bringt ihm an der Himmelspforte sicherlich einige Bonuspunkte ein.«

Gegen Mitternacht gingen sie zurück in ihr Hotel. Auf dem Flur trennten sich ihre Wege – weil sie separate Zimmer hatten. Zum Abschied gab sie ihm einen überraschenden Kuss auf die Wange und wünschte ihm eine gute Nacht.

Doch daraus wurde zunächst nichts. Denn Lucien konnte nicht einschlafen. Das passierte ihm selten, aber ihm gingen immer wieder die Bilder des Abends durch den Kopf. Kreuz und quer durcheinander. Wie in einem bizarren, schlecht geschnittenen Traum.

Er sah den Leichensack, den Paul im Schutz der Mauer deponiert hatte. Dann den Angler, der es sich mit einem Sitzkissen auf einem Felsen gemütlich gemacht hatte ... Er glaubte zu sehen, wie der Angler einen großen Fisch an Land zog ... Nein, es war kein Fisch, er hatte eine verkohlte Leiche am Haken ...

Lucien fragte sich, ob er noch bei Sinnen war. Seit wann hatte er Halluzinationen? Doch es ging ähnlich weiter.

Collard wurde von einem Geländewagen überfahren ... Plötzlich hatte er zwei Leichen: eine im Renault, sie war schon länger tot, und eine zweite, die eigentlich hätte am Leben bleiben sollen ...

Lucien wälzte sich auf die andere Seite. Das schien zu helfen, denn die nächste Szene, die ihm durch den Kopf geisterte, hatte sich wohl genau so zugetragen.

Er sah sich selbst, wie er Collard ins Auto half ... und dabei Paul ins Gesicht blickte, der vor der geöffneten Beifahrertür kniete, um Collard gleich wieder auf der anderen Seite herauszuzerren ... über die quer auf den Sitzen liegende Leiche hinweg, die Lucien nur schemenhaft wahrnahm. Ob Paul die Zeit gefunden hatte, das *Double* aufrecht hinter das Steuerrad zu setzen? War eigentlich egal ... bei der Explosion wurde er sowieso herumgeschleudert ... Lucien sah sich selbst, wie er mit der Fernsteuerung in der Hand auf den richtigen Moment wartete. Das Okay von Francine ... Auf der anderen Seite der Mauer näherten sich gebückt Paul und Collard ... Dann das Feuer und die Explosion ...

Statt der Kühlerhaube wirbelte in seinem Traum der Leichnam aus dem Krematorium durch die Luft ... drehte eine anmutige Pirouette ... um dann mitten auf einen Tisch der Restaurantterrasse zu klatschen ... Teller mit Bouillabaisse zerschellten, die Suppe spritzte durch die Gegend, ein Schalentier flog einer alten Dame ins Gesicht ... Die Leiche aus dem Krematorium stand auf und entschuldigte sich für das Malheur ...

Lucien zweifelte an seinem Verstand. War dann aber doch zu müde, länger über seine kognitiven Ausfälle nachzudenken –

Morpheus erlöste ihn und nahm ihn in seine Arme. Luciens letzter Gedanke war, dass ihm Francines Arme lieber wären … aber das war schon wieder fern jeder Realität. Dann schlief er endgültig ein.

18

Sie saßen im kleinen Innenhof ihres Hotels und frühstückten. Unter ihrem Tisch lag Coco.

Hunde waren hier eigentlich verboten. Aber sie brachten es nicht übers Herz, Coco schon wieder alleine zu lassen. Der Hund hatte gerade sein Herrchen verloren und stand sichtlich unter Stress.

»Hast du was von Paul gehört?«, fragte Francine und biss in ein Croissant.

Lucien nickte.

»Pardon, habe ich vergessen, dir zu sagen. Paul hat heute früh eine ultrakurze WhatsApp geschickt. Sie besteht nur aus drei Emojis: Eine Faust mit gestrecktem Daumen nach oben. Dazu ein Emoji mit Flugzeug und eine winkende Hand.«

Francine lächelte.

»Paul verliert wirklich keine überflüssigen Worte.«

»Ich habe versucht, ihm ähnlich zu antworten. Mit zwei klatschenden Händen, dazu ein schlafendes Gesicht mit Zzz und ein Bett.«

»Ich verstehe. Er soll sich ein Zimmer nehmen und erst mal ausschlafen, richtig?«

»So habe ich es jedenfalls gemeint.«

»Ich mag keine Emojis«, stellte Francine fest. »Ich halte sie für einen kulturellen Rückschritt. Erst hat die Menschheit Jahrtausende gebraucht, Sprache und Schrift zu entwickeln. Jetzt genügt eine Generation, um wieder auf das Niveau der Höhlenmalerei zurückzufallen.«

»Sehe ich auch so. Aber die Höhlenmalerei war kreativer.«

»Außerdem sind Missverständnisse vorprogrammiert.«

»Stimmt. Aber zumindest einen Vorteil haben Emojis doch: Sie sind so vage, dass einem keiner einen Strick daraus drehen kann. Im Zweifelsfall war eben alles anders gemeint.«

»Ein Emoji mit einem Strick um den Hals oder einen Henkersknoten gibt es sicher auch.«

Lucien grinste.

»Sogar ein brennendes Auto.«

»Wer braucht denn so ein Emoji?«

Francine nahm einen Schluck vom *café au lait*. Dann öffnete sie eine Nachrichtenseite auf ihrem Tablet-Computer. Sekunden später pfiff sie leise durch die Lippen.

»Gerade reden wir von einem brennenden Auto. Schon gibt es ein entsprechendes Foto auf *Les dernières nouvelles*. Offenbar ist gestern Abend vor einem Restaurant an der *Corniche Président John Fitzgerald Kennedy* ein Renault in Flammen aufgegangen. Tragischerweise sei dabei ein Mann ums Leben gekommen. Moment … hier steht sogar sein Name: Jacques Collard. Ein unbescholtener Bürger Marseilles.«

Francine zeigte ihm die Seite.

Lucien las die Überschrift: *»Incendie criminel avec un homme mort.«*

Es wunderte ihn nicht, dass die Polizei von Brandstiftung ausging. Ein zufälliger Fahrzeugbrand sah anders aus.

Er überflog die Nachricht.

Wie von ihm erhofft, wurde der Anschlag mit den angezündeten Autos in den Banlieues und am Centre Commercial in Verbindung gebracht. Allerdings sei diesmal ein Mensch ums Leben gekommen. Damit hätten die Protestaktionen einen neuen, dramatischen Höhepunkt erreicht. Der Polizei seien die Hintermänner bekannt. Mit baldigen Festnahmen sei zu rechnen.

»Besser geht's nicht«, merkte Lucien an. »Collard wird als Zufallsopfer angesehen. Die Ermittlungen gehen also in eine völlig andere Richtung. Für die verkohlte Leiche interessiert sich niemand.«

Francine hob eine Augenbraue. »Du bist ganz schön pietätlos. Der Tod dieses *unbescholtenen Bürgers* lässt dich wohl kalt?«

Lucien bekreuzigte sich. Gleichzeitig dachte er, dass es höchste Zeit war, diese Gewohnheit wieder abzulegen.

»Natürlich nicht. Gleich um die Ecke ist eine Kirche. Bevor wir losfahren, können wir ihm zum Gedenken eine Kerze anzünden.«

»Für Collard?«

»Nein, für den armen Kerl aus dem Krematorium, der für Collard ein weiteres Mal gestorben ist.«

»Kannst bei der Gelegenheit gleich noch eine zweite Kerze anzünden«, schlug sie vor.

Lucien runzelte die Stirn.

»Wofür?«

»Dass du dich fälschlicherweise als Priester ausgegeben hast.«

»Ach so.« Lucien lachte. »Ich habe gelesen, dass die Kirche unter Priestermangel leidet. Da habe ich eben versucht, Abhilfe zu schaffen.«

»Hast es dich auch was kosten lassen«, spielte Francine auf die zweihunderttausend Euro in der Keksdose an.

»Mein Vater würde mich aus dem Haus jagen …«

Francine sah ihn nachdenklich an.

»Ich bin mir nicht sicher. Ich weiß, wie sehr er unter der Last des Familienerbes gelitten hat. Dir ist es gelungen, einen Ausweg zu finden … bisher jedenfalls.«

Lucien kratzte sich am Kinn.

»Da fällt mir Edmond ein. Ich bin ja heute Nachmittag zum Rapport bestellt. Ich könnte ihm vorab den Link zu deiner Nachrichtenseite schicken.«

»Du meinst, dann fällt der Empfang freundlicher aus?«

»Kann sein. Ist mir aber egal. Doch einen Beweis braucht es sowieso. Mit der Meldung wäre das schon mal erledigt.«

Auf der Rückfahrt hielt Francine Coco die meiste Zeit auf dem Schoß und streichelte sie. Auf ihrem Tablet-Computer informierte sie sich über Malteser-Hunde und las Lucien Abschnitte vor.

»Laut Steckbrief ist unsere Coco ein anhänglicher und verspielter Familienhund …«

Wie schön für Rosalie, dachte Lucien.

»Das weiße Fell ist flauschig und fast geruchlos. Ideal für Allergiker …«

Allergien hatte Rosalie seines Wissens keine. Ob Coco gegen ihre Schwerhörigkeit ankam?

»Malteser sind keine Kläffer …«

Na, Gott sei Dank. Hoffentlich stimmte das auch.

»Malteser-Hunde lieben lange Spaziergänge …«

Die würden Rosalie guttun.

Aber wahrscheinlich ließ sie Coco einfach im Park herumtollen.

»Das wird dich besonders interessieren: Der Malteser war schon während der Renaissance beim Adel sehr beliebt. Die französische Königin Marie-Antoinette hatte einen, auch Joséphine Bonaparte. Wurde also höchste Zeit, dass sich jetzt auch die Grafen Chacarasses einen standesgemäßen Hund zulegen …«

»Marie-Antoinette wurde 1793 auf der Place de la Concorde hingerichtet«, stellte Lucien lakonisch fest. »Ich hoffe, das ist kein schlechtes Omen.«

»Joséphine Bonaparte starb eines natürlichen Todes …«

»Qualvoll und viel zu jung.«

»Marilyn Monroe hatte einen Malteser, auch Elvis Presley«, fuhr sie fort.

»Beide tot. Marilyn Monroe nach einer Überdosis Schlaftabletten. Mord nicht ausgeschlossen.«

»Aber Elvis Presley lebt …«

Lucien lächelte.

»Wenn du es sagst. Außerdem bin ich nicht abergläubisch. Coco wird uns kein Unglück bringen, da bin ich mir sicher.«

Sie streichelte das flauschige Fell.

»Wenn Rosalie Coco nicht will, nehme ich den Hund zu mir. Hier steht, Maltis seien kinderlieb …«

Kinderlieb? Ach so, Francine war schwanger. Das vergaß er immer wieder. Sollte er aber nicht. Noch stand eine wichtige Entscheidung aus.

Bei einem Schild *Aire de repos* bogen sie auf einen Rastplatz ab. Sie waren beide mit Hunden unerfahren und wussten nicht, wann Coco wieder rausmusste.

Francine übernahm diese Aufgabe. Von Collard hatten sie Beutel zum Entsorgen der Hinterlassenschaft mitbekommen.

Lucien machte einige Streckübungen … da klingelte sein Handy. Auf dem Display: Anne Dalmasso. Schmunzelnd stellte er fest, dass der Zeitpunkt gut gewählt war. Zwar gab es keinen Grund, warum Francine von seiner Verabredung nichts wissen durfte. Sie waren kein Paar, er war ein freier Mann. Trotzdem war es besser so.

Francine und Coco waren gerade hinter einigen Büschen verschwunden.

»Hallo, Anne, wie schön, von Ihnen zu hören. Ich freue mich auf heute Abend.«

»Deshalb rufe ich an. Es tut mir fürchterlich leid, aber ich muss absagen …«

»Schade, ich hatte mir was Nettes überlegt.«

Stimmte nicht, dachte Lucien. Er hatte keinen Schimmer, was er Anne Besonderes bieten könnte. Aber es wäre ihm schon noch was eingefallen.

Sie lachte.

»Vergessen Sie nicht, was Sie sich überlegt haben, morgen Abend müsste ich aus Marseille zurück sein. Dann können wir unser Treffen nachholen.«

Hatte sie Marseille gesagt? Da kam er gerade her. Er hatte ihr von einem Termin in Paris erzählt. Schön blöd, wenn er ihr in Marseille über den Weg gelaufen wäre. Vielleicht noch in seiner Verkleidung als Priester.

»Sie sind in Marseille?«

»Nein, noch nicht. Aber in einer Stunde und zwanzig Minuten, sofern der Zug pünktlich ankommt. Das hat sich ganz plötzlich ergeben.«

»Darf ich fragen, was sich so plötzlich ergeben hat?«

»Natürlich dürfen Sie fragen. Hat mit meiner Arbeit zu tun. Ich erzähle es Ihnen morgen Abend, einverstanden?«

Mit ihrer Arbeit? Tatsächlich hatte Lucien keine Ahnung, womit sie sich beruflich beschäftigte. Bis gerade eben war es ihm egal gewesen.

»Natürlich, dann haben wir wenigstens was zu reden.«

Er hörte sie erneut lachen.

»Uns wäre schon was eingefallen, meinen Sie nicht?«

»Das möchte ich nicht ausschließen …«

»Zur Not könnten Sie mir verraten, was Sie nach Paris geführt hat.«

Das ganz bestimmt nicht, dachte Lucien.

»Also dann bis morgen Abend, ich freu mich.«

»Ich auch. Tut mir leid wegen heute …«

»Kein Problem. *À demain.*«

Er dachte noch über das Gespräch nach, als Coco zurückkam. Mit Francine an der Leine. Nicht umgekehrt, so sah es jedenfalls aus. Ein lustiges Bild. Bei genauem Hinsehen war es aber doch Coco, bei der die Leine an einem Halsband festgemacht war.

»Na, habt ihr euer Geschäft verrichtet?«, fragte er grinsend.

Statt einer Antwort hob sie einc Augenbraue. Okay, das war nicht ihre Art von Humor.

»Mit wem hast du telefoniert?«, fragte sie. »Gibt's schlechte Nachrichten?«

»Im *P'tit Bouchon* sind heute keine Austern geliefert worden.«

19

Pünktlich um sechzehn Uhr fuhr Lucien mit seiner Vespa vor die Art-déco-Villa seines Onkels Edmond in Beaulieu. Der Butler wartete schon vor der Tür. Lucien warf ihm den Vespa-Schlüssel zu.

»Gibt's hier Valet-Parking?«, fragte er übermütig.

»*Mais non, Monsieur le Comte.* Aber Sie können Ihr …« Der Butler räusperte sich. »Sie können Ihr Gefährt gerne vorübergehend hier stehen lassen.«

Der Butler war ein blasierter Idiot.

»Sehr entgegenkommend. Mein Onkel erwartet mich wie gewohnt im Pavillon?«

»*You're certainly right.* Ich darf vorausgehen?«

Ein blasierter Idiot, der seinen englischen Akzent pflegte – obwohl er Südfranzose war. Offenbar wollte es sein Onkel so.

Sie gingen durch das Haus und den Garten zum gläsernen Pavillon. Er war klimatisiert. So sehr, dass Edmond, im Rollstuhl sitzend, eine Kaschmirdecke über die Beine gelegt hatte.

»Du hast es pünktlich geschafft«, sagte er nach einer kurzen Begrüßung.

Meinte er damit sein pünktliches Eintreffen? Das wohl auch, aber vor allem, dass er den Auftragsmord innerhalb der vorgezogenen Frist erledigt hatte.

»Ich hoffe, unsere Kunden sind zufrieden?«

Das war spöttisch gemeint.

»Davon gehe ich aus. Das Honorar auf dem Treuhandkonto ist jedenfalls schon freigegeben. Du kannst über deinen Anteil verfügen.«

»Und du über deinen. Was machst du eigentlich mit dem vielen Geld aus den Aufträgen?«

Edmond schüttelte missbilligend den Kopf.

»Das geht dich überhaupt nichts an! Dein Vater hat mich nie danach gefragt. Wir Chacarasses sind zwar eine Familie, uns eint die Tradition unserer Vorfahren, darüber hinaus aber kann jeder machen, was er will.«

»Gut zu wissen.«

»Lucien, verdirb nicht die gute Stimmung. Dabei haben wir heute doch allen Grund zu feiern.«

Er deutete auf einen Beistelltisch mit einer Weinkaraffe. Daneben eine Flasche Pétrus.

»Du siehst, ich halte mein Wort. Jahrgang 1945. Eine Legende.«

Lucien war beeindruckt. Damit hatte er nicht gerechnet.

»Ein Jahrhundertwein«, bestätigte er. »Unbezahlbar.«

»Mir hat der Artikel gefallen, den du mir geschickt hast. Ist immer gut, wenn wir unseren Auftraggebern einen hieb- und stichfesten Beweis liefern können. Du hast diesen Jacques Collard höchst eindrucksvoll ins Jenseits befördert, das muss man dir lassen. Im Internet gibt's sogar Videos, die die Gäste aus dem Restaurant aufgenommen haben. Eine Feuerbestattung vom Feinsten. Ich würde sagen: *Comme il faut!*«

Lucien war im Zweifel, ob er sich über Edmonds Lob freuen sollte. Einerseits legte er keinen Wert darauf, seine Anerkennung ging ihm am Arsch vorbei. Andererseits war es gut, wenn sein Onkel mit der Ausführung der Arbeit zufrieden war. Er sollte erst gar nicht auf die Idee kommen, dass etwas nicht stimmen könnte. Nur so könnte es ihm auch in Zukunft gelingen, ihn und die ominösen Auftraggeber hinters Licht zu führen.

»Wenigstens hat er nicht lange leiden müssen«, sagte er stattdessen.

Genau genommen gar nicht, dachte er. Die Leiche war ja schon vorher tot. Aber Edmond würde ihm nicht abnehmen, wenn er am Morden plötzlich allzu großes Vergnügen fand. Etwas Empathie zu zeigen war glaubhafter.

»Das ist eine irrelevante Kategorie. Es zählt einzig das Ergebnis.«

»Darf ich dich an das Gelübde der Chacarasses erinnern? Auf unserem Familiengrab steht eingemeißelt, dass wir den Lebenden und den Toten verpflichtet sind. *Obligé aux vivants et aux morts.* Dazu gehört, dass wir unseren Delinquenten unnötiges Leid ersparen.«

»So hat das dein Vater interpretiert. Es spricht ja auch nichts dagegen, schnell zum Ergebnis zu kommen. Aber Nächstenliebe sollte nicht die Maxime unseres Handelns sein.«

Lucien fand es müßig, die Diskussion fortzusetzen. Er würde mit Edmond nie auf einen gemeinsamen Nenner kommen.

»Was ist mit dem Wein?«, lenkte er vom Thema ab. »Wollen wir den Pétrus als Götzen anbeten … oder das Nächstliegende tun und von ihm trinken?«

»Du kennst zu dieser Tageszeit meine Vorliebe für Tee. Aber beim Pétrus kann ich der Versuchung nicht widerstehen.«

Lucien fragte sich, welchen *Versuchungen* sein Onkel sonst nicht widerstehen konnte. Irgendwo musste sein Geld ja bleiben. Er hatte keine Kinder. Den Mammon auf einem Sparkonto zu horten, machte wenig Sinn.

Edmond drückte auf einen Knopf. Sekunden später tauchte wie aus dem Nichts der Butler auf. Lucien überlegte, dass er seinen Namen nicht kannte. Sein Onkel redete immer nur von seinem Butler – und sprach ihn auch so an.

Edmond deutete auf den Wein.

»Es wäre an der Zeit, uns zwei Gläser einzuschenken.«

Lucien fiel ein, dass *Butler* auch ein Vorname war und sich vom französischen *Bouteillier* ableitete, woraus hervorging, dass in früheren Generationen der Hausangestellte für die Flaschen zuständig war. Dass die Engländer den Butler später auch Schuhe putzen ließen, war wieder mal typisch für das Inselvolk.

»Ich habe die Flasche vor einer Stunde dekantiert«, erklärte der Butler beflissen, »um ihn mit Sauerstoff in Kontakt zu bringen. So öffnet er sich schneller und kann seine wunderbaren Aromen entfalten.«

Der Unterschied von Karaffieren und Dekantieren war dem *Bouteillier* offenbar nicht geläufig, stellte Lucien fest. Zu viel Sauerstoff konnte einem in die Jahre gekommenen Pétrus sogar schaden, weil er allzu leicht oxidierte. Im Unterschied zum belüftenden Karaffieren diente das Dekantieren dazu, alte Weine vom Depot zu trennen, das sich in der Flasche abgesetzt hatte. Das machte bei einem alten Pétrus natürlich Sinn. Lucien, der für sein *P'tit Bouchon* eine Ausbildung als Sommelier absolviert hatte, verkniff sich jeden schulmeisterlichen Kommentar.

Der Butler avinierte das erste Glas, indem er es mit einigen Tropfen des kostbaren Rotweins »taufte«. Mit der einen Hand hielt er das Glas am Stiel fest, mit der anderen drehte er es am Fuß, wobei er es immer schräger hielt, damit es überall benetzt wurde. Das machte er durchaus elegant. Freilich war Lucien der Meinung, dass man sich diese in Mode gekommene Attitüde sparen konnte – vorausgesetzt, die Gläser kamen nicht gerade aus dem Karton oder aus der Spülmaschine. Aber das wäre ohnehin ein Frevel.

Lucien stand auf und begutachtete die Flasche. Tatsächlich: ein Pétrus des legendären Jahrgangs 1945. Der Pomerol aus dem Bordelais war ein fast sortenreiner Merlot, in manchen Jahren mit geringen Anteilen von Cabernet Franc. Ausgerechnet zum Kriegsende hatte ein ungewöhnlich warmer Sommer eine frühe Lese mit voll ausgereiften Trauben ermöglicht. Der relativ hohe Tanningehalt sorgte für eine entsprechend lange Haltbarkeit.

»Ein göttlicher Cabernet«, sagte Lucien bewundernd.

»In der Tat«, murmelte der Butler. »Ein fast außerirdischer Cabernet.«

Lucien freute sich. Der arrogante Pinsel war ihm auf den Leim gegangen.

»Pardon, ich meinte natürlich Merlot«, korrigierte sich Lucien.

»Das will ich meinen«, gab nun auch Edmond seinen Kommentar ab.

»Merlot, keine Frage«, murmelte der Butler.

Als sie schließlich die Gläser in der Hand hielten und der Butler rückwärtsgehend den Pavillon verlassen hatte, fühlte sich Edmond zu einem kleinen Toast veranlasst.

»Auf unsere gute Zusammenarbeit. Ich freue mich, lieber Lucien, dass wir unsere anfänglichen Differenzen weitgehend überwunden haben …«

Wenn er sich da mal nicht täuschte, dachte Lucien.

»… und gemeinsam den Geist der Chacarasses fortleben lassen. Dein Vater, mein Bruder Alexandre, wäre stolz auf dich. *Santé!*«

Lucien schwenkte das Glas, aber nur kurz und behutsam, um den altehrwürdigen Pétrus nicht übermäßig in Aufregung zu versetzen. Er erfreute sich am Anblick der langsam nach unten rinnenden »Tränen« an der Innenwand des Glases. Kirchenfenster, *fenêtres de l'église,* war ein anderer schöner Ausdruck. Er hielt die Nase ins Glas. Nahm dann einen kleinen Schluck, wobei er den Wein schlürfend im Gaumen und an der Zunge einer ersten Beurteilung unterzog.

Edmond sah ihm amüsiert zu. Er verzichtete auf dieses Brimborium und nahm gleich einen kräftigen Schluck. Danach schnalzte er mit der Zunge.

»Eine Offenbarung«, stellte er fest.

Jetzt nahm auch Lucien einen richtigen Schluck. Danach sah er seinen Onkel über das Glas an. Ja, eine Offenbarung war der Wein wirklich. Er offenbarte nämlich, dass es sich ganz bestimmt um keinen Pétrus aus dem Jahrgang 1945 handelte. Sogar nicht einmal um einen Pétrus.

»Ja, kein schlechter Tropfen«, bestätigte Lucien.

Edmond runzelte die Stirn.

»Du solltest ihm mehr Wertschätzung entgegenbringen. Weißt du, was eine solche Flasche kostet?«

»Im Original oder eine gefälschte?«, fragte Lucien zurück.

»Gefälscht? Bist du verrückt?«

»Ist nicht schlimm, kann passieren. Experten gehen davon aus, dass von solchen Raritäten im Durchschnitt jede zweite Flasche gefälscht ist.«

Edmond sah ihn ungläubig an.

»Und du meinst …?«

»Dass das ein sehr schöner Pomerol ist, den wir durchaus mit Genuss trinken können. Nur leider kein 45er Pétrus.«

»Das würde ja bedeuten, dass ich betrogen wurde …«

Nicht nur beim Wein, dachte Lucien. Auch beim vermeintlichen Tod von Jacques Collard war er einem Betrug aufgesessen. Nur würde er ihm das nie verraten. Beim Wein hatte er es sich nicht verkneifen können.

»*C'est comme ça, mon oncle*. Die Welt ist voller Schwindler. Auf sie fallen sogar Menschen wie du rein.«

20

Auf der kurzen Fahrt von Beaulieu-sur-Mer zur *Villa Béatitude* kam Lucien plötzlich noch ein anderer, ketzerischer Gedanke. Woher nahm er eigentlich die Gewissheit, dass Edmond mit dem Wein betrogen wurde? Vielleicht hatte sein Onkel umgekehrt versucht, *ihn* zu betrügen. Indem er seinem Neffen ganz bewusst einen nicht so teuren Wein unterjubeln wollte. Die Flasche Pétrus war vielleicht schon geöffnet gewesen und vor Jahren getrunken worden. Auf Edmonds Anweisung hätte der Butler in die Karaffe einen minder teuren Wein gefüllt. Die Flasche Pétrus wäre nur zur Dekoration dagestanden. Das wäre ein hinterhältiger Winkelzug. Würde aber zu Edmond passen. In diesem Fall wäre seine Überraschung gespielt gewesen.

Tatsächlich gab es, überlegte Lucien, noch eine weitere Möglichkeit: Der Butler hatte den Wein auf eigene Initiative umgefüllt und gegen einen anderen vertauscht. Später wollte er ihn wieder in die Originalflasche zurückschütten und verkorken. Wenn er das sorgfältig machte und auch die Kapsel irgendwie rettete, würde sich bestimmt jemand finden, dem er den Pétrus für teures Geld verkaufen konnte. Der Kunde wäre nicht einmal betrogen: Er bekäme eine Flasche mit Originalinhalt – nur zweimal umgefüllt. Blieb ein Risiko: Wenn ihm Edmond auf die Schliche kam, wäre er erstens seinen Job los – und, wenn er Pech hatte, zweitens sein Leben. Aber so musste es ja nicht gewesen sein.

Was hatte er zu Edmond gesagt? Die Welt sei voller Schwindler! Das stimmte ganz sicher. Nichts musste so sein, wie es den Anschein hatte. Es gab Betrüger und Betrogene – wobei auch

Betrüger nicht davor gefeit waren, selber betrogen zu werden. Lucien nahm sich vor, immer daran zu denken. Er erinnerte sich an eine Chantal, die in Wahrheit Chloé hieß. Es war nicht so lange her, da hatte sie ihn aufs Kreuz gelegt … Lucien musste lächeln. Und zwar im doppelten Wortsinn. Die erste Version, bei der sie ausgesprochen wenig anhatte und sehr anschmiegsam war, hatte ihm definitiv gefallen. Aber offenbar auch seine Sinne getrübt. Sonst wäre es ihr nicht gelungen, ihn danach auszutricksen. Blieb die Schlussfolgerung, dass er sich vor dem weiblichen Geschlecht in Acht nehmen sollte. Eigentlich hatte er das schon vorher gewusst. Bei Francine hatte er den Eindruck, dass sie ihm nichts Böses wollte. Blieb als weitere Ausnahme Rosalie. Die war in jeglicher Hinsicht über jeden Zweifel erhaben. Was zum einen in ihrem hohen Alter begründet lag, zum anderen darin, dass er sie schon ein Leben lang kannte. Bei ihr gab es keine Geheimnisse … Bis auf eines: Sie hatte ihm immer noch nicht verraten, warum sie Edmond so sehr ablehnte. In der Vergangenheit musste etwas Gravierendes vorgefallen sein. Er wartete nur auf den richtigen Moment, Rosalie zum Reden zu bringen …

Was war mit Anne Dalmasso? Von ihr wusste er fast gar nichts. Nur, dass sie auf Schalentiere allergisch war und ganz plötzlich nach Marseille fahren musste. Das war entschieden zu wenig. Morgen Abend wollte sie ihm erzählen, welcher Arbeit sie nachging. Darauf war er gespannt. Noch mehr interessierte ihn freilich, ob sie ihm noch genauso gut gefiel, wie er sie in Erinnerung hatte.

In der *Villa Béatitude* angekommen, stellte er fest, dass Francine schon gefahren war. Ihr Alfa Cabrio war weg. Ob sie Coco mitgenommen hatte? Er suchte Rosalie und fand sie, natürlich in der Küche.

»Du süße kleine Coco, jetzt friss doch endlich von dem feinen Leckerli …«, hörte er sie sagen.

Sie kniete neben Coco am Boden und kraulte ihr Fell. In einer Porzellanschale, die er vom Frühstückstisch kannte, hatte sie offenbar Hundefutter vorbereitet.

»Hallo, Rosalie, na, wie geht's euch beiden?«

»Lucien, du bist schon wieder zurück? Uns geht's wunderbar. Coco ist ganz entzückend, ich hab sie gleich in mein Herz geschlossen. Aber sie weigert sich zu essen.«

Er deutete auf die Schale.

»Was hast du da drin?«

»Feinstes Rinderhack, etwas Obst und Haferflocken.«

Lucien lachte.

»Daran kann's nicht liegen. Gib mir die Schale, mir schmeckt's sicher.«

»So weit kommt's noch, dass du Coco ihr Hundefutter streitig machst … Komm, Coco, das lassen wir uns nicht gefallen. Jetzt iss schon. Oder spuck wenigstens rein …«

»Würde ich trotzdem essen. Bei Edmond gab's nur Wein, nicht einmal Baguette oder Käse dazu.«

»Nur Wein? Ach so, du bist betrunken …«

Coco bellte. Das hatte sie noch nie gemacht.

»Ich glaube, sie vermisst ihr Herrchen«, vermutete Lucien. »Vielleicht verweigert Coco deshalb das Futter? Außerdem …« Er sah sich um. »Hat Francine vergessen, dir einen kleinen gelben Koffer dazulassen?«

»Gelber Koffer? Ach ja, steht dahinten neben dem Regal. Schau ich mir später an, erst muss unsere Coco was essen …«

Wieder ein kurzes Bellen.

»Was denkst du? Soll ich noch ein rohes Ei darüber schlagen?«

»Unbedingt. Dazu noch Dijon-Senf, Salz, Pfeffer und einen kräftigen Spritzer Tabasco.«

Sie warf ihm einen empörten Blick zu.

»Willst du Coco vergiften? Ich wusste es, du bist betrunken …«

»Keineswegs, aber so mag ich es am liebsten. Was Coco betrifft, muss ich dir noch was sagen. Unser kleiner Malteser …«

»Warum Malteser?«

»So heißt die Rasse. Also, unsere Coco ist auf Trockenfutter eingestellt.«

»Sag bloß, du kennst dich mit Hunden aus?«

»Leider gar nicht. Aber in dem gelben Koffer sind Beutel mit Cocos Lieblingsfutter. Auch ihr gewohnter Napf mit ihrem Namen drauf.«

»Ach so, das hätte mir Francine aber sagen müssen.«

»Hat sie wahrscheinlich, aber du hast es nicht gehört.«

»Quatsch, ich höre und verstehe alles. Nur dich nicht. Du hattest schon als Kind eine undeutliche Aussprache.«

Lucien brachte ihr den Koffer und machte ihn auf.

Coco warf einen Blick rein und wedelte mit dem Schwanz.

»Bist ein kluger Hund. Hast gleich dein Futter erkannt.«

21

Die Straße nach Villefranche-sur-Mer führte direkt an der *Plage des Marinières* vorbei. Lucien stellte die Vespa ab, zog eine Badehose an und lief über den öffentlichen Strand ins Wasser. Er kraulte an anderen Badenden vorbei hinaus in die Bucht, in der wie fast immer viele Jachten ankerten, aber erst ein Stück weiter draußen, wo das Wasser tiefer war. Rechts die Kulisse von Villefranche, links die Küstenlinie von Cap Ferrat. Von beidem sah er nicht viel, weil er mit dem Gesicht die meiste Zeit unter Wasser war. Außerdem kannte er den Blick von Kindesbeinen an – und aus allen erdenklichen Perspektiven. Schließlich war er hier aufgewachsen. Mit seinem älteren Bruder war er hier als Jugendlicher um die Wette geschwommen. Sie hatten sich an Ankerketten festgehalten. Wenn niemand an Bord war, hatten sie sich hochgezogen und die Jacht wie Piraten geentert. Das ging natürlich nur bei kleineren Jachten, bei den größeren war immer eine Crew an Bord. Er erinnerte sich, dass sie sich trotzdem einmal mit einem Hechtsprung ins Wasser hatten retten müssen. Es gab eben nicht nur so niedliche Hunde wie Coco. Der Rottweiler schien nur auf sie gewartet zu haben. Seine fletschenden Zähne hatten ihn noch Wochen im Traum verfolgt.

Während Lucien mit kräftigen Armzügen und gleichmäßigem Beinschlag vor sich hin kraulte, fiel ihm ein, dass er vergessen hatte, Edmond nach dem tödlichen Unfall seines Bruders Raymond zu befragen. Er hatte es fest vorgehabt, aber nach den Ereignissen des Vortages und mit dem gefälschten Pétrus im Glas schlicht vergessen. Er würde es nachholen, nahm er sich fest vor. Nach seiner Überzeugung war Raymond vor knapp drei Jahren nicht aus Leichtsinn mit seinem Motorrad von der Straße abgekommen. Auf der kurvigen *Route de la Turbie,* die von der höher gelegenen Corniche hinunter nach Monte Carlo führte. Makabrerweise ganz in der Nähe der Haarnadelkurve, die der Princesse Grace de Monaco im September 1982 zum Verhängnis geworden war. Raymond war zwar ein Draufgänger gewesen, aber er beherrschte seine schwere Maschine wie kaum ein anderer. Die Vermutung lag nahe, dass bei seinem Tod nachgeholfen wurde. Auch dass der »Unfall« etwas mit dem Gewerbe der Chacarasses zu tun hatte. Bei aller Geheimhaltung konnte es passieren, dass sie mal selber zur Zielscheibe wurden. Vom Täter zum Opfer – den Preis hatte auch sein Vater mit dem Leben bezahlen müssen. Sein Onkel Edmond, überlegte Lucien, wusste ganz sicher, ob Raymond einen Auftrag übernommen hatte und ob ihm dieser zum Verhängnis geworden sein könnte. Es war sein gutes Recht, davon zu erfahren.

Lucien machte eine Saltowende, nur gab es keinen Beckenrand, an dem er sich abstoßen konnte. Er schaute kurz auf, um die Richtung zurück zum Strand zu peilen. Ein Stand-up-Paddler kreuzte seinen Weg. Wenn er nicht vom Brett fiel, sollte er vorbei sein, bis er dort ankam.

Lucien begann wieder zu kraulen. Den Kopf nach unten gerichtet, lediglich zum Luftholen drehte er ihn seitlich aus dem Wasser. Früher konnte er so lange Strecken mit hohem Tempo schwimmen. Heute waren die Strecken nicht mehr ganz so lang, und das Tempo war geringer. Aber er war immer noch ein ausgezeichneter Schwimmer. Das verlernte man nicht, genauso wenig wie das Motorradfahren. Womit er wieder bei seinem Bruder wäre …

Natürlich würde Edmond mit der Wahrheit nicht freiwillig herausrücken. Er musste seinen Onkel auf irgendeine Weise aus der Reserve locken, ihn zu einer unbedachten Äußerung verleiten … und dann konsequent nachhaken.

Und dann? Dann konnte er immer noch entscheiden, wie er mit dem umging, was er zu erfahren hoffte. Er war kein rachsüchtiger Mensch … aber er war auch kein Priester, der Vergebung gelobt hatte. Die Soutane hatte er abgelegt. Jetzt war er wieder ein ganz normaler Sünder – in Badehose.

Frisch geduscht und ordentlich angezogen, erschien Lucien eine Stunde später im *P'tit Bouchon*. Die ersten Tische waren schon belegt. Er warf einen Blick auf die Schiefertafel mit den *plats du jour*. Ganz oben auf den Tagesgerichten standen *guacamole d'avocats aux crevettes*. Kaum ließ man Roland alleine, dachte Lucien, ließ er seiner Kreativität freien Lauf. Avocado-Dip mit Garnelen … Das war mal was Neues – er war sich nicht sicher, ob ihm das schmeckte. Die *filet de daurade*, die darunterstand, ganz bestimmt, mit *pommes vapeur et citron* war sie ein Klassiker. Weiter ging es mit *risotto carnaroli aux saint-jacques*. Und beim Dessert gab es als Tagesempfehlung sowohl eine *tarte au citron meringuée* als auch eine *coupe de sorbets aux trois parfums*. Lucien runzelte die Stirn. Hatte Roland während seiner kurzen Abwesenheit die Ambition entdeckt, aus dem *P'tit Bouchon* ein Sternerestaurant zu machen? Er würde mit ihm reden müssen. Das widersprach seiner Vorstellung eines authentischen Lokals, in dem die Gäste regionale und eher traditionelle Gerichte erwarteten. Er erinnerte sich an seine Diskussion mit Roland bei der Gründung. Sie waren sich schnell einig gewesen, dass das *P'tit Bouchon* kein übliches Bistro werden sollte. Lucien kannte die Herkunft des Namens: *Bystro* bedeutete im Russischen »schnell«. Russische Soldaten, so hieß es, hätten den Begriff 1816 nach Paris gebracht. Doch Schnelligkeit sollte im *P'tit Bouchon* nicht im Vordergrund stehen, sondern die Qualität der Küche und eine angenehme Atmosphäre. Zunächst hatten sie mit dem Gedanken gespielt, das Lokal schlicht *Brasserie* zu nennen. Das traf es tatsächlich besser. Daran, dass *Brasserie* in der wörtlichen Übersetzung »Brauhaus« bedeutete, dachte heute keiner mehr. Selbst der Jahrhundertkoch Paul Bocuse hatte Brasserien eröffnet. Mit entsprechend hohem Anspruch – und einer umfangreichen Weinkarte.

»*Salut,* Lucien«, wurde er von Inès aus seinen Gedanken gerissen. »Schön, dass du wieder da bist.«

»Ich war doch auf keiner Weltreise«, erwiderte er lachend. »Nur eine kurze Auszeit. Gibt's was Neues? Oder alles wie immer? *Tout comme toujours?*«

»Wir sind ausgebucht. In der Küche hatte Roland gerade einen Tobsuchtsanfall, weil das Risotto angebrannt ist. Ein Fischkühlschrank ist ausgefallen …« Inès kicherte. »Also alles so wie immer.«

Lucien liebte das kreative Chaos im *P'tit Bouchon.* Langweilig wurde es hier nie.

»Paul hat Urlaub, das weißt du ja …«

Lucien lächelte. Das wusste er in der Tat. Ob Paul die freien Tage tatsächlich als Urlaub empfand, würde sich noch herausstellen.

»Er hat angerufen. Es scheint ihm gut zu gehen. Morgen Abend ist er wieder an Bord.«

»Sehr schön.«

»Ach so, Alain möchte dich dringend sprechen. Er ist in der Küche.«

»Kannst du ihn bitte holen.«

Inès schmunzelte.

»Verstehe, du willst Roland aus dem Weg gehen, bis er sich vom angebrannten Risotto erholt hat.«

Er sah ihr nach, wie sie nach hinten zur Küche eilte. Einmal mehr dachte er, dass er mit seiner *équipe* großes Glück hatte. Andere Lokale in der Nähe taten sich schwer, gutes Personal zu finden.

Lucien überlegte, was sein Souschef Dringendes mit ihm besprechen wollte. Brauchte er seine Genehmigung für den Kauf eines neuen Fischkühlschranks?

Lucien begrüßte zwei Stammgäste. An einem eingedeckten Tisch sortierte er das Besteck um. Messer und Gabeln lagen spiegelverkehrt. Oder hatten hier explizit Linkshänder reserviert?

Alain kam auf ihn zu. Er hatte einen roten Kopf.

»Danke, dass du mich rausgeholt hast. Roland dreht mal wieder durch. Er hat aus Wut gerade einen Topflappen in die Pfanne mit den *crevettes* geworfen …«

Lucien lachte.

»Steht so nicht im Rezept. Was gibt's zu besprechen?«

Alain nahm ihn an der Schulter.

»Lass uns auf die Straße gehen, wo wir ungestört reden können.«

Sie setzten sich an ein Tischchen auf der kleinen Terrasse. Bisher hatten alle Gäste im Lokal Platz genommen. Für den Moment waren sie unter sich.

»*Vas-y! Je t'entends*«, forderte ihn Lucien auf, loszuschießen.

Alain rieb sich das Kinn.

»Wir haben ein Problem. Oder besser gesagt, *du* hast ein Problem …«

»Mach's nicht so spannend.«

»Gestern Abend haben wir ungebetenen Besuch von zwei schmierigen Typen in schlecht sitzenden schwarzen Anzügen bekommen. Sie wollten den Patron sprechen. Ich habe gesagt, du wärst nicht da, und gefragt, ob ich was ausrichten könne.«

»Und? Kannst du?«

»Sie haben gesagt, sie seien Versicherungsvertreter und wollten dich auffordern, deinen Beitrag für das *P'tit Bouchon* zu bezahlen.«

Lucien runzelte die Stirn. Er hatte für sein Restaurant alle erdenklichen Versicherungen, eher zu viel als zu wenig. Die Beiträge wurden automatisch abgebucht.

Aber er brauchte nicht lange, um zu verstehen.

»Versicherungsvertreter? So nennt man das also heute …«

»Klingt doch besser als Schutzgelderpresser. Sie haben auf die Gefahr hingewiesen, dass bei einem so wunderschönen Lokal wie unserem während der Nacht die Scheiben eingeschlagen und der Innenraum verwüstet werden könne. Auch sei es möglich, dass die Küche in Brand geriete oder der Weinkeller ausgeraubt werde. Lauter schlimme Dinge, gegen die man sich versichern könne. Und zwar so, dass sie gar nicht erst einträten.«

Lucien wusste, dass es Banden gab, die sich an der französischen Riviera auf dieses Geschäftsmodell spezialisiert hatten. Capitaine Achille Giraud hatte ihm mal bei einer Flasche Wein davon erzählt. Er hatte wissen wollen, ob auch er eine solche *taxe de protection* zahlen müsse. Er hatte wahrheitsgemäß geantwortet, dass man ihn bislang in Frieden gelassen habe. Diese Ruhe schien jetzt vorbei zu sein.

»Ziemlich eindeutige Drohungen …«

»Sehr eindeutig. Gut möglich, haben sie noch hinzugefügt, dass solche Unglücke sehr bald erfolgen. Du könntest dich aber mit einer Versicherung davor schützen, das soll ich dir ausrichten. Sie würden morgen am späten Nachmittag um sechs Uhr wiederkommen, um mit dir die Vertragsbedingungen zu besprechen. Du wärst gut beraten, den Termin ernst zu nehmen.«

Morgen um sechs Uhr hatte er wirklich etwas Besseres vor, dachte Lucien. Da hoffte er, Anne Dalmasso wiederzusehen. Andererseits wäre es ein Fehler, die Einladung der *Versicherungsvertreter* zu ignorieren. Könnte tatsächlich sein, dass sie sehr bald einen Schadensfall anrichteten, um ihn gefügig zu machen.

»Dann werde ich wohl da sein«, sagte Lucien, »und mit diesen *connards* reden.«

Er hätte auch Idioten sagen können, aber Arschlöcher schien ihm zutreffender.

»Du willst doch nicht etwa zahlen?«

Lucien lächelte.

»Kann ich mir nicht vorstellen.«

22

Am nächsten Vormittag fuhr Lucien nach Roquebrune zum Familiengrab. Er hatte das nicht geplant gehabt. Als Rosalie ihm aber zum Todestag seiner Mutter Laetitia kondolierte, fiel es ihm ein. Wie viele Jahre war das her? Noch nicht so lange – und doch eine halbe Ewigkeit. Sie hatte Krebs gehabt, war aber trotz ihrer Krankheit bis zum Schluss warmherzig und erstaunlich fröhlich geblieben. Sie alle hatten die gebürtige Italienerin dafür bewundert. Rosalie hatte die *Contessa* geradezu angehimmelt und versucht, ihr jeden Wunsch von den Augen abzulesen.

Lucien war nicht gut darin, sich Jahrestage zu merken. Er vergaß sogar seinen eigenen Geburtstag. Die Erde drehte sich weiter. So oder so. Er brauchte keinen Todestag, um an seine Mutter zu denken. Das tat er auch so häufig genug. Sein Vater hatte behauptet, er sei mehr nach ihr geraten als nach ihm. Das mochte stimmen. Sein Bruder Raymond dagegen war mehr vom Schlag seines Vaters gewesen. Schon als Kind hatte er gelacht, wenn Lucien bei ihren Abenteuern Skrupel zeigte und niemandem ernsten Schaden zufügen wollte. *Femminuccia* hatte er ihn auf Italienisch gehänselt, Weichei! Oder auf Französisch: *fils à maman,* Muttersöhnchen! Lucien musste schmunzeln, als er sich daran erinnerte, wie Raymond von einem Tag auf den anderen damit aufgehört hatte. Obwohl Raymond älter, größer und kräftiger war, hatte er von Lucien nach einer erneuten Hänselei erst einen Fausthieb einstecken müssen, um danach bei einer wilden Prügelei den Kürzeren zu ziehen. Von diesem Augenblick an hatte Raymond »seinen kleinen Bruder« mit Respekt behandelt und nie mehr versucht, sich mit ihm anzulegen. Lucien überlegte, dass auch für ihn die damalige Auseinandersetzung ausgesprochen lehrreich gewesen war. Er hatte begriffen, dass man nicht immer nachgeben sollte. Es gab Momente, da musste man sich wehren und klare Kante zeigen – wollte man nicht den Wölfen zum Fraß vorgeworfen werden. Natürlich war Raymond kein Wolf gewesen, sie hatten sich geliebt, so wie sich rivalisierende Brüder eben liebten. Aber im Erwachsenenleben konnte es genau darauf hinauslaufen. Lucien dachte an die »Versicherungsvertreter«, mit denen er sich heute noch treffen würde. Nachgeben und zahlen war keine Option. Sie zu verprügeln aber auch nicht. Er musste sich eine andere Lösung einfallen lassen, die seinen Standpunkt unmissverständlich klarmachte.

Beim Cimetière de Saint-Pancrace angekommen, parkte er seine Vespa und lief durch die Reihen mit den Gedenksteinen zum Grab der Chacarasses. Er legte einen Strauß mit den Lieblingsblumen seiner Mutter auf die Grabplatte und faltete die Hände. »Ich liebe dich«, sagte er leise, »*tu me manques,* ich vermisse dich.«

Er betrachtete die gekreuzten Säbel auf der Grabplatte. Und das Familienmotto: *»Obligé aux vivants et aux morts«*. Verpflichtet den Lebenden und den Toten.

Lucien las die eingemeißelten Namen. Seine Mutter Laetitia Comtesse de Chacarasse, sein Vater Alexandre Comte de Chacarasse, sein Bruder Raymond Comte de Chacarasse … Irgendwann würde auch seiner hier stehen, überlegte er. Und fügte in Gedanken hinzu: Hoffentlich erst in sehr ferner Zukunft. Jedenfalls würde er alles daransetzen, ein vorzeitiges Ableben nach Möglichkeit zu verhindern. Doch wäre er nicht der erste Chacarasse, der mit diesem Vorhaben scheiterte.

Lucien drehte sich um und setzte sich auf einen Grabstein. Der Friedhof lag oberhalb von Roquebrune-Cap-Martin. Der Blick über die roten Dächer der Altstadt hinunter aufs Meer war überwältigend. Lucien kannte die Geschichte des Ortes. Über Jahrhunderte war er im Besitz der Grimaldi von Monaco gewesen. Einige Zeit gehörte der »braune Felsen« aber auch zum italienischen Königreich von Sardinien. Schließlich wurde Roquebrune-Cap-Martin 1860 von Viktor Emmanuel I. zusammen mit der Grafschaft Nizza endgültig Frankreich übereignet.

Vor diesem geschichtlichen Hintergrund fand es Lucien absolut richtig, geradezu zwingend, dass sich das Familiengrab der Grafen von Chacarasses ausgerechnet hier befand. Gewissermaßen an der Nahtstelle von Frankreich und Italien. Seine Mutter stammte aus Italien. Sein Vater war in Frankreich geboren, sein Großvater in Monaco. Lucien sprach genauso gut Italienisch wie Französisch. Seine Vorfahren sind ebenso für die Medici tätig geworden wie zum Beispiel für Napoleon. Auch hatte es einst enge Bande zu den Grimaldi gegeben.

Lucien sah hinunter auf das Fürstentum Monaco. Das waren noch Zeiten gewesen, dachte er. Ursprünglich aus Genua stammend, hatten die kampfeslustigen Grimaldi 1297 die zu Neapel gehörende Festung Monaco im Handstreich erobert. Ihm fiel eine Parallele zu seinem jüngsten Auftritt als Priester auf: Francesco Grimaldi hatte sich als Franziskaner-Mönch verkleidet und so den Zugang zur Festung erschlichen – um dann sein unter der Kutte verstecktes Schwert zu ziehen, die Torwächter auszuschalten und seine Leute einzulassen. Später hatten sich die Grimaldi als Piraten einen Namen gemacht, weil sie von ihrem Felsen aus Handelsschiffe überfielen. Lucien musste schmunzeln. Piraten und Assassinen wie die Chacarasses … kein Wunder, dass sich die Grimaldi und seine Vorfahren in früheren Zeiten gut verstanden. Heute gab es keine direkten Kontakte mehr. Nur eine weitläufige Verwandtschaft, die auf das 18. Jahrhundert zurückging und bedeutungslos war.

Er sah auf die Uhr – und dachte, dass seine Mutter recht hatte: Er war ein Träumer. Dabei gab es heute noch Wichtiges zu erledigen. Lucien stand auf, hauchte seiner Mutter über die Hand einen Kuss zu, sein Vater und sein Bruder würden verstehen, dass sie heute zurückstehen mussten, und verließ eiligen Schrittes den Friedhof.

Seine Vespa hatte keine Freisprechanlage und sein Helm kein Bluetooth-System. Der Motorroller ließ sich aber auch mit einer Hand fahren. Er nahm Pauls Anruf entgegen, der ihm sagte, dass er wieder zurück sei. Der Landrover stehe unversehrt in der Garage der *Villa Béatitude*. Er werde heute Abend pünktlich zur Arbeit im *P'tit Bouchon* erscheinen. Lucien bat ihn, schon um halb sechs da zu sein. Er habe einen kurzen Termin, bei dem er ihn gerne dabeihätte. Den restlichen Abend könne er sich gerne freinehmen. Das sei nicht nötig, erwiderte Paul. Er sei fit und ausgeschlafen. *À plus tard.*

Typisch Paul, dachte Lucien nach Beendigung des Telefonats. Er hatte nicht gefragt, um was es bei dem Termin gehe. Nur keine überflüssigen Worte wechseln, er würde es früh genug erfahren.

In der *Villa Béatitude* kam ihm Coco schwanzwedelnd entgegengestürmt. Den Marmorboden hatte sie noch nicht im Griff: Trotz Vierradantrieb rutschte sie aus – und schlitterte fast gegen den Sockel mit der Marmorbüste seines Urgroßvaters. Das war lustig anzusehen. Vor allem freute sich Lucien, dass Coco ihre Depression offenbar überwunden hatte. Er streichelte die Malteserhündin. Rosalie kam um die Ecke.

»Ach, hier bist du …«, sagte sie. »Coco, mein Schatz.«

Lucien stellte fest, dass er sich Konkurrenz ins Haus geholt hatte. Rosalies Aufmerksamkeit war voll auf Coco gerichtet. Dass er von Roquebrune zurück war, interessierte sie nicht. Sie nahm ihn überhaupt nicht wahr. Aber es störte ihn nicht – ganz im Gegenteil.

»Ich wünsch dir auch noch einen schönen Tag«, konnte er sich dennoch nicht verkneifen. Dann ging er hinauf in den ersten Stock. Im Büro wurde er bereits von Francine erwartet.

»Du warst auf dem Friedhof?«, fragte sie.

»Der Todestag meiner Mutter.«

»Hast du mit ihr gesprochen?«

Er lächelte.

»Nun ja, sie hat nicht geantwortet.«

»Es funktioniert, du musst es nur versuchen. Ich spreche oft mit deinem Vater und stelle ihm Fragen. Es dauert eine Weile, aber dann kommt in meinem Kopf seine Antwort an.«

Dass Francine eine esoterische Neigung hatte, war ihm bislang nicht aufgefallen.

»Muss ja eine Weile dauern«, stellte er fest. »Das Jenseits ist bestimmt Lichtjahre entfernt.«

»Du machst dich über mich lustig. Ich habe es nur gut gemeint.«

Er nahm sie in die Arme. Sie sträubte sich ein wenig.

»Entschuldige. Tut mir leid.«

»Du hättest deine Mutter fragen können, ob sie mir böse ist, weil ich nach ihrem Tod in das Leben deines Vaters getreten bin.«

»Die Antwort kann ich dir gleich geben. Sie hätte nichts dagegen gehabt, da bin ich mir sicher.«

Sie löste sich aus der Umarmung und strich über ihren Bauch, bei dem freilich noch nichts zu sehen war.

»Und dass ich von deinem Vater ein Kind erwarte?«

»Was sollte sie dagegen haben?«, sagte er.

Doch war er sich in diesem Punkt nicht ganz so sicher. Darüber hatte er noch nicht nachgedacht.

»Ich hoffe, du hast recht.« Francine deutete zu seinem Schreibtisch. »Ich hab dir aus dem Internet einen brandaktuellen Artikel ausgedruckt. Wird dich interessieren.«

»Was steht drin?«

»Musst selber lesen. Aber nur so viel: Offenbar hatte Jacques Collard doch belastendes Material und es noch vor … vor seinem Tod an die Presse geschickt.«

Lucien fiel Collards Fahrt zum Postamt ein. Offenbar hatte er dort nicht nur ein Paket nach Nairobi aufgegeben.

»Heute früh ist darüber berichtet worden. Minuten später hat die Börse reagiert und den zu erwartenden Ausgabekurs des Pharmapapiers in den Keller geschickt.«

»Gefällt mir nicht«, sagte Lucien nach kurzer Überlegung. »Sollte Collard als Absender seinen Namen angegeben haben, dürfte die Polizei auf seinen Tod aufmerksam werden und den Unfall genauer untersuchen.«

»Im Artikel steht: *Wie wir aus anonymer Quelle erfahren haben.*«

»Hoffentlich stimmt's.«

»Ich glaub schon. Collard ist nicht so blöd, die Polizei auf sich aufmerksam zu machen.«

»Aber sein früherer Arbeitgeber, den er erpresst hat, wird sich denken können, dass das Material von ihm kommt.«

»Das schon. Auch, dass er den Umschlag noch kurz vor seinem Ableben abgeschickt hat. Dumm gelaufen. Ich hoffe, dein Honorar ist schon freigegeben?«

»Ja, Edmond hat es schon bestätigt. Außerdem wurde der Auftrag von mir ordnungsgemäß abgewickelt.«

Francine lächelte.

»Ordnungsgemäß … ja, so kann man es ausdrücken.«

23

Anne Dalmasso hatte ihm eine Textnachricht geschickt, dass sie bereits auf der Rückfahrt von Marseille sei. Sie freue sich auf heute Abend. Wann und wo?

Gute Frage, dachte Lucien. Wie viel Zeit würde er für die Männer in den schwarzen Anzügen brauchen? Nur wenige Minuten, nahm er sich vor.

»Um sieben Uhr am Quai de l'Amiral Courbet bei der Chapelle Saint-Pierre«, schrieb er zurück. »Badesachen mitnehmen. *À tout à l'heure!*«

»Badesachen? Ich bin Nichtschwimmerin«, antwortete sie. »Komme trotzdem.«

Die nächsten Stunden traf er einige Vorbereitungen. Nein, nicht für sein Treffen mit den Ganoven, da vertraute er auf sein Improvisationstalent, sondern für Anne. Er wollte, dass der Abend ein Erfolg wurde.

Pünktlich um halb sechs erschien Paul im *P'tit Bouchon*. Er machte tatsächlich einen ausgeruhten Eindruck. Die lange Fahrt im holprigen Landrover schien ihn nicht besonders angestrengt zu haben.

Lucien und Alain setzten ihn kurz ins Bild.

»Wir sollten die Schwachköpfe ins Meer werfen«, grummelte Paul.

»Oder Roland aus der Küche holen«, schlug Alain vor, »damit er ihnen sein heißes Frittierfett über die Köpfe gießt.«

»Weder noch«, sagte Lucien. »Wir werden uns einfach vernünftig unterhalten. Alain, du kannst in der Küche bleiben. Paul, du musst nur dabeistehen und grimmig schauen.«

Alain schüttelte den Kopf.

»Vernünftig unterhalten? Da wünsche ich viel Vergnügen.«

Die beiden *Versicherungsvertreter* verspäteten sich nur um wenige Minuten. Ihre Anzüge waren wirklich schlecht geschnitten, dachte Lucien. So schlecht, dass man die Waffe erahnen konnte, die einer unter der Achsel trug. Wirklich bedrohlich wirkten sie nicht. Nach seiner Einschätzung waren das Klinkenputzer, die quasi im Außendienst alle Lokale im Umkreis abklapperten, um für ihren Arbeitgeber Schutzgelder abzupressen. Vielleicht waren sie aber auch nur Kleinganoven, die auf Einschüchterung setzten, aber nichts im Kreuz hatten. In diesem Fall gäbe es überhaupt keinen Arbeitgeber, für den sie im Auftrag tätig waren und der in der Lage wäre, entsprechende Strafmaßnahmen in die Wege zu leiten.

»Sie sind der Inhaber des *P'tit Bouchon?*«, fragten sie anstelle einer Begrüßung.

»Das bin ich. Und wer seid ihr?«

Einer grinste schief.

»Wir wollen Ihnen helfen.«

Das war keine Antwort auf seine Frage.

»Sehen wir so aus, als ob wir Hilfe bräuchten?«, konnte sich Paul die Bemerkung nicht verkneifen. Er hatte die muskulösen Arme über der breiten Brust verschränkt. Zwei Köpfe größer als die nicht einmal kleinen Ganoven, sah er tatsächlich nicht aus, als ob er Hilfe benötigen würde.

Lucien beobachtete amüsiert die Verunsicherung der beiden.

»Was habt ihr uns vorzuschlagen? Warum seid ihr hier?«, fragte er.

»Nun, wir bieten gewissermaßen ein Rundumsorglospaket …«

Sehr witzig. Die Formulierung hatten sie wohl aus der Broschüre einer Versicherung.

»Gegen eine geringe monatliche Gebühr sorgen wir dafür, dass es bei Ihrem Lokal zu keinen unliebsamen Zwischenfällen kommt.«

Lucien deutete mit dem Zeigefinger auf die beiden.

»Und ihr zwei Handtücher wollt das verhindern? Darf ich fragen, wie ihr das machen wollt?«

Bei *Handtücher* zuckten sie merklich zusammen. Einer bekam einen roten Kopf. Der andere legte ihm beruhigend die Hand auf den Arm. Noch konnten sie sich beherrschen.

»Würde mich auch interessieren«, sagte Paul.

»Hinter uns steht eine mächtige Organisation, die garantiert Ihren Schutz.«

»Verstehe ich nicht. Wovor will sie uns schützen? Vor sich selbst?«

»Das ist Ihre Interpretation. Wie auch immer: Mit fünftausend Euro im Monat sind Sie auf der sicheren Seite. Wäre doch schade, wenn Ihr gut gehendes Lokal wegen dieser vergleichsweise läppischen Summe seine Existenz gefährdet.«

Lucien lächelte.

»Fünftausend Euro sind wirklich wenig …«

»Na also.«

»Tatsächlich zahle ich jeden Monat schon sehr viel mehr. Ihr seid nämlich nicht die Ersten, die auf die glorreiche Idee mit Schutzgeldern kommen.«

Sie sahen ihn überrascht an.

»Mein Vorschlag wäre«, fuhr Lucien fort, »ihr organisiert ein Treffen mit eurem Chef. Ich verrate ihm, wer für unseren Schutz garantiert. Dann kann er entscheiden, ob es sich lohnt, sich mit meinen Hintermännern anzulegen.«

Die beiden warfen sich einen ratlosen Blick zu.

Lucien deutete nach oben.

»Seht ihr die Überwachungskamera? Eure Gesichter sind längst auf einer externen Festplatte gespeichert. Sollte es zu einem Zwischenfall kommen, werdet ihr persönlich zur Rechenschaft gezogen. Angenehm wird das nicht. Meine Freunde verstehen keinen Spaß. So, jetzt zieht entweder Leine und lasst euch hier nie wieder blicken. Oder ihr ruft euren Chef an, sofern ihr überhaupt einen habt, und vereinbart einen Termin.«

Der Größere der beiden, jener mit der Pistole unter der Achsel, fühlte sich jetzt doch an der Ehre gepackt. So einfach wollten sie sich nicht geschlagen geben.

»Ich glaube, Sie wissen nicht, mit wem Sie es zu tun haben …«

Lucien grinste.

»Das wisst ihr bei mir auch nicht.«

»Aber einverstanden, wir werden mit unserem *patron* reden und lassen Ihnen eine Nachricht zukommen. Könnte sein, dass sie Ihnen nicht gefallen wird.«

Erneut deutete Lucien zur Überwachungskamera.

»Wir haben nicht nur eure Visagen, unsere Unterhaltung wurde zudem aufgezeichnet. Sagt eurem Chef, dass ein persönliches Gespräch der einzige Weg ist, eine für ihn unerfreuliche Auseinandersetzung zu vermeiden. Seine Entscheidung. Mir egal.«

Der Mann mit der Waffe langte unters Jackett. Wollte er jetzt doch noch Ärger machen?

Paul wippte auf den Zehen.

»Wenn du deine Knarre ziehst, schlage ich dir den Schädel ein.«

Das war deutlich.

»Nein, ich wollte mein Handy rausholen …«

»Lass es besser stecken«, sagte Lucien. »So, und jetzt bitte ich euch höflich, mein Lokal zu verlassen.«

»Eigentlich schade«, sagte Paul, als sie weg waren. »Ich hätte die beiden gerne vermöbelt.«

»Gleich alle beide? Dann wäre ich ja leer ausgegangen.«

»Tut mir leid.«

Paul fuhr sich mit der Hand über den kahl rasierten Schädel.

»Ich wusste gar nicht, dass du bereits Schutzgeld bezahlen musst …«

Lucien grinste. »Ich auch nicht.«

»Dann hast du … hast du geblufft?«

»Natürlich. Auch mit der Überwachungskamera. Du weißt, dass das eine Attrappe ist. Und Gespräche kann sie gleich gar nicht aufzeichnen.«

»Ich habe es fast geglaubt«, murmelte Paul. »Wie, meinst du, geht's jetzt weiter?«

Lucien zuckte mit den Schultern.

»Lassen wir uns überraschen. Ich würde tatsächlich gerne ihren Chef kennenlernen.«

»Hmm.«

»Bevor ich es vergesse …« Lucien zog einen Umschlag aus der Gesäßtasche. »Ich danke dir sehr für deine Hilfe in Marseille. Hast du wirklich gut gemacht. *Bon travail!* Hier eine kleine Erfolgsgratifikation.«

Jetzt wirkte Paul fast verlegen.

»Wäre nicht nötig gewesen. Hatte meinen Spaß dabei.«

»Umso besser. Vielleicht ergibt sich wieder mal eine Gelegenheit.«

»Würde mich freuen.«

»So, jetzt muss ich weg. Ich hab noch einen Termin. Vorher erzähle ich Alain noch schnell, wie das Gespräch gelaufen ist.«

»Kann ich übernehmen.« Paul lächelte. »Ich wünsche dir einen schönen Abend. *Beaucoup de plaisir!*«

24

Die Chapelle Saint-Pierre am Quai de l'Amiral Courbet war zwar klein, aber gleichzeitig die größte Touristenattraktion in Villefranche-sur-Mer. Besucher mussten Eintritt bezahlen, um sie betreten und die Ausgestaltung bewundern zu dürfen. Jean Cocteau hatte 1957 die Wände im Inneren mit eindrucksvollen Szenen aus dem Leben des heiligen Petrus bemalt. Dabei war der Künstler nach Luciens Überzeugung gar nicht mal allzu religiös gewesen. Er hatte nur einen ungeheuren Schaffensdrang gehabt, auch als Filmemacher und Schriftsteller. Lucien war mit Cocteau gewissermaßen aufgewachsen, denn als Freund der Familie Chacarasse hatte er auch eine Wand des großen Esszimmers in der *Villa Béatitude* bemalt. Lucien lächelte. Er könnte also ebenfalls Eintritt verlangen. Dagegen sprach, dass er in der *Villa Béatitude* grundsätzlich keine Besucher empfing. Wenige Ausnahmen bestätigten die Regel. Er selbst hatte Jean Cocteau nicht mehr erlebt. Er verstarb 1963, übrigens einen Tag nach Édith Piaf. Der Legende nach hatte sein Herz versagt, als er vom Tod der mit ihm befreundeten Chansonnière erfahren hatte. Als »Brautpaar des Todes« wurden sie daraufhin apostrophiert. Dabei hatte der Filmschauspieler Jean Marais immer als große Liebe des bisexuellen Cocteau gegolten.

All dies ging Lucien durch den Kopf, während er vor der Chapelle Saint-Pierre auf Anne Dalmasso wartete. Um sieben Uhr waren sie verabredet. Eine Seite von ihr lernte er soeben kennen: Sie war nicht die Pünktlichste! Ein Charakterzug, der ihm nicht wesensfremd war. Außerdem lebten sie in Südfrankreich – da gehörte der entspannte Umgang mit der Zeit fast zum guten Ton.

Bald darauf sah er Anne am Quai näher kommen. Schon von der Ferne machte sie eine tolle Figur. Im wahrsten Sinne des Wortes. Zwei Männer drehten sich nach ihr um.

Lucien dachte, dass es sich nicht gehörte, Frauen nach ihrem Äußeren zu beurteilen. Schmunzelnd stellte er fest, dass er es trotzdem tat.

Sie hatte die langen schwarzen Haare hochgesteckt. Eine große, runde Sonnenbrille, ein luftiges, in der Taille gerafftes, tief ausgeschnittenes Kleid mit fröhlichem Blümchenmuster. Weiße Sneakers von Converse. Eine Badetasche mit Fransen.

Unwillkürlich dachte Lucien an Francine: Größer könnte der Kontrast kaum sein. Anne war sozusagen der Gegenentwurf zu Francines kühler Eleganz. Sie trug bestimmt keine Perlenkette. Und die Umhängetasche war nicht von Hermès.

Mit jedem lockeren Schritt, den sie näher kam, gefiel sie ihm besser. Aber er nahm sich vor, sich von ihrem Äußeren nicht blenden zu lassen. Es war nicht so lange her, da war er von einer ähnlich gut aussehenden Frau reingelegt worden. Allerdings war sie blond gewesen – den Unterschied gab es schon mal.

»Hallo, Lucien«, begrüßte sie ihn mit zwei Küsschen. »Hast du lange warten müssen?«

Er registrierte, dass sie ihn duzte. Dazu die *bisous* auf die Wange. Er mochte ihr Parfum. Der Anfang war schon mal vielversprechend.

»Bin selber gerade erst gekommen«, flunkerte er. »Schön, dass du da bist.«

Sie warf einen Blick auf die *Chapelle*.

»Warum haben wir uns hier verabredet?« Sie lächelte. »Willst du beten?«

Ein geradezu hellseherischer Scherz. Als ob sie von seinem kurzen Vorleben als Priester wüsste.

»Ich weiß ja nicht, wie gut du dich in Villefranche auskennst? Ich dachte, die *Chapelle Cocteau* kennt hier jeder.«

Anne deutete auf das gegenüberliegende *Hotel Welcome*.

»Na ja, noch bekannter ist wahrscheinlich das Hotel, in dem Cocteau nach eigenem Bekunden die schönste Zeit seines Lebens verbracht hat, *le meilleur de ma vie.*«

Lucien nickte. Da hatte sie wohl recht. Auch jetzt wäre es dort schön. Gäste chillten auf der Terrasse zu Livemusik. Aber er hatte ein anderes Programm vorbereitet.

Sie sah ihn herausfordernd an.

»Wie stellst du dir den weiteren Verlauf des Abends vor? Du wolltest dir ja was Nettes ausdenken.«

»Lass dich überraschen. Ich schlage vor, wir gehen erst schwimmen. Anschließend habe ich uns zum Abendessen einen Tisch reserviert.«

Anne runzelte die Stirn. »Besonders originell klingt das nicht.«

Er kratzte sich verlegen an der Wange.

»Tut mir leid. Ich hoffe, du drehst jetzt nicht auf der Stelle um?«

»Nun bin ich schon mal hier. Also können wir das so machen.«

»Das freut mich. Dann komm mal mit.«

Er ging die wenigen Schritte zum Hafenbecken. Anne warf ihm einen ratlosen Blick zu. Nach einem Badeplatz sah das hier nicht aus. Fischernetze lagen herum, ein kleiner Verkaufsstand mit brauner Markise und der Aufschrift *Pêche locale.*

Am Kai dahinter blieben sie stehen. Dort war sein Zodiac festgemacht. Ein sogenanntes RIB, mit festem Rumpf und umlaufendem Schlauchkörper. In der Mitte ein Steuerstand und am Heck zwei starke Außenborder.

»Ich dachte, wir fahren erst ein Stück …«

Anne gab ihm lachend einen Rippenstoß.

»Du bist ein Idiot, hättest du mir doch gleich sagen können.«

Idiot? Lucien dachte, dass sich das schon ziemlich vertraut anhörte.

Er sprang aufs Boot und reichte ihr die Hand.

»Dann steig mal ein.«

»Geh weg, du bist mir im Weg …«

Anne tat es ihm gleich und sprang mit einem großen Satz ins Boot. Seine Hand brauchte sie nicht. Er dachte an Francine, die ebenfalls seine Hilfe ausgeschlagen hatte, als sie sich in Marseille über die Mauer geschwungen hatte. Offenbar war er zu höflich. Wer hätte das gedacht?

Lucien machte die Leinen los und legte ab. Langsam fuhren sie aus dem kleinen Hafen.

Anne saß auf der Rückbank und sah Lucien, der schräg am Steuerstand lehnte, lächelnd an.

»Dein Programm gefällt mir jetzt doch«, sagte sie. »Zumindest der Auftakt ist dir gelungen. Wo hast du den Tisch reserviert?«

»Sei nicht so neugierig.«

»*Je m'excuse,* ist eine Berufskrankheit.«

»Warum? Was machst du?«, fragte er, während er langsam Gas gab.

»Ich bin Polizeireporterin, da ist man von Natur aus neugierig.«

Lucien versuchte, sich seine Überraschung nicht anmerken zu lassen.

»Klingt interessant. Dann halt dich mal fest!«

Er schob die Gashebel immer weiter nach vorne. Das Zodiac-Boot beschleunigte. Die Motoren wurden so laut, dass eine weitere Unterhaltung kaum möglich war, sie hätten sich schon anschreien müssen.

Er hatte nicht vorgehabt, so schnell zu fahren. Aber er brauchte die Gesprächspause, um seine Gedanken zu sortieren. Mit Anne Dalmasso war er also an eine Polizeireporterin geraten. Er hatte keine Ahnung, wie ihre Arbeit genau aussah, aber wahrscheinlich schnüffelte sie in Kriminalfällen herum. Oder sie berichtete nur, was die Polizei ganz offiziell an die Presse weitergab. Das wäre die harmlosere Variante. Er fragte sich, warum sie gestern so eilig nach Marseille hatte fahren müssen. Es gab viele Erklärungen … bis auf eine, die würde ihm nicht gefallen. Er zögerte. Warum eigentlich nicht? Es konnte durchaus nützlich sein, von Anne Einblick in die polizeiliche Ermittlungsarbeit zu bekommen.

Er blickte zurück und sah, dass Anne ihre Haare gelöst hatte. Sie flatterten im Fahrtwind. Ihr Kleid war nach oben gerutscht. Sie hatte tolle Beine, aber das wusste er ja bereits von seiner Samaritertätigkeit. Außerdem wollte er sich von Äußerlichkeiten nicht ablenken lassen.

Lucien verlangsamte die Fahrt.

»Sorry, wir haben es ja nicht eilig«, stellte er fest.

»Hat Spaß gemacht«, erwiderte sie lachend. »Jetzt weiß ich aber immer noch nicht, wo es hingeht.«

Er deutete zum Cap Ferrat, dem sie schon ziemlich nahe gekommen waren.

»Gleich sind wir da.«

»Ist da dein Badeplatz?«

Sie war wirklich neugierig, dachte er.

»Ja, aber auch meine Tischreservierung.«

»Wo ist da ein Restaurant?«

Er sah sich suchend um.

»Hast recht. Vielleicht habe ich mich verfahren?«

In einem Bogen näherten sie sich in langsamer Fahrt einem kleinen Felsplateau, das von der Landseite nicht erreichbar war.

Anne sprang auf und stolperte an Lucien vorbei nach vorne.

»Das kann ja wohl nicht wahr sein«, rief sie. »Ist das der Tisch, von dem du gesprochen hast?«

Lucien freute sich, dass die Überraschung gelungen war. Trotz des heute wirklich gedrängten Terminkalenders hatte er die Zeit gefunden, einen der kleinen quadratischen Holztische von der Terrasse des *P'tit Bouchon* mit dem Boot hierherzuschaffen. Dazu zwei Bistrostühle. Mit Klemmen hatte er eine weiße Tischdecke befestigt. In der Mitte ein dreiarmiger Kandelaber, der trotz der leichten Abendbrise nicht umgefallen war. Die Wein- und Wassergläser hatte er auf den Kopf gestellt. Blieb nur zu hoffen, dass die Möwen in der Zwischenzeit keine Spuren hinterlassen hatten.

»Ist mal was anderes, dachte ich. Hier nerven keine anderen Gäste. Und der Ausblick ist auch ganz nett.«

»Du bist verrückt.«

Er interpretierte ihre Äußerung als Kompliment.

Lucien steuerte an eine kleine Leiter, die von den Felsen ins Wasser führte, und machte fest.

»Vorsicht beim Aussteigen. Mach dich nicht schmutzig, die Leiter ist alt und rostig.«

Anne hängte sich die Badetasche um, stieg auf den breiten Gummiwulst am Bug, griff nach der Leiter und turnte nach oben.

Sie benötigte wirklich keine Hilfe, dachte Lucien. Seine Hand hatte er ihr erst gar nicht angeboten. Dann kletterte auch er nach oben.

Anne empfing ihn mit ausgebreiteten Armen – und gab ihm einen dicken Kuss auf den Mund.

»Du bist ein Zauberer«, stellte sie fest.

»Ist keine Magie«, sagte er lachend. »Nur ein wunderschöner Platz, um später den Sonnenuntergang zu genießen.«

»Wem gehört das hier?«, fragte sie.

Er hob die Schultern.

»Keine Ahnung. Aber ich glaube nicht, dass jemand was dagegen hat.«

Er wusste, dass das Plateau auf Initiative seines Großvaters in die Felsen geschlagen wurde. Wahrscheinlich war der Grund damals im Besitz seiner Familie gewesen. Mittlerweile war per Gesetz geregelt, dass das Meer für jeden Menschen zugänglich sein musste. In diesem Fall eine theoretische Option: Denn vom Küstenwanderweg *sentier du littoral,* der um die Halbinsel führte, war das Plateau nicht erreichbar.

Lucien öffnete eine der Kühlboxen, die er vor zwei Stunden die Leiter hochgewuchtet hatte.

»Wie wär's mit einem Glas Champagner?«, fragte er.

»Und du bist doch ein Zauberer …«

Er sah auf das Etikett. »Nein, kein Champagner, sondern ein vorzüglicher Crémant von der Loire. Schlägt manchen Champagner um Längen.«

Sie lächelte.

»Ich glaube dir aufs Wort.«

Er löste den Korken und schoss ihn ins Meer.

»Ist ein Naturprodukt«, sagte er entschuldigend.

Er schenkte die Gläser ein und stieß mit ihr an.

»Auf einen schönen Abend! *Santé!*«

»Den werden wir haben. *Chinchin!*«

Stunden später war aus dem Wunsch Gewissheit geworden. Lucien hatte aus den Kühlboxen feine Delikatessen hervor»gezaubert«. Eine eisgekühlte Tomatencremesuppe. Nach der *velouté de tomates* bretonische Artischocken, Geflügelleberpastete, Melonensalat … An die genaue Reihenfolge konnte er sich nicht mehr erinnern. Dazu natürlich Baguette. Und zum Dessert ein Zitronensorbet mit Basilikum.

Vorher, dazwischen und danach waren sie im Meer geschwommen. Von wegen Nichtschwimmerin. Sie konnte sogar kraulen.

Der Abendhimmel färbte sich rosa. Ziemlich kitschig das alles, fand Lucien. Aber Frauen mochten so etwas, das wusste er. Und um ehrlich zu sein … er mochte es auch.

Er erfuhr, dass Anne Dalmasso in Nizza lebte und Journalismus studiert hatte. Sie war ledig. Ihren Freund hatte sie vor ihrem Abendessen im *P'tit Bouchon* auf den Mond geschossen. Vermutlich sei er mittlerweile in der Atmosphäre verglüht. Jedenfalls habe sie von ihm nichts mehr gehört. Für den Moment arbeite sie als *rasende Polizeireporterin,* erzählte sie lachend. In ihrer Redaktion sei sie für Mord und Totschlag zuständig, aber auch für alle anderen Delikte, für die sich die Polizei interessiere. Irgendwann wolle sie ins politische Ressort wechseln. Sie habe in der Redaktion zwar den abwechslungsreichsten Job, um den sie oft beneidet werde, doch dafür hätte sie nicht studieren müssen. Etwas niveauvoller sollte es irgendwann doch sein.

Was sie gestern nach Marseille geführt habe, fragte Lucien wie beiläufig.

»Ach so, wollte ich dir ja erzählen. Du musst wissen, dass in Marseille gerade wieder mal viele Autos angezündet werden …«

Lucien ließ sich nichts anmerken.

»Vorgestern ist erneut ein Auto in Flammen aufgegangen. Und zwar besonders spektakulär. Diesmal nicht in den Banlieues, sondern vor einem Restaurant am Meer.«

Lucien sah sie fragend an.

»Warum *besonders spektakulär?* Sind das brennende Autos nicht immer?«

»Wahrscheinlich schon, ich war noch nie dabei. Doch diesmal hat es ein Todesopfer gegeben. Unmittelbar vor dem Anschlag ist ein Mann ins Auto gestiegen. Von ihm ist nur noch eine verkohlte Leiche übrig.«

»*Mon Dieu*«, spielte er den Entsetzten, »du solltest so schnell wie möglich ins politische Ressort wechseln.«

»Die Polizei sagt, sie kenne die Hintermänner. Allerdings seien ihnen die Taten nur schwer nachzuweisen. Das ist das Problem. Die Banlieues werden von Banden beherrscht, da kommt man schwer ran.«

Lucien dachte, dass Annes Schilderung ganz in seinem Sinne war. Die Ermittlungen gingen offenbar alle in eine Richtung. Besser konnte es nicht laufen.

»Über solche Vorfälle zu berichten ist also dein Job? Klingt gefährlich.«

Anne lachte.

»Von den wirklichen Übeltätern halte ich mich fern, keine Sorge. Das ist Sache der Polizei. Für meine Reportagen spreche ich mit Augenzeugen, mit betroffenen Menschen, ich recherchiere die Begleitumstände. So entsteht eine lebendige, hoffentlich lesenswerte Geschichte.«

»Wie bei einem Roman, ich verstehe.«

»Nur denke ich mir nichts aus. Muss alles wahr und nachprüfbar sein. Oft habe ich Glück und bekomme überraschende Statements. So auch diesmal ...«

Anne lächelte zufrieden. Er schenkte ihr etwas Wein nach.

»Ein überraschendes Statement?«

»Ja, ich bin auf einen Angler gestoßen, der mir eine erstaunliche Geschichte erzählt hat. Sein üblicher Angelplatz sei direkt neben dem Auto, das später in Flammen aufgegangen ist. Wie fast jeden Abend habe er dort seine Angel ausgeworfen. Daran könne er sich noch erinnern. Dann habe er einen Filmriss. Offenbar sei er in Ohnmacht gefallen. Erst mit der Explosion sei er wieder wach geworden. Merkwürdigerweise an einer anderen, entfernten Stelle. Wie er dort hingekommen sei, sei ihm ein Rätsel.«

»Wie gibt's denn so was?«

»Ich hab nur eine Erklärung. Die Brandstifter haben ihn in Sicherheit gebracht.«

»Klingt ja richtig sympathisch.«

»Ist es wohl auch. Dumm nur, dass sie beim Anzünden des Autos weniger umsichtig waren. Jetzt steht ihnen eine Anklage zumindest wegen fahrlässiger Tötung bevor. Aber weißt du, was ich glaube? Die Täter werden von der Polizei sowieso nicht gefasst. War bisher immer so.«

Lucien nickte. Dieser Meinung schloss er sich gerne an.

25

Am nächsten Morgen frühstückte Lucien … nein, nicht mit Anne Dalmasso, sondern mit Rosalie in der *Villa Béatitude*. Was nicht bedeutete, dass es am späteren Abend noch eine Verstimmung gegeben hätte. Ganz im Gegenteil. Aber Anne musste in aller Früh zu einem Meeting aufbrechen. Lucien schmunzelte. Vermutlich würde es ihr schwerfallen, die Augen offen zu halten. Denn zum Schlafen waren sie in der Nacht kaum gekommen. Dafür kannte sie jetzt sein Appartement in Villefranche …

»Du hast auch schon mal munterer aus der Wäsche geschaut«, stellte Rosalie fest, während sie ihm eine zweite Tasse Kaffee eingoss.

»Wir hatten im *P'tit Bouchon* Gäste, die wollten einfach nicht gehen …«, antwortete er gähnend.

»Habt ihr keine Sperrstunde?«

Da hatte sie recht, die war gesetzlich vorgeschrieben.

»Außerdem musste ich früh aufstehen.«

»Was du schon unter früh verstehst …«

Im Prinzip stimmte er ihr zu. Doch heute war er tatsächlich unmittelbar nach Annes morgendlicher Verabschiedung aufgebrochen. Mit dem Zodiac war er hinüber zum Cap Ferrat gefahren und hatte auf dem Felsplateau alle Spuren des gestrigen Abends beseitigt. Mit dem umgedrehten Tisch auf dem Boot, den Kühlboxen und einem großen Karton für alles andere, zum Beispiel für die Teller und Gläser, war er dann zurück nach Villefranche geschippert. Die Kühlboxen und den Karton hatte er ins *P'tit Bouchon* gebracht. Den Tisch würde er später von zwei Mitarbeitern abholen lassen. Eine Erklärung würde er keine abgeben. Einen Vorteil musste es ja haben, dass er der Chef war.

»Aber jetzt bin ich da«, sagte Lucien. »Ist doch nett von mir.«

»Purer Eigennutz. Wo bekommst du sonst so einen so guten *café crème?* Die Croissants habe ich frisch aufgebacken. Dazu meine selbst gemachte *confiture d'abricots*.«

Ihre Aprikosenmarmelade war tatsächlich köstlich. Er hatte sie schon als kleiner Junge geliebt. So etwas nannte man wohl frühkindliche Prägung.

»Ja, meine liebe Rosalie, du verwöhnst mich.«

Sie hielt die Hand ans Ohr.

»Ich verhöhne dich? Du spinnst wohl.«

»Verwöhnen … nicht verhöhnen …«

»Ach so, ich dachte schon, ich höre schlecht.«

Lucien lächelte. Der Witz war gut.

»Wo ist eigentlich Coco?«, fragte er.

»Ist mit dem Gärtner draußen. Der zeigt ihr gerade, wo sie in Zukunft ihr Geschäft verrichten soll.«

Lucien bezweifelte, dass das funktionieren würde.

»Ich habe gehofft, du würdest mit Coco regelmäßig Gassi gehen. Das wäre gut für deine Gesundheit.«

»Das habe ich auch vor. Aber heute habe ich Knie.«

»Wie bitte?«

Rosalie schüttelte missbilligend den Kopf.

»Manchmal frage ich mich, wie du mit deiner Begriffsstutzigkeit durchs Leben kommst … Was ein Knie ist, weißt du? Ich habe zwei, im linken habe ich Arthrose. An manchen Tagen tut's weh, heute ist so ein Tag. Hast du mich jetzt verstanden?«

»Absolut. Tut mir leid. Ich wünsche dir gute Besserung.«

»Von selbst bessert sich da nichts, aber Docteur Moreau hat mir Tabletten gegeben. Ich muss sie nur nehmen, heute habe ich sie vergessen. So einfach ist das. Magst du noch einen Kaffee?«

Lucien nickte.

Rosalie sprang behände auf, um die Kanne vom Nebentisch zu holen. Nach *Knie* sah das nicht aus. Eher nach einer faulen Ausrede, um sich vor dem Gassigehen zu drücken.

Francine hatte sich heute freigenommen. Was kein Problem war, denn es gab im Büro nichts Dringendes zu tun. Ihre Abwesenheit kam ihm sogar gelegen, denn so konnte er sich ungestört mit einem Thema beschäftigen, das er immer wieder vor sich herschob – nämlich mit dem Tod seines älteren Bruders Raymond. Wäre er nicht vor drei Jahren mit seinem Motorrad verunglückt, überlegte Lucien, sähe heute alles anders aus. Nicht er wäre von seinem Vater in die Pflicht genommen worden, sondern Raymond. Bei ihm wäre das Erbe der Chacarasses viel besser aufgehoben gewesen. Raymond war ein Draufgänger, der keine moralischen Bedenken kannte. Er nahm die Auftragsmorde von der sportlichen Seite. Dass er dabei Menschenleben auslöschte, brachte ihn nicht um den Schlaf. Ihr Vater hatte ihn als idealen Nachfolger angesehen. Immer häufiger hatte er Aufträge an ihn delegiert. Wenn Lucien Francines Andeutungen richtig verstand, hatte er sogar vorgehabt, sich aus dem Geschäft ganz zurückzuziehen und zukünftig alle Aufträge Raymond zu überlassen.

Es gab Momente, da war Lucien auf seinen Bruder regelrecht wütend. Hätte er besser auf sich aufgepasst, wäre sein Vater wohl noch am Leben – weil er sich nicht hätte in Gefahr begeben müssen. Er selbst hätte sein unbeschwertes Leben in Villefranche weiterführen können – ohne regelmäßig von Edmond an sein Versprechen erinnert zu werden.

Natürlich waren solche Gedanken unfair. Raymond hatte sich ja nicht aus der Verantwortung gestohlen, um faul an einem fernen Karibikstrand abzuhängen. Vielmehr war er durch einen tragischen Unfall aus dem Leben geschieden. Unfall? Lucien glaubte nicht daran. Hatte noch nie daran geglaubt.

Er stieg hinunter in die Katakomben, schloss die schwere Stahltür hinter sich und ging nach hinten zu einem Lagerraum, in dem Kartons und Kisten verschiedener Größen verstaubten. Manche waren neueren Datums und mit Jahreszahlen beschriftet, andere wurden von Lederriemen zusammengehalten, an denen vergilbte Zettel hingen. Ein Ordnungssystem gab es nicht. Auch bei den Chacarasses gab es eine Rumpelkammer des Vergessens. Lucien suchte nach einem Karton, dessen Aufschrift er kannte: RdC. Dazu ein gemaltes Kreuz. RdC stand für Raymond de Chacarasse. Das Kreuz sprach für sich selbst.

Lucien fand den Karton und verließ mit ihm auf schnellstem Weg die Katakomben. Die Atmosphäre hier unten schlug ihm aufs Gemüt. Im Büro angelangt, stellte er den Karton auf den Schreibtisch und verriegelte die Tür. Er trat ans Fenster und sah hinaus auf den Park. Der Gärtner kam mit einem Schubkarren vom Rosenbeet. Im Karren wedelte Coco mit dem Schwanz. Der kleine Hund hatte bereits einen Chauffeur.

Er drehte sich um, zögerte kurz, dann öffnete er den Karton. Ganz oben lag ein schwarzer Motorradhelm. Er war an mehreren Stellen gebrochen. Das Visier zersplittert. Lucien nahm ihn in die Hand. Die dunklen Stellen im Inneren stammten von getrocknetem Blut. Raymonds Blut. Er legte den Helm zur Seite und nahm eine Mappe aus dem Karton. Sie enthielt Zeitungsausschnitte mit Berichten vom Unfall. *Jeune Comte tué dans un accident tragique* stand als Überschrift über einem Artikel. *Junger Graf stirbt bei einem tragischen Unfall.* Auf einem Schwarz-Weiß-Foto, aufgenommen bei seinem letzten Geburtstag, lachte Raymond in die Kamera. Frech und unbeschwert. Die Frauen liebten ihn. Und er die Frauen. Im Text wurde beschrieben, wie er in einer Haarnadelkurve der *Route de la Turbie,* die von der höher gelegenen Corniche hinunter nach Monte Carlo führte, offenbar die Kontrolle über seine schwere Ducati-Rennmaschine verloren hatte. Er sei über die Leitplanke geschleudert worden und in die Tiefe gestürzt. Der Arzt eines Rettungshubschraubers habe nichts mehr machen können. Der junge Raymond Comte de Chacarasse sei noch am Unfallort seinen schweren Verletzungen erlegen. Raymond, dachte Lucien, war Mitte dreißig gewesen. So jung war er also auch nicht mehr. Aber sicher zu jung zum Sterben. Er las die anderen Zeitungsausschnitte. Es stand überall fast das Gleiche drin. Zeugen bestätigten, dass er die kurvige Straße in hohem Tempo befahren hatte. Die Trümmerteile des Motorrads würden auf einen technischen Defekt untersucht. Vermutlich aber sei die überhöhte Geschwindigkeit Ursache des folgenschweren Unfalls gewesen.

Lucien fand die Kopie eines später datierten Polizeiberichts. Dort wurde der Unfallhergang akribisch beschrieben. Die mutmaßliche Geschwindigkeit wurde rekonstruiert und der Aufprallwinkel auf die Leitplanke. Beigefügte Fotos und eine Skizze dokumentierten, in welcher Kurve Raymond die Kontrolle über seine Ducati verloren hatte. Es gab einige Bremsspuren, die sich aber nicht exakt zuordnen ließen und womöglich schon älter waren. Laut Untersuchungsprotokoll stand zweifelsfrei fest, dass keine anderen Verkehrsteilnehmer verwickelt waren. Für den Moment des Unfalls gab es keine Augenzeugen. Aber Minuten vorher war Raymond gesehen worden, wie er mit halsbrecherischer Geschwindigkeit durch die Serpentinen der *Route de la Turbie* gerast war.

Lucien kannte den Fahrstil seines Bruders. Raymond hatte an Rennen auf dem Circuit Paul Ricard bei Le Castellet teilgenommen. Entsprechend zügig war er auch sonst unterwegs. Den Unterschied zwischen einer abgesperrten Rennstrecke und öffentlichen Straßen hatte er für sich nicht gelten lassen. Aber »halsbrecherisch« war er nie gefahren – auch wenn das für Laien so aussehen mochte.

Lucien fand in den Protokollen einen Prüfbericht. Die technische Untersuchung der Unfallmaschine habe keinen Hinweis auf ein technisches Problem ergeben. Auch wurde jeder Verdacht einer Manipulation an der Ducati ausgeschlossen. Die Bremsen waren voll funktionsfähig gewesen.

Blieb als einzige Erklärung, so stand es im Bericht, dass Raymond Comte de Chacarasse die Kontrolle über die Ducati verloren habe. Doch genau diese Erklärung konnte und wollte Lucien nicht akzeptieren. Nachdenklich betrachtete er die Fotos der zerstörten Maschine. Beim weiteren Herumblättern stieß er auf Aussagen von zwei Zeugen, die unabhängig voneinander einen schwarzen Range Rover mit dunkel getönten Scheiben gesehen hatten, der ebenfalls mit hoher Geschwindigkeit unterwegs gewesen war, sich aber zum Unfallzeitpunkt an einer anderen Stelle der *Route de la Turbie* befunden haben musste. Ein Zeuge glaubte, mit der hellblauen Schrift auf weißem Grund und dem charakteristischen Rautenwappen ein monegassisches Kennzeichen erkannt zu haben.

Lucien fiel eine Ungereimtheit auf: Einer der beiden Zeugen hatte den Range Rover bergab fahrend Richtung Monaco gesehen. Der andere Zeuge hatte zu Protokoll gegeben, dass der Range Rover in entgegengesetzter Richtung bergauf unterwegs gewesen war. Die Polizei hatte diesem Widerspruch keine Aufmerksamkeit geschenkt. Zeugen irrten sich schon mal. Wie man dem Hinweis auf einen Range Rover sowieso nicht nachgegangen war. Warum auch? Die Erklärung eines selbst verschuldeten Unfalls war schlüssig. Die Akte konnte geschlossen werden.

Lucien nickte stumm vor sich hin. Nach seiner Überzeugung hatte es sich die Polizei zu einfach gemacht. Ein schwarzer Range Rover … mal bergauf, mal bergab. Lucien überlegte, dass es dafür eine simple Erklärung gab: Es handelte sich nicht um einen Range Rover, sondern um zwei identisch aussehende Fahrzeuge … die Jagd auf Raymond gemacht, ihn quasi in die Zange genommen hatten.

Lucien setzte seinen Gedankengang fort: Raymonds Motorrad war schwarz lackiert gewesen, die beiden Range Rover waren es auch. Sollte ihn einer von der Straße gedrängt haben, würden etwaige Schleifspuren an der Ducati oder Beschädigungen auf den ersten Blick nicht auffallen. Und für einen zweiten, genaueren

Blick hatte es keinen Anlass gegeben. Weil ja scheinbar alles geklärt war.

Lucien legte die Mappe zurück in den Karton. Blieb die Frage, warum sein Vater, der wahrscheinlich auch nicht an einen Unfall geglaubt hatte, der Sache nicht nachgegangen war. Er hätte Druck auf die Polizei ausüben können, genauer und vor allem in alle Richtungen zu ermitteln. Doch darauf gab es in den Unterlagen keinen einzigen Hinweis. Sein Vater hatte offensichtlich alles auf sich beruhen lassen und die Erklärung eines Unfalls ohne Beteiligung Dritter widerspruchslos akzeptiert.

Lucien lief zum Fenster, schaute in den Park und dachte nach. Der Gärtner und Coco waren verschwunden. Er beobachtete die hohe Fontäne des Springbrunnens im Teich. Sie wurde von einer Pumpe angetrieben …

Ursache und Wirkung. Für alles im Leben gab es eine Erklärung. Auch für die Zurückhaltung seines Vaters. Nach Luciens Einschätzung lag sie auf der Hand: Raymond war gewissermaßen in »dienstlicher« Mission unterwegs gewesen. Er hatte einen Auftrag zu erfüllen gehabt. Man war ihm auf die Schliche gekommen und hatte ihn im wahrsten Sinne des Wortes aus dem Verkehr gezogen. Nicht die Zielperson hatte mit ihrem Leben bezahlt, sondern in diesem Fall der Attentäter – nämlich sein Bruder Raymond. Nach dem Ehrenkodex seines Vaters entsprach diese Möglichkeit den tödlichen Spielregeln … und musste nicht geahndet werden. Es gab Sieger und Verlierer. Wie bei einem Pistolenduell in Zeiten seiner Vorfahren. Sollte ein Kombattant schneller und besser gewesen sein als ein Chacarasse und das Duell gewonnen haben, dann war es eben so. Es wäre unehrenhaft, ihn dafür zur Rechenschaft zu ziehen.

Lucien fiel es schwer, sich diesen Ehrenkodex zu eigen zu machen. Schon deshalb, weil ihm der Begriff der Ehre schon immer suspekt gewesen war. Erst recht bezogen auf die Geschichte seiner Familie. Was war das für eine Ehre, die keine Moral kannte und Menschen umbrachte?

Er stellte sich die Frage, warum er sich dann so sehr für die Umstände von Raymonds Tod interessierte? Weil er diesen Ehrenkodex für Schwachsinn hielt? Weil er den Tod seines Bruders rächen wollte? Nein, Letzteres eher nicht. Rache war in seinen Augen eine genauso fragwürdige Kategorie wie Ehre. Er wollte nur die Hintergründe kennen. Er wollte wissen, ob sein Verdacht zutraf, dass Raymond quasi in Ausübung seines Berufes gestorben war. Lucien wollte wissen, auf wen sein Bruder angesetzt war. Und ihn interessierte der Name des Auftraggebers. Wie er mit diesen Informationen dann umging, konnte er sich immer noch überlegen.

Es gab nur eine Möglichkeit, sich Klarheit zu verschaffen …

26

Kurz entschlossen fuhr er mit der Vespa nach Beaulieu-sur-Mer. Den Karton hatte er zuvor in die Katakomben zurückgebracht. Raymonds zerbrochenen Helm aber hatte er dabei.

Ohne Anmeldung klingelte er an der Villa seines Onkels Edmond. Es dauerte, bis der Butler öffnete.

»Haben wir einen Termin?«, fragte er indigniert.

»Wir beide haben bestimmt keinen Termin. Wenn Sie meinen Onkel meinen, mit ihm habe ich auch keinen. Richten Sie ihm bitte aus, dass ich ihn dringend sprechen möchte.«

»Was machen wir, wenn er nicht da ist?«

Lucien dachte, dass kaum jemand seine Geduld so auf die Probe stellen konnte wie Edmonds Karikatur eines Butlers.

»Ist er nun da oder nicht?«

Der Butler hüstelte. »Um diese Frage beantworten zu können, müsste ich im Haus nachsehen.«

Was war denn das für ein Schwachsinn? Als ob Edmond mit seinem Rollstuhl auf eigene Faust durch die Gegend fuhr.

»Machen Sie sich nicht zum Affen!«, platzte Lucien nun doch der Kragen. »Jetzt gehen Sie schon rein und sagen ihm, dass ich mit ihm reden muss. *Dringend!*«

»Nun gut, wenn es wirklich so dringend ist, hat er vielleicht Zeit. Ich werde den Comte fragen. Wenn Sie bitte einen Moment warten.«

Der Butler schloss die Tür vor seiner Nase. Er hätte ihn wenigstens in den Vorraum bitten können. So sah er auf einen bronzenen Türklopfer mit Löwenkopf.

Es dauerte einige Minuten, Lucien wollte gerade sein Handy zücken und Edmond anrufen, da kam der Butler wieder zum Vorschein.

»Sie haben Glück. Der Comte ist zwar in Eile, aber er kann einige Minuten entbehren. Bitte folgen Sie mir in die Bibliothek.«

Edmond erwartete ihn mit heruntergezogenen Mundwinkeln. Er wirkte noch misslauniger als üblich. Lucien war klar, dass sein Onkel keine Überfälle mochte. Genau deshalb hatte er sich nicht angemeldet. Er wollte ihn überrumpeln.

»Warum schleppst du deinen Helm mit?«, sagte er anstelle einer Begrüßung. »Hast du Angst, dass er dir geklaut wird?«

Lucien stellte fest, dass sich Edmond heute besonders fein gekleidet hatte. Nadelstreifenanzug mit Weste. Ein Hemd mit hohem Kragen. Seidenkrawatte. Er sei in Eile, hatte der Butler gesagt. Lucien fragte sich, wo sein Onkel hinwollte. Für einen Arztbesuch würde er sich nicht so in Schale werfen.

»Ist nicht mein Helm«, antwortete Lucien.

Edmond sah genauer hin.

»Ist ja völlig kaputt. Kannst ihn meinem Butler geben, der soll ihn wegschmeißen.«

»Kommt nicht infrage. Über den Helm will ich mit dir reden.«

Edmond sah auf die Uhr.

»Ich hab wenig Zeit. Mach's also nicht so spannend. Hast Glück, dass ich dich ohne Termin überhaupt empfangen habe.«

»Das ist der Motorradhelm meines Bruders Raymond.«

Edmond runzelte die Stirn.

Lucien drehte den Helm um und zeigte ihm die eingetrockneten Flecken im Inneren.

»Du weißt, was das ist?«

»Keine Ahnung. Wohl keine *mousse au chocolat* …«

War er wirklich so gefühlskalt? Oder einfach nur ein unverbesserlicher Zyniker.

»Das Blut stammt von Raymond. Ich möchte wissen, was damals passiert ist.«

»Das weißt du doch selber. Deshalb hättest du wirklich nicht kommen müssen.«

»Ich weiß, dass er einen Motorradunfall hatte. Aber ich weiß nicht, warum?«

Edmond zuckte mit den Schultern.

»Ist zu schnell gefahren und hat die Kontrolle über seine Maschine verloren. Kann passieren.«

»Du warst Raymonds Patenonkel …«

»Was hat das mit seinem Unfall zu tun?«

»Nichts, aber ich hätte von dir mehr Mitgefühl erwartet.«

»Würde doch nichts an seinem Tod ändern. Mitgefühl ist etwas für Weicheier.«

Lucien dachte, dass es wenig Sinn machte, auf seine Bemerkung einzugehen. Er sollte wirklich auf den Punkt kommen.

»Raymonds Sturz mit seiner Ducati war kein Unfall«, stellte er fest. »Und du weißt, wer ihn auf dem Gewissen hat.«

Edmond sah ihn regungslos an.

»Wie kommst du denn auf diesen absurden Gedanken?«

»Weil er von dir den Auftrag hatte, jemanden zu töten«, improvisierte Lucien. »Er hat mit seinem Leben dafür bezahlt.«

Edmond zuckte mit keiner Wimper.

»Das vermutest du?«

»Nein, mein Vater hat es mir gesagt«, log Lucien.

Edmonds eingefrorene Miene wich einem schiefen Grinsen.

»Du bluffst. Aber selbst wenn es so wäre, hat er dir keine Einzelheiten verraten. Und dabei sollten wir es belassen.«

»Muss ich dich daran erinnern, dass ich dich schon mal überzeugt habe, mir ein Geheimnis zu verraten?«

Edmonds selbstgefälliges Grinsen verschwand. Natürlich erinnerte er sich. Damals hatte ihn Lucien am *sentier du littoral* in seinem Rollstuhl über die Klippen geschoben und damit gedroht, ihn in die Tiefe stürzen zu lassen.

»Du drohst mir?«

»Nein, das käme mir nie in den Sinn. Ich versuche nur, dich zu überzeugen, dass es besser wäre, mir zu sagen, was du weißt.«

»Wozu soll das gut sein? Es würde dir nicht weiterhelfen, davon kannst du ausgehen.«

»Das möchte ich gerne selber entscheiden.«

Edmond strich nachdenklich über seine Krawatte.

»Tut mir leid. Ich bleibe bei meiner Entscheidung.«

Lucien stellte fest, dass sein Ton schon gemäßigter klang. Die Erinnerung an den Vorfall mit dem Rollstuhl schien ihm immer noch in den Knochen zu stecken.

»Dann haben wir ein Problem«, erwiderte Lucien. »Solltest du bei deiner Entscheidung bleiben, werde ich unsere Zusammenarbeit aufkündigen und keine Aufträge mehr entgegennehmen.«

Edmond kniff die Augen zusammen.

»Das würdest du nicht wagen. Außerdem hast du deinem Vater auf dem Sterbebett ein Versprechen gegeben …«

Lucien lächelte.

»Du warst nicht dabei. Vielleicht ist es dazu gar nicht mehr gekommen?«

»Unsinn, in diesem Fall hättest du keinen einzigen meiner Aufträge angenommen.«

»Wie kannst du dir da so sicher sein? Immerhin fließt auch durch meine Adern das Blut der Chacarasses.«

Edmond rückte seinen Krawattenknoten zurecht. Ihm war seine Verunsicherung anzusehen.

»Lucien, du bewegst dich auf ganz dünnem Eis«, sagte er schließlich. »Aber ich werde darüber nachdenken.«

»Das hört sich doch schon besser an«, war Lucien um einen versöhnlichen Ausklang bemüht. »Aber lass dir bitte nicht zu viel Zeit damit.«

27

Lucien hatte seine Vespa gleich um die Ecke in einer Seitenstraße abgestellt. Raymonds Helm hatte er unter dem Sitz verstaut. Jetzt stand er im Schutz einer wild wuchernden Hecke und beobachtete Edmonds Villa. Es interessierte ihn brennend, wo sein Onkel so eilig hinwollte. Es dauerte nur wenige Minuten, dann sah er den Butler einen dunkelblauen Mercedes-Van aus der Garage fahren. Er parkte den Wagen vor dem Hauseingang, öffnete die Türen am Heck und klappte eine Rampe heraus. Edmond tauchte auf. Der Butler schob ihn im Rollstuhl in den Van.

So also pflegte sich der alte Herr fortzubewegen, dachte Lucien. War sicherlich bequemer, als sich vom Rollstuhl auf einen Sitz im Auto wuchten zu lassen. Kurz darauf entdeckte er Edmonds Gesicht auf der Beifahrerseite. Offenbar konnte er im Van direkt dorthin gleiten. Der Rollstuhl musste nur noch arretiert werden.

Lucien eilte zurück zu seiner Vespa. Schon sah er den großen Mercedes auf die Straße rollen. Er war auf Hochglanz poliert. Auf den vorderen Türen prangte das goldene Wappen der Chacarasses. Sein Onkel war eitler, als er dachte. Gut zu wissen. Denn Eitelkeit war eine Schwachstelle.

Er nahm die Verfolgung auf. Es ging unter der Eisenbahn hindurch auf die Avenue Fernand Dunan. Dann nach links auf der Uferpromenade und an der berühmten, im griechischen Stil erbauten Villa Kérylos vorbei. Lucien hielt großen Abstand. Wenn es sein musste, könnte er mit dem Motorroller sofort aufschließen. Von roten Ampeln würde er sich nicht abschütteln lassen. Schließlich neigte er auch sonst dazu, sie zu ignorieren. Die Straße mündete auf den Boulevard du Maréchal Leclerc. Rechts der

Jachthafen. Ihm fiel ein, dass es dort einige beliebte Lokale gab. Zum Beispiel das *African Queen,* wo er Edmond mal beim Mittagessen entdeckt hatte. Aber der blaue Van fuhr zügig am Port de Beaulieu vorbei. Das war also nicht das Ziel.

Auf der *Basse Corniche,* der malerischen Küstenstraße, ging es zum Cap Roux, weiter über Èze-sur-Mer Richtung Cap d'Ail.

Er kontrollierte seine Tankfüllung. Hoffentlich unternahm Edmond keine allzu weite Exkursion. Dann könnte es knapp werden.

Wenig später gelangten sie nach Monaco – und dort in das Tunnellabyrinth, mit dem Monaco einem Maulwurfshügel glich. Freilich einem sündhaft teuren. Er hasste diese Tunnels. Doch entschied sich hier schnell, wo es hinging, nämlich ins Zentrum. Um seinen Tank musste er sich also keine Sorgen mehr machen. Die Straße führte wieder ans Licht. Lucien atmete durch. Blieb immer noch die Frage, wo Edmond hinwollte. Ins Hôtel de Paris, um im Sternerestaurant von Alain Ducasse zu speisen? Oder zum noblen Jachtclub, wo er womöglich Mitglied war? Egal, bald würde er es wissen.

Lucien verringerte den Abstand. Im dichten Verkehr würde er im Rückspiegel nicht auffallen. Hinunter zum Hafen? Nein, vielmehr ging es hinauf zum Hauptplatz, der bei den Einheimischen aus unerfindlichen Gründen und fast schon despektierlich »Camembert« genannt wurde. Dabei war kaum ein exklusiverer Ort denkbar. Rechts der Prachtbau des legendären Casinos de Monte Carlo, in dem sich auch die Oper befand und vor dem wie fast immer teure Karossen und Sportwagen aufgereiht waren. Links das besagte Hôtel de Paris. Gegenüber das Café de Paris mit seiner Terrasse, wo all jene saßen, die nach den Schönen und Reichen Ausschau hielten – oder sich selber dafür hielten. In der Mitte die Skulptur »Sky Mirror«, ein konkaver Spiegel, in dem sich nicht nur der Himmel, sondern auch der Schauplatz der Eitelkeiten spiegelte.

Edmonds Van umrundete das Casino. Lucien folgte ihm bis zu einer Einfahrt ins Casino, die ihm noch nie aufgefallen war. Offenbar war das ein Zugang für privilegierte Gäste, die von der Öffentlichkeit nicht gesehen werden wollten.

Lucien fuhr langsam an der Einfahrt vorbei, drehte um und hielt vor dem Hôtel de Paris. Er glaubte nicht, dass Edmond ins Casino gefahren war, um dort zu essen. Lucien lehnte sich auf den Lenker und blickte grübelnd auf das vielleicht berühmteste Spielcasino der Welt. Mit allem, was das Spielerherz höherschlagen ließ. Roulette, Baccara, Blackjack, Poker … für den kleineren Geldbeutel auch Slot Machines. Früher existierte ein separater Lagerraum für die Leichen jener Spieler, die sich nach ihrem Ruin gleich im Casino die letzte Kugel gegeben hatten. Die Geschichte hatte sein Vater erzählt. Lucien wusste nicht, ob sie stimmte. Aber als Kind fand er sie schön gruselig.

Sein Onkel Edmond würde wohl kaum in die Verlegenheit kommen, sich wegen allzu großer Verluste umbringen zu müssen. Vorausgesetzt, er war überhaupt zum Spielen hier. Wovon Lucien zwar ausging, aber er würde gerne Gewissheit haben. Auch würde ihn interessieren, wie hoch seine Einsätze waren. Und ob er lieber Roulette spielte oder Baccara. An den einarmigen Banditen konnte er sich seinen Onkel nicht vorstellen. Die waren für das gemeine Volk und unter seinem Niveau.

Lucien nahm sein Handy und rief Francine an. Er fragte, ob sie zu Hause in Monte Carlo sei und zufällig etwas Zeit habe. Zu Hause sei sie nicht, bekam er zur Antwort, aber in Monte Carlo. Was sie für ihn tun könne?

»Du könntest für mich ins Spielcasino gehen«, sagte er.

»Warum, hast du Hausverbot?«

Lucien lachte.

»Nein, aber ich bin erstens nicht passend angezogen, und zweitens möchte ich nicht gesehen werden.«

»Von wem?«

»Von Edmond und seinem Butler. Sie sind gerade im Casino eingetroffen. Ich möchte wissen, was mein Onkel dort treibt?«

»Spielen, was denn sonst?«

»Ich würde gerne Genaueres wissen. Mein Onkel kennt dich nicht, oder?«

»Nein, ich bin ihm nie begegnet.«

»Na also, du bist die perfekte Spionin. Er ist ja leicht zu erkennen …«

»Weil er im Rollstuhl sitzt, ist mir klar. Ich sehe nur ein Problem: Um ihn genauer beobachten zu können, müsste ich selber spielen.«

»Wo ist das Problem?«

»Im unwahrscheinlichen Fall, dass ich verliere, müsstest du für meinen Einsatz aufkommen.«

»Versteht sich von selbst. Solltest es aber nicht übertreiben.«

»Lucien, du kennst mich nicht …«

Stimmt, dachte er.

»Vielleicht bin ich eine hemmungslose Spielerin?«

»Dann habe ich Pech gehabt. Wann kannst du starten?«

»Sofort. Zufällig bin ich ganz in der Nähe und passend angezogen.«

Letzteres wunderte ihn nicht. Das war sie immer.

»Dann viel Glück. Und gib auf seinen Butler acht, der ist immer in seiner Nähe. *Bonne chance!*«

Lucien legte auf. Ein Bentley hupte ihn an. Weil er mit der Vespa seinen Parkplatz blockierte? Sollte sich einen anderen suchen. Er tat so, als ob er ihn nicht hören würde. War nur eine Frage der Nerven.

»Könnten Sie bitte wegfahren?«, wurde er von einem livrierten Angestellten des Hôtel de Paris gebeten.

»Ungern. Gleich müsste meine Freundin im Lamborghini kommen. Wir haben einen Tisch bei Ducasse. Sie können den Lamborghini und meinen Motorroller dann irgendwo parken.«

»Ach so, das konnte ich ja nicht wissen. *Pas de problème*. Der Lambo kann stehen bleiben. Und für Ihren Scooter finden wir einen Platz.«

Er winkte den Bentley vorbei. Lucien grinste frech.

Francine tauchte auf, entdeckte ihn und kam auf ihn zu.

»Ihre Freundin?«, fragte der Concierge anerkennend.

»Das schon, aber nicht die mit dem Lamborghini.«

Eine knappe Stunde später saß Lucien in einem nahe gelegenen Café, als ihn eine Kurznachricht von Francine erreichte. »Edmond gefunden. *Salle Blanche* beim Roulette. Hat gerade Chips für zehntausend Euro gesetzt – und verloren. Scheint seinen Spaß zu haben. Muss ausschalten. Ende.«

Die *Salle Blanche* war legendär. Sie war exklusiven Gästen vorbehalten. Als Besonderheit gab es Spieltische auf einer Außenterrasse mit Blick aufs Meer. Er fragte sich, wie Francine Zugang zu diesem Bereich bekommen hatte. Einerseits. Andererseits wunderte es ihn nicht.

Lucien bestellte sich ein Bier. Er beglückwünschte sich dafür, dass er seinem Onkel nachgefahren war. Auch hatte er mit Francine eine perfekte Spionin zum Einsatz gebracht. Endlich wusste er, wo Edmond zumindest einen Teil seines Geldes ließ – im Spielcasino. Er nahm sich vor, noch mehr in Erfahrung zu bringen.

28

Den späten Nachmittag verbrachte Lucien auf dem Balkon seines Appartements in Villefranche. Er dachte viel nach. Er fragte sich, ob es richtig gewesen war, Edmond unter Druck zu setzen. Sein Onkel hatte gemeint, er bewege sich mit seiner Drohung auf ganz dünnem Eis. Diese Redensart, stellte Lucien amüsiert fest, war an der Côte d'Azur schon mal gänzlich fehl am Platz. Hier fiel im Winter zwar gelegentlich Schnee, aber eine geschlossene Eisdecke gab es auf dem Meer nie, nicht einmal eine ganz dünne.

Immer wieder versuchte er, Francine zu erreichen, aber ihr Handy blieb stumm. Er überlegte, dass es dafür mehrere Gründe geben mochte. Die einfachste Erklärung: An den Spieltischen von Monaco wurde es nicht gerne gesehen, wenn man telefonierte. Vielleicht waren Handys sogar verboten? Lucien kannte sich mit den Gepflogenheiten und Bestimmungen in Spielcasinos nicht aus. Jedenfalls gab es keinen Anlass, sich Sorgen zu machen. Das Casino von Monte Carlo war ein sicherer Ort, hier war Francine keiner Gefahr ausgesetzt. Außer der, selber der Spielsucht zu verfallen. Aber das konnte er sich bei Francine trotz ihrer launigen Bemerkung nicht wirklich vorstellen. Schließlich schickte er ihr eine Textnachricht: »Hoffe, du hast einen netten Nachmittag. Bitte verspiele nicht mein Familienvermögen ☺. Wir sehen uns morgen im Büro? Viel Glück und alles Gute.«

Es tat gut, wieder einen ganz normalen Abend im *P'tit Bouchon* zu verbringen. So wie früher, als er noch geglaubt hatte, er könne dieses unbeschwerte Leben auf unbestimmte Zeit so weiterführen. Sich nach Lust und Laune um sein Restaurant zu kümmern, mit Stammgästen zu plaudern, vielleicht ein kleiner Flirt … von seinem Stammtisch das muntere Treiben beobachten, auf dem Teller ein Tagesgericht seiner Wahl, im Glas ein ausgesuchter Tropfen aus seinem ganz persönlichen Weinkeller …

Dieses entspannte *Laissez-faire* war seit dem Tod seines Vaters keine Selbstverständlichkeit mehr. Umso mehr genoss er es – so wie heute Abend. Er versuchte, weder an Edmond zu denken noch an den Unfalltod seines Bruders. Eher schon an Anne Dalmasso, die ihn vor einer Stunde angerufen hatte, um ihm mitzuteilen, dass es ihr total leidtue, aber sie sei heute Abend beschäftigt. Ob sie sich morgen treffen könnten? Natürlich hatte er zugestimmt, obwohl er noch nicht wusste, wie der morgige Tag verlaufen würde. Aber es würde sich zweifellos einrichten lassen …

Alain kam sichtlich genervt aus der Küche und setzte sich zu ihm an den Tisch. Roland habe sich gerade in die *pâtisserie* eingemischt. Mit dem Erfolg, dass bei der völlig überflüssigen Verzierung der bereits fertigen Schoko-Cassis-Törtchen alle vom Blech gerutscht seien. Jetzt müssten sie das Dessert von der Tageskarte streichen. Und die *pâtissière* habe mit ihrer sofortigen Kündigung gedroht. Er habe Sabine aber beruhigen können. Bis zum nächsten Zwischenfall habe sie versprochen zu bleiben. Dann aber sei endgültig Schluss.

Lucien dachte amüsiert, dass die Katastrophenmeldungen aus der Küche im *P'tit Bouchon* zum Restaurantalltag gehörten wie das Salz in der Suppe. Würden sie einen Abend ausbleiben, würde er sich ernstlich Sorgen machen.

»Hast du was von den beiden Ganoven gehört«, fragte Alain, »die von uns Schutzgeld erpressen wollten?«

»Ich sowieso nicht, sie wissen ja nicht, wie sie mich erreichen können. Und im Lokal haben sie laut Paul auch keine Nachricht hinterlassen.«

»Haben wohl den Schwanz eingezogen«, vermutete Alain.

»Da wäre ich mir nicht so sicher. Lassen wir uns überraschen.«

Tatsächlich hatte Lucien das Gefühl, dass das Spiel mit den beiden nicht vorbei war, im Gegenteil könnte es erst begonnen haben.

Im weiteren Verlauf des Abends fiel ihm ein Gast auf, der immer wieder zu ihm herüberblickte. Er war ohne Begleitung und machte einen nervösen Eindruck. Lucien konnte sich nicht erinnern, ihn im *P'tit Bouchon* schon mal gesehen zu haben. Dem Essen widmete er jedenfalls wenig Aufmerksamkeit. Er trank zum Fisch Cola. Nicht nur das, zwischendurch tunkte er seine Pommes frites ins Glas. Menschen mit solchen Angewohnheiten waren ihm von Haus aus suspekt. Der Mann war vielleicht Anfang vierzig, groß gewachsen und machte einen sportlichen Eindruck. Er trug ein dunkelblaues Polo. Die Haare waren ultrakurz geschnitten. Dazu eine randlose Brille. Schon wieder warf er ihm einen kurzen Blick zu.

Lucien winkte Paul heran.

»Weißt du, wer das ist?«

»Keine Ahnung, noch nie gesehen. Er hatte keine Reservierung. Der Tisch ist zufällig frei geworden.«

»Könnte er was mit den Schutzgelderpressern zu tun haben?«

»Glaube ich nicht. Er spricht Französisch mit Schweizer Akzent.«

»Hast recht, das passt nicht.«

»Gefällt dir was nicht an ihm?« Paul grinste. »Soll ich ihn rausschmeißen?«

Das war ein Scherz. Er konnte sich nicht erinnern, dass sie je einen Gast auf die Straße komplimentiert hatten, nur weil er Pommes in die Cola tunkte – was aber auch noch nie vorgekommen war.

»Natürlich nicht. Ich hoffe, er fühlt sich bei uns wohl.«

Einige Minuten später überwog bei Lucien aber doch die Neugier. Er stand auf und ging zu ihm an den Tisch.

»Bonsoir«, begrüßte er ihn höflich. »Kann es sein, dass wir uns schon mal begegnet sind?«

Der Gast schien überrumpelt. Er wischte sich mit der Serviette die Lippen ab.

»*Mais non, je ne pense pas.* Nein, ganz sicher nicht.«

Schon die wenigen Worte verrieten, dass Paul recht hatte: Der Mann stammte aus der Schweiz. Nicht gerade das übliche Herkunftsland für Schutzgelderpresser an der französischen Riviera. Diese Profession ließ sich also ausschließen.

Lucien lächelte freundlich.

»Dann habe ich mich getäuscht. Darf ich fragen, ob Sie hier Urlaub machen?«

»Urlaub? Nein … das heißt … also …« Der Mann kniff die Augen zusammen. »Warum wollen Sie das wissen?«

»Aus Höflichkeit. Ich bin hier der Patron und möchte, dass sich meine Gäste wohlfühlen …«

»Dann lassen Sie mich in Ruhe weiteressen!«

Wer immer das war, dachte Lucien, sympathisch war ihm der Mann nicht.

»Selbstverständlich, bitte entschuldigen Sie die Störung.« Lucien deutete auf das verschmierte Glas. »Darf ich Ihnen eine frische Cola bringen? Auf Kosten des Hauses?«

»Von Ihnen möchte ich zu nichts eingeladen werden.«

Das war deutlich. Für die harsche Reaktion musste es einen Grund geben, dachte Lucien. Aber er würde ihm nicht den Gefallen tun und darauf eingehen. Sollte er sich doch an seiner Cola verschlucken.

»War mir ein Vergnügen, Sie kennengelernt zu haben«, sagte er spöttisch und wandte sich ab.

Lucien ging in die Küche, um festzustellen, dass sich die Wogen geglättet hatten. Sabine hatte zwar verheulte Augen, rührte aber eifrig mit einem Schneebesen in einem Topf. Er nahm sie kurz in die Arme. Ob alles wieder gut sei, fragte er. Sabine nickte. Roland sei zwar ein Tyrann, sagte sie, aber sonst eigentlich ganz nett. Das klang doch schon recht versöhnlich. Lucien drehte sich um und störte seinen *tyrannischen* Küchenchef bei der Arbeit. Das war zwingend nötig, sonst wäre Roland beleidigt gewesen und hätte ihn der Ignoranz bezichtigt. Das *coq au vin* von der Tageskarte sei eine Offenbarung gewesen, lobte er ihn. Das war zwar übertrieben, aber Roland freute sich über das Lob. Die Basis der Offenbarung, erklärte er, sei es, die Hühnerschenkel vierundzwanzig Stunden in Kräutern und Wein zu marinieren. Seine Küche sei nun mal das Gegenteil von Fast Food. Lucien verkniff sich die Frage, welchen Wein Roland verwendet hatte. Er kannte seine Manie, viel zu teure Flaschen zum Kochwein zu degradieren. Roland würde das damit begründen, dass auch die Qualität des Weines entscheidend zu einer Offenbarung beitrug.

Zurück an seinem Tisch, stellte er fest, dass er eine Textnachricht von Francine erhalten hatte: »Mission abgeschlossen. Einige Erkenntnisse gewonnen. Bericht morgen um zehn Uhr im Büro. Okay?«

»Ich bin da«, antwortete er. »Bin neugierig. *Bonne nuit.*«

Mit zunehmender Stunde leerten sich im *P'tit Bouchon* die Tische. Der unfreundliche Gast mit den merkwürdigen Essgewohnheiten war schon weg, als sich nach und nach auch das Küchen- und Servicepersonal verabschiedete. Paul kam nach zehn Minuten zurück.

»Lucien, der seltsame Typ mit den Pommes im Cola sitzt draußen im Dunkeln auf einem Treppenabsatz. Kann es sein, dass er auf dich wartet?«

Lucien schüttelte den Kopf.

»Warum sollte er? Ich kenn ihn nicht.«

Paul fuhr sich über seinen kahl rasierten Schädel.

»Aber vielleicht kennt er *dich?*«

Da könnte er sogar recht haben, dachte Lucien. Jedenfalls würde das seine schroffe Reaktion erklären.

»Glaube ich kaum«, antwortete er dennoch.

»Soll ich auf dich warten und dich begleiten, wenn du das *P'tit Bouchon* verlässt?«

»Ist nett von dir, dass du dich um mich sorgst. Aber da ist nichts.«

»Sicher?«

Lucien zuckte mit den Schultern.

»Sollte der Typ tatsächlich auf mich warten, um mir was zu sagen, kann er das gerne tun. Für meine Gäste habe ich immer ein offenes Ohr. Kannst also beruhigt nach Hause gehen. Ich wünsch dir eine gute Nacht.«

Paul brummelte etwas, das er nicht verstand. Und dann: »Das wünsche ich dir auch. *Sois prudent!*«

Er solle auf sich aufpassen? Lucien blickte ihm nach, wie er das Lokal verließ. Paul war wirklich eine treue Seele.

Lucien trank seinen Wein aus. Anschließend machte er einen Kontrollgang in die verlassene Küche. Sie war blitzsauber. Roland mochte zwar ein Chaot sein, aber am Ende eines jeden Abends brachte er mit seiner Mannschaft wieder alles tipptopp in Ordnung. So wie sich das in der Gastronomie gehörte.

Eine Viertelstunde später trat Lucien vor das verdunkelte Lokal und schloss ab. Unwillkürlich dachte er an die Schutzgelderpresser. Vielleicht sollte er sich doch eine Alarmanlage anschaffen? Und eine funktionierende Videoüberwachung. Lucien sah sich um. In einem Hauseingang knutschte ein junges Paar. Irgendwo spielte Jazzmusik. Aus einem offenen Fenster im ersten Stock Gelächter. Eine schwarze Katze. Sonst war niemand zu sehen. Auch nicht sein ungehobelter Gast.

Lucien lächelte. Paul hatte sich umsonst Sorgen gemacht.

Nach einigen Schritten wurde er eines Besseren belehrt. Plötzlich stand der Mann vor ihm und bedrohte ihn mit … mit … mit was eigentlich? Lucien sah genauer hin. Ach ja, das war ein Schlagstock. Wusste der Typ nicht, dass solche ausziehbaren Totschläger verboten waren?

»Ich wollte Sie unter vier Augen sprechen«, sagte der Mann mit der erhobenen Schlagwaffe.

Lucien wich keinen Meter zurück.

»Sehr gerne, aber vorher geben Sie mir Ihr Stöckchen.«

»Werden Sie nicht frech, sonst ziehe ich Ihnen eins über!«

Lucien taxierte sein Gegenüber. Wie er schon im Lokal gesehen hatte, war der Mann groß gewachsen und machte einen trainierten Eindruck. Die randlose Brille wollte nicht recht zu ihm passen. Ein Intellektueller unter Testosteron? Oder ein Fitness-Junkie mit verminderter Sehschärfe?

»Dann nehmen Sie Ihren Totschläger wenigstens runter und sagen mir, was Ihnen auf der Seele brennt«, schlug Lucien mit ruhiger Stimme vor. »Waren Sie mit unserer Küche unzufrieden?«

»Ihre Küche? Keine Ahnung … Ich will nur eine … eine ernste, sehr ernste Warnung aussprechen …«

Also doch ein Schutzgelderpresser?, überlegte Lucien.

»Lassen Sie die Finger von meiner Verlobten!«, schnaubte er. »Sonst schlage ich Sie zum Krüppel.«

Uups, dachte Lucien. Der Mann stand wirklich unter Strom.

»Sie haben eine Verlobte? Wie schön für Sie …«

»Sparen Sie sich Ihren Spott! Sie heißt Anne, Anne Dalmasso. Ich habe Sie beide beobachtet. Ich verbiete Ihnen, sich noch mal mit meiner Verlobten zu treffen!«

Jetzt war Lucien doch überrascht. Mit dieser Wendung hatte er nicht gerechnet. Einen Verlobten hatte Anne mit keiner Silbe erwähnt. Nur einen Freund, dem sie den Laufpass gegeben und nach ihren eigenen Worten zum Mond geschossen hatte. Offenbar, dachte Lucien, war er von dort gerade zurückgekehrt. Ohne in der Atmosphäre zu verglühen, wie sie es sich gewünscht hatte.

»Sie verbieten mir gar nichts«, antwortete Lucien entschieden.

Weiter kam er nicht. Annes eifersüchtiger »Verlobter« holte mit dem Totschläger aus …

Fast ungläubig verfolgte Lucien seine Bewegung. Wie verrückt musste man sein, aus blinder Eifersucht bei der ersten Begegnung einen möglichen Widersacher niederschlagen zu wollen?

Während er über die Absurdität der Attacke nachdachte, wich er instinktiv dem mit Wucht durchgeführten Schlag aus. Etwas langsamer, als er es von sich gewohnt war. Immerhin streifte ihn die Bleikugel des Totschlägers noch leicht an der Schulter.

Lucien beschloss, dieser Groteske ein Ende zu setzen …

Sekunden später lag der »Verlobte« mit dem Gesicht nach unten auf dem harten Boden der Altstadt von Villefranche. Der Totschläger hatte den Besitzer gewechselt. Lucien schob ihn zusammen. Er bückte sich und hob die Brille auf, die seinem Kontrahenten beim Schlag gegen den Solarplexus davongeflogen war. Sie war unbeschädigt. Von dem Mann am Boden konnte man das nicht behaupten. Er japste nach Luft.

Aus der Gasse näherten sich eilige Schritte. Lucien drehte sich um und sah Paul heranstürmen.

»Ich habe es geahnt«, rief Paul. »Dieser *connard* hat dir aufgelauert.«

»Wo kommst denn du plötzlich her?«, fragte Lucien.

»Ich hab auf dich gewartet, um auf dich aufzupassen. Hast aber einen anderen Weg genommen als sonst. Deshalb bin ich zu spät gekommen.« Er deutete auf den Mann am Boden. »Aber noch rechtzeitig, um zu sehen, wie du ihn auf die Bretter geschickt hast …«

»Kopfsteinpflaster«, korrigierte Lucien.

»Kompliment. Gut gemacht.«

Von einem ehemaligen Catcher hörte man ein solches Lob gerne.

»War kein Kunststück.« Lucien rieb sich die Schulter. »Früher war ich schneller.«

»Früher? Egal, geht mich nichts an. Was wollte der Typ? Schutzgeld?«

»Nein, ich glaube, er hat die Cola mit den Pommes nicht vertragen.«

Paul sah ihn schräg an.

»Das wird's gewesen sein …«

»Ich finde es supernett«, sagte Lucien, jetzt wieder ernst, »dass du für mich Bodyguard spielen wolltest. Vielen Dank dafür. Hast ja auch das richtige Gespür gehabt, dass von dem Mann eine Gefahr ausging.«

»So was riech ich.«

Der Mann am Boden stützte sich schwer atmend auf den Arm und versuchte, sich aufzurichten.

Paul setzte ihm sanft einen Fuß auf den Rücken.

»Das würde ich schön bleiben lassen.«

Lucien kniete sich hin und sah ihm ins rot angelaufene Gesicht.

»Ich bin Ihnen nicht böse«, sagte er. »Aber ich mag es nicht, angegriffen zu werden. Sie halten sich also besser von mir fern. Und was Ihre sogenannte Verlobte betrifft, sollten Sie vielleicht ein klärendes Gespräch führen. Ich werde Ihrem Glück jedenfalls nicht im Wege stehen. Ach ja, hier ist Ihre Brille.«

Paul hatte auch noch was zu sagen.

»Auch ich stehe Ihrem Glück nicht im Wege. Aber im *P'tit Bouchon* haben Sie vorläufig Hausverbot.«

29

Als Lucien am nächsten Morgen in der *Villa Béatitude* eintraf, hatte er den Zwischenfall schon wieder vergessen – bildete er sich wenigstens ein. Ganz stimmte es nicht, denn er war sehr wohl gespannt, wie Anne den Ausraster ihres »Verlobten« erklären würde. Sie hatten ja geplant, sich heute Nachmittag oder am Abend zu sehen. Ganz sicher würde er sich davon nicht durch die Attacke eines Irren abhalten lassen.

An der Haustür wurde er von Coco mit Gebell empfangen. Jede ihrer Begrüßungen erfolgte mit ähnlicher Aufregung. Unbemerkt gelangte jedenfalls niemand ins Haus. Coco sprang an ihm hoch. Ihn störte das nicht. Ob Francine das zu schätzen wusste, bezweifelte er.

Positiv vermerkte Lucien, dass Cocos Temperamentsausbrüche meist von kurzer Dauer waren. Über Stunden hörte und sah man danach nichts von ihr.

Rosalie kam ihm mit einem Stapel gebügelter Stoffservietten entgegen. Sie bestand selbst bei kleinen Mahlzeiten am Küchentisch auf ihrer Verwendung. Darauf habe Comte Alexandre großen Wert gelegt. Rosalie faltete sie immer so, dass sich die neunzackige Grafenkrone genau in der Mitte befand. So war das schon in Luciens Kindheit gewesen.

»*Bonjour*, Rosalie. Alles in Ordnung bei dir?«

Sie sah auf ihre Servietten.

»Natürlich ist alles in Ordnung. Oder hast du irgendwelche Reklamationen?«

Er hob beschwörend die Hände.

»Nein, alles perfekt. Wie kommst du mit Coco klar?«

Rosalie wackelte mit dem Kopf.

»*Une fois comme ci, une fois comme ça*. Das junge Fräulein muss noch viel lernen. Aber sie hat gute Ansätze. Wenn ich zum Beispiel mein Mittagsschläfchen halte, legt sie sich quer über meine Füße. Das ist angenehm und gut gegen Arthrose.«

»Hört sich doch gut an. Ich bin dann mal oben bei Francine.«

»Sie erwartet dich schon.«

Das sagte sie immer. Woher wollte sie das wissen?

Francine erwartete ihn wirklich.

»Zunächst die gute Nachricht«, sagte sie. »Beim Roulette habe ich gewonnen, beim Baccara verloren, aber sehr moderat. Meine Bilanz ist also ausgeglichen. Du kannst dich entspannen.«

»Ich war nicht übermäßig besorgt. Hattest du sonst Auslagen?«

Die Frage war rhetorischer Natur. Francine würde kaum das Geld für die Toilettenfrau abrechnen.

»Du meinst den Champagner an der Bar? Da hatte ich einen Gönner.«

»Einen Gönner?«

»Ja, das ist gewissermaßen die schlechte Nachricht. Ich habe am Spieltisch das Interesse eines Herrn geweckt. Ich konnte mich seinen Annäherungsversuchen nicht entziehen.«

»War er wenigstens nett?«

»Nein, ein echtes Ekel. Aber wahrscheinlich war ich voreingenommen.«

Lucien kniff die Augen zusammen.

»Saß dein Verehrer zufällig im Rollstuhl?«

»Gut geraten. Dein Onkel Edmond kann ganz schön aufdringlich sein. Hält sich wohl für unwiderstehlich, trotz seiner Behinderung. Er ist mir vom Roulette zum Baccara gefolgt und dann an die Bar.«

»Hast du es darauf angelegt?«

Francine lächelte.

»Ich habe mich unnahbar gegeben und ihm die kalte Schulter gezeigt. Mir war klar, dass ihn das herausfordern würde. Hat funktioniert.«

»Bist du sicher, dass er nicht weiß, wer du bist?«

»Ganz sicher. Wir sind uns nie begegnet. Ich habe mich als Constance vorgestellt.«

Lucien schüttelte den Kopf.

»Ich wollte doch nur, dass du ihn etwas beobachtest. Hättest dich nicht so sehr ins Zeug legen müssen.«

»Wenn ich was mache, dann mache ich es richtig.«

»Und? Hat sich dein Engagement gelohnt? Was hast du herausgefunden?«

»In wenigen Worten? Erstens, Edmond ist bei den Casino-Angestellten und Croupiers gut bekannt, er spielt um hohe Einsätze. Es scheint ihm nichts auszumachen zu verlieren …«

Kein Wunder, dachte Lucien, bei seinen Einnahmen.

»Zweitens, offenbar ist er auch an der Bar ein häufiger und gern gesehener Gast. Neben Champagner zählt Negroni zu seinen Lieblingsgetränken. Mit mehr Gin als Campari.«

»Zu Hause in Beaulieu geriert er sich als passionierter Teetrinker.«

»Er spielt dir was vor. Du bist an seinen Schwächen interessiert? Dass der Alkohol dazu zählt, glaube ich eher nicht. Aber ganz sicher sind das die Frauen.«

»Der gute Mann ist von der Hüfte abwärts gelähmt.«

Francine lächelte.

»Nicht überall, würde ich mal annehmen.«

Das war in der Tat eine neue Erkenntnis, dachte Lucien.

»Von einem Croupier, mit dem ich nach dem Spiel zufällig ins Gespräch gekommen bin …«

»Zufällig?«

»Von ihm habe ich erfahren, dass dein Onkel häufig in weiblicher Begleitung auftaucht.«

»Er hat eine Freundin?«

»Er hat viele Freundinnen. Wenn ich die Andeutung des Croupiers richtig verstanden habe, handelt es sich um Escortdamen.«

Lucien schüttelte ungläubig den Kopf.

»Edmond, Edmond … wer hätte das von dir gedacht?«

Sie schmunzelte.

»Hast ihn unterschätzt, oder?«

»Sieht ganz so aus. Zumindest habe ich ihn *falsch* eingeschätzt. Übrigens: Hast du seinen Butler gesehen?«

»Nur kurz, Edmond hat ihn bei den einarmigen Banditen zurückgelassen, wo sich die Touristen das Geld aus den Taschen ziehen lassen.«

»Wie bist du Edmond wieder losgeworden?«

»War nicht leicht. Er ist eine aufdringliche Kröte. Und ein schlimmer Schleimer. Ich habe ihm gesagt, dass ich leider wegmüsse, weil unten mein Fahrer warte. Er wollte mich unbedingt wiedersehen. *On ne sait jamais,* habe ich ihm geantwortet. *You never know* … Zum Abschied hat er mir seine Visitenkarte überreicht und einen Handkuss gegeben. Das geht sogar aus dem Rollstuhl.«

Minuten später bekam Lucien eine Textnachricht. »Wenn man vom Teufel spricht«, sagte er zu Francine. Edmond bestellte ihn um zwei Uhr in seine Villa. Ob das eine gute oder schlechte Nachricht war, dachte Lucien, würde er erst hinterher wissen. Aber offenbar hatte es sich gelohnt, auf ihn Druck auszuüben. Sein Onkel war zu einer Entscheidung gekommen.

30

Lucien war angespannt, als er um zwei Uhr in Beaulieu eintraf. Er hatte keine Ahnung, was auf ihn zukam. Edmond war unberechenbar. Es war möglich, dass er klein beigab und ihm sagte, was er wissen wollte. Das war Luciens Hoffnung. Genauso war denkbar, dass sein Onkel die Konfrontation suchte. In diesem Fall würde ihr Treffen einen ausgesprochen unerfreulichen Verlauf nehmen.

Der Butler empfing ihn freundlicher als das letzte Mal. Sollte ihn das optimistisch stimmen?

Edmond wartete auf ihn in der dunklen Bibliothek. Nicht wie so oft im lichtdurchfluteten Pavillon. Ob er die vielen Bücher je gelesen hatte? Dann wäre sein Onkel ein kluger Mann. Was nicht ausschloss, dass er ein Idiot war. Charakterlich ganz bestimmt.

Der Butler hatte eine Karaffe mit Wasser und zwei Gläser bereitgestellt. Der Service war schon mal besser gewesen. Sobald er die gepolsterte Tür hinter sich zugezogen hatte, waren sie alleine.

Edmond räusperte sich.

»Lucien, mein Lieber, du hast mir eine schlaflose Nacht bereitet.«

Lucien verkniff sich die naheliegende Antwort, dass ihm das ein besonderes Vergnügen gewesen sei. Es brachte nichts, seinen Onkel gleich am Anfang zu provozieren. Also sah er ihn nur fragend an.

»Ich habe viel nachgedacht«, fuhr Edmond fort. »Vorab, mir gefällt nicht, wie du mich unter Druck setzt. Das ist inakzeptabel. Wärst du nicht mein Neffe, würde ich …« Er wischte mit der Hand durch die Luft. »Lassen wir das. Versprich mir, dass du nie mehr einen Versuch machst, mich zu erpressen.«

Das hörte sich versöhnlich an.

»Ich wollte dich nicht erpressen. Es ging mir nur darum, die Alternativen aufzuzeigen. Entweder du sagst mir, was ich wissen will, oder ich ziehe meine Konsequenzen. Ist doch nur fair, so weiß jeder, woran er ist.«

»Stimmt, jetzt weiß ich, woran ich mit dir bin.«

»Wusstest du schon vorher. Also, zu welchem Schluss bist du gekommen?«

»Lucien, ich verstehe, dass du Anteil am Tod deines Bruders nimmst. Du musst mir glauben, das tue ich auch. Aber wir Chacarasses stehen nun mal in einer Tradition, wo es tragische Rückschläge gibt. Man könnte das als Fluch bezeichnen, der auf unserer Familie lastet.«

Ein Fluch, dachte Lucien, den es nicht geben würde, wenn die Chacarasses einem ordentlichen Beruf nachgingen.

»Du hast recht«, fuhr Edmond fort, »Raymond hatte einen Auftrag.«

Offenbar war Edmond bereit, mit der Wahrheit herauszurücken.

»Wen sollte er liquidieren? Und von wem stammte der Auftrag?«

»Ich muss ein wenig ausholen. Um es gleich zu sagen: Von wem der Auftrag kam, weiß ich bis heute nicht. Jedenfalls war die Million auf unserem Treuhandkonto eingetroffen. Ich habe, dem üblichen Prozedere folgend, deinen Vater unterrichtet und ihm die Zielperson genannt. Und dann ist etwas passiert, was es zuvor nie gegeben hat: Dein Vater hat sich geweigert, den Auftrag auszuführen.« Edmond machte eine Pause und trank vom Wasser. »Damit hat er mit einem ehernen Gesetz der Chacarasses gebrochen«, fuhr er fort. »In unseren Statuten heißt es, dass wir uns nicht von Emotionen leiten lassen. Wir führen unsere Aufträge kühl und professionell aus. Ohne Ansicht der Person. So haben wir es seit Generationen gehandhabt.«

»Mach es nicht so spannend! Wen sollte mein Vater töten?«

»Noch etwas Geduld, die Geschichte ist noch nicht zu Ende. Dein Vater hat den Auftrag also abgelehnt. Zwei Tage später ist dein Bruder Raymond bei mir aufgetaucht. Er wusste von dem Auftrag und hat gesagt, dass er die Ausführung übernehmen wolle. Ich habe gezögert und ihn gefragt, ob sein Vater davon wisse. Natürlich, hat er geantwortet. Ich habe Raymond geglaubt.«

»Er hat dich angelogen?«

»Ja, aber das hat sich erst später herausgestellt. Wie du weißt, habe ich mit deinem Vater immer nur das Nötigste besprochen. Ich hätte mich bei ihm rückversichern müssen. Diesen Fehler muss ich eingestehen …«

Edmond schien ehrlich betroffen.

»In dem Moment aber war ich stolz auf meinen Neffen. Ich dachte, dass er ein würdiger Chacarasse war. Einer, der Mut in den Knochen hatte und die Tradition unserer Familie hochhielt. *Obligé aux vivants et aux morts!*«

Schon wieder dieser blöde Spruch, dachte Lucien, den ohnehin keiner verstand.

»Im Rückblick erkenne ich, dass sich Raymond mit dem Auftrag übernommen hat«, sagte Edmond. »Ich weiß nicht, was und wie alles abgelaufen ist.« Er zuckte ratlos mit den Schultern. »Keine Ahnung. Aber Raymond hat einen hohen Preis bezahlt. Mit seinem Leben.«

»Jetzt rück endlich mit dem Namen raus! Wer war die Zielperson? Wer sollte umgebracht werden?«

Edmond sah Lucien nachdenklich an.

»Blancfontaine«, sagte er schließlich.

»Valentino Blancfontaine?«, fragte Lucien ungläubig.

»Richtig, genau jener. Abgeordneter des Parlaments von Monaco. Eng befreundet mit den Grimaldi …«

»Und mit meinem Vater«, fügte Lucien hinzu.

31

Die Parkbank am Teich der *Villa Béatitude* schien ihm der geeignete Ort, um zu verarbeiten, was er von seinem Onkel erfahren hatte. Coco war im Haus. Francine hatte sich überraschend freigenommen. Nur der Springbrunnen war zu hören. Lucien stützte den Kopf in die Hände und schloss die Augen.

Wie hatte Edmond allen Ernstes den Auftrag entgegennehmen können? War doch klar, dass sich sein Vater weigern würde, Valentino Blancfontaine umzubringen. Edmond wusste genau, dass die beiden befreundet waren. Als Mitglieder des ehrwürdigen Jachtclub Monaco hatten Luciens Vater und Valentino Blancfontaine in früheren Jahren erfolgreich Regatten bestritten - nicht gegeneinander, sondern im Team auf einer klassischen Segeljacht, die ihnen gemeinsam gehörte. Sie stammte aus den Dreißigerjahren des vorigen Jahrhunderts. Damals wurde auf diesen eleganten Schiffen der America's Cup ausgefochten. Noch heute waren sie unfassbar schnell - gleichzeitig aber eine Herausforderung für jede Crew. Einen begehrten Traditionspokal von Prince Rainier hatten sie zusammen gewonnen. Regelmäßig hatten sie an der berühmten Regatta *Les Voiles de Saint-Tropez* teilgenommen und mit ihrer Vintage-Jacht begehrte Preise abgeräumt. So etwas verbindet – da bringt man sich nicht gegenseitig um.

Vor vielleicht zehn Jahren, erinnerte sich Lucien, hatte sein Vater seinen Anteil an der Jacht aufgegeben. Mittlerweile kam wohl auch Valentino Blancfontaine immer weniger zum Segeln. Er hatte sich als Abgeordneter in das Parlament von Monaco wählen lassen. Der *Conseil national* stand dem Fürsten bei der Regierungsarbeit zur Seite. Lucien kannte den *Commodore,* wie Valentino Blancfontaine in Seglerkreisen genannt wurde, von Kindesbeinen an. Einige Male war er als Jugendlicher auf dem Schiff mitgesegelt.

Erst vor einigen Tagen hatte er in der Zeitung *Monaco-Matin* ein Interview mit Valentino Blancfontaine gelesen. Der Mann war definitiv noch am Leben.

Edmond hatte beteuert, den Auftraggeber nicht zu kennen. Gut möglich, dass er diesmal sogar die Wahrheit gesagt hatte. Dass Raymond nach der Ablehnung ihres Vaters den Auftrag hinter seinem Rücken angenommen hatte, schien Lucien durchaus glaubwürdig. Raymond wollte beweisen, was für ein toller Hund er war. Darauf war es ihm schon immer angekommen. Er wollte immer der Schnellste, Stärkste und Größte sein. Schon im Kindesalter hatte er es nicht vertragen, von Lucien in irgendeiner Disziplin übertrumpft zu werden. Natürlich hatte auch Raymond das Mordopfer persönlich gekannt. Aber es war ihm offenbar egal gewesen, er hatte keine Probleme damit, ausgerechnet einen Freund seines Vaters zu töten. Was danach passiert wäre, hatte er offenbar ausgeblendet. Alexandre hätte es seinem Erstgeborenen nie verziehen, einen Mord gegen seinen erklärten Willen begangen zu haben. An einem Mann, mit dem er die *Trophy d'Or* gewonnen hatte. Lucien wollte sich nicht ausmalen, wie die Reaktion ihres Vaters ausgefallen wäre.

Monaco nahm für sich in Anspruch, der sicherste Staat der Welt zu sein. Nirgendwo, so hieß es, gab es eine niedrigere Kriminalitätsrate. Dafür existierte an fast jeder Ecke eine Überwachungskamera. Das musste man mögen. Lucien war aus naheliegenden Gründen kein Freund davon, fortwährend beobachtet zu werden. Aber wenn man es wusste, konnte man sich darauf einstellen.

Er lehnte sich zurück und öffnete die Augen. Die hohe Wasserfontäne tanzte im Wind. Eine Möwe flog vorbei.

Ihm fiel die berühmte Familie Pastor ein, der halb Monaco gehörte. Manche hielten die Pastors für reicher als die Grimaldis.

Egal, Reichtum schützte nicht davor, getötet zu werden, ganz im Gegenteil. 2014 wurde die monegassische Milliardärin Hélène Pastor in Nizza erschossen. Ausgerechnet von einem Auftragskiller! Was Lucien in der Auffassung bestätigte, dass die Chacarasses keinem ehrenwerten Beruf nachgingen. Mit dem Mord an Hélène Pastor hatten sie gottlob nichts zu tun gehabt. Der Täter und sein Komplize wurden gefasst. Als Auftraggeber wurde der Schwiegersohn von Hélène Pastor überführt.

Warum er gerade an das Schicksal der Familienpatriarchin Hélène Pastor dachte? Weil es erstens bewies, dass man auch als privilegierter Bürger des vermeintlich sichersten Staates der Welt zu Tode kommen konnte. Und zweitens, dass es aus Sicht des Opfers zunächst keine Bedeutung hatte, den Auftraggeber zu kennen, vielmehr kam es darauf an, am Leben zu bleiben. Hélène Pastor war dieses Glück nicht beschieden gewesen.

Es gab wahrscheinlich kein anderes Land, wo es im Verhältnis zur Einwohnerzahl so viele Polizisten gab. Darüber hinaus gab es die Feuerwehrleute des *Corps des Sapeurs-Pompiers,* die auch Aufgaben im Zivilschutz wahrnahmen und sogar von der Schusswaffe Gebrauch machen durften. Mit der *Compagnie des Carabiniers du Prince* verfügte der Fürst über eine Leibgarde, die unter anderem für den Personenschutz zuständig war. Zudem, vermutete Lucien, dürfte auch in Monaco ein Geheimdienst existieren, auch wenn er über ihn nichts wusste.

Gut möglich also, setzte Lucien seine Überlegungen fort, dass irgendeine Polizeieinheit oder der Geheimdienst von dem geplanten Attentat auf das Parlamentsmitglied Valentino Blancfontaine erfahren hatte. Auf welche Weise, spielte keine Rolle. Er stellte sich vor, wie Raymond mit seiner Ducati über die *Route de la Turbie* gerast war. Verfolgt von einem schwarzen Range Rover mit monegassischem Kennzeichen. Er hätte ihn locker abgehängt. Wäre da nicht der zweite Range Rover gewesen, der in entgegengesetzter Richtung auf ihn zukam …

So oder so ähnlich könnte es sich zugetragen haben. Raymond war als Attentäter identifiziert worden und hatte sich einer bevorstehenden Verhaftung in einer wilden Flucht entziehen wollen … und war dabei ums Leben gekommen. Vielleicht, weil ihn ein Range Rover gegen die Leitplanke gedrängt hatte? Was spielte es für eine Rolle?

Lucien stand auf und ging einige Schritte durch den Park. Am Rosenbeet vorbei zum japanischen Garten. Vor einer verwitterten Buddha-Statue blieb er stehen. Ihm war klar, dass seine Überlegungen auf reiner Mutmaßung beruhten. Durchaus möglich, dass sich alles ganz anders zugetragen hatte. Aber so, vielleicht nur so, machte es Sinn. Er erinnerte sich, dass der *Commodore* der Trauerfeier seines Vaters beigewohnt und ihm persönlich kondoliert hatte. Sprach das für oder gegen seine Theorie?

Er könnte Valentino Blancfontaine um ein Vieraugengespräch bitten. Der Mann sollte die Wahrheit kennen. Sicher war aber auch das nicht …

Der verwitterte Buddha hielt die Augen geschlossen. Sein Blick war nach innen gerichtet. Ihn interessierte nicht, was um ihn herum geschah. Er fragte nicht nach dem Wieso und Warum. Lucien dachte, dass er seinem Vorbild folgen sollte. Jedenfalls, was seinen verunglückten Bruder betraf. Er war gut beraten, Raymonds Tod als schicksalsgegeben hinzunehmen. Er sollte alles auf sich beruhen lassen. Wie das offenbar schon sein Vater getan hatte. Er würde seinem Beispiel folgen. Raymond war tot. *Que Dieu ait son âme* … Der Herr sei seiner Seele gnädig!

32

Am späten Nachmittag erreichte ihn eine Nachricht von Anne Dalmasso. Sie sei wieder im Lande und würde sich freuen, ihn zu sehen. Ihm fielen mindestens drei Gründe ein, einer Verabredung zuzustimmen. Erstens würde er sie fragen, ob sie einen nicht ganz zurechnungsfähigen »Verlobten« habe. Zweitens interessierte ihn, ob sie zum Fahrzeugbrand in Marseille weitere Recherchen durchgeführt hatte und wie der Stand der polizeilichen Ermittlungen war. Und drittens … drittens freute er sich einfach darauf, sie wiederzusehen. Auf ihren Vorschlag hin verabredeten sie sich in Nizza.

Lucien verabschiedete sich von Rosalie, natürlich auch von Coco, der es aber wohl egal war, ob und wann er kam oder ging. Tatsächlich hatte der Hund Rosalie sehr schnell als neues Frauchen akzeptiert. Und umgekehrt hatte sich die alte Haushälterin in kürzester Zeit an Coco gewöhnt. Besser hätte es nicht laufen können. Er war nicht eifersüchtig.

»Wir müssen uns mal über Francine unterhalten«, sagte Rosalie, während sie Coco das Fell kraulte. »Sie gefällt mir nicht.«

»Wie meinst du das?«

»Ich habe den Eindruck, ihr geht es nicht gut. Als ob sie krank wäre.«

»Glaube ich nicht, das hätte sie mir gesagt.«

»Warum sollte sie dir das sagen? Ausgerechnet dir?« Rosalie legte den Kopf zur Seite und sah ihn zweifelnd an. »Oder verheimlichst du mir was?«

»Wie kommst du denn auf diese Idee?«

»Ich meine nur. Wüsste ich es nicht besser, würde ich glauben …«

Sie sprach nicht weiter. Lucien wurde klar, dass eingetreten war, was er schon länger erwartet hatte: Rosalie hatte bemerkt, dass Francine schwanger war. Es war nur eine Frage der Zeit gewesen.

»Ich weiß zwar nicht, worauf du hinauswillst, aber du hast recht, wir sollten uns mal über Francine unterhalten. Vielleicht sogar mit ihr zusammen. Aber jetzt muss ich weg.«

»Mit ihr zusammen? Gute Idee. Vergiss es nicht … und pass auf dich auf!«

Er fuhr in sein Appartement nach Villefranche. Von dort rief er Francine an. Warum sie sich plötzlich freigenommen habe, wollte er wissen, ob sie sich nicht wohlfühle? Francine zögerte. Dann rückte sie damit heraus, dass ihr plötzlich speiübel geworden sei. Außerdem habe sie Kopfschmerzen … und sonst noch einiges. Halt die üblichen Beschwerden, die während einer Schwangerschaft auftreten könnten. Aber auf diesem Gebiet kenne er sich naturgemäß nicht aus.

Da hatte sie zweifellos recht. Er erzählte ihr von Rosalie und dass es wohl an der Zeit wäre, sie einzuweihen. Francine stimmte ihm zu. Es falle ihr zunehmend schwer, Rosalie was vorzuspielen.

Wie denn sein erneuter Termin bei Edmond verlaufen sei, wollte sie noch wissen. Er habe hoffentlich keinen neuen Auftrag erhalten? Nein, gottlob nicht, antwortete Lucien. Es sei um etwas ganz anderes gegangen. Er habe Edmond dazu gebracht, ihm ein Geheimnis zu verraten. Dazu habe es einiger Überredungskünste bedurft …

Welches Geheimnis?, fragte sie prompt. Lucien dachte, dass er besser keine Andeutung gemacht hätte. Denn natürlich war jetzt ihre Neugier geweckt.

Weil sie ja quasi zur Familie gehöre, antwortete er, werde er ihr mal davon erzählen. In einer stillen Stunde. Gleichzeitig fiel ihm ein, dass das vielleicht keine gute Idee war. Immerhin lebte Francine in Monaco. Kein gutes Gefühl, wenn man wusste, dass der Vater ihres ungeborenen Kindes mal den Auftrag erhalten hatte, einen Abgeordneten des Parlaments umzubringen.

Die kurze Fahrt mit der Vespa nach Nizza tat ihm gut. Vor allem, weil er die Helmpflicht ignorierte und seinen Kopf vom Fahrtwind lüften ließ. Zunächst führte die Strecke über den Boulevard Princesse Grâce de Monaco. Dann auf dem Boulevard Carnot zum Port Lympia. Erbaut vom Herzog von Savoyen, reichte die Geschichte des Hafens bis ins 18. Jahrhundert zurück. Napoleon hatte von hier 1796 seinen Italienfeldzug begonnen. Heute wurde der Hafen von modernen Jachten und Kreuzfahrtschiffen frequentiert. Zudem verkehrten Fähren zum Beispiel nach Korsika und Sardinien. Weil aber auch bunte Fischerboote am Kai lagen und viele Restaurants und Läden in ockerfarbenen Häusern den *vieux port* säumten, hatte sich der Hafen von Nizza seinen besonderen Charme bewahrt.

Lucien kurvte um den alten Burgberg herum, der Colline du Château, dann an den riesigen roten Buchstaben »# I Love Nice« vorbei, dem heute wahrscheinlich beliebtesten Foto- und Selfie-Motiv der Stadt, mit Blick auf den breiten Strand der Engelsbucht und der berühmten Promenade des Anglais. Gleich im Anschluss begann rechter Hand die niedrige Häuserzeile der *ponchettes,* die die Promenade von dem Cours Saleya trennte. Wo in früheren Zeiten Fischereien und Handwerker untergebracht waren, dominieren heute Bars die *ponchettes,* die alle eines gemeinsam hatten: eine wunderbare Aussicht. Eine dieser Bars hatte Anne Dalmasso für ihr Treffen ausgewählt.

Er fuhr rechts durch einen schmalen Torbogen und parkte die Vespa in der dahinterliegenden Rue des Ponchettes neben einem ihm bekannten Motorroller der Marke Peugeot. Lucien schmunzelte. Anne war also schon da. Offenbar zählte Unpünktlichkeit doch nicht zu ihren Charakterschwächen.

Die *Waka-Bar* war nur wenige Schritte entfernt. Er entdeckte Anne auf dem Balkon im ersten Stock. Direkt an der Balustrade mit Blick über die Uferpromenade und die Palmen hinaus aufs Meer. Einen besseren Platz gab es nicht. Sie winkte ihm lachend zu, stand auf, umarmte ihn und gab ihm einen Kuss.

Lucien freute sich über die herzliche Begrüßung. Tatsächlich hatte er sie schon ein wenig vermisst. Was ebenso schön wie auch beunruhigend war. Wie konnte er sie vermissen, wo er sie doch kaum kannte?

»Wunderbar, dass es heute mit uns im zweiten Anlauf klappt«, sagte Anne fröhlich. »Ich hab noch nichts zum Trinken bestellt. Auf der Cocktailkarte gibt's vielversprechende Drinks. Was hältst du von *Sex on the Beach* …?«

Das ging ja gut los, dachte Lucien.

»… mit Wodka und Pfirsich. Alternativ fühle ich mich von *Pornstar Martini* mit Prosecco angesprochen. Das passt doch zu mir, findest du nicht?«

Er erinnerte sich an ihre Nacht in seinem Appartement.

»Wegen des Proseccos?«, antwortete er grinsend.

»Du bist ein Idiot …«

Das hatte er von ihr schon mal gehört.

»Ach ja, jetzt habe ich es verstanden«, sagte er lachend. »Du hast recht, der Cocktail passt zu dir.«

Sie drohte ihm mit dem Finger.

»Bist gerade noch mal davongekommen.« Sie winkte dem Ober und bestellte. »Wusstest du, dass in den *ponchettes* früher auch Nutten ihrer Arbeit nachgegangen sind?«, fragte sie.

Das Thema schien ihr zu gefallen.

»Nein, aber ich weiß, dass es früher auf den Dächern eine Promenade zum Flanieren gab. Nicht nur für Dirnen und ihre Freier.«

»Stimmt, habe ich auch mal gelesen. Über den Dächern von Nizza …« Anne lachte. »Aber hören wir mit dem Quatsch auf. Wie geht's dir? Wie läuft's im *P'tit Bouchon?*«

»*Parfaitement.* Wir sind jeden Abend voll, mehr kann man nicht erwarten. Die Kasse stimmt.«

Sie legte den Kopf zur Seite und sah ihn schmunzelnd an.

»Aber dein Wohlbefinden hängt nicht vom Kassenstand ab. Ich hab ein wenig recherchiert. Zum Beispiel hast du mir deinen Nachnamen verschwiegen. Ich hab also eine Affäre mit einem leibhaftigen Grafen, wer hätte das gedacht …«

Er zuckte mit den Schultern.

»Der Adel wurde 1789 mit der Französischen Revolution abgeschafft. Ich lege keinen Wert auf meinen Titel.«

»Das ehrt dich. Falls es wieder dazu kommen sollte, dass die Adligen unter der Guillotine ihren Kopf verlieren, werde ich ein gutes Wort für dich einlegen.«

»Sehr freundlich.«

»Ich mag dein Appartement«, fuhr sie lächelnd fort. »Aber als letzter Nachkomme der Chacarasses verfügst du noch über einen anderen, etwas repräsentativeren Wohnsitz auf Cap Ferrat.«

Er wusste nicht, was er von ihren Recherchen halten sollte.

»Was hast du sonst noch herausgefunden?«

»*Rien du tout.* Ich wollte dich nicht ausspionieren. Das gehört sich nicht. Ich wollte nur wissen, auf wen ich mich eingelassen habe … Schau, da kommen unsere Cocktails. *Sex on the Beach* mit einem *Pornstar.*«

Sie stießen miteinander an. Lucien dachte, dass der Strand von Nizza für *Sex on the Beach* nicht intim genug wäre, zudem mochte er keine Kieselsteine.

»Du wolltest wissen, auf wen du dich eingelassen hast?«, wiederholte er ihre Worte. »Das würde mich umgekehrt auch interessieren.«

»Ich hab keine Geheimnisse. Was willst du wissen?«

»Nun ja, ich bin nicht besonders neugierig. Aber ich hatte eine überraschende Begegnung mit deinem Verlobten …«

Anne verschluckte sich fast an ihrem Cocktail. Sie sah Lucien mit großen Augen an.

»Mit Kylian?«

»Er hat sich mir nicht mit seinem Namen vorgestellt. Er sagte nur, du seist seine Verlobte und ich soll mich von dir fernhalten, sonst würde er mich zum Krüppel schlagen.«

»Kylian, kein Zweifel«, sagte sie leise. »Dieses paranoide Arschloch.«

»Und? Seid ihr verlobt?«

»Natürlich nicht. Wir waren nur wenige Wochen zusammen, bis ich gemerkt habe, dass er bereits aus dieser kurzen Zeit Besitzansprüche ableitet. Er hat mich auf Schritt und Tritt kontrolliert. Kylian ist krankhaft eifersüchtig. Und gewalttätig zudem. Er hat mal einem Fotografen, mit dem ich zusammenarbeite, Prügel angedroht. Nur weil er nett zu mir war …« Anne klopfte sich mit dem Zeigefinger gegen die Stirn. »Kylian ist ein Psychopath. So jemanden brauche ich nicht in meinem Leben. Am Tag, als ich zu dir ins *P'tit Bouchon* gekommen bin, habe ich ihm den Laufpass gegeben. Endgültig und unwiderruflich. Ich hab seine Handynummer gelöscht, auch seine WhatsApp, einfach alles. Der Typ ist für mich gestorben.«

Anne musste Luft holen. So sehr hatte sie sich in Rage geredet.

»Ich erinnere mich, wie du mir erzählt hast, du hättest ihn zum Mond geschossen. Mit der Hoffnung, er würde beim Wiedereintritt in die Atmosphäre verglühen.«

»Das habe ich gehofft, jedenfalls im übertragenen Sinn.«

»Hat wohl nicht geklappt. Er war bei mir im *P'tit Bouchon*. Später hat er mir vor dem Lokal aufgelauert und mich bedroht. Offensichtlich hat er uns beide beobachtet, wie wir uns vor der *Chapelle Cocteau* getroffen haben.«

»Der Irre verfolgt mich …«

Anne sah sich auf der Terrasse um. Das hatte Lucien schon bei seiner Ankunft getan.

»Entspann dich. Dein Kylian …«

»Ist nicht *mein* Kylian!!!«

»Pardon, so habe ich das nicht gemeint. Also dieser Kylian ist nicht hier. Auch nicht unten auf der Straße oder gegenüber auf der Uferpromenade.«

Anne atmete auf.

»Du sagst, er hätte dich bedroht? Du musst dich vor ihm in Acht nehmen. Kylian ist Kampfsportler.«

Und ein Feigling, dachte Lucien, wenn er sich trotzdem mit einem Totschläger bewaffnete. Aber davon musste Anne nichts wissen.

»Was macht er beruflich?«

»Kylian Rochat ist Physiker und hat bis vor einem Jahr beim CERN in der Kernforschung gearbeitet. Jetzt leitet er eine Abteilung im Technologiepark Sophia Antipolis bei Antibes.«

»Dumm ist er also nicht«, stellte er fest.

»Nein, aber geistesgestört.«

»Dann hoffen wir mal, dass er sich nicht mehr blicken lässt«, sagte Lucien. »Wir sollten uns von ihm nicht den Abend verderben lassen.«

»Ganz bestimmt nicht. So weit kommt es noch. Ich habe für später Karten für ein Konzert in einem Jazzclub. Hast du Lust?«

»Sehr gerne.«

»Das freut mich. Sind Freikarten, die ich über die Redaktion bekommen habe. Wenn's uns nicht gefällt, können wir ja wieder gehen.«

»Hört sich gut an. Apropos Redaktion, musstest du gestern wieder nach Marseille?«

»Ja, war diesmal sogar meine eigene Idee. Aus journalistischer Sicht stört mich, dass immer über die Täter berichtet wird. Das ist langweilig, außerdem hat die Polizei schon einige Verdächtige in Gewahrsam genommen. Was aber ist mit den Opfern? Für den armen Mann, der im Auto verbrannt ist, interessiert sich kaum einer. Er heißt Jacques Collard und wohnte in einer Etagenwohnung im Stadtviertel *Saint-Victor*. Ich habe mich mit seiner Schwester getroffen, die jetzt seinen Nachlass ordnen muss. Sie ist aus der Normandie angereist und hat mir einiges über ihn erzählt. Viel wusste sie aber auch nicht, die beiden waren wohl nicht so eng. Für ein kurzes Porträt reicht's. Das war's dann für mich. Heute Morgen wurde sein Leichnam eingeäschert. Ist schon makaber, findest du nicht? Erst fällt der Mann einem Brandanschlag zum Opfer, dann werden seine sterblichen Überreste noch mal ins Feuer geschoben …«

Lucien tat so, als ob er sich nicht wirklich für ihre Geschichte interessieren würde. Dabei folgte er ihren Worten mit größter Aufmerksamkeit. Die Polizei hatte also bereits die vermeintlichen Täter identifiziert. Das war eine ausgesprochen gute Nachricht. Beruhigend auch, dass Anne ihre Recherchen zum Opfer einstellen wollte. Zunächst war er erschrocken, aber so war es in Ordnung. Und wirklich positiv war, dass Jacques Collard bereits eingeäschert wurde. Damit war jede Autopsie hinfällig. Für die sich aber sowieso niemand interessierte.

»Du hast recht, ist schon makaber. Zweimal den Feuertod sterben. Vielleicht noch ein drittes Mal im Fegefeuer …«

Anne lachte.

»Wohl nicht. Wie es scheint, war Collard ein unbescholtener Bürger.«

Die nächste Stunde verbrachten sie mit unverfänglichen Themen. Sie aßen eine Kleinigkeit und genossen die Abendstimmung. Unten fuhr ein offener Sportwagen vorbei. Auf dem Beifahrersitz eine Frau mit wehendem Schal.

»Ich liebe Schauergeschichten«, sagte Anne und deutete auf das Cabrio.

»Dann passt's ja, dass du Polizeireporterin geworden bist«, erwiderte Lucien lachend.

»Siehst du den Schal? Vor hundert Jahren ist ein solcher Schal der aus Amerika stammenden Tänzerin Isadora Duncan zum Verhängnis geworden. Nicht weit von hier, da vorne auf der Promenade des Anglais. Am Steuer saß der spätere Rennfahrer Benoît Falchetto, als sich ihr langer Seidenschal in der Hinterachse des offenen Sportwagens verfing. Sie wurde stranguliert und erlitt einen Genickbruch …«

Er sah sie entrüstet an.

»Und so was gefällt dir?«

»Na ja, nicht wirklich. Aber wenn so etwas heute passierte, quasi vor unseren Augen, wäre das für eine Polizeireporterin wie mich eine superspannende Story.«

Lucien nickte. Da hatte sie zweifellos recht. Vielleicht war es gut, dass sie sich nicht für die Vergangenheit interessierte. In den geheimen Katakomben der *Villa Béatitude* gab es eine lange Reihe mit Ausstellungsstücken, die an erfolgreich ausgeführte Anschläge erinnerten. In einer Glasvitrine lag ein chinesischer Seidenschal. Daneben ein silberner Rahmen mit dem Bild einer Tänzerin. Ob das vergilbte Schwarz-Weiß-Foto Isadora Duncan zeigte? Oder spielte ihm seine Fantasie einen Streich?

33

Es war acht Uhr am Morgen, als Lucien und Anne in Nizza auf die von Bäumen gesäumte Straße traten. Etwas übernächtigt, aber bester Dinge. Jetzt kannte sie also nicht nur sein Appartement in Villefranche, überlegte Lucien, sondern umgekehrt auch er ihre Wohnung im angesagten Viertel *Libération,* das Lucien ein wenig an Paris erinnerte. Gegenüber befand sich eine Boulangerie, wo sie an einem Stehtisch mit Croissants und *café au lait* ein schnelles Frühstück zu sich nahmen. Anne musste in die Redaktion. Er selbst hatte natürlich keine Eile. Unwillkürlich hielten beide Ausschau nach Annes paranoidem Pseudoverlobten Kylian Rochat. Aber wie es schien, war er nicht verrückt genug, ihr frühmorgens vor ihrer Wohnung aufzulauern.

Ob es üblich sei, dass sie um diese nachtschlafende Zeit ins Büro müsse, fragte er.

»Natürlich nicht«, antwortete sie lachend. »Sonst hätte ich schon längst gekündigt. Wir treffen uns nur einmal die Woche, dummerweise ausgerechnet heute Morgen. Ansonsten geht alles online ganz locker per E-Mails oder Videocalls. Unsere Redaktion besteht im Grunde nur aus einem riesigen Besprechungstisch in einer alten Schlosserei. Es gibt keine Arbeitsplätze, nur einige Monitore und eine Kaffeemaschine. *C'est tout.*«

»Hört sich entspannt an …«

»Na ja, entspannt ist es nicht immer, aber zeitgemäß. Wir drucken auch nicht auf Papier, sondern bringen im Internet eine Onlinezeitung heraus. Mit Nachrichten, Kommentaren, Szenebeiträgen und Hintergrundrecherchen. Ergänzt um Video- und Audiobeiträge. Alles superlebendig, macht richtig Spaß. Musst mal im Internet bei uns reinschauen. Die Auftaktseiten sind kostenlos.«

Sie legte ihm eine Visitenkarte neben die Kaffeetasse.

»Das ist das Einzige, was es von uns in gedruckter Form gibt«, sagte sie lachend. »Für die vielen Spießer draußen in der analogen Welt.«

»Meinst du mich damit?«

Sie sah ihn von der Seite an.

»Kann schon sein, so gut kenne ich dich noch nicht.«

»Hättest sogar recht, ich lebe definitiv in einer analogen Welt. Im *P'tit Bouchon* gibt's nur real existierende Gerichte, auch keine digitalen Weine.«

»*Quel bonheur!* Wenn es um leibliche Genüsse geht, ist die Realität durch nichts zu ersetzen.«

»Leibliche Genüsse?« Lucien schmunzelte. »Da fällt mir noch mehr ein, nicht nur Essen und Trinken.«

Sie hauchte ihm einen Kuss zu.

»Mir auch.«

Anne war schon mit ihrem Motorroller davongebraust. Lucien trank in der Boulangerie noch eine zweite Tasse, diesmal einen extrastarken *café serré*, der mit der Hälfte des Wassers aufgebrüht wurde. Er brauchte einen Muntermacher. Ihm fiel das Jazzkonzert von gestern Abend ein. Sie hatten es nach der Pause verlassen, obwohl er es gar nicht mal so schlecht gefunden hatte. Aber es gab Prioritäten im Leben. Erst jetzt bemerkte er eine Textnachricht auf seinem Handy. Von Alain aus dem *P'tit Bouchon*. Die »Versicherungsvertreter« hätten sich gemeldet, schrieb er. Ihr Chef sei zu einem Gespräch bereit. Lucien solle sich morgen um sechzehn Uhr auf der Promenade des Anglais einfinden. Bei den *chaises bleues* gegenüber dem Negresco. Zu erkennen sei ihr Chef an einer roten Baseballkappe.

Lucien runzelte die Stirn. Die Textnachricht stammte von gestern Abend. Morgen um sechzehn Uhr? Also heute! Er hatte nicht wirklich geglaubt, dass sich die zwei Knallchargen wieder melden würden. Aber er hatte es immerhin für möglich gehalten – ohne sich zu überlegen, wie er sich aus der Affäre ziehen konnte. Doch er hatte ja noch einige Stunden, da würde ihm schon noch was einfallen.

Gerade war Lucien im Begriff zu gehen, da sah er auf der anderen Straßenseite einen hoch aufgeschossenen Mann näher kommen. Mit ultrakurz geschnittenen Haaren und einer randlosen Brille. Lucien erkannte ihn sofort. Seit gestern wusste er auch seinen Namen: Kylian Rochat. Von Beruf Physiker und aus Leidenschaft ein krankhaft eifersüchtiger Kampfsportler. Kylian blieb vor Annes Haus stehen und läutete. Weil niemand aufmachte, trat er einige Schritte zurück und blickte hinauf zu ihrem Fenster im ersten Stock. So gut kannten sie sich also, dachte Lucien, dass er wusste, welches ihres war. Aber nicht gut genug, um von ihrem wöchentlichen Jour fixe in der Redaktion zu wissen.

Lucien beobachtete Kylian, wie er sein Handy aus der Tasche zog und offenbar versuchte, Anne zu erreichen. Was schon deshalb nicht klappen konnte, weil Anne seine Nummer unterdrückt hatte. Wütend trat er mit dem Fuß gegen einen Hydranten. Dann entfernte er sich. Lucien wollte ihn gerade verfolgen, da tauchte er wieder auf. Mit einem Pflasterstein in der Hand. Den Lucien als solchen gut erkannte, weil Kylian jetzt mit dem Rücken direkt vor ihm stand. Getrennt nur von der Scheibe der Boulangerie. Kylian nahm Anlauf und schleuderte den Stein hinauf zu Annes Fenster. Lucien konstatierte, dass der Mann immerhin über eine große Treffsicherheit verfügte. Das Fenster im ersten Stock zersplitterte. Kylian deutete einen Freudensprung an – um dann mit schnellen Schritten zu verschwinden. Lucien wartete einen Moment. Dann heftete er sich an seine Fersen. Fast hätte er den Anschluss verloren. Er sah gerade noch, wie Kylian einen braunen Jeep Wrangler startete und sich davonmachte. Luciens Vespa stand am anderen Ende der Straße. Eine Verfolgung erübrigte sich.

Am späteren Vormittag saß Lucien mit Francine im Büro der *Villa Béatitude.* Zuvor hatte er Anne eine kurze Nachricht geschickt, um sie auf die zerborstene Fensterscheibe vorzubereiten. Bislang hatte er keine Antwort erhalten. Wahrscheinlich befand sie sich noch in der Redaktionskonferenz.

»Na, hattest du einen schönen Abend?«, fragte Francine. »Mit vielen netten Gästen im *P'tit Bouchon?*«

»Ich hab mir freigenommen und war in Nizza bei einem Jazzkonzert«, gab er zur Antwort. »Was ist mit dir, geht's dir besser?«

»Beim Jazz? Du offenbarst ja immer neue Leidenschaften. Doch, mir geht's besser. Muss mich wohl an dieses Auf und Ab gewöhnen. Ich war noch nie schwanger.«

Er sah sie nachdenklich an. »Apropos schwanger, wann wollen wir Rosalie ins Vertrauen ziehen?«

»Können wir das zusammen machen? Wäre mir ehrlich gesagt am liebsten.«

»Gerne, wollen wir gleich zu ihr runtergehen?«

»Dann haben wir es hinter uns. Aber vorher will ich dir noch was zeigen.« Sie deutete auf den Monitor ihres Computers. »Ich bin im Internet auf eine Onlinezeitung gestoßen, die detailliert über den Brandanschlag in Marseille berichtet. Interessant ist, dass die Polizei offenbar ausschließlich im Umfeld einer Protestbewegung aus den Banlieues ermittelt. Es kam bereits zu ersten Festnahmen …«

Lucien dachte, dass er das bereits wusste – von Anne.

»Die Leiche aus dem Auto wurde übrigens schon gestern eingeäschert«, fuhr Francine fort. »Hätte nicht erwartet, dass das so schnell geschieht. Aber Collards Schwester hat wohl Druck gemacht.«

»Wirklich?«, spielte er den Überraschten.

»Damit sind alle Spuren verwischt. Kannst deine Hände also in Unschuld waschen.«

»Das mache ich sowieso, schließlich habe ich keinem was zuleide getan.«

»Interessanterweise hat die Autorin auch mit dem Angler geredet, den ihr aus der Gefahrenzone gebracht habt, und das Gespräch als Video-Podcast online gestellt.« Sie drehte ihm den Monitor zu. »Hier, musst du dir anschauen!«

Die Stimme der Interviewerin erkannte Lucien sofort. Der Beitrag war eine knappe Minute lang. Wie sich herausstellte, konnte sich der gute Mann an nichts mehr erinnern. Nur noch daran, dass er plötzlich von einer mächtigen Explosion aus einer Art Ohnmacht erwacht sei – und sich zu seiner Überraschung nicht mehr an seinem gewohnten Angelplatz befunden habe.

»Ein totaler Filmriss«, stellte Lucien fest. »Offenbar geht die Gedächtnislücke sogar so weit, dass er sich nicht mal mehr an den hünenhaften Glatzkopf erinnern kann, der ihn zuvor nachdrücklich gebeten hatte, sich zu verkrümeln. Jedenfalls erwähnt er ihn mit keinem Wort.«

»Sei froh. Pauls äußere Erscheinung dürfte kaum zu den Protestlern aus den Banlieues passen. Die Autorin, sie heißt übrigens Anne Dalmasso, hat zu allem Überfluss noch ein Porträt des Opfers geschrieben. Auf Basis dessen, was sie von Collards Schwester erfahren hat. Sehr einfühlsam. Der Mann tut einem richtig leid. Aber ich fände es besser, wenn diese Dalmasso nicht länger im Fall herumschnüffelt. Sonst stößt sie noch auf Widersprüche.«

»Wird sie nicht«, sagte Lucien. Schließlich hatte Anne angedeutet, dass die Berichterstattung zu diesem Fall für sie abgeschlossen sei.

»Woher willst du das wissen?«

»Nun, ich meinte, dass es keine Widersprüche gibt, auf die sie stoßen könnte.«

»Ach so, dann hoffen wir mal, dass du recht hast. Allzu genau hat sie übrigens nicht recherchiert. An keiner Stelle wird erwähnt, dass der Tote einen Hund hatte. Man könnte sich ja fragen, wo der abgeblieben ist.«

Die Überlegung hatte er auch schon angestellt.

»Offenbar wusste seine Schwester nichts von Coco. Oder sie ist froh, dass er weg ist und sie sich nicht um den Hund kümmern muss.«

»Für diese Aufgabe haben wir jetzt Rosalie«, sagte Francine lachend, während sie den Monitor wieder zu sich drehte. »Das ist ja witzig«, stellte sie überrascht fest. »Hier ist gerade ein Artikel über ein Jazzkonzert in Nizza online gegangen. Auch von dieser Dalmasso. Dazu ein kurzes Video von der Bühne.« Sie klickte das Video an. »Ist das vielleicht das Konzert, auf dem du gestern gewesen bist?«

Er erinnerte sich, dass Anne mit dem Handy eine Aufnahme gemacht hatte. Sie war wirklich fleißig.

Er kniff die Augen zusammen.

»Ja, schaut ganz so aus«, bestätigte er.

»Was für ein Zufall … Stell dir vor, ihr wärt euch begegnet …«

Er zuckte mit den Schultern.

»Was hätte passieren können? Sie kennt mich ja nicht.«

Francine musterte ihn.

»Bist du dir da sicher?«

Er dachte, dass Francine nicht alles wissen musste.

»Mit wem warst du eigentlich beim Jazz?«, hakte sie nach. »Bestimmt nicht alleine, oder?«

»Mit einer jungen Frau, die ich vor Kurzem als Gast im *P'tit Bouchon* kennengelernt habe«, antwortete er wahrheitsgemäß.

Wieder sah sie ihn grübelnd an.

»Und du bist dir sicher, dass sie nicht Anne Dalmasso heißt?«

Lucien hatte schon viel von weiblicher Intuition gehört. Auch war ihm diese fast schon übersinnliche Gabe bereits einige Male im wahren Leben begegnet. Aber noch nie auf so verblüffende Weise wie gerade eben.

Francine entkrampfte die Situation mit einem Lächeln.

»Egal, geht mich nichts an. Aber höre auf meinen grundsätzlichen Rat: Nimm dich vor Journalisten in Acht, erst recht, wenn sie weiblich sind und vielleicht auch noch gut aussehen. In deinem Gewerbe sind sie definitiv der falsche Umgang.«

Sie hatten das Thema nicht weiter vertieft, als sie wenig später Rosalie in der Küche aufsuchten. Lucien war froh, dass ihn Francine vom Haken gelassen hatte. Schon aus einem Grund: Es könnte sein, dass sie mit ihrem Ratschlag recht hatte.

»Na, ihr zwei, was treibt euch zu mir?«, wurden sie von Rosalie begrüßt. Schon kam Coco angesaust und sprang an ihnen hoch.

Francine wich einen Schritt zurück. »Das mag ich nicht«, sagte sie. »Wie können wir ihr das austreiben?«

»Schwierig, Coco hat dich eben gern. Bist ja in gewisser Weise ihr Lebensretter.«

»Erstens stimmt das nicht, und zweitens gibt es andere Möglichkeiten, sich dankbar zu erweisen. Selbst für einen Hund.«

»Ich werde mich mal schlaumachen«, versprach Lucien. »Es gibt bestimmt eine Methode, Coco das Hochspringen abzutrainieren.«

Rosalie kraulte Coco am Hals.

»Abzutrainieren? Wie das schon klingt?« Sie nahm den Hund an der Schnauze und sah ihm in die Augen. »Coco, mach dir keine Gedanken. Ich werde darauf achten, dass alle immer lieb zu dir sind. Selbst dieser unrasierte Onkel mit seiner zerrissenen Jeans.«

Lucien musste lächeln. Rosalie würde sich nie an sein schlampiges Erscheinungsbild gewöhnen. Zu groß war der Kontrast zu seinem immer akkurat gekleideten Vater.

Lucien deutete zum riesigen Eichentisch, der mitten in der Küche stand und den Raum beherrschte. Früher hatten hier die Bediensteten gegessen. Heute war er so etwas wie der soziale Mittelpunkt der für ihre Verhältnisse viel zu großen Villa.

»Wollen wir uns setzen? Francine und ich haben dir was zu sagen.«

Rosalie bekam einen ängstlichen Gesichtsausdruck.

»Bitte nichts Schlimmes. Meine Nerven sind heute nicht die besten.«

Lucien nahm ihre Hand.

»Ist nichts Schlimmes, ganz im Gegenteil. Jetzt setz dich erst mal.«

Coco erkannte den Ernst der Lage und zog sich in ihren Hundekorb zurück.

Rosalie griff zur Flasche *Marc de Provence,* schenkte sich ein und trank den Tresterschnaps in einem Zug aus.

»So, jetzt bin ich so weit. Was liegt euch auf dem Herzen?«

»Mein Vater, Alexandre Comte de Chacarasse, ist vor etwas mehr als vier Monaten gestorben«, begann Lucien.

»Kommt mir vor wie gestern und ist doch eine Ewigkeit her«, murmelte Rosalie. »Aber daran müsst ihr mich nicht erinnern, ich denke jeden Tag an ihn.«

»Das tun wir alle«, bestätigte Francine.

Lucien wendete sich erneut an Rosalie. »Du hast gestern gesagt, dass du dich um Francines Gesundheit sorgst. Du hättest Angst, sie könne krank sein.«

Rosalie nickte.

»Stimmt …« Sie zögerte. »Aber ich kann mir noch was anderes vorstellen.« Sie blickte unsicher zwischen den beiden hin und her. »Wollt ihr deshalb mit mir reden? Es ist ja keine Sünde, aber bitte nicht so schnell … Alexandre ist kaum unter der Erde …«

Lucien winkte ab.

»Da liegst du falsch, ich mag Francine, aber wir haben nichts miteinander!«

»Trotzdem hast du mit deiner Ahnung recht«, sagte Francine. »Ich bin schwanger. Aber schon im fünften Monat … Rosalie, hörst du? Im fünften Monat!«

Die alte Haushälterin brauchte einen Moment, bis sie verstand.

»Willst du mir sagen, dass …«

Francine nickte.

Rosalie begann zu weinen.

»Du trägst ein Kind von Graf Alexandre unter dem Herzen? Das ist ein Wunder …«

Kein Wunder, dachte Lucien. Sein Vater hatte einfach noch kurz vor seinem Tod mit Francine geschlafen. Was Besseres hätte er nicht tun können.

»Ja, der Vater ist Alexandre«, bestätigte Francine.

»*Mon Dieu,* wir bekommen ein Kind … Dass ich das noch erleben darf.«

»Nicht *wir* bekommen ein Kind«, stellte Lucien richtig, »sondern Francine.«

Rosalie stand auf und umarmte sie.

»Ich freue mich so sehr für dich.«

Lucien wusste, dass es Francine noch immer schwerfiel, sich wirklich zu freuen. Anfangs hatte sie sogar mit dem Gedanken gespielt, das Kind abtreiben zu lassen.

»*Merci, Rosalie, merci*«, flüsterte Francine.

Die alte Haushälterin gab ihr einen Kuss auf die Stirn und setzte sich zurück auf ihren Stuhl. Mit einem Geschirrtuch wischte sie sich die Tränen vom Gesicht.

»Für dich habe ich auch eine Neuigkeit«, richtete sich Francine an Lucien. »Du hattest recht.«

»Womit hatte ich recht?«

»Mit der Aussage, dass die Chacarasses keine Mädchen zeugen. Es wird ein Junge.«

Lucien schluckte.

»Wow, ich bekomme also … also einen Bruder?«

»Halbbruder, um genau zu sein. *Un demi-frère.*«

»Könnte aber auch mein Sohn sein.«

Francine sah ihn streng an.

»Nein, könnte er nicht!«, stellte sie klar.

»Natürlich nicht, rein altersmäßig, meinte ich.«

Rosalie nickte.

»Dass Lucien der Vater ist, werden erst mal alle glauben …«

»Keiner wird was glauben«, stellte Francine klar. »Von wem ich ein Kind erwarte, geht keinen etwas an. Die Wahrheit muss unser Geheimnis bleiben. Rosalie, das musst du mir versprechen. Bei allem, was dir heilig ist.«

»Natürlich, da musst du dir keine Sorgen machen. Ich trag so viele Geheimnisse mit mir rum und habe noch nie eines verraten.«

Auch nicht jenes, dachte Lucien, was zwischen ihr und Edmond vorgefallen war. Doch das würde er noch aus ihr herauskitzeln.

»Bald wird man dir ansehen, dass du schwanger bist«, sagte Lucien. »Ist sowieso der Wahnsinn, wie lange du es verbergen konntest.«

Francine lächelte.

»Nicht der Wahnsinn, nur Veranlagung. Andere Frauen werden kugelrund, ich eben nicht.«

»Aber das Kind ist doch hoffentlich gesund?«

»Macht euch keine Sorgen. Der Junge entwickelt sich prächtig. Schaut her: Das Ultraschallbild stammt von heute Morgen.«

Rosalie setzte sich die Lesebrille auf. »Was für ein süßer Kerl. Ich glaube, er lutscht am Daumen.«

»Wer mich auf meine Schwangerschaft anspricht«, stellte Francine klar, »wird von mir nichts erfahren. Das ist meine Privatsache.«

Rosalie nickte.

»Natürlich, das ist dein gutes Recht. Es reicht, wenn du bei der Geburt Alexandre als Kindsvater angibst.«

Francine warf Lucien einen langen Blick zu.

»Das, liebe Rosalie«, sagte Lucien, »haben wir noch nicht entschieden. Ich respektiere, dass sich Francine alle Optionen offenhalten möchte.«

Rosalie sah ratlos zwischen beiden hin und her.

»Was könnte es da … da für Optionen geben?«

»Einige, meine liebe Rosalie, einige.«

34

Das Negresco an der Promenade des Anglais gehörte zu Nizza wie der Eiffelturm zu Paris. In doppelter Hinsicht, denn wie der Eiffelturm wurde auch die große pinkfarbene Kuppel des berühmten Luxushotels von Gustave Eiffel entworfen. Lucien konnte nicht anders: Jedes Mal musste er bei ihrem Anblick an die Legende denken, dass Gustave Eiffel die Kuppel nach dem Busen einer Geliebten geformt hatte. Definitiv ein prachtvoller Busen, sogar mit einem Nippel obendrauf. Störend nur der Fahnenmast.

Lucien näherte sich der Promenade auf dem Wasser. Mit der Vespa wäre es von Villefranche zweifellos schneller gegangen, so aber machte es mehr Spaß. Außerdem musste das Boot gelegentlich bewegt werden.

Dass die sieben Kilometer lange Promenade nach den reichen Engländern benannt war, die schon im 19. Jahrhundert an der *Baie des Anges* ihre Wintermonate verbracht hatten, wusste jedes Kind. Nicht ganz so bekannt war die Tatsache, dass schon die Errichtung der Promenade auf eine Initiative der Engländer zurückging.

Natürlich verschwendete Lucien keinen Gedanken an die Geschichte der Promenade des Anglais. Auch nicht daran, dass hier früher Autorennen ausgetragen wurden, sogar ein Grand Prix, so wie heute noch in Monaco. Wenn überhaupt, assoziierte er den schrecklichen Anschlag von 2016, bei dem sechsundachtzig Menschen getötet wurden.

Doch heute wollte er auch daran nicht denken. Er hatte eine Verabredung. Um vier Uhr bei den *chaises bleues,* den blauen Stühlen vor dem Negresco. Mit einem Mann, den er an einer roten Baseballkappe erkennen sollte.

Bis vor einer Stunde hatte er noch überlegt, die *freundliche* Gesprächseinladung einfach zu ignorieren. Sollten ihm diese Schutzgelderpresser doch einfach den Buckel herunterrutschen … Doch wäre das keine Problemlösung. Sie würden nicht lockerlassen. Außerdem hatte er selber ein Treffen mit dem Chef vorgeschlagen.

Mit verminderter Fahrt steuerte er auf den kiesigen Strandabschnitt des Negresco zu. Lucien kannte einen Rettungsschwimmer, der an den meisten Tagen Dienst hatte. Raoul war auch heute da und winkte ihm zu. Er nahm die Leine entgegen, die ihm Lucien zuwarf.

»Wo hast du deine Jacht gelassen?«, scherzte er. »Ich weiß schon, hast weit draußen geankert. Hat zu viel Tiefgang.«

Zwei junge Damen, die sich direkt vor ihnen barbusig sonnten, wurden bei dem Stichwort *Jacht* aufmerksam. Sie stützten sich auf und sahen ihn neugierig an. Lucien dachte an den berühmten pawlowschen Reflex. Es gab Frauen, die reagierten unmittelbar auf bestimmte Reizwörter.

»Hast recht«, erwiderte er lachend. »Aber wie du weißt, bin ich nur der Bootsjunge.«

Jetzt konnte Lucien die Umkehrung des Reflexes beobachten. Eine der *Demoiselles* verlor sofort ihr Interesse, sie schloss gelangweilt die Augen und legte sich wieder dekorativ auf den Rücken. Die andere, immerhin, schenkte ihm ein Lächeln. Es fiel ihm schwer, nicht allzu ostentativ auf ihren bemerkenswerten Busen zu starren. Lucien deutete mit der Hand grinsend einen Gruß an.

»Bin bald wieder da«, sagte er zu Raoul. »Passt du solang auf den Tender auf?«

Tender, so wurden die Beiboote von Jachten genannt. Nur dass in seinem Fall der Tender selbst die »Jacht« war.

»Na klar. Ich mach ihn an einer der Bojen fest. *À bientôt.*«

Natürlich machte er das gerne. Er wusste, dass ihn ein großzügiges Trinkgeld erwartete.

Lucien setzte den weißen Panamahut seines Vaters auf, den er von zu Hause mitgenommen hatte, ging über den Kiesstrand, dann über eine Treppe hinauf zur breiten Fußgängerpromenade. Dahinter schob sich der Straßenverkehr über mehrere Spuren. Gesäumt von Palmen, die für mediterranes Flair sorgten – und seit Jahren im Kampf mit Schädlingen lagen. Jedes Jahr nahm die Zahl der Palmen ab.

Lucien ließ seinen Blick über die Reihe der blauen Stühle schweifen. Die *chaises bleues* waren fest im Boden verankert. Sonst erging es ihnen wie den Palmen – es würden jedes Jahr weniger, nur noch schneller.

Er fand den Mann mit der Baseballkappe, der mit übereinandergeschlagenen Beinen auf einem Stuhl saß und hinaus aufs Meer blickte. Er ging von hinten auf ihn zu und klopfte ihm auf die Schulter.

»Kann es sein, dass wir verabredet sind?«, fragte er.

Der Mann drehte seinen Kopf und sah ihn an. Wie ein Krimineller wirkte er nicht, dachte Lucien. Vielleicht Anfang fünfzig, mit gepflegtem Oberlippenbart und dem Teint eines Südfranzosen … nicht unsympathisch. Doch wie sehr der äußere Eindruck täuschen konnte, wusste Lucien allzu gut.

»Wenn Sie aus Villefranche-sur-Mer kommen und dort ein entzückendes Lokal namens *P'tit Bouchon* betreiben, ja, dann sind Sie bei mir richtig.«

Er sprach mit angenehmer, sanfter Stimme.

»Kommen Sie rum und setzen sich zu mir«, forderte er ihn auf.

Lucien stellte fest, dass die Stühle neben seinem Gesprächspartner unbesetzt waren. Zufall? Oder wie hatte er das geschafft?

Lucien sprang mit einer Flanke über die Stühle und setzte sich.

»Sportlich, sportlich …«

Der Mann reichte ihm die Hand.

»*Je m'appelle* Xavier, ist eine Freude, Sie kennenzulernen.«

Lucien dachte, dass nichts dagegensprach, den Gruß zu erwidern. Sofort auf Konfrontation zu gehen, war wenig zielführend.

Er nahm den Panamahut ab.

»*Bonjour*, Xavier … Ob es eine Freude ist, dass wir uns kennenlernen, wage ich aber zu bezweifeln.«

Was hatte er sich gerade vorgenommen? Nun ja, eine direkte Konfrontation war seine Erwiderung noch nicht. Nur eine Klarstellung.

»Warum sollte es keine Freude sein? Hängt ganz von Ihnen ab.«

Xavier nahm seine Sonnenbrille ab und musterte ihn.

Lucien stellte fest, dass man sich erst dann ein Bild von einem Menschen machen konnte, wenn man auch seine Augen sah. Xaviers freundliches Äußeres nämlich war auf einen Schlag verflogen. Er hatte eisige Augen. Weiß-blau, fast wie bei einem Husky. Da half auch sein Lächeln nichts.

»Sie wollen was von *mir*«, sagte Lucien, »also ist es wohl am besten, Sie fangen an.«

Xavier setzte die dunkle Brille wieder auf und verschränkte die Arme über der Brust.

»Sehr gerne. Ich fürchte nämlich, dass allem ein Missverständnis zugrunde liegt. Verursacht durch meine beiden Mitarbeiter, für deren Betragen ich mich hiermit entschuldigen möchte.«

Falsche Schlange, dachte Lucien.

»Sie sollten Ihre Leute besser schulen. Auf diese Weise bekommen Sie keine …« Lucien räusperte sich. »Nun ja, keine neuen Kunden.«

»Haben Sie eine Ahnung! Trotz deren Ungeschicklichkeit schreiben wir fast täglich neue Verträge. Das liegt an unseren Konditionen.«

»Mir wurde von Ihren Hohlköpfen ein umfassender Schutz angeboten, der mich vor unliebsamen, existenzgefährdenden Zwischenfällen schützen soll. Für schlappe fünftausend Euro …«

»Ich sagte ja, wir haben unschlagbar gute Konditionen.«

»Wir würden uns leichter tun, wenn wir das Kind beim Namen nennen«, stellte Lucien fest. »Ihr Geschäftsmodell ist es, Schutzgelder zu erpressen. Wer nicht zahlt, bekommt Schwierigkeiten.«

Xavier schüttelte empört den Kopf.

»Ich sagte ja, ein Missverständnis. Wir kämen nie auf die Idee, jemandem Schwierigkeiten zu bereiten. Damit verstießen wir ja gegen das Gesetz. So was machen wir nicht. Aber Sie haben insoweit recht, als es unangenehme Menschen gibt, die zu so etwas in der Lage sind. Unser Job ist es, bei denen ein gutes Wort für unsere Kunden einzulegen.«

Lucien fiel auf, dass Xavier seine Worte mit Bedacht wählte. Nichts von dem, was er sagte, könnte ihm vor Gericht zur Last gelegt werden. Er könnte mit Unschuldsmiene darauf beharren, nur ein harmloser Versicherungsvertreter zu sein. Bei allem anderen sei er falsch verstanden worden.

Lucien sah aus dem Augenwinkel, dass in einigem Abstand hinter ihnen zwei Männer Position bezogen hatten. Sie machten einen gelangweilten Eindruck. Wie es schien, hatte Xavier zwei Leibwächter mitgebracht.

»Ihre Arbeitsteilung interessiert mich nicht«, sagte Lucien. »Nennen Sie es, wie Sie wollen.«

Xavier rückte seine Kappe zurecht.

»Normalerweise unterhalte ich mich nicht persönlich mit unseren Kunden. Aber meine Leute haben mich neugierig gemacht. Sie haben mir berichtet, dass Sie bereits einen ähnlichen Vertrag abgeschlossen hätten. Mir sind in unserer Branche keine ernst zu nehmenden Wettbewerber bekannt. Also sehe ich nur zwei Möglichkeiten: Entweder haben Sie geblufft. Damit wären Sie bei mir aber an den Falschen geraten. Oder Sie verraten mir, wer uns Konkurrenz macht. Dann werden wir dafür sorgen, dass er sich umgehend aus dem Geschäft zurückzieht.«

»Glaube ich kaum«, sagte Lucien mit einem Lächeln.

»Was glauben Sie nicht?«

»Dass sich Ihr Wettbewerber freiwillig aus dem Geschäft zurückzieht.«

»Von freiwillig war nicht die Rede.«

Auf der Fahrt mit dem Boot hatte sich Lucien überlegt, ihm mit der italienischen Mafia zu drohen. Die Nummer hatte er schon mal mit Erfolg durchgezogen. Er hatte eine italienische Mutter, sprach selber perfekt Italienisch, wenn es sein musste, auch mit katalanischem Akzent. Er stehe unter dem Schutz seiner Verwandtschaft, könnte er behaupten. Wer ihm ein Leid zufüge, dem würden die Eier abgeschnitten und anschließend an die Wildschweine verfüttert. So sei nun mal die Tradition in seiner Familie.

Allerdings, überlegte Lucien, hätte er ein Problem, wenn sich sein Widerpart nicht einschüchtern und es auf eine Auseinandersetzung ankommen ließ. Die Familie seiner verstorbenen Mutter war von altem Adel und definitiv nicht aus Kalabrien. Zur italienischen Mafia bestanden keinerlei Verbindungen. Natürlich nicht.

Bei jedem Bluff, das hatte ihm sein Vater eingebläut, sollte man zuvor die Konsequenzen überlegen, falls man damit nicht durchkam. Sonst stünde man plötzlich mit heruntergelassenen Hosen da … Das waren seine Worte gewesen. Lucien erinnerte sich noch genau.

»Ihre Leute haben behauptet, hinter Ihnen stünde eine mächtige Organisation«, sagte Lucien. »Wer soll das sein?«

»Das werden Sie noch früh genug erfahren. Erst sind Sie dran, die Karten auf den Tisch zu legen!«

So konnte man das sehen, dachte Lucien. Das war wie beim Poker.

»Ich zahle tatsächlich eine monatliche Gebühr. Der Tarif ist sogar etwas höher als bei Ihnen. Bisher bin ich aber gut damit gefahren.«

»Nun sagen Sie schon!«, zischte Xavier. »Ich bin nicht so geduldig, wie ich aussehe.«

»Wie soll ich es Ihnen erklären?« Lucien rieb sich am Kinn. »Um es kurz zu machen, Sie müssten sich mit der *Gendarmerie nationale* anlegen …«

Xavier schaute ihn ungläubig an.

»Wie bitte?«

»Nun, wahrscheinlich nicht mit der gesamten Gendarmerie, aber mit einer Spezialeinheit, die es mit den Korruptionsbestimmungen nicht so ernst nimmt und sich zusätzliche Einnahmequellen erschlossen hat. So, jetzt wissen Sie es.« Lucien machte eine Pause. »Es ist Ihre Entscheidung, ob Sie sich mit der Truppe anlegen wollen. Der Letzte, der es versucht hat, wurde vor einem halben Jahr aus dem Hafen gefischt. Durchlöchert wie ein Gruyère-Käse.«

Xavier nahm die dunkle Brille ab und fixierte ihn.

»Der Gruyère-Käse hat keine Löcher«, murmelte er.

Die Behauptung, dass er im Wettstreit mit einer korrupten Einheit der Gendarmerie stand, hatte ihn anscheinend wirklich aus der Bahn geworfen, nur so war die blödsinnige Bemerkung zu erklären.

»Doch, der französische schon, im Unterschied zum Schweizer.«

Xavier runzelte die Stirn.

»Warum soll ich Ihnen glauben?«

»Ich hab ein Lokal, mit Käse kenne ich mich aus …«

»Unsinn«, fiel ihm Xavier harsch ins Wort, »ich diskutiere mit Ihnen doch nicht ernsthaft über Käse. Warum sollte ich Ihnen die Geschichte mit der Gendarmerie glauben?«

Lucien zuckte mit den Schultern. Er nahm den Panamahut von seinem Knie und setzte ihn sich wieder auf.

»Ist mir fast egal, ob Sie mir glauben. Aber ich bin ein friedliebender Mensch, deshalb rede ich mit Ihnen. Ich hätte ja auch der Gendarmerie von unserem Treffen erzählen können, dann hätten Sie jetzt ein massives Problem.«

»Hätte ich nicht, wir haben über den Abschluss einer Versicherung gesprochen, das ist nicht verboten.«

»Ich meinte auch nicht die Gendarmerie im Allgemeinen, zu der ich übrigens auch gute Kontakte habe, sondern ich sprach von der Spezialeinheit, der ich meinen monatlichen Beitrag entrichte. Der ist es egal, wie Sie unser Gespräch bezeichnen. Wie gesagt, die Jungs sind ziemlich brutal … Ich möchte aber nicht, dass es zu einem Blutvergießen kommt. Die Lösung ist ganz einfach: Sie lassen mich in Ruhe, und im Gegenzug halte ich gegenüber der Gendarmerie Stillschweigen. Sie können ungestört weiter Ihren Geschäften nachgehen, und ich kümmere mich um die Qualität meiner Küche und das Wohlbefinden der Gäste. Wie heißt es doch so schön: Das wäre eine Win-win-Situation!«

Lucien glaubte Xavier anzusehen, wie schwer es ihm fiel, sich auf die neue Situation einzustellen und die Folgen zu bedenken. Mit dieser Wendung hatte er nicht gerechnet. Darauf war er nicht vorbereitet gewesen.

»Darf ich ein kurzes Telefonat führen?«, fragte Lucien. »Gewissermaßen als Entscheidungshilfe.«

Ohne eine Antwort abzuwarten, wählte er die abgespeicherte Nummer von Achille Giraud.

Xavier wollte das Gespräch mit einer Handbewegung unterbinden, aber zu spät.

Der Capitaine der *Gendarmerie nationale* ging sofort ran.

»Hallo, Lucien, was gibt's?«

»Grüß dich, mein Lieber, ich sitze gerade an der Promenade des Anglais auf einem *chaise bleue* gegenüber vom Negresco. Kannst du mal auf einen Sprung vorbeikommen?«

»Schade, gerade geht's nicht, wir stehen unmittelbar vor einer Razzia.«

»Eine Razzia geht natürlich vor. Dann schick doch bitte mal zwei deiner Jungs vorbei. Ich hab den weißen Panamahut meines Vaters auf, bin also leicht zu erkennen.«

»Bist du in Schwierigkeiten?«

»Nein, überhaupt nicht. Ich möchte nur, dass mich deine Jungs kurz begrüßen, dann können sie wieder Leine ziehen.«

»Ist zwar ein seltsames Anliegen, aber mache ich gerne. Musst mir bei Gelegenheit erzählen, worum es ging.«

»*Merci.* Und viel Erfolg bei der Razzia.«

Lucien steckte das Handy wieder ein.

»Das war gewissermaßen eine meiner Notrufnummern bei der Gendarmerie«, erklärte er. »Gleich wird es Ihnen hoffentlich leichter fallen, mir zu glauben.« Lucien stand auf. »Ich vermute, Sie legen keinen Wert darauf, persönlich vorgestellt zu werden?«

»Spielen Sie kein Spiel mit mir!«, drohte Xavier.

Das war lustig, dachte Lucien, denn genau das tat er gerade.

Xavier drehte sich um und bedeutete seinen beiden Leibwächtern, sich etwas zu entfernen.

Keine zwei Minuten später näherten sich auf der Promenade zwei schwere Polizeimotorräder. Lucien winkte ihnen zu. Die Männer hielten bei ihm und stellten die Maschinen ab. Zufälligerweise kannte einer von ihnen Lucien.

»*Bonjour, Monsieur le Comte.* Der Capitaine hat uns herbestellt. Gibt es ein Problem? Was können wir für Sie tun?«

Sie waren nah genug und sprachen ausreichend laut, dass Xavier jedes Wort verstehen sollte.

»Vielen Dank fürs schnelle Kommen. Ich hatte tatsächlich ein kleines Problem, aber das hat sich erfreulicherweise von selbst erledigt. Tut mir leid, dass ich eure Zeit gestohlen habe.«

»Macht nichts, wir hatten eh nichts Besseres vor. Was sollen wir dem Capitaine berichten?«

»Dass es mir gut geht und ich ihm einen schönen Tag wünsche.«

»Den wird er haben. Er führt gerade eine Razzia durch. Er liebt solche Einsätze.«

Die uniformierten Polizisten starteten ihre Motorräder und entrichteten Lucien mit zwei Fingern am Helm einen Gruß – dann fuhren sie langsam davon.

Lucien dachte, dass sie einen perfekten Auftritt hingelegt hatten. Achille hätte auch Kollegen auf Fahrrädern schicken können. Das wäre zwar auch in Ordnung gewesen, aber schwere Polizeimotorräder waren ungleich eindrucksvoller.

»Alles mitbekommen?«, fragte Lucien, als er wieder neben dem Mann mit der roten Baseballkappe Platz genommen hatte. »Ich hoffe, ich habe Ihre Zweifel zerstreut …«

»Das haben Sie«, gab er zähneknirschend zu. »Sieht wirklich so aus, als ob Sie unter dem besonderen Schutz der Gendarmerie stünden. Ähm, warum wurden Sie gerade als *Monsieur le Comte* begrüßt? In meinen Unterlagen sind Sie als Besitzer des *P'tit Bouchon* mit Lucien Chacarasse eingetragen.«

»Stimmt ja auch. Den Adelstitel lasse ich meistens weg. Außerdem hört sich für einen Restaurantbetreiber Lucien Comte de Chacarasse doch irgendwie albern an.«

»Irgendwie albern, ich verstehe«, wiederholte Xavier stumpfsinnig.

Lucien stand auf.

»Kann ich also davon ausgehen, dass wir unser *Missverständnis,* so haben Sie es ja genannt, dass wir unser Missverständnis ausgeräumt haben? Dann würde ich mich nämlich gerne verabschieden.«

Xavier rang sich ein Nicken ab.

»Doch, ja, ich denke, Sie werden von uns nichts mehr hören.«

Auf einen versöhnlichen Handschlag verzichtete Lucien.

»Bitte sagen Sie das auch Ihren geistig minderbemittelten Vertriebsleuten. Sie sollen sich im *P'tit Bouchon* nicht mehr blicken lassen. *Au revoir et bonne après-midi!*«

35

Das Treffen mit diesem Xavier hätte nicht besser laufen können, dachte Lucien. Natürlich hätte er ihn auch einfach bei der Polizei wegen versuchter Schutzgelderpressung anzeigen können. Aber damit hätte er nichts erreicht. Denn erstens könnte sich Xavier mit einem guten Anwalt leicht herausreden. Lucien habe alles falsch verstanden, würde er behaupten. Es sei nur um den Abschluss einer branchenüblichen Versicherung gegen Einbruch, Feuer und Naturkatastrophen gegangen. Und zweitens wäre das *P'tit Bouchon* damit erst recht in den Fokus von Xaviers Leuten geraten – mit ungewissem Ausgang. So aber hatte er sich elegant aus der Affäre gezogen. Er durfte hoffen, nicht weiter behelligt zu werden.

Weil Lucien die Auffassung vertrat, dass man sich so oft wie möglich selbst belohnen sollte, vor allem dann, wenn es kein anderer tat, lief er hinüber zum Hotel Negresco. Dort gab es gleich links eine legendäre Bar, die im Stil von Louis XIV eingerichtet war.

Ihm fiel ein, dass Francine den Lieblingsdrink von Edmond erwähnt hatte: einen Negroni. Nun wäre diese Vorliebe seines Onkels ein Grund, alles andere zu bestellen, nur keinen Negroni. Dummerweise teilte er die Vorliebe für diesen Cocktail. Zu gleichen Teilen Campari, Wermut und Gin. Mit Eiswürfeln und einer Orangenscheibe. Er mochte den bitteren und gleichzeitig doch süßen Geschmack. Schnell ins Blut ging er auch. Lucien dachte, dass es kindisch wäre, wegen Edmond auf diesen Cocktail zu verzichten. Den Gefallen tat er ihm nicht – und bestellte einen.

Von seiner italienischen Mutter kannte er die Entstehungsgeschichte des Negroni. Er wurde erstmals vor gut hundert Jahren in einem Caffè in Florenz gemixt. Und zwar auf Wunsch des Conte Camillo Negroni. So gesehen handelte es sich um eine gräfliche Kreation und war gewissermaßen standesgemäß.

Lucien nahm sein Handy und versuchte, Anne zu erreichen. Es meldete sich ihre Mailbox. Er bat um Rückruf. Ob sie seine Nachricht mit der eingeworfenen Fensterscheibe gelesen habe?, fragte er. Er sei gerade in Nizza und könne sich vorstellen, sich mit ihr zu treffen.

Gerade wollte er aufstehen, um sich vom Nebentisch ein Magazin mit historischen Segeljachten zu nehmen, da bekam er Besuch: von einer gut gebräunten Blondine mit einem knappen Kleid, das ihre aufregende Figur maximal zur Geltung brachte.

»Wir kennen uns«, sagte sie mit einem charmanten Lächeln. »Darf ich mich zu dir setzen?«

Er sah sie verdutzt an. Er konnte sich beim besten Willen nicht erinnern, woher er sie kennen sollte. Aber es konnte einem Schlimmeres passieren.

Er stand auf und schob ihr einen Sessel zurecht.

»Vom Strand«, half sie ihm auf die Sprünge.

Ach ja, jetzt erinnerte er sich.

»Was darf ich dir bestellen?«, fragte er. »Champagner?«

»Sehr gerne. Du bist erstaunlich welterfahren … ich meine, für einen Bootsjungen.«

»Man bekommt so einiges mit«, sagte er grinsend.

»Ich habe noch nie gesehen, dass sich Bootsjungen ins Negresco verirren …«

»Ist nicht schwer zu finden.«

Sie reichte ihm die Hand.

»Ich darf mich vorstellen, ich bin Colette.«

»Colette, wie schön. Ich bin Lucien.«

»*Enchanté* … Lucien, wo wir uns jetzt also schon ziemlich gut kennen, kannst du mir auch verraten, wer du in Wirklichkeit bist, ganz sicher kein Bootsjunge. So viel hat mir schon Raoul verraten. Er hat angedeutet, du wärst reich.«

Lucien lachte.

»Wie kommt er zu dieser blödsinnigen Annahme? Ich bin weder reich, noch habe ich eine Jacht. Ich hoffe, du bist nicht allzu sehr enttäuscht.«

Sie klimperte mit den Augen.

»Schade, ich hatte mir das so schön ausgemalt, wir beide auf einer Jacht, nackt auf dem Sonnendeck …«

In der Tat keine schlechte Vorstellung, dachte Lucien.

»Colette, gehen die Geschäfte so schlecht, oder warum versuchst du es ausgerechnet bei mir?«

Sie langte sich an ihren fantastischen Busen.

»Sehe ich so aus, als ob die Geschäfte bei mir schlecht gingen?«

Lucien grinste. Die Frage war rhetorisch gemeint, also sparte er sich eine Antwort.

»Außerdem täuschst du dich, ich bin keine Prostituierte, sonst hätte man mich hier gar nicht reingelassen.«

Stimmt, das Negresco war bekannt für seine Türsteher.

»Umsonst bist du aber auch nicht zu haben«, stellte Lucien fest.

Colette hauchte ihm einen Kuss zu.

»Was ist im Leben schon umsonst? Bei mir bekommst du den besten Sex in deinem Leben. Du kannst hinterher entscheiden, was er dir wert war.«

Das hörte sich nach einem fairen Angebot an. Normalerweise gab es in ihrer Branche feste Stundensätze.

Lucien hob sein Cocktailglas und stieß mit Colettes Champagner an.

»Sind wir uns also einig?«, fragte sie. »Ich hoffe nur, du bist zahlungskräftig.«

Er grinste.

»Für dich ginge ich an mein Erspartes. Aber im Ernst, ich habe kein Interesse, tut mir leid. Ist trotzdem nett, mit dir zu plaudern.«

Die Enttäuschung war ihr anzusehen.

»Du weißt nicht, was dir entgeht.«

»Ich kann's mir vorstellen …«

»Nein, kannst du nicht.«

Diese Colette war wirklich von sich überzeugt, das musste ihr der Neid lassen. Es bedurfte eines gefestigten Charakters, ihren Verheißungen zu widerstehen.

»Vielleicht habe ich trotzdem einen Vorschlag. Wie würdest du deinen Beruf bezeichnen? Eine Prostituierte bist du nicht, das haben wir bereits geklärt.«

»Auf meiner Visitenkarte steht *Escortlady*. Das trifft es ziemlich gut. Mit mir kann man sich überall sehen lassen. Ich mache immer eine gute Figur.«

Lucien glaubte ihr aufs Wort. Mit Colette könnte man sogar ins Spielcasino gehen, überlegte er. Zum Beispiel in Monte Carlo.

»Hast du Kontakte zu anderen Escortdamen«, fragte er, »etwa in Beaulieu-sur-Mer oder in Monaco?«

»Warum fragst du?«

»Ich habe eine Idee, wie du dir ohne Arbeit etwas dazuverdienen könntest.«

»Ohne Arbeit? Klingt vielversprechend. Natürlich habe ich Kontakte. Wir laufen uns ja immer wieder über den Weg.«

»Du könntest dich mal umhören, ob eine deiner Kolleginnen einen älteren Herrn im Rollstuhl zu ihren Kunden zählt.«

»Im Rollstuhl? Das wäre mal was Neues.«

»Ist ein Graf und lässt sich häufig im Spielcasino in Monte Carlo sehen. Mehr weiß ich nicht.«

»Er hat also Geld?«

»Ich denke schon.«

Colette schnalzte leise mit der Zunge.

»Hört sich spannend an.«

»Mein Angebot?«

»Ja, auch das, vorausgesetzt, du lässt dich meine Recherche was kosten. Spannend finde ich aber auch den älteren Herrn selbst. Graf und reich … der Typ wäre was für mich, der Rollstuhl sollte kein Hinderungsgrund sein. Was dagegen, wenn ich ihn an Land ziehe?«

Dass sie auf diese Idee kommen könnte, hatte er nicht bedacht.

»Kann sein, dass ich was dagegen habe«, antwortete er zögernd.

Dabei kam ihm der Gedanke, dass es im Gegenteil sogar ein genialer Schachzug sein könnte, Onkel Edmond eine Spionin unterzujubeln. Genial – oder gefährlich?

»Wahrscheinlich aber ist es mir egal«, fuhr er scheinbar gleichmütig fort. »Können wir darüber reden, wenn du was herausbekommen hast?«

»*D'accord*, ich werde mich umhören. Wie kann ich dich erreichen?«

»Ich geb dir meine Handynummer.«

»Wie schön, dann bleiben wir also in Kontakt. Hier ist meine Visitenkarte. Kannst mich Tag und Nacht erreichen. Du weißt schon, falls du es dir anders überlegst.«

»Was soll ich mir anders überlegen?«

»Spiel nicht den Ahnungslosen, du hast mich schon verstanden.«

36

Auf der Rückfahrt mit dem Boot nach Villefranche-sur-Mer gab er zwischendurch Vollgas. Aus purer Lust an der Freude. Das Zodiac schoss über die Wellen, schlug hart auf, Gischt peitschte nach allen Seiten, am Heck zwei eindrucksvolle Wasserfontänen … Schon umrundete er das südliche Kap mit der Pointe du Gaton.

Er nahm die Gashebel zurück und fuhr die restliche Strecke in gemächlichem Tempo. Jetzt konnte er wieder das Hirn einschalten und die letzten Stunden Revue passieren lassen. Das Treffen mit dem Mann, der sich Xavier nannte, Achille und seine Razzia, die beiden Polizisten auf ihren Motorrädern, der Negroni an der Hotelbar, die Edelprostituierte Colette, die sich auf der Visitenkarte als Escortlady bezeichnete, *discret et élégant*, der Auftrag, den er ihr gegeben hatte, spontan und ohne nachzudenken, schließlich auch Anne, die er vergeblich versucht hatte zu erreichen …

Lucien steuerte das Boot an seinen Liegeplatz, machte es fest und sprang an Land. Nicht ohne zuvor den weißen Panamahut seines Vaters aus dem Staukasten zu nehmen und aufzusetzen. In Nizza hatte er als Erkennungszeichen für die Polizisten seinen Zweck erfüllt. Eigentlich mochte Lucien keine Kopfbedeckungen. Er war unter südfranzösischer Sonne aufgewachsen und an sie gewöhnt. Zudem entsprach ein spießiger Hut weder seinem Alter, noch passte er zu seinem sonstigen Outfit – aber er erinnerte ihn an seinen Vater. Und ganz so spießig war er vielleicht doch nicht …

Im *P'tit Bouchon* liefen die Vorbereitungen für das Abendgeschäft bereits auf Hochtouren. Inès deckte die letzten Tische ein. Alain aktualisierte auf einer Schiefertafel die Tagesgerichte. Neu hinzugekommen war bei den *plats du jour* eine *pissaladière*. Touristen musste häufig erklärt werden, was das war: eine Art Zwiebelkuchen mit Anchovis und Oliven. Eine für Nizza typische Spezialität. Roland weigerte sich standhaft, dem Wunsch mancher Gäste zu entsprechen und die Sardellen wegzulassen. Manchmal, dachte Lucien, war der Starrsinn seines Küchenchefs fast schon geschäftsschädigend.

Alain unterbrach seine Arbeit und begrüßte Lucien.

»Na, wie ist es gelaufen?«, fragte er.

»Wir hatten ein angenehmes Gespräch.«

»Wirklich? Hätte ich nicht gedacht.«

»Doch, durchaus. Der Mann mit der roten Kappe nennt sich Xavier. Keine Ahnung, ob er wirklich so heißt. Zunächst hat er seiner Forderung Nachdruck verliehen. Anschließend habe ich ihm dargelegt, dass ich seinem Wunsch leider nicht nachkommen kann, weil wir bereits Schutzgeld an einen anderen Verein zahlen.«

»Das hat er geglaubt?«

Lucien lachte.

»Erst nicht, aber wie es der Zufall wollte, kamen just zu diesem Zeitpunkt zwei Vertreter dieses … dieses anderen Vereins vorbei.«

»Den Verein gibt es wirklich?«

»Nein, natürlich nicht. Aber er hat es geglaubt. Nur das zählt.«

Alain schüttelte verständnislos den Kopf.

»Kapier ich nicht. Wenn wir niemandem etwas zahlen, wie kann dieser Niemand dann mit zwei Leuten zufällig vorbeikommen?«

Paul, der hinzugetreten war und die letzten Worte mitgehört hatte, nahm Lucien die Antwort ab.

»Alain, du musst wissen, dass unser Patron viele Fähigkeiten hat. Unter anderem beherrscht er die Kunst der Täuschung. Das ist wie bei einem Zaubertrick: Zur Täuschung gehört, den Trick nicht zu verraten.«

Lucien war klar, wann und wo Paul diese Erkenntnis gewonnen hatte: erst vor Kurzem in Marseille. Seitdem sah er ihn mit anderen Augen.

»Ist keine große Kunst«, sagte Lucien. »Im Falle von Xavier genügte es völlig, seine Schwachstelle zu erkennen. Jetzt hoffe ich, dass ich recht behalte und uns seine Kumpane in Ruhe lassen.«

»Fast schade«, grummelte Paul. »Hätte gerne den einen oder anderen vermöbelt.«

Wenig später bekam Lucien kurz nacheinander zwei Anrufe. Der erste kam von Anne.

»*Sorry,* Lucien«, begrüßte sie ihn, »dass ich vorhin nicht rangegangen bin. Bei mir geht gerade einiges durcheinander. Erst dieser Schwachkopf Kylian, der mir einen Pflasterstein durchs Wohnzimmerfenster geworfen hat. Danke übrigens für die Vorwarnung, so wusste ich wenigstens, was mich in meiner Wohnung erwartet. Warum verschwindet dieser Geistesgestörte nicht einfach aus meinem Leben?«

»Vielleicht genau deshalb«, vermutete Lucien. »Weil er nicht ganz richtig im Kopf ist. Wir können ja später darüber reden. Wo wollen wir uns treffen?«

»Leider gar nicht, tut mir wirklich supersuperleid. Wie gesagt, ist gerade alles etwas viel auf einmal. Ich muss noch einen aktuellen Artikel schreiben und einen Podcast aufnehmen. In Nizza hat es heute Nachmittag eine Razzia gegeben, mit dem Ziel, einen Drogenring auszuheben. Dabei hat sich die Gendarmerie bis auf die Knochen blamiert. Offenbar wurden die Drogenhändler vorher gewarnt, jedenfalls waren sie alle auf und davon, als die Spezialeinheit der Gendarmerie die alte Fabrikhalle stürmte. Außer etwas Rauschgift und zwei zugekiffte Handlanger haben sie nichts vorgefunden.«

Lucien schmunzelte. Jetzt wusste er, welche Razzia Achille am Nachmittag gemeint hatte. Es war ihm hoch anzurechnen, dass er trotzdem die Zeit gefunden hatte, ihm die Motorradstreife vorbeizuschicken.

»Mein Bericht muss noch vor Mitternacht online gehen. Aber wie wäre es mit einem Brunch morgen Vormittag?«, fuhr sie fort. »Da habe ich hundertprozentig Zeit. Ich weiß eine coole Adresse, wird dir gefallen.«

»Sehr gerne. Um wie viel Uhr?«

»Um elf. Ich schick dir vorher die Adresse. Bist mir also nicht böse?«

Warum sollte er böse sein?, dachte Lucien. Sie waren weder verlobt noch verheiratet, nicht einmal ein festes Paar. Jeder konnte tun und lassen, was er oder sie wollte. Das sah er ganz locker.

»Alles gut«, antwortete er. »Ich freu mich auf morgen … und pass auf dich auf!«

»Wegen Kylian? Ich verbarrikadiere mich in meiner Wohnung«, sagte Anne lachend. »Da bin ich sicher. Mehr als mein Fenster einwerfen kann er nicht. Und selbst das geht nicht mehr. Ich mach die Fensterläden zu.«

Kaum hatte er aufgelegt, erreichte ihn der zweite Anruf. Diesmal von Achille. Dass er nach dem Misserfolg der Razzia eine schlechte Laune haben würde, war nicht schwer zu erraten.

»Lucien, ich muss dich warnen. Ich bin stinkesauer«, polterte er los.

»Wegen mir?«

»Quatsch, du kannst nichts dafür, aber bei irgendjemandem muss ich meinen Frust rauslassen, sonst bekomme ich ein Magengeschwür.«

»Kannst du dir dafür nicht einen anderen suchen?«

»Könnte ich, vielleicht, aber mit dir wollte ich sowieso reden. Was sollte die Nummer mit der Polizeistreife auf der Promenade des Anglais?«

»Erst mal danke, dass du die Jungs vorbeigeschickt hast.«

»Gern geschehen. Ich hatte ja gerade nichts Besseres zu tun. Steckst du in Problemen, oder was sollte der Scheiß?«

»Keine Probleme, nein. Wo sollen die in meinem kleinen Leben als Kneipenwirt auch herkommen?«

»Dein kleines Leben? Mir kommen die Tränen.«

»Ich lad dich zum Abendessen ins *P'tit Bouchon* ein. Hast du Zeit? Dann erkläre ich dir alles.«

»Zeit habe ich. Hunger auch ... Aber ich habe eine bessere Idee: Kann ich bei dir zu Hause vorbeikommen? Du wolltest mir noch was geben ...« Achille räusperte sich verlegen. »*Alors,* du weißt schon.«

Natürlich wusste er, worauf der Capitaine anspielte. Auch war ihm klar, warum er am Telefon nur eine Andeutung machte. Wäre nicht gut, wenn herauskam, dass er von einem unbescholtenen Bürger regelmäßig einen Umschlag zugesteckt bekam. Lucien lächelte. Erst jetzt fiel ihm auf, dass er die Gendarmerie ja tatsächlich schmierte. Bisher hatte er nicht gewusst, wofür, nur dass er damit eine Gepflogenheit seines Vaters fortsetzte. So gesehen hatte er diesen Xavier gar nicht mal wirklich angelogen.

»Ach ja, ich erinnere mich«, erwiderte Lucien. »In einer Stunde? Wäre das okay für dich?«

»Das passt gut. Ich brauche dringend einen Stimmungsaufheller.«

»Wenn das so einfach ist. Wir sehen uns. *À tout à l'heure!*«

Sie hatten in ihrem Gespräch die *Villa Béatitude* nicht explizit erwähnt. Achille Giraud war klar, dass solche diskreten Geschäfte nur dort abgewickelt wurden. Als Achille bei seinem Eintreffen von Coco angebellt wurde, erschrak er. Im Kampf gegen Verbrecher mimte der Capitaine den starken Mann, freute sich Lucien, aber vor einer kleinen Malteserhündin hatte er genauso Schiss wie der Postbote.

»Seit wann habt ihr einen Hund?«, fragte Achille.

»Ist unser vollautomatisches Einbrecherwarnsystem. Braucht keinen Strom, nur Futter. Im Ernst: Ich habe Coco für Rosalie angeschafft. Sie fühlt sich in dem großen Haus oft alleine.«

»Du bist ja ein richtig netter Mensch. Jetzt musst du nur noch diesen aufgescheuchten Staubwedel davon abhalten, mich weiter anzuspringen.«

Rosalie tauchte auf, mit einem Geschirrhandtuch und einem finsteren Gesichtsausdruck.

»Wie haben Sie gerade meine Coco bezeichnet? Aufgescheuchter Staubwedel?«, empörte sie sich.

Einmal mehr erstaunte Lucien, dass Rosalie bei aller Schwerhörigkeit immer das genau verstand, was ihr besser nicht zu Ohren kommen sollte.

»So habe ich das nicht gemeint«, entschuldigte sich der Capitaine. »Aber wenn der Hund meine Uniformhose zerreißt, muss ich ihn leider erschießen.«

Das war nicht gerade die denkbar beste Entschuldigung, dachte Lucien.

Rosalie schlug sich mit dem Geschirrtuch auf den Oberschenkel.

»Coco, komm, wir gehen! Dieser Onkel ist ja nicht ganz richtig im Kopf.«

Tatsächlich gehorchte der Hund. Wie hatte Rosalie das geschafft?

»Am besten ziehen wir uns in den Salon zurück«, schlug Lucien vor. »Da sind wir ungestört.«

Den Umschlag mit dem vereinbarten Beitrag zu Achilles »Lebenshaltungskosten« hatte Lucien bereits vorbereitet. Der Capitaine ließ ihn blitzschnell in seiner Uniformjacke verschwinden.

»So, jetzt geht's mir besser«, stöhnte er.

Lucien goss in vorbereitete Gläser einen exquisiten Cognac, *vieille réserve*.

Achille sah die Flasche und nickte zufrieden.

»Du kennst die passende Medizin, das muss ich dir lassen. So, und jetzt erzähl, wofür du heute Nachmittag polizeiliche Unterstützung gebraucht hast. Meine Kollegen haben berichtet, dass sich dein Problem von selbst erledigt hat und sie unverrichteter Dinge wieder fahren konnten.«

»Stimmt. Trotzdem war ihr Auftauchen hilfreich. Besten Dank für die Unterstützung.«

Achille hob die Augenbrauen.

»Das beantwortet nicht meine Frage.«

Lucien hatte sich schon gedacht, dass er so einfach nicht davonkommen würde.

»Der Hintergrund ist ganz harmlos. Ich hatte auf der Promenade einen Termin mit einem Typen, der sich in den Kopf gesetzt hat, mein Restaurant zu kaufen.«

»Der spinnt wohl? Kommt gar nicht infrage. Was wird dann aus unserem Stammtisch?«

Von einem »Stammtisch« wusste Lucien nichts. Nur, dass Achille das Privileg verlieren würde, sich wie selbstverständlich zu ihm zu setzen und anschließend nicht zu bezahlen.

»Ich hab ja auch abgelehnt. Als das Gespräch danach einen etwas unglücklichen Verlauf genommen hat, wollte ich ihm einen kleinen Schrecken einjagen. Deshalb die Polizei. Hat gut funktioniert.«

»Was verstehst du unter einem *unglücklichen Verlauf*? Hat er dir vielleicht gedroht?«

»Es kam mir so vor, kann aber auch sein, dass ich mich getäuscht habe.«

»Wie ist sein Name? Den knöpfe ich mir vor.«

Lucien winkte ab.

»Lass gut sein. Der Käufer will anonym bleiben. Wir sind friedlich auseinandergegangen. Er wird sich ein anderes Lokal suchen.«

»Das will ich ihm auch geraten haben. Sollte er doch wieder auftauchen, gib mir Bescheid!«

»Das mache ich, versprochen.«

Achille fuhr sich nachdenklich über die Stirn.

»Die Promenade des Anglais ist lückenlos videoüberwacht, ich könnte deinen aufmüpfigen Gesprächspartner durch ein Gesichtserkennungsprogramm laufen lassen. Dann wüssten wir schon mal, mit wem du es zu tun hast.«

Lucien schüttelte den Kopf.

»Nett von dir, aber lass es sein. Ich gehe wirklich davon aus, dass ich von ihm nichts mehr hören werde.«

37

Die folgende Nacht verbrachte Lucien in der *Villa Béatitude*. Genauer gesagt, in dem halb fertigen Appartement, das er sich in einem Seitenflügel einbauen ließ. Mangels Einrichtung schlief er auf einer Matratze auf dem Boden. Aber die Dusche funktionierte schon. Auch die Toilette. Was brauchte der Mensch mehr? Eigentlich könnte er alles so belassen und den Bau einstellen. Würde viel Geld sparen – wäre aber auf längere Sicht wohl doch die falsche Entscheidung. Und die Kosten drückten ihn nicht wirklich. Er musste zugeben, dass er sie überhaupt nicht kannte. Francine hatte bei dem Projekt gewissermaßen die Generalaufsicht.

Zum Frühstück überraschte er Rosalie in der Küche. So früh war er sonst nie da.

»Was ist mit dir passiert?«, fragte sie entgeistert. »Hat man dich aus deiner Wohnung in Villefranche rausgeworfen?«

»Ich hab hier übernachtet …«, setzte er zu einer Erklärung an.

Die alte Haushälterin hielt sich eine Hand ans Ohr.

»Was? Du bist übernächtigt? Ja, genau so schaust du aus. Hättest dich wenigstens kämmen können.«

Lucien fuhr sich mit gespreizten Fingern durch die Haare.

»So, erledigt«, sagte er lachend. »Du weißt doch, ich kämme mich nie.«

»Das ist eines deiner vielen Probleme … Ehrlich gesagt, verstehe ich nicht, wie du mit dieser verlotterten Einstellung durchs Leben kommst. Aber schön für dich, dass es irgendwie trotzdem klappt.«

»Ja, das ist erfreulich.«

»Soll ich dir einen Kaffee aufbrühen?«

»Super Idee, bitte extrastark. Verrate mir, wo die Eier sind, dann mache ich mir ein Omelett.«

»In meiner Küche machst du gar nichts! Wer weiß, was für eine Katastrophe dabei herauskommt? Als Kind hast du mal beim Versuch, Crêpes zu flambieren, das Regal mit den Geschirrtüchern in Brand gesetzt.«

Rosalie hatte recht, daran konnte er sich erinnern.

»Mittlerweile bin ich aber erwachsen«, stellte er grinsend fest.

»Das glaubst aber nur du. So, jetzt setz dich hin und gib Ruhe. Um alles andere kümmere ich mich.«

Lucien sah sich um.

»Wo ist eigentlich … Coco?«

Fast wäre ihm Achilles *aufgescheuchter Staubwedel* rausgerutscht.

»Draußen beim Gärtner. Ihr geht's gut.«

Wahrscheinlich ließ sich Coco wieder im Schubkarren herumfahren, dachte er.

Am späteren Vormittag saß Lucien im Büro. Gelangweilt und etwas ratlos.

Mit Anne Dalmasso war er zu einem *coolen Brunch* verabredet. Um elf Uhr. Aber er wusste nicht, wo. Anne hatte versprochen, ihm rechtzeitig die Adresse durchzugeben. Jetzt war es bereits nach elf, und sie hatte sich nicht gemeldet. Ans Telefon ging sie auch nicht. Immerhin hatte er schon ein Omelett im Magen … Nein, darum ging es nicht. Ein Brunch war etwas anderes – und in Annes Gesellschaft in mancherlei Hinsicht appetitanregend.

Im Internet hatte er bereits zweimal ihren ausführlichen Artikel über die gescheiterte Razzia gelesen. Sie war gestern Abend also wirklich noch fleißig gewesen. Auch ihren Podcast hatte sie noch aufgenommen. In dem knapp fünfminütigen Kommentar hielt sie mit Kritik an der Arbeit der Gendarmerie nicht zurück.

Aber sie trug diese im amüsierten Plauderton vor. Es machte Spaß, ihr zuzuhören.

Lucien suchte Annes Visitenkarte raus und rief in ihrer Redaktion an. Er gab vor, mit ihr einen Interviewtermin zu haben, zu dem sie nicht erschienen sei. Ob jemand wisse, wo sie sein könne? Aber in der Redaktion hatte man keine Ahnung. Man habe ebenfalls vergeblich versucht, sie zu erreichen.

Lucien saß auf dem Bürostuhl und drehte sich langsam im Kreis.

Von Francine hatte er eine Nachricht erhalten, dass sie in einer halben Stunde kommen werde. Allerdings gab es nichts Wichtiges zu besprechen. Was machte es also für einen Sinn, hier weiter untätig herumzusitzen? Sich im Kreis zu drehen, brachte einen auch nicht voran. Zudem entsprach diese Passivität nicht seiner Mentalität.

Wenig später war Lucien unterwegs zu Annes Wohnung in Nizza. Er parkte die Vespa auf dem Bürgersteig gegenüber der Boulangerie.

Erneut versuchte er, sie zu erreichen. Keine Antwort. Er blickte sich um. Weit und breit kein brauner Jeep Wrangler. Vor dem Haus stand Annes Motorroller … mit platten Reifen. Lucien bückte sich und stellte fest, dass sie aufgestochen waren. Unwillkürlich dachte er an Kylian. Er richtete seinen Blick nach oben. Die Fensterläden vor der eingeworfenen Scheibe im ersten Stock waren geschlossen. Bis Mitternacht war bei ihr alles in Ordnung gewesen. Bis zum Zeitpunkt, als sie ihre Beiträge online gestellt hatte. Und jetzt?

Lucien läutete. Vergeblich. Er überlegte, wahllos auf einige Klingelknöpfe zu drücken, um ins Haus zu gelangen, da öffnete sich die Tür von selbst. Eine alte Dame mit Lockenwicklern und einer Einkaufstasche trat heraus. Sie lächelte ihn freundlich an.

»*Bonjour*, junger Mann. Wie schön, Sie wiederzusehen.«

Er zog kurz in Erwägung, dass sie dement sein könnte, dann fiel ihm ein, dass sie ihn tatsächlich mit Anne gesehen haben könnte.

»Ist mir auch eine Freude. Ich hoffe, es geht Ihnen gut.«

»Meinem Alter entsprechend. Ich darf nicht klagen. Sie wollen zu Mademoiselle Dalmasso? Grüßen Sie sie von mir. Sie soll mal wieder auf ein Gläschen Wein vorbeikommen.«

Sie hatte ihn wirklich mit ihr gesehen. Dement war sie also nicht. Und zudem ausnehmend freundlich.

»Richte ich ihr gerne aus.«

»Ein Gläschen Wein, *un p'tit vin,* doch, doch, das ist eine gute Idee …«, murmelte sie vor sich hin, während sie davonschlurfte.

Als Lucien vor Annes Wohnungstür stand, durfte er nicht darauf hoffen, dass ihm wie durch ein Wunder geöffnet wurde.

In weiser Voraussicht hatte er sein Einbruchswerkzeug eingesteckt. Annes vorsintflutliches Schloss stellte ihn vor keine große Herausforderung. Sekunden später schlüpfte er in ihre Wohnung.

Schon im Flur wurde klar, dass etwas vorgefallen sein musste. Der Garderobenständer war umgeworfen. Auf dem Boden gab es Schleifspuren. Er eilte ins Wohnzimmer. Das Chaos setzte sich fort. Eine zersplitterte Flasche … ein von der Wand gerissenes Poster … in der Ecke neben dem Sofa ein umgestoßener Kerzenleuchter … die zugehörige Kerze lag Meter entfernt. Schnell inspizierte er die anderen Räume, das Bad, das Schlafzimmer, die Küche … Überall das gleiche Bild. Er hatte Annes Wohnung definitiv in besserer Erinnerung.

Für den zweiten Kontrollgang ließ er sich mehr Zeit. Zweifellos hatte es in Annes Wohnung eine heftige Auseinandersetzung gegeben. Da aber ihr Notebook unversehrt auf ihrem Schreibtisch stand, war es wohl nicht um ihre Arbeit gegangen. Das wäre eine theoretische Möglichkeit gewesen – an sie geglaubt hatte er keine Sekunde.

Unter dem eingeschlagenen Fenster stand ein Putzkübel mit den zusammengekehrten Glassplittern. Den Pflasterstein fand er in der Küchenspüle – darunter Annes zertrümmertes Handy.

Im Bad und in der Küche rausgerissene Schubladen, der Inhalt auf den Boden geleert. Er stieß auf eine Rolle mit Paketband – viel war nicht davon übrig. Ein großes Messer …

Zurück im Flur, kniete er sich hin und begutachtete die Schleifspuren. Dazwischen rote Schlieren. War das Blut? Natürlich, was sollte es sonst sein, bestimmt keine Marmelade.

Lucien lehnte sich gegen eine Kommode und dachte nach. Es gehörte nicht viel Fantasie dazu, sich auszumalen, was vorgefallen war. Vermutlich nach Mitternacht – vorher hatte Anne ja noch ungestört ihren Artikel und den Podcast fertiggestellt – hatte sie überraschenden Besuch bekommen … von ihrem verstoßenen Liebhaber Kylian Rochat. Warum hatte sie ihn in die Wohnung gelassen? Oder wie hatte er sich Zugang verschafft? Egal, im Ergebnis spielte es keine Rolle. Es war zu einer heftigen Auseinandersetzung gekommen, bei der Kylian handgreiflich wurde. Als sie mit ihrem Handy Hilfe holen wollte, hatte er es kurzerhand in die Spüle geworfen und mit dem Pflasterstein zerstört.

Was aber war danach geschehen? Hatte Kylian Anne umgebracht und anschließend die Leiche entsorgt? Das wäre das schlimmste Szenario – doch Lucien weigerte sich, daran zu glauben. Zudem hatte er in der Wohnung keine Hinweise gefunden, die auf ein Tötungsdelikt hindeuteten. Sehr viel wahrscheinlicher war also, dass Kylian Anne mit dem Paketband gefesselt, danach durch den Flur zur Wohnungstür geschleift und aus dem Haus geschafft hatte. Der Mann war sportlich und Anne kein Schwergewicht, das war für ihn also leicht zu schaffen. Nur durfte sie nicht schreien … Also hatte er ihr entweder den Mund zugeklebt, oder sie war ohnmächtig gewesen.

Und jetzt? Naheliegend wäre, die Polizei zu verständigen. Aber das widersprach seiner Erziehung. Die Chacarasses pflegten ihre Probleme alleine zu lösen. Schon gleich nicht baten sie die Polizei um Hilfe. Was war mit Achille Giraud von der Gendarmerie? Sein Vater hatte ihn mal despektierlich als *nützlichen Idioten* bezeichnet. Damit hatte er ihm zweifellos unrecht getan, denn der Capitaine hatte auch seine wachen Momente und konnte sogar recht unterhaltsam sein. Aber bei einer Entführung wäre er ganz sicher überfordert, davon war Lucien überzeugt.

Irgendwie fühlte er sich für Annes Schicksal verantwortlich. Wäre er nicht in ihr Leben getreten, hätte Kylian keinen Anlass für seine krankhafte Eifersucht gehabt. Allerdings war Anne kein Kind von Traurigkeit. Jeder andere Kontakt zu einem männlichen Wesen, wie intensiv auch immer, hätte Kylian gleichermaßen in Rage versetzt.

Lucien sah sich ein letztes Mal um, dann verließ er Annes Wohnung.

Vor der Haustür kam ihm die alte Dame mit den Lockenwicklern entgegen. Jetzt mit prall gefüllter Einkaufstasche.

»Das war aber ein kurzer Besuch«, stellte sie fest. »Haben Sie der Mademoiselle Dalmasso meine Grüße ausgerichtet?«

»Leider nein, sie ist nicht da.«

Die Dame setzte ihre schwere Einkaufstasche ab.

»Jetzt wird mir manches klar. Sie müssen wissen, ich habe einen sehr tiefen Schlaf …«

Lucien tat sich schwer, einen Zusammenhang zu erkennen.

»Aber nur dann, wenn ich schlafe. Leider liege ich oft stundenlang wach. Mein Arzt sagt, das liegt an meinem Alter, da brauche man nicht mehr so viel Schlaf. Ich dagegen glaube, es liegt an den Tabletten …«

Er sah sie fragend an.

»Ach so, Sie wollen wissen, was meine Schlafprobleme mit Mademoiselle Dalmasso zu tun haben? Nun ja, ich denke, es war kurz nach Mitternacht, da habe ich aus ihrer Wohnung ziemlichen Lärm gehört. Sie hat sich mit jemandem gestritten, dabei ist einiges zu Bruch gegangen ...«

Die Dame legte den Kopf zur Seite und sah ihn schräg an. Die Haltung kannte er von Rosalie.

»Sie waren das nicht, oder?«

»Natürlich nicht. Ich war bei mir zu Hause. Ich wüsste auch gar nicht, worüber ich mit Anne streiten könnte.«

»Das kann ich verstehen, sie ist ein liebes Mädchen ... Äh, wo war ich gerade stehen geblieben?«

»Beim Streit, den Sie aus Annes Wohnung gehört haben.«

»Genau, der Streit. Plötzlich war er vorbei und alles totenstill.«

Den Begriff *totenstill,* dachte Lucien, hätte sie mal besser nicht verwendet.

»Gerade war ich endlich so weit, einzuschlafen, ein Moment der Glückseligkeit, da habe ich merkwürdige Geräusche im Treppenhaus gehört. Zack, schon war ich wieder wach. Eine Frechheit. Hätte ich nicht Probleme mit meinen Füßen, wäre ich aufgestanden und hätte mich beschwert.«

»Sie hören sehr gut«, stellte Lucien fest. Wieder dachte er an Rosalie. Die hätte von alldem nichts mitbekommen.

»Meine Ohren sind besser als meine Augen. Umgekehrt wäre es mir oft lieber.«

»Sie denken, im Treppenhaus, das war Anne Dalmasso?«

»Sie selbst sicherlich nicht, dazu ist sie zu rücksichtsvoll, aber ihr ungehobelter Besucher, mit dem sie sich gestritten hat. Doch, doch, der wird es gewesen sein. Wenig später hörte ich auf der Straße Türenschlagen und dann ein Auto wegfahren.«

Lucien nickte. Die Schilderung der alten Dame passte zu seinen Überlegungen. Nur war der ungehobelte Besucher im Treppenhaus wohl nicht alleine gewesen.

»Madame, jetzt muss ich leider weiter«, entschuldigte er sich. »Soll ich Ihnen noch schnell die Einkaufstasche in die Wohnung tragen?«

»Sie sind außerordentlich freundlich. Wären nur alle jungen Männer so wohlerzogen wie Sie … Aber vielen Dank, das schaffe ich alleine. Muss ja auch sonst gehen.«

38

Zunächst fuhr Lucien zurück in die *Villa Béatitude*. Dabei überlegte er, wo er mit seiner Suche ansetzen könnte. Die Antwort war einfach: natürlich bei Kylian Rochat. Was wusste er von ihm? Dass er Französisch mit Schweizer Akzent sprach, bis vor einem Jahr als Physiker in der Kernforschung beim CERN in Genf gearbeitet hatte und jetzt eine Abteilung im Technologiepark Sophia Antipolis leitete. Außerdem fuhr er einen braunen Jeep Wrangler, er betrieb Kampfsport, war leicht reizbar – und hatte einen schwer an der Klatsche. Viel war das nicht – aber so wenig auch nicht.

Im Büro traf er Francine. Sie sortierte irgendwelche Unterlagen. Er fragte sich, was er ohne sie tun würde. Einer fremden Person könnte er nicht vertrauen. Und selber war er für Büroarbeiten denkbar ungeeignet. Für das *P'tit Bouchon* beschäftigte er einen Buchhalter. Was einfach war, denn in seinem Lokal gab es keine Geheimnisse. Ganz anders sah es beim »Familienbetrieb« der Chacarasses aus. Hier musste zwangsweise vieles im Dunkeln bleiben.

»Rosalie hat gesagt, du musstest vorhin plötzlich weg«, sagte Francine. »Ist hoffentlich alles okay bei dir?«

Er fragte sich, ob man ihm ansah, dass es Probleme gab.

»Bei mir schon. Aber bei einer Bekannten stimmt was nicht.«

Francine lächelte.

»Lass mich raten. Deine Bekannte heißt Anne Dalmasso?«

Er sah sie fassungslos an.

»Wie kommst du denn darauf?«

»Erstens haben wir bereits über sie geredet. Du hast zwar behauptet, sie nicht zu kennen, aber ich habe dir nicht geglaubt. Zweitens hast du heute früh vergessen, deinen Computer auszuschalten. Ihr Podcast über die Razzia war noch geöffnet. Sie hat eine sympathische Stimme.«

»Hast recht, um sie geht es.«

»Was habe ich dir geraten? Lass dich nicht mit einer neugierigen Journalistin ein!«

Lucien grinste.

»Ich erinnere mich, aber dein Rat kam zu spät. Davon abgesehen, haben die aktuellen Probleme nichts mit ihrem Beruf zu tun. Glaube ich jedenfalls. Anne hat einen pathologisch gestörten Ex-Freund namens Kylian Rochat, der von Eifersucht zerfressen ist und zur Gewalt neigt …«

»Hört sich nicht gut an.«

»Um es kurz zu machen: Anne ist verschwunden. Keiner weiß, wo sie ist. Ich war gerade in ihrer Wohnung in Nizza. Dort hat offenbar eine heftige Auseinandersetzung stattgefunden. Ich vermute, dass sie von dem Typen entführt wurde.«

Francine schüttelte lächelnd den Kopf.

»Als ob du nicht schon selber genug Probleme hättest …«

»Gerade habe ich keine.«

»Jetzt aber doch. Was hast du vor?«

»Den Typen aufspüren, natürlich, und Anne befreien.«

»Der edle Ritter auf seinem weißen Ross … Pardon, ich wollte nicht spötteln. Wie kann ich helfen?«

Das könnte sie tatsächlich, dachte Lucien, und es freute ihn, dass sie ihm ihre Hilfe anbot. Da verzieh er ihr den »edlen Ritter« … beide wussten, dass er das nicht war.

»Du könntest versuchen, möglichst viel über diesen Kylian Rochat herauszubekommen. Vor allem natürlich, wo er wohnt. Möglicherweise in Antipolis, dort arbeitet er als Physiker in einem Forschungsinstitut. Sehr viel mehr weiß ich nicht von ihm.«

»Ist doch schon ein Anfang. Dann mach ich mich mal an die Arbeit.«

Er fuhr den alten Landrover aus der Garage. Rosalie kam mit einem Korb Eier vorbei. Hatten sie neuerdings Hühner? Dann hoffentlich gut eingezäunt, um sie vor Coco zu schützen. Oder umgekehrt Coco vor dem Hahn? Sie warf einen Blick auf die schmale lange Tasche für Angelruten, die er gerade neben einem Rucksack unter einer Rückbank verstaute.

»Hast du einen neuen Auftrag von Edmond?«, fragte sie.

Nur Rosalie konnte eine solche Frage stellen. Weil sie wusste, dass in die Tasche nicht nur eine Angelrute passte – sondern auch ein Gewehr aus den Katakomben.

»Nein, kein Auftrag, Gott sei Dank. Ich geh fischen.«

»Das glaubst du doch selber nicht. Du fischst vielleicht im Trüben, aber zum Angeln bist du das letzte Mal, da bist du noch zur Schule gegangen.«

Lucien dachte über die groteske Situation nach, dass er zwar mit einigem Geschick Menschen in die Irre führen konnte, aber bei den beiden Frauen in seinem Haus, bei Francine und Rosalie, versagte er völlig. »Okay, das mit dem Angeln stimmt nicht«, gab er zu. »Ich muss was regeln. Hat aber nichts mit Edmond zu tun.«

»Pass trotzdem auf dich auf. Du weißt ja, da draußen auf der Welt gibt es viele niederträchtige Menschen. Nimm dich vor ihnen in Acht.«

Genau das hatte er vor. Deshalb auch die Angeltasche.

Er ging zurück ins Büro. Francine hatte in der Kürze der Zeit noch nicht viel herausgefunden. Immerhin aber kannte sie bereits den Namen des Instituts, in dem Kylian arbeitete. Sie vermutete, dass er eine Firmenwohnung hatte. Auf dem Campus von Sophia Antipolis sei das nicht ungewöhnlich. Ihr Anruf im Institut hatte nichts ergeben. Die Firma gebe grundsätzlich keine Informationen über Mitarbeiter heraus, habe man ihr beschieden.

Lucien bedankte sich bei ihr. Sie gab ihm einen Zettel mit der Adresse des Instituts. Dann machte er sich auf den Weg.

39

Auch wenn sich Sophia Antipolis nicht wirklich mit dem Silicon Valley in Kalifornien vergleichen konnte, stellte der 1970 gegründete Technologiepark gerne die Gemeinsamkeiten heraus. Eine war unstrittig: Hier wie dort schien häufig die Sonne. Entsprechend hoch war die Lebensqualität und damit der Anreiz, dort zu arbeiten. Tausende Wissenschaftler arbeiteten an Forschungsprojekten unterschiedlichster Firmen und Start-ups. Der Name Antipolis leitete sich vom nahe gelegenen Antibes ab. Sophia stand für Weisheit.

Lucien fragte sich, wie weit es mit Kylians *Weisheit* her war? Es hatte ihm ja kaum was Dümmeres einfallen können, als Anne Dalmasso zu entführen. Mit welchem Ziel? Glaubte er allen Ernstes, sie auf diese Weise zurückzugewinnen?

Seltsamerweise zweifelte Lucien keine Sekunde an der Entführung und daran, dass dieser Geistesgestörte dahintersteckte. Alles andere machte keinen Sinn. Natürlich könnte Kylian sie in seinem Furor auch umgebracht haben und jetzt mit ihrer Leiche unterwegs sein – doch diese Möglichkeit schloss Lucien aus. Nach dem Prinzip: Es kann nicht sein, was nicht sein darf!

In Sophia Antipolis angekommen, versuchte er, sich zu orientieren. Hinweisschilder führten zu einem Polytechnikum, einer Business School – sogar einen Golfplatz gab es. Nach einem *rond-point* fuhr er rechts ran und gab die Adresse in das Navi auf seinem Handy ein. Warum nicht gleich? Er war noch nie gut darin gewesen, auf gut Glück ein Ziel zu finden. Am nächsten Kreisverkehr drehte er um. Fünf Minuten später parkte er vor einem schwarzen Gebäude, das aussah wie ein Kubus und so gut wie keine Fenster hatte. Wenn das die Zukunft war, wollte er sie nicht erleben.

Lucien band sich eine Krawatte um. Das ging sogar bei einem Poloshirt. Eine besondere Absicht verfolgte er damit nicht. Doch irgendwie hielt er eine Krawatte für passend.

Er stieg aus, klemmte sich die Bedienungsanleitung für das neu eingebaute Autoradio unter den Arm und ging zum Eingang mit der Rezeption.

Eine ausnehmend hübsche Mitarbeiterin asiatischer Herkunft begrüßte ihn mit einem freundlichen Lächeln. Ganz so schlecht war die Zukunft vielleicht doch nicht.

»*Que puis-je faire pour vous?* Was kann ich für Sie tun?«

»Ich bin Professore Donati aus Rom«, sagte er mit italienischem Akzent. »Ich habe einen Termin mit Kylian Rochat. Bin leider *cinque minuti* zu spät.« Er lachte. »Ich hasse *rond-points*, die stören das Koordinatensystem in meinem Kopf.«

»Mich machen sie schwindlig, aber nur, wenn ich mehrmals rumfahre.«

Er lehnte sich auf den Empfang und sah ihr in die Augen.

»So was machen Sie? Klingt interessant.«

Sie räusperte sich verlegen.

»Ich muss Sie leider enttäuschen …«

»Sie fahren doch nicht mehrfach im Kreis?«

»Ich meinte mit Docteur Rochat. Er ist leider nicht im Haus. Offenbar hat er Ihren Termin vergessen.«

Lucien schüttelte ungläubig den Kopf.

»*Non è vero* … Das sieht ihm wieder mal ähnlich. Wie kann er ausgerechnet unseren Termin verschlampen? Das kostet Kylian eine Flasche Rotwein.«

»Sie kennen sich besser?«

»Ja, aus Genf, wir haben dort beide am CERN gearbeitet. Das wäre übrigens was für Sie, beim Teilchenbeschleuniger geht es immer im Kreis.«

»Wollen Sie eine Nachricht hinterlassen, oder wie kann ich Ihnen sonst weiterhelfen?«

Er grinste. »Mir würde einiges einfallen, wie Sie mir helfen könnten … Aber im Ernst: Ich habe Kylians Adresse verlegt. Ich könnte ja mal bei ihm zu Hause vorbeischauen.«

»Ich probiere erst mal, ob ich ihn auf seinem Handy erreichen kann.«

»*Buona idea,* tun Sie das.«

Ob das wirklich eine gute Idee war, würde sich gleich zeigen. Wenn Kylian ranging und noch nie von einem Professore Donati aus Rom gehört hatte, käme er in Erklärungsnot.

Aber es meldete sich nur die Mailbox. Die Rezeptionistin zuckte mit den Schultern und legte auf.

»Tut mir leid. Aber warten Sie, irgendwo müsste ja seine Adresse gespeichert sein.«

»Sie sind ein Schatz.«

Sie tippte auf ihrer Tastatur herum.

»*Eh voilà,* hier sind seine Kontaktdaten.«

Sie drehte ihm den Bildschirm zu.

»Darf ich?« Bevor sie mit einem Nein antworten konnte, hatte er schon ein Foto geschossen.

»Das darf ich Ihnen nicht erlauben«, sagte sie.

»Natürlich nicht. Aber eine ganz andere Frage: Wann haben Sie Dienstschluss?«

»Ich bin verlobt.«

Er langte sich an die Brust.

»*Che peccato.* Warum komme ich im Leben immer zu spät? Dann bleibt mir nur, Ihnen noch einen schönen Tag zu wünschen. Wir sehen uns bestimmt wieder. *Arrivederci et bonne journée.*«

Dafür, dass die Firma grundsätzlich keine Informationen über ihre Mitarbeiter herausgab, hatte er ganz schön viel erfahren, freute sich Lucien. Und Spaß hatte es zudem gemacht, mit der reizenden Rezeptionistin zu flirten. Jetzt aber wurde es höchste Zeit, sich wieder des Ernstes der Situation bewusst zu werden.

Lucien stand vor einem Apartmenthaus mit schräger Fassade und kleinen Terrassen. Laut Klingelboard wohnte Kylian im ersten Stock. Zweites Apartment von links. Es wäre ein Leichtes, über die Terrassen nach oben zu turnen. Aber ebenso leicht wäre er dabei zu entdecken.

Die Terrassentür, das konnte er von hier sehen, war geschlossen. Die Vorhänge waren nicht zugezogen. Er konnte nicht erkennen, ob jemand zu Hause war. Aber es sah nicht so aus. Die Sonne stand direkt auf Kylians Wohnung. Einige Nachbarn hatten ihre Markisen ausgerollt. Selbst bei einer gut funktionierenden Klimaanlage würde man sich vor der Sonne schützen.

Auf seinem Handy hatte er den Screenshot mit Kylians Telefonnummer. Er versuchte es. Erneut kam nur die Mailbox. Seine eigene Nummer war unterdrückt. Kylian würde nicht wissen, wer versucht hatte, ihn zu erreichen.

Er brauchte keine alte Dame wie in Nizza, um ins Haus zu gelangen. Die Haustür war nur angelehnt. Abgesehen davon, dass in Sophia Antipolis wohl kaum alte Frauen mit Lockenwicklern wohnten. Im Treppenhaus begegnete ihm kein Mensch. Er lauschte an Kylians Tür. Kein Laut. Er holte sein Einbruchswerkzeug aus der Tasche. Sekunden später war er drin.

Er war alleine. Kein Kylian und erst recht keine gefesselte Anne. Das Apartment war spartanisch eingerichtet. Wahrscheinlich wurden hier für kürzere Zeit immer wieder neue Mitarbeiter der Firma untergebracht.

Einige persönliche Dinge gab es doch. Zum Beispiel stand mitten im Raum ein Punchingball. Lucien boxte einige Male dagegen. Im Schlafzimmer entdeckte er eine Hantel mit schweren Gewichten. Seine Fitness schien Kylian wirklich wichtig zu sein. Dazu passten die muskelaufbauenden Präparate in der Küche.

Er setzte sich an den Schreibtisch. Der Computer war passwortgeschützt. Wäre auch zu einfach gewesen.

Lucien zog die Schubladen auf und durchstöberte den Inhalt. Irgendeinen verdammten Hinweis musste es doch geben … Ihm fiel eine Schachtel mit Fotos in die Hände. Kylian mit wechselnden Frauen vor schöner Urlaubskulisse. Er schien also keine Probleme damit zu haben, sich bei Bedarf von Frauen zu trennen. Nur konnte er es umgekehrt nicht vertragen, selbst verlassen zu werden. Das verletzte sein Ego.

Auf mehreren Fotos war Kylian vor einem kleinen, halb verfallenen Landhaus zu sehen. Eine typische Bastide, aus groben Steinen gemauert und nicht ohne Charme. Einmal hackte er Holz. Dann saß er einfach in der Sonne. Eine Frau war nie dabei. Hatte er die Aufnahmen mit Selbstauslöser gemacht? Lucien stellte fest, dass die Bilder zu verschiedenen Jahreszeiten entstanden waren. Also war Kylian nicht nur einmal dort gewesen, sondern immer wieder. Vielleicht sein privater Rückzugsort?

Er wendete die Fotos hin und her und suchte nach einem Hinweis, wo sie entstanden sein könnten. Denn eines schien ihm klar: Die Bastide wäre ein ideales Versteck – auch um dort eine junge Frau wie Anne zu verbergen. Er entdeckte ein Foto, wo Kylian mit einem Bier vor einem Straßencafé saß. Er hatte dieselben Klamotten an wie beim Holzhacken. Lucien fotografierte das Bild und vergrößerte es auf seinem Display. Schärfer wurde es dadurch nicht, aber plötzlich konnte er den Namen des Cafés über der Eingangstür entziffern. Und den Ortsnamen, der darunter stand: Sainte-Agnès. Er kannte das Dorf, das sich in den Bergen oberhalb von Menton befand. Sainte-Agnès zählte zu den sogenannten *Villages perchés*, malerische Bergdörfer, die sich im Hinterland von Nizza wie Adlerhorste an die Felsen klammerten. Gut möglich, dass sich zwar nicht im Ort selbst, aber in der Nähe das kleine, alleinstehende Steinhaus von Kylian befand. Im Stil würde es passen.

War das der entscheidende Hinweis? War das der Zufluchtsort des Kylian Rochat? Es gab nur eine Möglichkeit, es herauszufinden. Er schätzte, dass er eine gute Stunde brauchen würde, um dorthin zu fahren.

Gleich nach der Abfahrt in Antipolis telefonierte er mit Francine, um ihr von seinen Fortschritten zu berichten. Sie war beeindruckt, machte ihn aber sogleich darauf aufmerksam, dass er sich auf dem Holzweg befinden könnte. Als ob er das nicht selber wüsste.

Die schmale Straße führte kurvig immer weiter hinauf ins Hinterland. Siebenhundertsechzig Meter lag Sainte-Agnès über dem Meeresspiegel. Das Dorf nahm für sich in Anspruch, das am höchsten gelegene Küstendorf Europas zu sein: *Le village du littoral le plus haut d'Europe.* Aus Schutz vor den Sarazenen hatte man es in dieser spektakulären Lage errichtet.

Lucien überlegte, dass es nicht damit getan war, im Dorf anzukommen. Schwieriger dürfte es werden, in der Umgebung Kylians Bastide zu finden. Er hatte die Bilder abfotografiert und wollte sie im Ort herumzeigen. Vielleicht kannte man Kylian auch in dem Straßencafé, wo er sein Bier getrunken hatte?

Er fuhr langsam und hielt fortwährend nach einer allein stehenden Bastide Ausschau, die zu den Fotos passte. Vergeblich.

In Sainte-Agnès angekommen, stellte er das Auto auf einem der beiden Besucherparkplätze ab und machte sich zu Fuß auf den Weg in den Ort. Die Gassen waren schmal und verwinkelt. Zwischen den Häusern eröffneten sich spektakuläre Ausblicke hinunter auf die Küste und das blaue Meer. Lucien interessierte sich nicht dafür. Er suchte das Lokal, wo Kylian sein Bier getrunken hatte. Es war nicht schwer zu finden, denn in Sainte-Agnès gab es keine große Auswahl. Davorstehend, verglich er die Fassade mit Kylians Foto. Kein Zweifel, hier war er richtig. Hoffnungsvoll betrat er das Restaurant. Der Wirt und die Kellner waren ausgesprochen freundlich und hilfsbereit. Sie bestätigten, dass der Mann auf dem Foto gelegentlich vorbeikam, um ein Bier zu trinken. Meist bestellte er dazu ein *Croque Monsieur*. Aber sie wussten nicht, wie er hieß und wo er wohnte. Auch die fotografierte Bastide war ihnen unbekannt. Gut möglich, dass sie irgendwo weiter unten versteckt in den Wäldern lag.

Lucien ärgerte sich, dass Erfolg und Misserfolg so nah beieinanderliegen konnten. Er hatte Kylians Kneipe gefunden – und dennoch keinen Hinweis darauf, wo sein Haus liegen könnte. Das Bürgermeisteramt, wo man ihm vielleicht weiterhelfen könnte, war geschlossen. Aus Frust tat er es Kylian gleich und bestellte ein Bier. Er setzte sich auf die Terrasse und dachte nach.

Der Blick war fantastisch. Trotzdem fragte er sich, wie man sich ausgerechnet hier oben ein verfallenes Ferienhaus zulegen konnte. Doch vielleicht machte gerade diese Abgeschiedenheit den besonderen Reiz aus? Jedenfalls für einen Mann wie Kylian, der ja auch sonst anders tickte.

Ein Telefonanruf riss ihn aus seinen Gedanken. Francine war dran. Sie sagte, sie habe eine Gehaltserhöhung verdient.

Lucien verstand nicht, was das sollte. Sie hatte ihr Gehalt selber festgelegt und könnte es jederzeit ohne Rücksprache erhöhen. Um ehrlich zu sein, wusste er gar nicht, wie viel sie bei ihm verdiente.

Er hörte sie lachen. Ach so, das war ein Scherz gewesen.

»Dieser Kylian Rochat hat tatsächlich eine Bastide in der Nähe von Sainte-Agnès«, eröffnete sie ihm. »Ich weiß sogar, wo.«

»Francine, du bist fantastisch …«

»Ich weiß.«

»Wie hast du das so schnell herausgefunden?«

»Hätte er die Bastide gemietet, wäre es schwieriger gewesen. Aber er hat sie vor neun Monaten gekauft. Übrigens zu einem Spottpreis, scheint also tatsächlich ziemlich verfallen zu sein. Hat mich nur einige Telefonate und Onlinerecherchen gekostet. Ist ziemlich abgelegen und dürfte nicht leicht zu finden sein. Soll ich dir die Koordinaten auf dein Handy schicken?«

»Super, ja, bitte mach das.«

Gott sei Dank hatte sie ihm mal gezeigt, wie das mit den Koordinaten funktionierte.

»Schon passiert. Jetzt wünsche ich dir viel Glück. Und sag mir Bescheid, wenn's was Neues gibt.«

Nun musste er Pfadfinder spielen und Kylians Bastide finden. Was mithilfe der Koordinaten nicht so schwierig sein sollte. Dennoch benötigte er fast eine halbe Stunde, bis er nach einigen Irrungen zu einer Abzweigung gelangte, von der ein Schotterweg in einen Wald führte. Lucien stellte den Landrover ein Stück weiter im Unterholz ab. Obwohl es kein Problem wäre, sollte Kylian den Wagen entdecken. Er kannte ihn nicht.

Zu Fuß folgte er dem Schotterweg. Laut GPS waren es keine hundert Meter mehr. Es öffnete sich eine Lichtung … und da stand es, das kleine Steinhaus von den Fotos. Davor ein brauner Jeep Wrangler. Er war am Ziel.

Lucien suchte Deckung hinter einem wild wuchernden Busch und beobachtete die Bastide. Das musste Kylian der Neid lassen: Das Haus sah charmant aus, geradezu romantisch. Lucien entdeckte einen Schubkarren, einen Betonmischer und aufgeschichtete Natursteine. Offenbar führte Kylian die Instandsetzung selber durch. Ein durchaus sympathischer Wesenszug – was nichts daran änderte, dass der Mann schwer verhaltensgestört war.

Ob Kylian wirklich verrückt genug war, Anne zu entführen, würde er in Kürze wissen.

Die Haustür stand zwar offen, aber er konnte nicht einfach hineinspazieren und sich umschauen. Warum eigentlich nicht? Er hatte den Mann schon einmal außer Gefecht gesetzt, das würde auch ein zweites Mal klappen. Besonders intelligent schien ihm diese Vorgehensweise dennoch nicht.

Plötzlich trat Kylian aus der Bastide. Er hatte Shorts an und ein dünnes T-Shirt. Er ging zu einem Bistrotisch unter einer Pergola. Erst jetzt entdeckte Lucien dort zwei Gläser. Kylian füllte sie aus einer Karaffe. Aus einem Glas nahm er einen Schluck, mit dem anderen ging er zurück ins Haus. Folglich war er nicht alleine. Schon wieder ein Erkenntnisgewinn.

Lucien löste sich von seinem Versteck und schlich über den Schotterweg zurück zu seinem Auto. Dort öffnete er den schmalen Anglersack. Das Präzisionsgewehr mit Zielfernrohr ließ er stecken. Das brauchte er nicht. Ihm reichte völlig sein Blasrohr. Er steckte eine Blechbüchse mit Betäubungspfeilen ein. Dann schlich er zurück zur Bastide und bezog erneut sein Versteck hinter dem Busch. Der Abstand zum Bistrotisch betrug vielleicht zwölf Meter. Auch wenn er länger nicht geübt hatte, sollte er sein Ziel nicht verfehlen. Das Blasrohr bestand aus Aluminium und war speziell konstruiert worden, um Tiere aus der Distanz geräuschlos zu betäuben. Das klappte bei Raubkatzen genauso wie bei wild gewordenen Rindern. Dass Kylian ein T-Shirt trug, spielte keine Rolle. Ein Fell war dicker. Bei den Pfeilen handelte es sich im Prinzip um fliegende Spritzen, deren Inhalt nach dem Treffer mittels einer kleinen Treibladung injiziert wurde. Lucien wusste nicht, wie hoch das Betäubungsmittel in den Pfeilen dosiert war. Sein Vater hatte sie präpariert und in den Katakomben gelagert. Lucien glaubte sich an eine Mischung aus Narkosemitteln wie Xylazin und Ketamin zu erinnern und daran, dass sie ein menschliches Wesen für Stunden außer Gefecht setzen sollte.

Lucien legte einen Pfeil ein und atmete übungsweise schon einige Male tief ein und aus.

Kylian trat ins Freie und ging erneut zum Bistrotisch, um aus seinem Glas zu trinken. Dabei wendete er ihm den Rücken zu.

Lucien zielte, holte tief Luft – und stieß diese kräftig aus. Der Betäubungspfeil traf Kylian mitten zwischen die Schulterblätter.

Er zuckte, versuchte, sich mit einer Hand an den Rücken zu greifen, kam aber nicht mehr dazu. Er sackte in sich zusammen.

Lucien lächelte. Er kam sich vor wie ein Papuaindianer, der gerade ein Faultier aus dem Baum geschossen hatte.

Er verließ seine Deckung und ging zu Kylian, der regungslos am Boden lag. Er kontrollierte seinen Puls und die Atmung. Tot war er nicht, nur ganz weit weg.

»*Bonne nuit*«, murmelte Lucien und zog ihm den Pfeil aus dem Rücken.

Er eilte zur Haustür. Kurz musste er sich an die Dunkelheit in der Bastide gewöhnen … dann erblickte er sie: Anne lag auf einem Sofa. Mit zugeklebtem Mund und gefesselt. Sie sah ihn mit großen, schreckgeweiteten Augen an.

»Alles gut, *chérie*«, sagte er. »Ich bin's, Lucien.«

40

Er machte schnell ein Foto von ihr, dann verschwendete er keine Zeit und löste den Klebstreifen von ihrem Mund.

Anne atmete einige Male tief durch und fuhr sich dann mit der Zunge über die Lippen.

»Lucien, wo … wo kommst du denn plötzlich her?«, fragte sie mit heiserer Stimme. Und mit Panik in den Augen: »Kylian darf dich hier nicht sehen …«

»*Tout va bien*«, sagte er beruhigend. »Alles wird gut. Jetzt befreie ich dich erst mal von deinen Fesseln.«

Aus der Küche holte er eine Geflügelschere und schnitt ihr die Kabelbinder durch.

Anne setzte sich auf und rieb sich die entzündeten Handgelenke. Immer wieder warf sie einen verstörten Blick zur offen stehenden Haustür.

»Das Schwein kann jeden Moment wieder auftauchen …«

»Wird er nicht. Kylian hat sich vorübergehend abgemeldet.«

»Abgemeldet?«

Lucien reichte ihr die Hand und half ihr auf.

»Kannst ihn dir anschauen. Er macht auf der Terrasse ein Nickerchen.«

Humpelnd ging sie an seinem Arm aus dem Haus und blickte ängstlich um die Ecke.

Als sie Kylians regungslosen Körper auf dem Boden liegen sah, verkrampfte sich ihre Hand an Luciens Arm.

»Ist er tot?«

»Hättest du das gern? Nein, er hat nur sein Bewusstsein verloren.«

»Und du bist sicher, dass er nicht gleich wieder aufwacht?«

»Absolut sicher.«

Anne löste sich und ging schwankend auf Kylian zu.

»Was ist, wenn ich ihn trete?«, fragte sie.

»Tu dir keinen Zwang an. Er wird's nicht merken.«

Anne versetzte ihm mit dem Fuß einen Schlag in die Seite.

»Das ist für dich, du Arschloch.«

Kylian zuckte nicht einmal … aber Anne verlor ihr Gleichgewicht. Lucien konnte sie gerade noch auffangen.

»Was ist mit ihm passiert?«, fragte sie.

»Erzähl ich dir später. Du hast eine Schürfwunde am Kopf. Bist du sonst noch irgendwo verletzt?«

»Ich fühle mich zwar, als ob ich durch einen Fleischwolf gedreht wurde … aber ernsthaft verletzt? Nein, ich glaube nicht. Kylian hat sich nicht getraut, voll zuzuschlagen … Lucien, ich muss aufs Klo …«

Er begleitete sie wieder ins Haus. Während sie auf der Toilette war, überzeugte er sich zunächst davon, dass Kylian wirklich noch am Leben war. Dass er bei Annes Tritt überhaupt keinen Mucks getan hatte, hatte ihn doch überrascht. Aber sein Atem ging gleichmäßig. Auch der Puls war zu fühlen. Wollte sein Vater mit den vorbereiteten Betäubungspfeilen auf Elefantenjagd gehen?

Gleich im Anschluss rief er Francine an, um ihr zu sagen, dass er Anne gefunden habe. Sie sei in relativ guter Verfassung. Kylian Rochat habe ihm keine Probleme bereitet und sei praktischerweise in Ohnmacht gefallen. In wenigen Minuten werde er mit Anne abhauen und sich später noch mal ausführlicher melden. Aber schon jetzt: Tausend Dank für die Hilfe. *Merci mille fois* …

»Du musst mir vieles erklären«, sagte Anne, als sie von der Toilette zurückkam. »Als du in der Tür aufgetaucht bist, wähnte ich mich im Delirium und glaubte, du wärst eine Geistererscheinung. Wie hast du mich gefunden?«

»War nicht schwer.«

»Warum hast du mich überhaupt gesucht?«

Lucien lächelte.

»Schon vergessen? Wir hatten eine Verabredung zum Brunch. So, jetzt setz dich auf einen Gartenstuhl, ich hol mein Auto, dann verlassen wir dieses lauschige Plätzchen.«

»Keine Sekunde bleibe ich mit diesem paranoiden Arsch alleine«, protestierte Anne. »So ohnmächtig kann er gar nicht sein. Nein, nein, ich komme mit. Parkst du weit weg?«

»Nicht so weit. Kannst du gehen?«

»Musst mir halt helfen. Was hast du da für einen Stock? Kann ich ihn haben und mich draufstützen?«

Das war keine gute Idee, dachte Lucien. Sein Blasrohr war aus Aluminium und würde wohl selbst bei einem Leichtgewicht wie Anne einknicken.

»Ist kein Spazierstock, sondern eine Art Flöte, zum Reinpusten. Aber ich stütz dich schon, keine Angst.«

Sie sah ihn verständnislos an.

»Eine Flöte? Ich glaub, ich bin doch im Delirium.«

Lucien hatte aus Kylians Jeep den Zündschlüssel abgezogen. Er warf ihn in den Betonmischer.

Keine zehn Minuten später saßen sie im Landrover. Da die Federung diesen Namen nicht wirklich verdiente, stöhnte Anne bei jeder Unebenheit kurz auf. Offenbar hatte sie doch mehr blaue Flecken als vermutet. Aber sie hielt tapfer durch. Und mit jedem Kilometer, den sie sich von Kylians Bastide entfernten, verlor sich ihre Anspannung. Aus dem Augenwinkel glaubte er sogar, sie kurz lächeln zu sehen.

»Ich hätte ihn fester treten sollen«, sagte sie. »Und nicht in die Seite. Für Männer wie ihn wüsste ich eine bessere Stelle, dort, wo es richtig wehtut.«

Er konnte sich denken, welche Stelle sie meinte.

»Hat er sich an dir vergangen?«

Sie biss sich auf die blutige Lippe. »Hat er nicht, sein Glück. Sonst hätte ich dich gebeten, ihn zu erschlagen.«

Wie kam sie auf die Idee, dass er das für sie tun würde? Er hatte noch nie jemanden erschlagen – und würde ganz bestimmt nicht wegen ihr damit anfangen.

»Sollen wir in ein Krankenhaus fahren?«, fragte er.

»Auf keinen Fall. Was soll ich dort erzählen?«

»Die Wahrheit?«

»Nein, ich möchte nicht. Außerdem geht's mir schon wieder besser. Erzähl mir lieber, wie du mich gefunden und wie du Kylian außer Gefecht gesetzt hast.«

Lucien überlegte, ob was dagegensprach, ihr eine Zusammenfassung zu geben. Eigentlich nichts. Außerdem würde sie ohnehin nicht lockerlassen, bis sie alles zu wissen glaubte. Normalerweise recherchierte Anne mit Akribie fremde Kriminalfälle. Jetzt war sie selber Opfer. Das würde ihre Neugier kaum schmälern.

Es ging in engen Kurven die Straße hinunter ans Meer. Er begann seine Schilderung der Ereignisse damit, dass er in ihre Wohnung eingebrochen war …

»Lucien, du bist mein Held«, sagte sie, als er fertig war. Sie beugte sich zu ihm, was ihr aufgrund der Schmerzen nicht leichtfiel, und gab ihm einen Kuss. »*Tu es mon héros!*«

Nun wollte er wirklich nicht von irgendjemandem der Held sein. Was außerdem übertrieben war. Eine kleine Gefälligkeit, sehr viel mehr war es doch nicht? Für Anne hatte er sich ein wenig aus der Deckung gewagt. Der Not gehorchend. Er hoffte, dass er nicht so schnell wieder einer Frau zu Hilfe eilen musste.

»Wie kommt es, dass du ein Blasrohr mit Betäubungspfeilen hast und damit umgehen kannst?«, fragte sie.

Oje, schon wieder ihre notorische Neugier.

»Ich hab mal während meiner Studienzeit in einem Zoo gearbeitet«, lieferte er eine Erklärung, die ihm spontan einfiel. »Zu meinem Job gehörte es, Tiere mit dem Blasrohr zu betäuben, damit sie von einem Tierarzt untersucht werden konnten.«

»Und das hat dir so gut gefallen, dass du das Blasrohr nach deinem Job geklaut hast, richtig?«

Er lächelte.

»Du hast mich durchschaut.«

»Das war rückblickend eine großartige Idee. Ohne Betäubungspfeil hättest du gegen Kylian kaum eine Chance gehabt. Der Mann ist wirklich gemeingefährlich.«

Dass er Kylian schon mal mit Leichtigkeit ausgeschaltet hatte, nachts vor seinem Lokal, behielt er für sich. Mit ihrer Einschätzung, dass er gemeingefährlich war, dürfte sie dennoch richtigliegen.

»Ich versteh nicht, was in seinem Kopf vorgeht«, sagte Lucien. »Offensichtlich hält er dich für seine Verlobte …«

»Weil wir uns ein paarmal gesehen haben?« Annes Stimme überschlug sich. »Kylian ist doch völlig gaga.«

»Trotzdem, wenn er sein Leben mit dir verbringen will, wie kann er dich dann schlagen, dich fesseln und entführen? Glaubt er allen Ernstes, dich so zurückgewinnen zu können? Was ist denn das für ein Liebesbeweis?«

»Ich sag ja, er spinnt …« Anne dachte nach. »Ein Einzelfall ist Kylian aber nicht. Ich hab mal eine Reportage über einen Mann geschrieben, der seine Frau aus krankhafter Eifersucht wie eine Gefangene gehalten hat. Irgendwann hat er sie zu Tode geprügelt. Vor Gericht hat er beteuert, seine Frau unendlich geliebt zu haben. Er ist dann in der Psychiatrie gelandet.«

»Da gehört Kylian wahrscheinlich auch hin«, murmelte Lucien.

»Was meinst du, sollte ich ihn bei der Polizei anzeigen?«

Er sah sie von der Seite an. Tatsächlich hielt er das für keine gute Idee. Aus persönlichen Gründen.

»Könntest du machen. Aber ich würde es mir an deiner Stelle überlegen. Eine Anzeige wird Kylian noch mehr anspornen, dir nachzustellen. Die Polizei wird dich vor ihm nicht schützen können.«

Immer wieder schaute Anne nervös in den Rückspiegel.

»Keine Angst«, sagte Lucien. »Es wird dauern, bis er wieder sein Bewusstsein erlangt. Anschließend wird er verzweifelt nach einer Erklärung für seine Situation suchen. Er wird nicht verstehen, was mit ihm passiert ist, und erst recht nicht, wie du entkommen konntest. Irgendwann wird er sich fragen, wo sein Autoschlüssel abgeblieben ist. Unwahrscheinlich, dass er im Betonmischer nach ihm suchen wird. Vorläufig geht von ihm also keine Gefahr aus.«

»Das mit dem Autoschlüssel war eine coole Idee.«

Anne rieb sich den schmerzenden Ellbogen. »Darf ich mal?« Sie drehte den Innenspiegel zu sich. »Scheiße, wie sehe ich denn aus? Ich glaub, ich werde den Wichser doch anzeigen …«

»Da gäbe es ein kleines Problem. Du müsstest der Polizei plausibel machen, dass du dich selber befreit und Kylian allein außer Gefecht gesetzt hast.«

»Warum denn das?«

»Weil ich nicht möchte, dass mein Name irgendwo auftaucht.«

Sie warf ihm einen irritierten Blick zu.

»Verstehe ich nicht.«

»Ich hab meine Gründe, deshalb bitte ich dich darum.«

»Und du willst mir nicht sagen, was das für Gründe sind?«

Klar, dass sie nachhakte. Dummerweise fiel ihm auf die Schnelle keine gute Story ein.

»Vielleicht ein anderes Mal«, antwortete er ausweichend.

»Na gut, wie kann ich meinem Lebensretter eine Bitte abschlagen. Damit ist entschieden, dass ich mich nicht an die Polizei wende.«

»Gute Entscheidung.«

»Wie soll's jetzt weitergehen?«

»Du kannst vorübergehend in meinem Appartement in Villefranche wohnen, dort wird dich Kylian nicht finden. Ich ziehe in der Zwischenzeit in unser Haus auf Cap Ferrat. Vorher sollten wir in deine Wohnung nach Nizza fahren, damit du dort alles zusammenpacken kannst, was du brauchst.«

Er drehte den Innenspiegel wieder in die richtige Position.

»Du würdest mir wirklich dein Appartement zur Verfügung stellen? So gut kennst du mich doch gar nicht.«

»Gut genug.«

»Du bist ein Schatz. Leider tut mir der Rücken so weh, dass ich mich nicht erneut zu dir hinüberbeugen kann, um dir einen Kuss zu geben.«

Lucien grinste.

»Das lässt sich nachholen. Außerdem hast du blutverschmierte Lippen.«

»Das würde dich stören?«

»Natürlich nicht. Apropos dein Rücken … Ich finde, du solltest dich von einem Arzt untersuchen lassen. Der kann dir auch Medikamente gegen deine Schmerzen verschreiben.«

»Ich habe doch gesagt, dass ich in kein Krankenhaus will.«

»Ich kenne einen ausgezeichneten Arzt, der keine dummen Fragen stellt. Wenn du damit einverstanden bist, bitte ich ihn um einen Hausbesuch. Heute Abend in meinem Appartement.«

»Er kommt auch abends?«

»Docteur Moreau kommt immer, zu jeder Tages- und Nachtzeit.«

Anne dachte nach.

»Okay, dein Plan klingt gut«, stimmte sie nach einer Weile zu. »Dann fahren wir also als Erstes in meine Wohnung … bevor Kylian auf die Idee kommt, mir auch eine Art *Hausbesuch* abzustatten.«

41

Vor ihrer Wohnungstür stehend, stellte Anne fest, dass sie keinen Schlüssel hatte. Ob ihn Kylian an sich genommen hatte? Lucien bat sie, kurz zu warten. Aus dem Auto holte er sein »Werkzeug«, mit dem er sich schon heute Vormittag Zugang verschafft hatte.

»Sieht das nur so aus, oder hast du Übung darin, in fremde Wohnungen einzubrechen?«, fragte Anne, während er in ihrem Schloss herumstocherte.

»Leider habe ich keine Übung, deshalb dauert es ja so lange. Aber ist besser, als die Tür einzutreten.«

Lucien stellte sich bewusst umständlich an.

Als sie schließlich drin waren, blieb Anne wie erstarrt stehen.

»*Mon Dieu,* meine Wohnung ist ja völlig verwüstet.«

»Ich hatte sie auch aufgeräumter in Erinnerung.«

»Jetzt wird mir wieder bewusst, was letzte Nacht passiert ist. Dieses Arschloch ist auf mich losgegangen. Erst hat er mich nur angeschrien, an den Haaren gezogen und geohrfeigt. Ich habe mich nach Kräften gewehrt. Dann hat er mich verprügelt ...«

»Wie ist er überhaupt reingekommen?«

»Ich blöde Kuh hab ihm aufgemacht, weil ich dachte, du wärst es.«

Wie hatte sie auf diesen Gedanken kommen können, überlegte er. Er hätte auf jeden Fall vorher angerufen.

»Leider nein, aber jetzt bin ich da. Tu mir einen Gefallen und blende gerade mal alles aus, was passiert ist. Konzentriere dich darauf, deine Sachen zu packen. Könnte einige Tage dauern, bis du wieder zurückkommst.«

»Das Wichtigste ist mein Laptop«, stellte sie fest. »Ohne Computer bin ich kein ganzer Mensch. Mein Fotoapparat, meine Zahnbürste, ein paar Klamotten … In dieser Reihenfolge. Geht ganz schnell. Aber vorher muss ich ins Bad, Schmerztabletten einwerfen, mich duschen und den ganzen Dreck von diesem Schwein abwaschen. Haben wir so viel Zeit?«

»Kein Problem. Kylian wird so bald nicht auftauchen. Ich lass dich kurz alleine und verfrachte deinen Motorroller in mein Auto. In Villefranche lassen wir die aufgestochenen Reifen auswechseln.«

»Meinst du, der Roller passt rein?«

»Müsste gehen, meine Vespa habe ich auch schon mal im Landrover transportiert.«

Anne war wirklich schnell. Geradezu rekordverdächtig. Denn bereits vierzig Minuten später war sie fertig. Sogar die Haare hatte sie gewaschen. Und eine Reisetasche und einen Rucksack gepackt.

»Ich hab vergessen, dir von einer freundlichen alten Dame zu erzählen, die ich in deinem Haus getroffen habe«, sagte er. »Du sollst mal wieder auf ein Gläschen Wein bei ihr vorbeischauen.«

Anne lächelte.

»Ach, die alte Brigitte. Ich mag sie, aber heute passt es schlecht.«

»Das sehe ich auch so.«

Kaum waren sie losgefahren, fragte Anne, ob sie von Luciens Handy in ihrer Redaktion anrufen dürfe. Ihres liege ja zertrümmert in der Spüle.

Das Gespräch war kurz. Sie entschuldigte sich dafür, dass sie sich nicht gemeldet habe. Ihr Handy sei kaputt. Die nächsten Tage nehme sie sich eine Auszeit. Danach werde sie sich wieder melden. Übrigens sei sie an einer interessanten Geschichte dran. *Salut et à bientôt.*

Er warf ihr einen fragenden Blick zu. »An einer interessanten Geschichte?«

Sie lächelte.

»Das war gelogen. Ich wollte mein Team nur bei Laune halten.«

Luciens Appartement in Villefranche kannte Anne ja schon. Es war am frühen Abend, als sie dort eintrafen. Der Eingang befand sich auf der rückwärtigen Seite. Von dort ging es hinauf in den dritten Stock. Lucien musste Anne beim Treppensteigen helfen. Erst jetzt, sagte sie, spüre sie so richtig, was ihr alles wehtue.

Oben angelangt, setzte sie sich auf den Balkon. Weil das Haus in der ersten Linie stand, hatte man von hier den fantastischen Blick, den Lucien so liebte. Über die Bucht hinüber zum Cap Ferrat, das noch die letzten Sonnenstrahlen abbekam, während das nach Osten ausgerichtete Villefranche schon im Schatten lag.

Lucien brachte ihr ein Glas Wasser. Bereits in Nizza hatte er Docteur Moreau angerufen.

»Der Arzt müsste jeden Moment kommen«, sagte er. »Er soll dich vernünftig untersuchen. Auch brauchst du stärkere Schmerztabletten.«

»Das glaube ich langsam auch.«

»Im Anschluss lasse ich uns was zum Essen vom *P'tit Bouchon* bringen …«

Anne lächelte gequält.

»Bitte keine Austern und keine Schalentiere. Mir geht's schon so schlecht genug. Ach so, was ich dich fragen wollte: Bilde ich mir das ein, oder hast du von mir im gefesselten Zustand und mit zugeklebtem Mund ein Foto gemacht?«

Lucien nickte.

»Ja, habe ich, quasi als Beweisaufnahme. Man weiß ja nie …«

»Das ist gut, sehr gut«, flüsterte sie.

»Warum?«

»Erzähl ich dir morgen. Ich hab nämlich eine Idee.«

42

Weil ihr Moreau nicht nur Schmerzmittel, sondern auch eine Schlaftablette gegeben hatte, verbrachte Anne eine ruhige Nacht. Um sie nicht zu stören, schlief Lucien auf der Gästecouch – in seiner eigenen Wohnung, das war für ihn eine neue Erfahrung.

Am Morgen holte Lucien frische Croissants und ein Baguette. Als Anne schließlich aufwachte, war der Frühstückstisch auf dem Balkon bereits gedeckt.

»Wie fühlst du dich?«, fragte er.

»Als ob ich von einem Lastwagen überfahren wurde. Aber sonst ganz gut. Täusche ich mich, oder riecht es hier nach Kaffee?«

»Dein Geruchssinn funktioniert schon mal.«

Er half ihr aus dem Bett.

»Ich muss nur kurz ins Bad, dann bin ich bei dir.«

Von Moreau wusste Lucien, dass Anne zwar etliche Prellungen und womöglich eine angebrochene Rippe hatte, ansonsten aber bei relativ guter Gesundheit war. Mit keinem Wort hatte Moreau gefragt, was ihr passiert sei. Beim Hinausgehen hatte er Lucien nur zugeflüstert, er solle das Schwein finden – aber nicht gleich umbringen. Letzteres war wohl im Spaß gemeint. Oder auch nicht … schließlich wusste Moreau, dass es bei den Chacarasses gelegentlich zu gewalttätigen Zwischenfällen kam.

»Du hast gestern eine Idee erwähnt, die dir gekommen sei«, sagte Lucien nach der ersten Tasse *café au lait*. »Ist die noch aktuell?«

»Absolut. Ich will sie noch heute in die Tat umsetzen.«

»Darf ich fragen?«

»Natürlich darfst du. Da ich keine Anzeige erstatten werde, ich mir den Wahnsinnigen aber irgendwie vom Leib halten muss, werde ich ihm eine E-Mail schreiben.«

Lucien überlegte, wie eine E-Mail helfen könnte, Kylian in seine Schranken zu weisen.

»Verstehe ich nicht.«

Anne lächelte.

»Ich erkläre es dir. Dazu brauche ich das Foto, das du von mir im gefesselten Zustand gemacht hast.«

»Sollst du bekommen. Ich hab auch die Bastide fotografiert. Und den bewusstlosen Kylian.«

»Perfekt. Nach dem Frühstück ziehe ich mich nackig aus …«

Lucien runzelte die Stirn. War er heute besonders begriffsstutzig?

»Denn ich bitte dich«, fuhr sie fort, »meine blauen Flecken und Schürfwunden zu fotografieren. In Nahaufnahme und möglichst dramatisch. Das gesamte Bildmaterial stelle ich in den Anhang meiner Mail. Dazu werde ich ungefähr Folgendes schreiben: Meine Entführung durch Kylian Rochat und meine durch ihn erlittenen Verletzungen sind vollumfänglich dokumentiert und ärztlich erfasst. Die Überwachungskamera in meinem Wohnzimmer hat die körperlichen Angriffe aufgezeichnet. Es gibt Zeugenaussagen, die bestätigen, dass ich von Kylian Rochat gefesselt in seiner Bastide bei Sainte-Agnès gefangen gehalten wurde. Das gesamte Belastungsmaterial steht zusammen mit einer eidesstattlichen Erklärung in der Cloud. Die Datei muss ich regelmäßig bestätigen. Falls mir was passiert und die Bestätigung ausbleibt, geht die Mail mit allen Anhängen automatisch an den Arbeitgeber von Kylian Rochat in Sophia Antipolis, gleichzeitig an die Polizei und an meine Redaktion, die die Geschichte veröffentlicht …«

Anne musste Luft holen.

»Es wird noch einen sehr persönlich gehaltenen Zusatz geben.

In etwa so: Nach einer von mir festgelegten Frist, während der mir deine fiese Visage nicht mehr unter die Augen gekommen ist und ich auch sonst nichts von dir gehört habe, werde ich die Datei löschen. Das ist deine einzige Chance. Du Schwein hast sie nicht verdient!«

Lucien war beeindruckt.

»Deine Idee gefällt mir. Bist halt eine Polizeireporterin, da kommt man auf so was.«

»Bis auf die Überwachungskamera stimmt ja alles.«

»Wir sollten eine in deiner Wohnung installieren.«

»Hast du etwa hier in deinem Appartement eine?«

»Nein, aber von mir will keiner was. Und zu klauen gibt es auch nichts von Wert.«

Anne fuhr sich über die Schürfwunde an der Stirn.

»Eine Bitte hätte ich noch an dich. Das Ganze ist ja ein Bluff. Ich werde gar nichts in die Cloud stellen. Falls ich irgendwann plötzlich tot aufgefunden werde, bitte ich dich, Kylian mit deinem Blasrohr eine Überdosis zu verpassen, damit er aus seiner Bewusstlosigkeit nicht mehr erwacht.«

Er sah sie nachdenklich an.

»Ich kann dich verstehen, aber so etwas mache ich nicht. War ja wohl auch nicht im Ernst gemeint …«

»Doch, war es!«

Während Anne auf ihrem Computer die E-Mail vorbereitete, ging Lucien aus dem Haus, um ihr ein neues Handy zu kaufen. Dabei traf er Alain, der gerade aus dem *P'tit Bouchon* kam, wo er die Fische vom *Marché aux poissons* auf Eis gelegt hatte. Wie jeden Tag war er dafür in aller Früh nach Nizza gefahren. Das gehörte zu seinem Job.

Sie unterhielten sich kurz über den gestrigen Abend im Restaurant. Besondere Vorkommnisse habe es keine gegeben. Ein Restauranttester sei da gewesen, berichtete Alain, aber nicht vom

Guide Michelin, die blieben ja anonym. Der Mann habe Anstalten gemacht, nicht zu zahlen, aber Paul habe sich darauf nicht eingelassen und ihm sein Menü ohne Nachlass in Rechnung gestellt.

Gut so, sagte Lucien. Er mochte keine Schmarotzer und zweifelhafte Restauranttester. Bis auf Capitaine Achille Giraud musste im *P'tit Bouchon* jeder fürs Essen zahlen – und auch diese stillschweigende Übereinkunft würde bald ein Ende haben. Lucien wusste, dass sich Alain noch eine Mütze Schlaf gönnen würde, er hatte sie verdient, und wünschte ihm grinsend noch eine gute Nacht.

Zurück in seiner Wohnung, wurde er von Anne mit einer Umarmung und einem dicken Kuss begrüßt.

»Tut mir leid, dass ich so angeschlagen bin«, sagte sie, »sonst würde meine Dankbarkeit noch viel inniger ausfallen. Du hast mir wirklich meinen Arsch gerettet …«

Lucien dachte, dass er es nie gewagt hätte, ihren wohlproportionierten Hintern so zu bezeichnen.

»Ich darf mir gar nicht vorstellen, was mir dieses perverse Schwein noch angetan hätte.«

»Vielleicht hätte er deine Fesseln gelöst und auf Knien um Vergebung gebeten?«, zog Lucien auch diese Möglichkeit in Betracht.

»Das hätte er mal versuchen sollen … Ich hätte ihm mit dem nächstbesten Gegenstand eine über die Rübe gezogen.«

Annes Gesichtsausdruck und ihre Ausdrucksweise ließen keinen Zweifel daran, dass sie es wirklich getan hätte.

»Nun ja, jetzt ist es eh zu spät.«

»Meine E-Mail ist schon draußen. Ich hoffe, Kylian versteht, was für ihn auf dem Spiel steht.«

»Verstehen wird er es schon. Fragt sich nur, ob er seinem Verstand folgt oder irrational handelt. Ich denke, wir werden es in wenigen Tagen wissen. Entweder dreht er sofort durch, oder er bekommt sich unter Kontrolle. Solange bist du in meiner Wohnung sicher.«

»Lieb von dir, ich weiß dein Angebot zu schätzen. Aber ich werde dir nicht zur Last fallen. Meine Mutter lebt in Aix-en-Provence. Sie beklagt sich regelmäßig, dass ich so wenig Zeit für sie habe. Wenn du mich zum Bahnhof bringst, nehme ich den nächsten Zug und bleibe ein wenig bei ihr. Sie wird überglücklich sein. Und ich … ich bekomme die Chance, es wieder zu werden.«

Er sah sie nachdenklich an.

»Das wünsche ich dir von ganzem Herzen. Musst nicht den Zug nehmen, ich bringe dich gerne im Auto nach Aix.«

Anne sah ihn schmunzelnd an.

»Und dann stelle ich dich meiner Mutter vor? Du wärst der erste Mann, den sie von mir kennenlernt. Sie wird denken, du wirst ihr Schwiegersohn.«

»Oje, den Schock wollen wir ihr ersparen. Dann setze ich dich doch besser in den Zug. Anschließend fahre ich in deine Wohnung und wechsle das Schloss aus. Und ich installiere auch eine Videoüberwachung, dann kannst du online kontrollieren, ob du ungebetenen Besuch bekommst.«

»Pass bitte auf dich auf. Nicht dass dir Kylian in die Quere kommt.«

Lucien dachte, dass die Sorge nicht unbegründet war.

»Ich nehme jemanden mit, der mir den Rücken freihalten kann. In meinem Lokal arbeitet ein ehemaliger Catcher …«

»An den Riesen kann ich mich erinnern. Ja, das ist eine gute Idee. Jetzt hoffe ich fast, Kylian taucht auf. Dann kann ihn dein Catcher aus dem Fenster werfen.«

»Paul sieht zwar nicht so aus, aber er ist sanft wie ein Lamm.«

»Schade. Da fällt mir ein, denkst du bitte an meinen Roller?«

»Ist schon beim Reifenwechsel. Kann solange in der Garage bleiben, bis du wiederkommst.«

»Lucien, wenn ich dich nicht hätte …«

»Hättest du einen anderen.«

»Aber keinen wie dich. Ich verspreche dir, dass ich super ausgeruht zurückkomme – und dann machen wir es uns schön.«

Die Perspektive gefiel ihm.

43

Am frühen Nachmittag hatte er alles erledigt. Anne saß im Zug nach Aix-en-Provence. Mit Pauls Unterstützung hatte er die Kamera in ihrer Wohnung installiert und das Türschloss ausgewechselt. Die alte Dame mit den Lockenwicklern war ihnen begegnet. Er hatte Grüße von Anne ausgerichtet, sie sei bei ihrer Mutter. Kylian hatte sich nicht blicken lassen. Vielleicht hatte er noch einen dumpfen Schädel oder war immer noch auf der Suche nach seinem Autoschlüssel?

Lucien fuhr bei der *Villa Béatitude* vor. Mit der umgehängten Angeltasche und dem Rucksack begegnete er Rosalie.

»Na, zurück vom Fischen? Ach nein, du wolltest ja was *regeln*. Und ich hatte dich gewarnt, dass es da draußen auf der Welt viele niederträchtige Menschen gibt.«

Lucien erinnerte sich, dass genau das ihre Worte gewesen waren.

»Wenn ich so alt bin wie du, wünsche ich mir dein Gedächtnis.«

»Da sehe ich schwarz«, entgegnete sie. »Erstens wirst du nie so alt wie ich. Was ich dir natürlich von Herzen gönnen würde, aber dein Lebenswandel spricht eindeutig dagegen. Und zweitens …« Sie klopfte sich an die Stirn. »Zweitens konnte ich mir schon immer alles besser merken als du. Ein kleiner Test: In welchem Jahr haben deine Eltern geheiratet?«

Obwohl er es genau wusste, spielte er den Ahnungslosen.

»Das war vor meiner Geburt, woher soll ich das wissen?«

»*Taratata*. Die Französische Revolution war auch vor deiner Geburt, und trotzdem kennst du das Jahr.«

»Achtzehnhundertneunundsiebzig?«

Rosalie sah ihn mit zusammengekniffenen Augen an.

»Du veralberst mich.« Sie drohte ihm lachend mit dem Finger. »Mach das nicht noch einmal!«

Er langte sich entschuldigend an die Brust.

»*Je suis désolé,* tut mir leid. Du wolltest wissen, wie mein Ausflug war? Alles erledigt. Ich bin nur einem einzigen niederträchtigen Menschen begegnet, und den konnte ich mit sanften Mitteln ruhigstellen. Ich bring nur schnell die Taschen in die Katakomben, anschließend möchte ich kurz mit Francine reden. Dann komme ich in die Küche, und wir trinken zusammen einen Tresterschnaps.«

Schon gestern hatte er Francine am Telefon gesagt, dass er dank ihrer Koordinaten die alte Bastide gefunden habe. Jetzt berichtete er ihr ausführlicher. Das meiste wusste sie eh schon. Dass er einen gewissen Kylian Rochat gesucht hatte, der mit Anne Dalmasso eine – nun ja – »Freundin« entführt hatte. Er habe sie ohne größere Schwierigkeiten befreien können. Und nein, natürlich habe er Kylian Rochat nicht umgebracht. Der Spinner sei von ihm nicht einmal ernsthaft verletzt worden. Und Anne Dalmasso? Sie sei unterwegs zu ihrer Mutter nach Aix-en-Provence, wo sie für einige Zeit abtauchen wolle.

Francine sah ihn süffisant lächelnd an.

»Kannst du dich noch an meine Warnung erinnern? Eine neugierige Polizeireporterin ist nicht der richtige Umgang für dich, sie bringt dich nur in Schwierigkeiten.«

»Hattest zwar recht, aber anders als gedacht: Sie hat sich selber in Schwierigkeiten gebracht.«

»Was ist mit diesem Rochat? Ich könnte mir vorstellen, dass er dir demnächst einen Besuch abstatten wird.«

»Warum sollte er? Ich bin nicht in Erscheinung getreten.«

»Doch, bist du. Nicht bei ihm persönlich, aber zum Beispiel bei der Rezeptionistin seines Arbeitgebers in Sophia Antipolis, wo du dich als sein alter Freund Professore Donati ausgegeben hast, oder in Sainte-Agnès, wo du sein Foto herumgezeigt hast. Der Mann ist nicht blöd, er wird sich zusammenreimen, dass du hinter der Befreiung von Anne Dalmasso steckst.«

Lucien zog eine Grimasse. Tatsächlich hatte er so weit nicht gedacht. Das war eine Schwäche von ihm. Er agierte meist aus der Situation heraus, spontan und mit Spaß an der Improvisation, übersah aber oft mögliche Konsequenzen.

»Ich werde mich in Acht nehmen«, versprach Lucien. »Kylian Rochat kennt weder meinen Namen, noch weiß er, wo ich wohne. Er könnte mir also nur erneut vor dem *P'tit Bouchon* auflauern. Das ist ihm schon einmal schlecht bekommen.«

»Unterschätze ihn nicht. Rochat ist intelligent, gleichzeitig irre im Kopf und gewaltbereit. Das ist eine gefährliche Kombination.«

Lucien dachte an Annes E-Mail. Sich selbst hatte sie auf diese Weise womöglich geschützt. Das jedenfalls war die optimistische Annahme. Gut möglich, dass sich Kylian Rochat genau deshalb bei ihm abreagierte. Selbst wenn er gar nicht wissen konnte, ob er wirklich hinter Annes Befreiung steckte. Aber an irgendjemandem musste er seine Wut rauslassen.

Lucien nickte.

»Ich hab's verstanden. Kleiner Themenwechsel: Ich wollte dich fragen, ob ich dich in den nächsten Tagen mal zum Mittagessen einladen darf. Zum Beispiel ins *Chèvre d'Or* in Èze-Village.«

Francine sah ihn überrascht an.

»Warum denn das?«

»Als kleines Dankeschön für deine Hilfe. Außerdem sollten wir mal in Ruhe über dein ungeborenes Kind reden …«

»Ausgerechnet im *Chèvre d'Or?*«

»Gerne auch woanders. Aber was ist falsch am *Chèvre d'Or?* Ich kenne kein besseres Lokal mit ähnlich großartiger Aussicht.«

Francine zögerte.

»Der Meinung war auch dein Vater. Er hat mich regelmäßig dorthin ausgeführt.«

»Tut mir leid, das wusste ich nicht.«

»Macht nichts. Vielleicht ... vielleicht ist das Lokal sogar gerade deshalb der perfekte Ort, um über Alexandres Kind zu reden.« Sie zögerte. »Aber das Gespräch kommt mir ehrlich gesagt zu früh. Ich bin mir noch nicht im Klaren, was die beste Lösung ist.«

»Ich will dich nicht drängen. Wir können auch einfach so dort essen, über unverfängliche Themen reden – und mit einem Glas Champagner auf meinen Vater anstoßen.«

»Doch, das können wir machen.« Sie strich sich leise lächelnd über den Bauch. »Ein Schluck Champagner dürfte dem Kleinen nicht schaden.«

44

Lucien genoss es, mal wieder einen ungestörten Abend im *P'tit Bouchon* zu verbringen. Weder setzte sich Capitaine Achille Giraud ungefragt an seinen Tisch, noch fiel ein Gast wie Anne Dalmasso mit Schnappatmung vom Stuhl. Apropos Anne: Von ihr hatte er eine WhatsApp mit vielen Küssen erhalten und der Nachricht, dass sie wohlbehalten bei ihrer Mutter eingetroffen sei. Er konnte sich also entspannt zurücklehnen.

Alle Tische waren belegt, der Service klappte vorzüglich. Aus der Küche waren keine fliegenden Kochtöpfe zu hören. Roland hatte sein Temperament also unter Kontrolle. Nach den *moules marinières* servierte ihm Paul von der Tageskarte eine *dorade sur lit de pommes de terre.* Auf einem Kartoffelbett hatte Roland die Goldbrasse schon länger nicht mehr zubereitet. Sie schmeckte vorzüglich. Im Glas zur Abwechslung mal ein Muscadet von der Loire. Ein unkomplizierter, trockener Weißwein aus der Gegend von Nantes, auf der Hefe »sur lie« ausgebaut und leicht moussierend.

Er lächelte vor sich hin. So sah es also aus, das bequeme Leben, an das er sich vor dem Tod seines Vaters gewöhnt hatte. Mit welcher Perspektive? Er hatte es sich nie überlegt. Sein Ziel war es nie gewesen, ein Restaurant zu besitzen. Es hatte sich einfach so ergeben, weil Roland, mit dem er befreundet war, als Koch gerade eine neue Anstellung gesucht und just dieses Lokal leer gestanden hatte. Wann wäre er, überlegte Lucien, diesem eintönigen Leben überdrüssig geworden? Die Frage musste er sich nicht mehr stellen. Die Entscheidung war ihm durch das »Erbe« der Chacarasses abgenommen worden. Jetzt war das *P'tit Bouchon* nur noch eine Nebenbeschäftigung. Die Musik spielte woanders …

Musik? Das war sicherlich der falsche Begriff, wenn es darum ging, Mordaufträge entgegenzunehmen – die er nicht bereit war, auszuführen. Er könnte das als großes Abenteuer ansehen, als Würze im faden Leben eines Kneipenwirts, aber dazu war alles zu ernst. Stellte sich also schon wieder die Frage, ob das sein weiteres Leben sein sollte. *Ad finitum* – bis zu seinem Ende.

Eine Zeit lang würde er das Spiel wohl mitspielen und nach Edmonds Pfeife tanzen, auch reizte ihn die Herausforderung, das musste er zugeben. Aber irgendwann würde er einen Ausweg finden müssen. Doch hatte er keine Ahnung, wie sich dies bewerkstelligen ließ, ohne das Versprechen zu brechen, das er seinem Vater auf dem Totenbett gegeben hatte.

Genau genommen, überlegte Lucien, tat er es ja schon jetzt. Er brachte niemanden um, er erweckte gegenüber seinem Onkel nur den Anschein. In Wahrheit rettete er Leben, denn die designierten Opfer würden sonst von jemand anderem liquidiert werden.

Edmond, Edmond … er war der Schlüssel.

Lucien nahm sein Handy und wählte die Nummer der *Escortlady* Colette.

»Hallo, mein lieber Lucien«, meldete sie sich. »Wie schön, von dir zu hören. Du hast Sehnsucht nach mir, gib es zu!«

Schon war er in der Bredouille. Würde er verneinen, wäre sie beleidigt.

»Das natürlich auch, aber …«

»Schwindler«, unterbrach sie ihn lachend. »Ich weiß genau, warum du anrufst. Ich wollte mich auch schon bei dir melden. Wir können uns gerne morgen Vormittag treffen und über diesen Grafen im Rollstuhl plaudern.«

»Du hast also was herausbekommen?«

»Na klar, gegen mich war Mata Hari eine blutige Anfängerin.«

Lucien verkniff sich den Hinweis, dass die legendäre Tänzerin und Edelprostituierte ihr Ende als angebliche Spionin vor einem Erschießungskommando gefunden hatte.

»Wie wäre es um elf Uhr in der Bar vom Negresco?«

»*C'est parfait* … Ach so, bitte denke daran, mein versprochenes Honorar mitzubringen.« Wieder lachte sie. »Ich akzeptiere nämlich keine Kartenzahlung.«

Zum Dessert bestellte Lucien *crème brûlée à la lavande*. Das war nicht besonders originell, aber er hatte gerade Lust darauf. Schon als Kind hatte er es geliebt, mit dem Löffel den karamellisierten Zucker zu knacken. Paul servierte ihm unaufgefordert einen Süßwein. Genau genommen einen Château d'Yquem, der vielleicht auch nicht originell war, aber immerhin so teuer, dass ihn sich heute Abend kein anderer Gast gönnte – was schade war.

Als er am späten Abend wie so häufig als Letzter das Lokal verließ, tat er dies in Begleitung von Paul. Er hatte ihn nicht darum gebeten, aber wie es schien, gefiel sich Paul zunehmend in der Rolle des Bodyguards. Obwohl Lucien nur wenige Andeutungen gemacht hatte, war ihm beim Anblick von Annes verwüsteter Wohnung offenbar einiges klar geworden. Die Auswechslung des Türschlosses und die Installation einer Überwachungskamera sprachen auch Bände. Paul wollte Lucien davor bewahren, erneut zu später Stunde vor seinem Lokal angegriffen zu werden.

Doch die Vorsicht war unbegründet. Weit und breit kein Kylian Rochat. Dennoch brachte ihn Paul bis zu seiner Haustür.

»Ich weiß, du kannst selber auf dich aufpassen«, murmelte er zum Abschied. »Aber bei einem Irren weiß man nie. Ich wünsch dir eine gute Nacht.«

45

Zur Verabredung mit Colette kam Lucien mit der Vespa. Er war pünktlich, sie aber noch pünktlicher. Sie erwartete ihn bereits an einem der kleinen Tische. Vor sich ein Glas Champagner und Grissini.

»Mein bevorzugtes Frühstück«, bemerkte sie lächelnd. »Das bringt den Kreislauf in Schwung und macht nicht dick.«

Er bestellte einen *café double*.

»Nun erzähl schon, was hast du herausbekommen?«

Sie wippte mit dem Fuß.

»Du willst also was über einen alten Herrn im Rollstuhl erfahren?«

»Richtig, und über die Escortdamen, in deren Begleitung er häufig im Spielcasino von Monte Carlo auftaucht.«

Colette lächelte.

»Du weißt ja, was nichts kostet, ist nichts wert. Das gilt nicht nur in der Liebe. Hast du mein Honorar dabei?«

Lucien reichte ihr einen vorbereiteten Umschlag. Er hatte keine Ahnung, in welcher Höhe sich Colette ihr Honorar vorstellte. Er hatte mal den Tarif für eine Liebesnacht mit einer Edelnutte zugrunde gelegt. Woher er den kannte? Wer ein Lokal betrieb, erfuhr von seinen Gästen so einiges.

Colette ließ den Umschlag in ihrer Handtasche verschwinden. Ohne reinzuschauen, das gefiel ihm.

»Wo soll ich anfangen? Es gibt nur einen Grafen im Rollstuhl, der in meiner Branche bekannt ist. Sein Name ist Edmond Comte de Chacarasse. Er wohnt in Beaulieu und ist ein passionierter Spieler. Das müsste er sein, richtig?«

Lucien nickte.

»Ich denke schon.«

»Der alte Knacker hat Geld wie Heu, so viel steht fest. Er spielt um hohe Einsätze.«

Das wusste er bereits, von Francine.

»Was ist mit den Damen in seiner Begleitung?«

»Sind Kolleginnen von mir, wie du schon richtig vermutet hast. Er bucht grundsätzlich die teuersten. Manchmal auch gleich zwei.«

»Was heißt, er bucht?«

»Über eine Agentur in Monte Carlo. Dort sind die Mädels unter Vertrag.«

»Bist du auch bei so einer Agentur?«

Colette lachte.

»Ich bin doch nicht blöd. Ich arbeite als freischaffende Künstlerin. Ist viel lukrativer. Aber zurück zu deinem Grafen. Er hatte wohl mal einen Unfall und ist von der Hüfte abwärts gelähmt.«

Sie nahm ein Grissini und brach es entzwei.

»Knack. Aber er hatte Glück im Unglück …«

»Wie meinst du das?«

»Dass er an einer entscheidenden Stelle nicht gelähmt ist. Er hat noch Spaß, wenn du verstehst, was ich meine.«

»Ist nicht schwer zu verstehen.«

Auf seinem Handy erreichte ihn ein Anruf. Auf dem Display sah er, von wem. Das durfte wohl nicht wahr sein … Ausgerechnet jetzt. Er stellte sein Handy auf stumm.

»Kannst ruhig rangehen.«

Lucien winkte ab.

»Ist nicht wichtig.«

Sie nippte am Champagnerglas.

»Ich hab noch was, das dich interessieren könnte.«

»Schieß los!«

»Der werte Graf zieht sich gerne eine Linie rein.«

Lucien sah sie ungläubig an.

»Er kokst? Bist du sicher?«

»Ich weiß das von einer Escort-Freundin, die selber kokainsüchtig ist. Die beiden haben sich schon mal eine Linie geteilt.«

Colette hatte nicht übertrieben, dachte Lucien. Als Spionin verfügte sie tatsächlich über die Talente einer Mata Hari. Colette hatte über Edmond entschieden mehr herausgefunden, als er erwartet hatte. Wohl auch mehr, als er bei der Bemessung ihres Honorars zugrunde gelegt hatte.

»Du hast dir eine Bonuszahlung verdient«, sagte Lucien. »Leider habe ich außer dem Umschlag kein Geld dabei.«

Sie sah ihm lächelnd in die Augen.

»Wie schön, dann haben wir einen Grund, uns bald wieder zu treffen. Aus uns wird noch was, wirst schon sehen.«

Lucien dachte nach. Aber nicht über ihre Prophezeiung.

»Ich würde die Bonuszahlung aufstocken, wenn du den Namen des Dealers herausfinden könntest, von dem dieser Graf sein Kokain bezieht.«

»Kein Problem, kannst die Scheine schon mal abzählen … Darf ich dir auch mal eine Frage stellen? Warum interessierst du dich so für den alten Knacker?«

»Ist was Privates«, antwortete er ausweichend.

Sie schmunzelte.

»Ach was? Da wäre ich von selbst nicht draufgekommen.«

»Was ist mit dir? Bei unserem ersten Gespräch hast du angedeutet, du würdest dir den Grafen gerne selber unter den Nagel reißen?«

Colette spielte mit ihrer langen Halskette, die bis in ihr aufreizend tiefes Dekolleté reichte.

»Den Gedanken habe ich verworfen. Ich sehe vielleicht nicht so aus, aber ich habe meine Prinzipien. Zu ihnen zählt, dass ich mit Drogensüchtigen, sie können noch so reich sein, keine längere Geschäftsbeziehung eingehe.«

»Du bist klug …«

46

Zurück in Villefranche, meldete er sich bei Edmond. Denn es war *sein* Anruf gewesen, den er im Negresco nicht entgegengenommen hatte. Lucien glaubte nicht an übersinnliche Phänomene, aber irre war es schon, dass sein Onkel ihn ausgerechnet erreichen wollte, als er sich mit Colette über ihn unterhielt.

»Warum bist du nicht ans Telefon gegangen?«, blaffte ihn Edmond anstelle einer Begrüßung an.

Lucien dachte, dass regelmäßiger Kokainkonsum aggressiv machen konnte.

»Ich wünsche dir auch einen schönen Tag«, erwiderte er spöttisch. »Was kann ich für dich tun?«

»Das werde ich dir sagen, wenn du heute Nachmittag zum Tee vorbeikommst.«

Oje, schon wieder Tee. Das bedeutete nichts Gutes.

»Heute passt es mir nicht. Morgen übrigens auch nicht.«

Edmond ließ sein heiseres Lachen vernehmen.

»Kein Problem, lass dir nur Zeit. Sie wird dir am Ende fehlen. Darfst dich dann aber nicht beklagen.«

Lucien war klar, wie diese Äußerung zu interpretieren war. Sein Onkel hatte einen neuen Auftrag. Und wie immer gab es eine Frist, in der dieser erledigt sein musste.

»Ich muss mal in meinem Terminkalender nachsehen …«

»Bullshit, du hast überhaupt kein *carnet*.«

Da hatte Edmond recht. Für was auch? Den Ruhetag vom *P'tit Bouchon* wusste er auswendig.

»Moment mal, ich sehe gerade, dass ich es doch einrichten kann. Wie wäre es um vier Uhr? Vorher habe ich Squash, und danach bin ich zum Wasserski verabredet.«

Das hätte er sich sparen können, dachte Lucien. War ihm nur rausgerutscht, um seinen Onkel zu ärgern. Denn beides würde er vielleicht auch gerne machen – konnte es aber nicht.

»Ich hoffe, du bekommst beim Squash einen Schläger an den Kopf. Wir sehen uns um vier Uhr.«

Lucien nahm sich vor, sein Temperament zu zügeln. Was brachte es, seinen Onkel mit kindischen Bemerkungen gegen sich aufzubringen? Viel gescheiter war es, ihn in Sicherheit zu wiegen, ihn aber im Geheimen Schritt für Schritt auszuforschen. Je mehr er über ihn in Erfahrung brachte, vor allem über seine dunklen Seiten, desto angreifbarer wurde er. Es würde der Tag kommen, an dem er diese »Spezialkenntnisse« gegen Edmond verwenden würde. Er wusste nicht, wann und aus welchem Anlass – aber er würde kommen, dieser Tag. Das spürte er.

Wie üblich wurde ihm vom Butler geöffnet. Unwillkürlich stellte sich Lucien vor, wie er wütend gegen einen Spielautomaten schlug, weil er wieder mal nichts gewonnen hatte.

Sein Onkel erwartete ihn im gläsernen Pavillon. Der Tee stand schon bereit. Also das übliche Ritual. Verlogen wie immer.

»Wir haben einen neuen Auftrag«, kam Edmond gleich auf den Punkt.

»Ich hab's mir gedacht. Aber warum so bald schon? Der letzte ist doch noch gar nicht so lange her. Du hast mal angedeutet, mehr als zwei, drei Aufträge werden es nicht pro Jahr.«

»Habe ich das gesagt?« Edmond grinste schief. »Da habe ich mich wohl getäuscht.«

»Kannst du Aufträge nicht einfach mal ablehnen?«

»Könnte ich vielleicht, aber das entspricht nicht unseren Geschäftspraktiken.«

So ein Blödsinn, dachte Lucien. Beim nächsten Mal würde er ein gebrochenes Bein vortäuschen und mit zwei Krücken erscheinen. Dann blieb Edmond nichts anderes übrig.

»Also, wen soll ich diesmal umbringen?«

»Der Job wird dir gefallen, ist mal was anderes. Du fragst doch immer nach dem Auftraggeber? Diesmal verrate ich ihn dir. Aus einem einfachen Grund: Er ist nämlich gleichzeitig die Zielperson.«

Lucien kniff die Augen zusammen.

»Verstehe ich nicht, Auftraggeber und Opfer sind ein und dieselbe Person?«

»Na bitte, du hast es doch verstanden, sogar auf Anhieb. Unser Kunde möchte, dass du ihn tötest.«

»Soll er sich doch aufhängen oder von einer Brücke stürzen, ist billiger.«

»Eben nicht. Für ihn ist es im Gegenteil wesentlich einträglicher, wenn er umgebracht wird. Ich gebe zu, das bedarf einer kurzen Erläuterung. Renzo Castex, so heißt der gute Mann, lebt in einem noblen Vorort von Genf und ist ein angesehener Unternehmer. Er ist schwer krebskrank und hat nicht mehr lange zu leben. Nach seinem Tod werden Frau und Kinder erfahren, dass sein Unternehmen vor dem Ruin steht. Es gibt nichts zu erben, nur Schulden. Den Absturz in die Armut will er ihnen ersparen.«

»Warum erzählst du mir das so ausführlich?«, wunderte sich Lucien.

»Weil du wissen musst, worum es geht. Du darfst nämlich keinen Fehler machen. Renzo Castex hat eine Lebensversicherung, aber keine übliche. Sie zahlt nicht im Falle seines natürlichen Ablebens, bei Selbstmord sowieso nicht. Sie kommt dann zum Tragen, wenn Castex Opfer eines Gewaltverbrechens wird. In diesem Fall zahlt sie zwölf Millionen Schweizer Franken an seine Hinterbliebenen. Damit können die Schulden beglichen und die Arbeitsplätze im Unternehmen gesichert werden. Für seine Familie bleibt genug zum Leben. Und die Million Euro an uns ist auch noch drin.«

Lucien kratzte sich am Kopf. Edmond hatte recht, der Auftrag war wirklich mal was anderes – und würde ihn vor ein großes Problem stellen: Castex würde nicht wollen, dass er ihn am Leben ließ. Er wollte getötet werden.

»Wie stellt sich Castex seinen Tod vor? Soll ich ihn auf offener Straße erschießen und dazu *Allahu akbar* rufen?«

Edmond lachte.

»Wäre eine Option. Aber nein, Castex hat sich den Hergang genau überlegt. Es gibt eine Art Drehbuch. Du sollst eine Stunde vor Mitternacht in seine Villa einbrechen, um Kunstgegenstände zu stehlen. Renzo Castex wird wach, er schießt auf dich …«

»Ist nicht dein Ernst?«

»Keine Angst, er wird dich nicht treffen, wäre ja nicht in seinem Sinne. Du schießt zurück und triffst ihn präzise mitten in die Stirn. Er hat keine Schmerzen und fällt tot um. Das Ganze wird von Überwachungskameras aufgezeichnet. Du machst dich aus dem Staub. Fertig, erledigt. Ein Kinderspiel.«

Ein Kinderspiel? In Luciens Ohren hörte sich das ganz anders an.

»Was ist mit seiner Frau und seinen Kindern?«

»Fahren morgen für acht Tage in sein Ferienhaus nach Apulien. Er wird alleine in der Villa sein.«

»Was ist mit der Alarmanlage?«

»Er wird vergessen, sie einzuschalten.«

»Wie weiß er, dass ich komme und es ernst wird?«

»Er wird ab übermorgen jeden Abend um elf Uhr mit deinem Besuch rechnen. Du sollst eine Scheibe auf der Terrasse einschlagen, das wird er hören.«

Lucien dachte, dass er besser schon diesmal mit gebrochenem Bein und auf Krücken gekommen wäre. Was war das für ein beschissener Auftrag? Bisher hatte er sich immer selber ein Drehbuch überlegt. Diesmal lag es schon fertig vor. Es gab keinen Spielraum. Der gute Mann wollte, dass alles genau so ablief. Und am Ende wollte er tot umfallen. Der Schuss in die Stirn gehörte zum Auftrag.

»Noch irgendwelche Fragen? Ach so, du solltest dich so vermummen, dass man dich auf der Videoaufzeichnung nicht erkennt. Und bei deiner Flucht sollst du aus Versehen den Außenalarm auslösen, damit die Leiche entdeckt wird.«

»Wie soll das gehen?«

»Musst nur das Eisentor zum Grundstück öffnen, dann geht der Alarm automatisch los.«

»Gut, dass dir das noch eingefallen ist. Hätte mir ja auch schon bei meiner Ankunft passieren können.«

»Ein Einbrecher steigt über die Mauer und spaziert nicht durchs Haupttor. Selbst dir würde so was nicht einfallen.«

»Vielleicht doch, ich hab's gern bequem.«

»Kannst auch mit dem Flugdrachen einschweben, ist mir egal. Aber danach hältst du dich exakt ans Drehbuch.«

»Das Geld ist schon auf dem Sperrkonto?«

»Ja, ist auch schon freigegeben. Der Mann setzt großes Vertrauen in unsere Expertise. Auch geht er davon aus, dass wir den finalen Schuss so platzieren, dass er sofort tot ist. Der Ruf eilt uns voraus, dass wir das können.«

»Er soll das Licht anmachen!«, sagte Lucien. »Damit ich ihn besser sehe.«

»Steht nicht im Drehbuch, aber ich denke, dass ihm das klar ist. So, jetzt haben wir genug gequatscht. In diesem Umschlag findest du ein Porträtfoto, seine Adresse, den Grundriss seines Hauses und einige Innenaufnahmen zur besseren Orientierung. Ich wünsch dir eine gute Fahrt.«

»Ich könnte auch fliegen.«

»Mit einer Pistole im Handgepäck? Viel Spaß.«

47

Rosalie überraschte ihn mit einer ungewöhnlichen Bitte. »Wir brauchen dringend einen Friseurtermin«, erklärte sie.

Mit seinen Gedanken war er noch bei Edmonds Auftrag. Vielleicht lag es daran, dass er sie nicht sofort verstand? Er war es gewohnt, dass sie an seiner Kleidung herumnörgelte. Zum Friseur allerdings hatte sie ihn noch nie geschickt. Sie wusste, dass es Grenzen der Einmischung gab, die sie besser nicht überschritt. Wie kurz oder lang er seine Haare trug oder wie oft er sich rasierte, entschied er nun mal wirklich selbst.

Plötzlich fiel ihm als Erklärung ein, dass sie sich wohl selbst meinte. Allerdings konnte er sich nicht erinnern, dass sie je zu einem Friseur gegangen wäre. Auf wundersame Weise sahen ihre weißen Haare immer gleich aus. Meistens waren sie im Nacken zu einem kunstvollen Knoten oder zu einem gedrehten Zopf gebunden.

»Soll ich dich zum Friseur fahren?«

»Ich muss nicht mit«, erwiderte sie.

Lucien sah sie ratlos an.

Er bemerkte, dass sie mit einer Hand Coco das Fell kraulte. Erst jetzt fiel bei ihm der Groschen.

»Du glaubst, der Hund muss zum Friseur?«

»Natürlich, was meintest du?«

»Ich finde, Coco sieht doch ganz nett aus. Solange sie noch aus ihren Knopfaugen schauen kann, gibt's doch keine Notwendigkeit, sie von einem Hundefriseur quälen zu lassen.«

»Erstens, mein Lieber, tut Haare schneiden nicht weh. Und zweitens möchtest du im Sommer auch keinen dicken Pelz tragen.«

Lucien überlegte, dass Tiere in der freien Wildbahn keine Möglichkeit hatten, sich im Sommer das Fell trimmen zu lassen. Allerdings hatte die kleine Coco nicht mehr viel mit einem *Canis lupus* gemein. Vom Wolf unterschied die Malteserhündin nicht nur die Angewohnheit, jeden Besucher schwanzwedelnd anzuspringen. Vielleicht war also auch ihr Fell im Sommer zu dick. Das mochte sein.

»Hast du eine Adresse?«, fragte er.

»Wir brauchen dafür doch kein *Attest?* Manchmal glaube ich, du lebst auf dem Mond.«

Immer häufiger vermied es Lucien, Rosalie auf ihre Schwerhörigkeit aufmerksam zu machen. Das trübte nur ihre gute Laune. Lieber lebte er auf dem Mond.

»Kennst du einen Hundesalon?«, präzisierte er.

»Natürlich nicht. Aber wir können Francine fragen. Sie kann uns sicher helfen. Die tippt in ihre Tastatur und hat in null Komma nichts einen gefunden.«

Lucien nickte.

»Ich will sowieso rauf zu ihr.«

Das Hundethema hatte er mit Francine schnell abgehakt. Sie schlug vor, Coco in den nächsten Tagen nach Monaco mitzunehmen. Dort gebe es Friseure für alle Geschöpfe auf zwei oder vier Beinen. Lucien brachte nur eine Bitte vor: Coco sollte hinterher nicht ausschauen wie ein dressiertes Mannequin auf dem Laufsteg, sondern möglichst natürlich und wuschelig bleiben. Francine stimmte ihm lächelnd zu. Darauf werde sie achten.

Sie kamen auf seine Essenseinladung im *Chèvre d'Or* zu sprechen. Lucien bat um Entschuldigung, denn in den nächsten Tagen gehe es leider nicht. Er müsse – Lucien räusperte sich –, nun ja, eine »Dienstreise« antreten.

Francine kniff die Augen zusammen.

»Kommst du etwa gerade von Edmond?«, fragte sie.

»Ja, er hatte mich zum Tee eingeladen.«

»Oje, dann wusstest du ja, was auf dich zukommt. Ein neuer Auftrag, wie ich annehme?«

Lucien nickte.

»Einladungen zum Tee verheißen bei meinem Onkel nichts Gutes. Ich hab's lieber, wenn er in Begleitung schöner Frauen Champagner trinkt und mich in Ruhe lässt.«

»Das macht er wahrscheinlich trotzdem. Du bist es ja, der den Job erledigen muss. Er kann sich währenddessen eine schöne Zeit machen.«

Da hatte sie wohl recht, dachte Lucien. Das Leben war nicht fair.

»Ich habe ehrlich gesagt nicht damit gerechnet, dass er schon so bald wieder einen neuen Auftrag hat.« Lucien sah sie fragend an. »Wie war das bei meinem Vater? Ging das auch bei ihm Schlag auf Schlag?«

Sie zögerte mit der Antwort.

»Du denkst, ich wüsste das?«

»Ja, das denke ich.«

»Mal so, mal so. Ich erinnere mich an das schönste halbe Jahr, das ich mit Alexandre verbringen durfte.« Francine schmunzelte. »In dieser Zeit hatte er definitiv keinen Auftrag. Aber …« Das Lächeln wich aus ihrem Gesicht. »Danach kamen gleich zwei in Folge. Der zweite war sein letzter …«

Sie wischte sich über die Augen.

»Tut mir leid, ich hätte dich nicht darauf ansprechen sollen.«

»Doch, ist in Ordnung.« Schon hatte sie ihre Fassung wiedergewonnen. »Willst du mir erzählen, wen du diesmal umbringen sollst?«

Es wunderte ihn nicht, dass sie diese drastischen Worte wählte.

Tatsächlich hatte er überlegt, ihr zu verschweigen, was ihm Edmond aufgetragen hatte. Jedenfalls hatte er sich vorgenommen, diesmal ohne Hilfe auszukommen. Kein Paul, auch keine Francine. Die Teamarbeit in Marseille war im Rückblick zwar erfolgreich gewesen, aber durfte nicht zur Gewohnheit werden. Soweit er wusste, hatten die Chacarasses immer im Alleingang gehandelt – aus gutem Grund. Mörder agierten nun mal im Verborgenen. Mitwisser stellten eine Bedrohung dar. Doch gab es gegenüber seinen Vorfahren einen entscheidenden Unterschied: Er setzte alles daran, seine Opfer nicht umzubringen. Die Risikobewertung war folglich eine andere.

»Ich will dich nicht schon wieder reinziehen«, sagte er.

Francine hob eine Augenbraue.

»Hast du schon. Übrigens sind das unsere Spielregeln. Du verschweigst mir keinen einzigen von Edmonds Aufträgen …«

Von *Spielregeln,* dachte Lucien, wusste er nichts. Sie hatten sich nie auf welche verständigt.

»Im Gegenzug«, fuhr sie fort, »hast du meine unbedingte Loyalität und Unterstützung.«

Lucien versuchte zu lächeln.

»Weil du sicherstellen willst, dass nicht doch aus Versehen jemand ums Leben kommt.«

»So ist es!«

»Das wird diesmal unmöglich sein«, sagte Lucien. »Edmonds neuer Auftrag ist … nun ja, er ist sehr speziell.«

»Erzähl!«

Lucien sah sie nachdenklich an. Er würde sie keinesfalls mit nach Genf nehmen, so viel war sicher. Aber sie durfte, ja, sie *sollte* sogar wissen, worum es diesmal ging. Und dass er keine Wahl hatte.

Er erklärte ihr minutiös Edmonds Auftrag. Francine folgte regungslos seinen Worten. Als er fertig war, schüttelte sie fast ungläubig den Kopf.

»Ich gebe dir recht, der Auftrag ist wirklich sehr *speziell.*«

»Sagte ich doch.«

»Genau genommen«, überlegte Francine, »sollst du keinen Mord begehen. Was von dir verlangt wird, ist wohl eher Töten auf Verlangen. Das macht's aber auch nicht besser.«

»Wie gesagt, Renzo Castex ist schwer krebskrank und hat nicht mehr lange zu leben. Aktive Sterbehilfe ist in der Schweiz erlaubt.«

»Aber soviel ich weiß, nur die *indirekte* Sterbehilfe. Ein gezielter Kopfschuss ist ziemlich direkt.«

Lucien machte sich nichts vor. Auch ihm war klar, dass sich ein Kopfschuss nicht dadurch legitimieren ließ, dass die Suizidbeihilfe in der Schweiz unter bestimmten Bedingungen erlaubt war.

Während er noch darüber nachdachte, hatte sie in ihren Computer einige Suchbegriffe eingegeben.

»Hier steht, dass in der Schweiz jeder Mensch das Recht hat, Art und Zeitpunkt des eigenen Sterbens selbst zu bestimmen ...«

»Genau dieses Recht nimmt Castex für sich in Anspruch.«

»Offenbar muss man Mitglied in einem Verein für Freitodbegleitung sein. Der Suizid, heißt es hier, erfolgt mit einem Giftcocktail, den sich der Sterbewillige eigenhändig einflößen muss. Meist basiere er auf Barbituraten wie Pentobarbital-Natrium. In Kombination mit anderen Wirkstoffen führe das Gift erst zur Ohnmacht und dann zum Tod durch Atem- und Herzstillstand.«

Den Giftcocktail fand Lucien spannend.

»So einen Schlummertrunk hätte ich auch gerne in meinem Apothekenschrank«, sagte Francine leise. »Es müsste auch hierzulande jedem Menschen erlaubt sein, freiwillig und in Würde aus dem Leben zu scheiden.«

Lucien überlegte, dass sie vom Thema abkamen. Über Leben und Tod zu philosophieren, brachte ihn nicht weiter. Jetzt ging es darum, mit Edmonds Auftrag klarzukommen. Er hatte keine Ahnung, wie das gehen sollte.

»Die Motive dieses Renzo Castex sind schlüssig«, stellte Francine fest. »Er will seiner Familie kein Pleiteunternehmen hinterlassen. Leben will er auch nicht mehr. Du erschießt ihn, die Versicherung zahlt, und sein Erbe ist gesichert.«

»Ist genau genommen Versicherungsbetrug.«

»Deshalb muss es ja aussehen wie ein Gewaltverbrechen. Viele Vorständler und Unternehmer haben solche Versicherungen, weil sie Angst vor Entführungen oder Attentaten haben.«

»Der Versicherungsbetrug wäre mir egal. Aber ich will niemandem in den Kopf schießen, selbst wenn dieser Castex genau das von mir verlangt.« Er sah sie fragend an. »Kannst du mir sagen, wie ich aus der Nummer rauskomme?«

»Nein, kann ich nicht. Ich würde sagen, du hast ein Problem.«

»Vielen Dank, so weit war ich auch schon.«

Francine klopfte mit den Fingern auf die Tischplatte. Nervös war sie nicht. Offenbar dachte sie nach.

»Wer sagt denn, dass das alles so stimmt? Ich werde diesen Castex mal genauer unter die Lupe nehmen. Mal sehen, was ich über ihn herausbekomme.«

»Das kann nicht schaden, auch wenn ich keinen Grund sehe, an seiner Geschichte zu zweifeln. Sie wäre zu gut ausgedacht …«

»Genau das gefällt mir nicht an ihr. Das Szenario ist einfach zu perfekt. Kann aber trotzdem stimmen, da gebe ich dir recht. Es gibt übrigens noch einen Aspekt, den du immer im Auge haben solltest …«

Sie machte eine Pause. Lucien wusste nicht, worauf sie hinauswollte.

»Grundsätzlich musst du bei jedem Auftrag, den du von Edmond erhältst, in Betracht ziehen, dass es sich um eine Falle handeln könnte.«

»Warum sollte mir Edmond eine Falle stellen?«

»Weiß ich nicht. Edmond ist eine Ratte. Ich dachte aber gar

nicht an ihn. Kann genauso gut sein, dass er selber in eine Falle tappt, die er nicht erkennt. Und du mit ihm. Auftragsmörder wie die Chacarasses haben Feinde, viele Feinde. Und mit jedem Auftrag werden es mehr.«

48

Während Francine mit ihrer Onlinerecherche begann, ging Lucien in die Garage. Dort verstaubte in der Ecke ein E-Scooter, den er schon lange nicht mehr hergenommen hatte. Er ließ sich zusammenklappen und war schneller, als die Polizei erlaubte. Er schloss den Akku ans Ladekabel. Der alte Citroën seines Vaters war wie immer vollgetankt und abfahrbereit. Lucien klopfte ihm auf die Karosserie. »Morgen geht's in die Schweiz«, flüsterte er. Sein nächster Weg führte ihn in die Katakomben. Dort sammelte er einiges zusammen, was ihm nützlich erschien. Dabei musste er improvisieren, denn noch hatte er keine wirkliche Idee, wie er sich in Genf aus der Affäre ziehen konnte. Das Worst-Case-Szenario sah so aus: Er würde tun, was Castex von ihm verlangte. Weshalb er eine Pistole mit Schalldämpfer aus dem Waffenschrank nahm.

Er legte alles bereit. Die Tasche packen würde er aber erst morgen. Vielleicht fiel ihm bis dahin doch noch ein Ausweg ein. Oder Francine hatte eine Idee.

Bevor er wieder zu ihr in den ersten Stock ging, tätigte er noch einen Anruf. Er musste später jemanden treffen. Es gab Dinge, die besprach man nicht am Telefon.

»Na, hast du was herausgefunden?«, fragte er beim Betreten des Büros.

»Ich bräuchte mehr Zeit, aber auf die Schnelle scheint alles zu stimmen. Renzo Castex ist Anfang sechzig und tatsächlich ein prominenter Unternehmer. Er hat eine deutlich jüngere Frau und zwei minderjährige Kinder. Von seiner Krankheit ist im Netz nichts zu finden, aber auf einem aktuellen Foto, das ihn mit seiner Frau bei einem Wohltätigkeitsball zeigt, wirkt er stark abgemagert. In einer Finanzzeitung bin ich auf ein Interview mit ihm gestoßen, in dem er auf die hartnäckigen Fragen des Reporters einen Umsatzrückgang einräumt. Doch sei der nicht dramatisch. Die Zukunftsaussichten seien ausgesprochen positiv.«

»Da hat er wohl gelogen«, stellte Lucien fest.

Francine nickte.

»So jedenfalls passt alles zusammen. Was willst du jetzt machen? Ihm seinen letzten Wunsch erfüllen?«

Nur über meine Leiche, hätte Lucien fast geantwortet. Aber das war auch keine Option.

»Ich fahre morgen nach Genf und hoffe auf eine göttliche Eingebung.«

»Gott wird dir dabei nicht helfen. Aber ich könnte es vielleicht. Am besten, du nimmst mich mit.«

Lucien schüttelte den Kopf.

»Nein, da muss ich alleine durch.«

Später am Abend dachte er darüber nach, dass Francine seine Entscheidung nur widerstrebend akzeptiert hatte. Aber er war überzeugt davon, dass sie richtig war. Francine war schwanger. Ihr ungeborenes Kind sollte nicht dabei sein, wenn er etwas tat, das gegen das fünfte Gebot verstieß. Auch wenn er immer noch hoffte, dass ihm dieser Sündenfall erspart blieb.

Er nahm im *P'tit Bouchon* ein spätes Abendessen zu sich und versuchte, an etwas anderes zu denken. Aber es gelang ihm nicht wirklich.

Zuvor hatte er sich noch mit Docteur Moreau getroffen. Er hatte mit ihm über den Giftcocktail gesprochen, der in der Schweiz bei der Sterbehilfe eingesetzt wurde. Das Thema interessierte ihn ganz grundsätzlich. In seinem Gewerbe sollte man jede Gelegenheit wahrnehmen, sich fortzubilden. Im Falle Castex aber war wichtiger, welche Wirkung die Medikamente hatten, die er als austherapierter Krebspatient mutmaßlich einnahm. Moreau hatte ihm einen kurzen Vortrag gehalten. Und auch einige Fragen beantwortet.

Nach dem Dessert ging Lucien hinter die Theke und goss sich eine Grappa ein. Von Jacopo Poli aus Bassano. Dabei dachte er an seine verstorbene italienische Mutter. Was würde sie ihm raten? Seinen Vater musste er nicht fragen, der würde seine Gewissensbisse nicht verstehen.

»Du machst einen deprimierten Eindruck«, riss ihn Paul aus seinen Gedanken. »Ist hoffentlich alles okay bei dir?«

Lucien ärgerte sich, dass ihm Paul seine Gemütsverfassung ansah. Bei Francine und Rosalie hatte er sich daran gewöhnt, dass sie ihn durchschauten. Aber Dritten gegenüber wollte er sich diese Blöße nicht geben.

»Mir geht's hervorragend«, erwiderte er mit einem Lachen. »Mir sind nur Rolands Lammkoteletts auf den Magen geschlagen.«

»Bist der Einzige, sonst gab es keine Reklamationen.«

»Wahrscheinlich hat er mir was ins Essen getan, weil ich vergessen habe, bei ihm in der Küche vorbeizuschauen.«

»Das wäre ihm zuzutrauen, kann aber nicht sein, weil er nicht wissen konnte, welcher Teller für dich war.«

»Habe ich doch nicht ernst gemeint. Magst auch eine Grappa?«

»Gerne. Hast du eigentlich was von dieser Anne Dalmasso gehört, in deren Wohnung wir waren?«

Lucien fiel ein, dass er sie völlig vergessen hatte. Dass das so schnell gehen könnte, überraschte ihn. Dafür hatte es nicht mehr als einen Termin bei Edmond zum Tee gebraucht.

»Ich weiß nur, dass sie gut bei ihrer Mutter angekommen ist.«

Er öffnete auf dem Handy die App mit der Überwachungskamera. In ihrer Wohnung hatte sich nichts verändert. Was eigentlich klar war, denn sonst hätte es auf seinem Handy einen Alarm gegeben.

»Alles in Ordnung. Da fällt mir ein: Ich muss morgen für ein paar Tage weg. Sagst du bitte den anderen Bescheid. Und … bevor du auf falsche Gedanken kommst: Hat nichts mit Anne zu tun.«

Paul lächelte.

»Ich komme grundsätzlich auf keine Gedanken. Das weißt du doch.«

49

Am nächsten Vormittag verabschiedete sich Lucien von Rosalie. In zwei, drei Tagen sei er wieder zurück.

»Diesmal hast du keine Angeltasche dabei«, stellte sie fest. »Ist das eine gute oder schlechte Nachricht?«

Er nahm sie in den Arm.

»Natürlich eine gute.«

Dass es Einsätze gab, bei dem man weder ein Gewehr noch ein Blasrohr brauchen konnte, musste sie nicht wissen. Auch nicht, dass er in seiner Reisetasche eine Pistole mit Schalldämpfer versteckt hatte. Darüber hinaus weitere Dinge, die ihr Misstrauen wecken würden. Es war ihm nämlich doch noch eine Idee gekommen … Der E-Scooter im Kofferraum war dagegen unverdächtig.

Francine hatte heute frei. Über Renzo Castex hatte sie offenbar nichts Weiteres herausgefunden, sonst hätte sie sich bei ihm gemeldet.

Lucien machte sich auf den Weg nach Genf. Er freute sich auf die Fahrt und hatte keine Eile. Er genoss es, in der *Déesse* seines Vaters entspannt dahinzugleiten. Luftgefedert, bequem wie auf einem Sofa. Er hatte Stunden vor sich, in denen er ungestört nachdenken konnte.

Von den verschiedenen Strecken, die sich anboten, wählte er nicht die schnellste, dafür aber die schönste – und geschichtsträchtigste. Denn die Landstraße RN 85, die über Grasse und Digne nach Sisteron und von dort weiter nach Grenoble führte, trug den Namen *Route Napoléon*. Sie folgte der legendären Strecke, die Napoleon 1815 nach seiner Flucht von Elba genommen hatte. In nur sieben Tagen war er mit seinen Getreuen nach Grenoble marschiert. Und von dort in einem Triumphzug weiter nach Paris – zurück an die Macht, die freilich nur hundert Tage währen sollte.

Es blieb nicht aus, dass Lucien an Napoleons letzte Schlacht denken musste. Er hoffte inständig, dass Genf nicht sein persönliches Waterloo werden würde. Vielleicht sollte er am nächsten Rastplatz wenden und zurückfahren? Napoleon Bonaparte wäre das nie in den Sinn gekommen. An ihm sollte er sich ein Beispiel nehmen.

Lucien machte einen Tankstopp und trank einen *café double*. Dann fuhr er weiter über Chambéry und Annecy nach Genf. Er kam nicht zum ersten Mal hierher. Eine ältere Schwester seiner Mutter hatte in Genf gelebt und erwartet, dass man sie regelmäßig besuchte. Seit ihrem Tod vor einigen Jahren hatte es keinen Anlass mehr gegeben. Dabei mochte er die Stadt. Schon deshalb, weil sie zwar in der Schweiz gelegen, aber sehr französisch geprägt war. Er kannte Ecken, da fühlte er sich wie in Paris. Im Vorort Carouge dagegen konnte man sich nach Italien versetzt fühlen. Dazu die prächtige Kulisse des Genfer Sees mit den Uferpromenaden und dem Ausfluss der Rhône. Im Hintergrund der mächtige Gipfel des Mont Blanc.

Obwohl seine Tante in ihrem Haus über einige Gästezimmer verfügte, hatte Luciens Vater immer darauf bestanden, im Hotel abzusteigen. Natürlich nicht in irgendeinem, sondern stilgerecht im legendären Beau-Rivage am Quai du Mont-Blanc. Lucien hatte beschlossen, diese Tradition fortzusetzen. Aus purer Sentimentalität, denn normalerweise bevorzugte er weniger pompöse Übernachtungsmöglichkeiten.

Lucien fuhr mit dem Citroën direkt vor den Eingang. Von seinem Vater kannte er das nicht anders. Ein livrierter Concierge eilte herbei und begrüßte ihn wie einen Stammgast. Lucien stellte sich vor, ausnahmsweise mit seinem richtigen Namen. Der Concierge nickte. Er habe die wunderschöne *Déesse* selbstverständlich sofort wiedererkannt. Ob der werte Herr Vater diesmal nicht dabei sei? Betrübt reagierte der Concierge auf die Nachricht seines Todes. Fast konnte man glauben, dass die Betroffenheit von Herzen kam.

Lucien bat ihn, das Auto zu parken. *Mais non,* seine Reisetasche und den Rucksack könne er durchaus selber tragen. Das restliche Gepäck könne im Kofferraum bleiben. Er steckte ihm diskret einen größeren Geldschein zu. Lucien checkte hier als *Monsieur le Comte* ein – sein Vater würde wollen, dass er sich standesgemäß verhielt.

Wenig später stand er auf dem Balkon seiner Suite und sah über die Uferpromenade hinaus auf den See. Wie schön wäre es, nur zum Vergnügen hier zu sein, überlegte er. Am besten in Begleitung einer lebenslustigen und gut aussehenden Frau. Unwillkürlich dachte er an Anne Dalmasso. Dabei würde Francine viel besser in ein Grandhotel passen. Ob sein Vater mit ihr mal hier gewesen war? Erst jetzt kam ihm dieser Gedanke. Natürlich hatte sie keine Andeutung gemacht. Das käme ihr nie in den Sinn – sie wusste sich zu beherrschen. Ihre Geheimnisse behielt sie für sich.

Während er auf die hohe Wasserfontäne im See blickte, den *Jet d'eau,* fiel ihm eine andere Meisterin der Selbstbeherrschung ein: die österreichische Kaiserin Elisabeth. 1898 war sie auf der vor ihm liegenden Hafenpromenade mit einem Stilett niedergestochen worden. Gestorben war Sisi kurz darauf im Beau-Rivage. Zuvor hatte sie noch so getan, als ob sie nicht ernsthaft verletzt worden wäre, und hatte ein Schiff bestiegen. Dort aber war sie zusammengebrochen und zurück ins Hotel gebracht worden.

Lucien stellte fest, dass ihn seine Gedanken unwillkürlich, fast zwanghaft zu einem Mordfall geführt hatten. Als ob ihn sein Unterbewusstsein darauf aufmerksam machen wollte, dass er nicht zum Vergnügen hier war. Auch andere Personen, erinnerte er sich, waren im Beau-Rivage unter dramatischen Umständen gestorben. Sein Vater hatte mal von einem deutschen Ministerpräsidenten erzählt, der hier vor vielen Jahren in der Badewanne zu Tode gekommen sei. Lucien glaubte, sich an den Namen zu erinnern: Uwe Barschel. Bis heute hielt sich die Spekulation, dass er nicht freiwillig einen tödlichen Medikamentencocktail eingenommen hatte. Lucien war sogar mal der Gedanke gekommen, dass sein Vater … Aber er hatte den Verdacht schnell wieder verworfen. In diesem Fall hätte sein Vater nie über den mysteriösen Tod des deutschen Politikers gesprochen.

Stilett, Badewanne, tödlicher Medikamentencocktail … Kaiserin Elisabeth, Barschel … Auch Renzo Castex würde sterben. Aber nicht im Beau-Rivage, sondern auf der gegenüberliegenden Seeseite im noblen Vorort Cologny. In seiner Villa – und wenn es nach seinem Plan ging, durch einen Kopfschuss.

Ab morgen rechnete der Mann mit einem Einbrecher, der ihn von seinen Qualen erlösen und das Erbe für seine Nachkommen sichern würde. Lucien fiel Francines Warnung ein. Er solle sich in Acht nehmen, hatte sie gesagt, und die Möglichkeit einer Falle in Betracht ziehen. Oder zumindest, dass bei der Geschichte des Renzo Castex nicht alles stimmen könnte. Damit solle er rechnen. Lucien glaubte zwar weder an eine Falle noch an eine Hinterlist, aber er beschloss, mit der nötigen Umsicht vorzugehen. Ganz sicher würde er in Renzo Castex' Haus nicht unvorbereitet eindringen. Zunächst würde er ihn ausspionieren.

Und jetzt? Jetzt hatte er Hunger und Lust auf ein Glas Wein. Er könnte im Beau-Rivage zu Abend essen, im Gourmet-Restaurant und sicher sehr gepflegt, aber er wollte nach der langen Autofahrt einige Meter zu Fuß gehen. Am See entlang über den Quai du Mont-Blanc und auf einer kleinen Brücke an der Île Rousseau vorbei über die Rhône. Er ließ sich bei seinem Spaziergang Zeit und sah sich um. Dabei interessierte er sich für Details, denen Touristen sonst kaum Aufmerksamkeit schenkten – zum Beispiel, ob und wo es Überwachungskameras gab. Er schlenderte weiter in die Altstadt. Dort gab es die aus Paris bekannte Brasserie Lipp. Wenn er sich recht erinnerte, gab es dort eine vorzügliche *assiette de fruits de mer* mit Austern, Crevetten, Meeresschnecken und Muscheln. Mit ihr würde er beginnen. Dazu ein Glas Aligoté von einem Weingut aus der Region …

50

Er hatte keine Eile, deshalb drehte er sich nach dem Aufwachen noch mal um. Aber es gingen ihm viele Gedanken gleichzeitig durch den Kopf. Erneut einschlafen konnte er deshalb nicht mehr. Stattdessen fantasierte er im Halbschlaf über Renzo Castex' Ende. Er sah ihn an einem Strick von der Decke baumeln, mit aufgeschnittenen Pulsadern in der Badewanne liegen, ertrunken in seinem Pool treiben … alles ohne Fremdeinwirkung und selbst verschuldet. Nur ein Szenario wollte er sich nicht vorstellen: nämlich, dass Castex von einer Kugel aus seiner Pistole in den Kopf getroffen wurde.

Die Grübelei führte zu nichts. Sie machte ihn nur schwermütig. Lucien gab sich einen Ruck und stand auf. Er öffnete das Fenster und sah auf den See. Der blaue Himmel und die hohe Wasserfontäne. Schon war er wieder voller Zuversicht.

Anstelle eines Frühstücks unternahm Lucien einen ausgedehnten Spaziergang. Wie schon gestern Abend lief er erneut zum Ausfluss der Rhône. Er erkundete die verschiedenen Brücken. Er ging auf einer hinüber, auf einer anderen zurück. Dem Denkmal von Jean-Jacques Rousseau entrichtete er einen stillen Gruß. Dabei dachte er, dass sich der große Philosoph und Aufklärer in einem Punkt geirrt hatte. Rousseaus Annahme, dass der Mensch von Natur aus gut sei, deckte sich nicht mit seiner Lebenserfahrung.

Eine Stunde später saß er am Steuer seines Citroëns und fuhr hinüber auf die andere Seite des Sees. Wie in Paris wurden die beiden Ufer als *Rive droite* und *Rive gauche* bezeichnet. Sein Ziel lag auf der linken Seite, vorbei an der Mole mit der Wasserfontäne und dem Parc la Grange, einige Kilometer weiter – bis zum Vorort Coligny. Er war noch nie hier gewesen. Er wusste nur, dass hier viele Prominente und Superreiche ihr Zuhause hatten. So auch der Unternehmer Renzo Castex. Von Edmond hatte Lucien einige Fotos seiner Villa erhalten. Ein wirkliches Bild konnte er sich von ihr dennoch nicht machen. Neben einer repräsentativen Fassade im Stile Palladios fiel bei einer Innenaufnahme nur die hohe Eingangshalle ins Auge, die über zwei Stockwerke reichte, mit umlaufender Galerie und einer großen Treppe in der Mitte. Ihm war klar, dass es hier nach Castex' Vorstellungen zum Showdown kommen sollte. Offenbar hatte er zu viele Hollywoodfilme gesehen.

Lucien hatte die Adresse in sein Navi eingegeben. Die schmalen Straßen wurden rechts und links von hohen Mauern und Hecken gesäumt. Die dahinterliegenden Anwesen waren vor neugierigen Blicken geschützt. Auch Castex' Haus und Gartenanlage waren hinter einer Mauer verborgen. Das Tor, von dem er wusste, dass es mit einer Alarmanlage verbunden war, war massiv und abweisend. Natürlich gab es eine Überwachungskamera.

Er fuhr langsam weiter. Sehr viel klüger war er nicht. Nur hatte sich Edmond ganz sicher mit seiner Einschätzung getäuscht, dass der Auftrag ein »Kinderspiel« sei. Schon aufs Grundstück zu gelangen, war eine Herausforderung.

Wieder unten am Ufer des Sees, fand Lucien eine Parkmöglichkeit. Er setzte sich auf eine Bank und wartete, bis niemand in der Nähe war. Dann holte er eine Drohne aus dem Rucksack und machte sie startklar. Schnell war sie in der Luft. Er steuerte die Drohne über sein Handy. Der Videomodus war eingeschaltet. Er konnte sich die Luftaufnahmen später auf dem Tablet genauer anschauen. Mit den eingegebenen Koordinaten nahm die Drohne Kurs auf Castex' Villa. Schon schwebte sie direkt über ihr. Auf dem Display konnte er erkennen, dass das Grundstück auf allen Seiten von einer hohen Mauer umschlossen war. Es gab einige Bäume, einen Swimmingpool und einen Tennisplatz. Weil kein

Mensch zu sehen war, wagte er es, tiefer zu gehen. Er zoomte den Eingang heran. Dahinter ahnte er die pompöse Eingangshalle. Dann schwebte er einmal um das Haus herum. Plötzlich kam ein Hund ins Bild, der die Drohne wütend anbellte. Keine kleine Coco, sondern ein großes Exemplar, dem er im Dunkeln nicht begegnen wollte. Wie es aussah, auch nicht im Hellen. Den Hund hatte ihm Edmond verschwiegen.

Lucien zog die Drohne schnell wieder in die Höhe. Er hatte genug gesehen und wollte nicht entdeckt werden.

Minuten später hatte er die Drohne wieder im Kofferraum verstaut. Er saß im Auto und sah sich seinen Vogelflug auf dem Tablet an. Er ließ die Aufnahme vorwärts und rückwärts laufen, machte Standbilder – und war ziemlich ratlos. Zwar hatte er eine Stelle entdeckt, wo er von einer Seitenstraße über ein Nachbargrundstück hoffentlich unbemerkt über die dort nicht ganz so hohe Mauer steigen konnte. Aber wie ging es dann weiter? Bekam er es mit dem Hund zu tun? Welche Scheibe sollte er einschlagen, um ins Haus zu gelangen? Wann würde Castex auftauchen?

Lucien musste unbedingt wissen, wie krank der Mann wirklich war. Er wollte sich selber ein Bild von ihm machen. Was nur möglich war, wenn es Castex noch schaffte, sein Haus zu verlassen – und es auch tat. Mit der Drohne konnte er die Villa nicht über einen längeren Zeitraum überwachen. Dafür war die Batterie zu schwach. Vor dem Tor konnte er sich nicht auf die Lauer legen. Die Straße war so schmal, dass gerade ein Auto hindurchpasste.

Francine hatte ihm die Kontaktdaten von Castex ausgedruckt. Sie gingen über Edmonds Angaben hinaus und enthielten auch seine Telefonnummer. Kurz entschlossen rief er bei ihm an.

Es meldete sich eine Frau. Wie sich herausstellte, war sie die Haushälterin.

Er müsse Herrn Castex sprechen, sagte er.

»Das passt gerade gar nicht«, gab sie zur Antwort. »Monsieur Castex ist im Bad. Kann ich was ausrichten?«

Lucien räusperte sich.

»Nun, vielleicht können Sie mir auch weiterhelfen. Ich bin von der SIG, dem örtlichen Stromversorger. Wir müssen heute in Ihrem Haus für eine Stunde die Elektrizität abstellen. Um keine Unannehmlichkeiten zu verursachen, würden wir uns nach Herrn Castex richten. Ist er heute mal außer Haus? Dann machen wir das in dieser Zeit.«

»Das ist sehr rücksichtsvoll. Um dreizehn Uhr fährt er zum Mittagessen. Da würde es gut passen.«

»Das lässt sich einrichten, vielen Dank.« Lucien lachte. »Denken Sie an die Spülmaschine, die geht dann auch nicht.«

»Das Programm ist gleich durch. Ich kann in der Zeit ja bügeln … Ach so, dafür brauche ich ja auch Strom.«

»So ist es. Noch einen schönen Tag. *Au revoir.*«

Lucien legte zufrieden auf. Es hatte sich gelohnt, dass er vor dem Anruf noch schnell den Namen des örtlichen Energieversorgers gegoogelt hatte. Er hatte mit dem kurzen Telefonat gleich zwei Dinge in Erfahrung gebracht. Erstens war Castex offenbar noch rüstig genug, zum Mittagessen zu fahren. Und zweitens wusste Lucien, wann er ihn abpassen könnte.

Weil Castex' Zufahrt in einer Einbahnstraße lag, musste Lucien nur an der nächsten Kreuzung auf ihn warten. Um zwölf Uhr fünfzig tauchte ein grüner Bentley auf. Am Steuer ein Mann. Ob es sich um Castex handelte, konnte er nicht erkennen. Aber er ging mal davon aus und folgte ihm. Er fuhr so langsam, dass er fast gehupt hätte. Aber so verlor er wenigstens nicht den Anschluss. Wenige Minuten später rollte der Bentley auf das Gelände des *Golf Club de Genève*. Dass Castex zum Golfspielen ging, war schwer vorstellbar. Sollte er sich vertan haben und im Auto saß doch ein anderer? Lucien folgte mit großem Abstand und stellte den Citroën an der erstbesten Stelle ab. Der Bentley dagegen fuhr so weit vor wie möglich. Von hier war es nicht mehr weit zum Eingang des repräsentativen Clubhauses. Davor ein großer Kreisel mit top gepflegtem Rasen. Wie ein Green – aber statt Fahnenstange mit Springbrunnen und Kugelbüschen. Dem Golfclub war seine Exklusivität anzusehen.

Lucien stieg aus und schlenderte dem Bentley hinterher. Die Fahrertür öffnete sich. Gleich würde er wissen, ob er einem Irrtum aufgesessen war. Lucien blieb stehen und tat so, als ob er mit dem Handy in ein Gespräch vertieft wäre. Im Zeitlupentempo kam ein Mann zum Vorschein. Mit einer Hand hielt er sich an der schweren Tür fest, mit der anderen erst am Lenkrad, dann an der Karosserie. Castex war nur noch ein Schatten seiner selbst. Extrem abgemagert und trotz der sommerlichen Temperaturen mit einer Strickmütze auf dem Kopf. Aber er war es, daran bestand kein Zweifel. Auch wenn er nicht mehr viel mit dem kraftstrotzenden Mann auf Edmonds Fotos gemein hatte.

Castex stützte sich auf einen Stock, ließ die Tür ins Schloss fallen und ging unsicheren Schrittes zum Clubhaus. Lucien spielte mit dem Gedanken, ihm seine Hilfe anzubieten. Entschied sich dann aber doch, ihn aus der Distanz zu beobachten.

Im Clubhaus wurde er von Golfern, die offenbar gerade von der Runde kamen, herzlich begrüßt. Kurz schien es so, als ob er gleich umfallen würde. Aber irgendwie hielt er sich auf den Beinen. Castex verabschiedete sich von seinen Freunden und schlug den Weg zum Clubrestaurant ein.

Lucien vermutete, dass Renzo Castex ein langjähriges Clubmitglied war, aufgrund seiner Erkrankung wohl schon länger nicht mehr spielen konnte, aber vor seinem Ableben hier noch mal essen wollte. Lucien konnte nicht anders: Der Mann tat ihm leid!

Lucien setzte sich an die Bar und bestellte ein kleines Bier. Aus dem Augenwinkel beobachtete er Castex, der alleine an einem

Tisch saß. Ihm wurde ein Teller Nudeln serviert. Immerhin gönnte er sich dazu ein Glas Champagner. Weil das sein Abschiedsessen war? Abschied vom Golfclub – und Abschied vom Leben.

Castex bekam Gesellschaft. Ein älterer Herr setzte sich zu ihm. Sie plauderten ein wenig. Dann wurde Castex die Anstrengung offenbar zu viel. Er stand mühsam auf und verabschiedete sich.

Während seines Mittagessens hatte Lucien Zeit gehabt, nachzudenken. In ihm war ein Entschluss gereift, der womöglich schwachsinnig war, aber er sah keine Alternative.

Als Castex wieder in seinem viersitzigen Bentley Platz genommen hatte und noch damit beschäftigt war, sich anzugurten, öffnete Lucien die hintere linke Tür und stieg ein.

Er legte Castex beruhigend die Hand auf die Schulter.

»Nicht erschrecken. Ich will mich nur kurz mit Ihnen unterhalten.«

Der Rückspiegel war so eingestellt, dass ihn Castex nicht sehen konnte.

Lucien sah, dass er im Begriff war, auf die Hupe zu drücken. Von hinten hielt er seinen Arm fest.

»Nicht doch! Wovor haben Sie Angst? Dass ich Sie umbringen könnte? Das wollen Sie doch sowieso, aber erst spätabends nach elf Uhr.«

»Sie … Sie sind das?«, brachte Castex stockend hervor.

»Ganz genau, ich bin es. Wie gesagt, ich will mich nur kurz mit Ihnen unterhalten. Dann bin ich schon wieder weg.«

»Was gibt es zu besprechen?« Castex' Stimme war fester, als es seine körperliche Verfassung vermuten ließ. »Sie haben klare Anweisungen. Halten Sie sich daran, und alles ist gut.«

»Ich möchte aus Ihrem eigenen Mund hören, dass ich Sie erschießen soll. Dass das Ihr freier Wille ist.«

»Haben Sie Skrupel? Dann sollten Sie sich einen neuen Job suchen.«

Castex sprach so, dachte Lucien, wie er das als Chef in seinem Unternehmen wohl gewohnt war. Sehr direkt und von oben herab.

»Wir haben Statuten«, erwiderte Lucien. »Wir schützen unsere Auftraggeber und stellen unter allen Bedingungen sicher, dass ihnen kein Haar gekrümmt wird …«

»Ich hab kaum mehr Haare, wegen der beschissenen Chemo«, fiel Castex dazu ein.

»Nun sind Sie Auftraggeber und Opfer zugleich, das ist ein Novum, deshalb brauche ich diese Rückversicherung. Verstehen Sie das?«

»Okay, das kann ich nachvollziehen«, antwortete er nach einer Pause, jetzt schon milder im Ton. »Es ist mein freier Wille. So, jetzt haben Sie Ihre Bestätigung! Sie können wieder aussteigen. Ach so, wann kann ich mit Ihrem Besuch rechnen?«

»Wenn Sie wollen, schon kommende Nacht …«

»Geben Sie mir noch einen weiteren Tag. Wir haben gerade so schönes Wetter.«

»Sehr gerne, Sie sind der Kunde.«

»Erlauben Sie mir eine Frage: Sind Sie wirklich ein so guter Schütze, wie mir gesagt wurde? Sie wissen, ich will nicht leiden.«

»Da kann ich Sie beruhigen. Ich habe noch nie ein Ziel verfehlt. Ich könnte aus hundert Metern Entfernung einen Golfball vom Tee schießen.«

Lucien war sich nicht sicher, ob er das schaffen würde, aber der Genfer Golfclub inspirierte ihn zu diesem Vergleich.

»Unter anderen Umständen würde ich mir das gerne anschauen und tausend Schweizer Franken dagegen wetten.«

»Im nächsten Leben. Monsieur Castex, ich möchte noch einen Vorschlag machen. Vermutlich nehmen Sie starke Medikamente?«

»Ich habe Bauchspeicheldrüsenkrebs, natürlich nehme ich starke Medikamente: Morphin, Zytostatika, Antidepressiva – halt den ganzen Mist. Warum fragen Sie?«

»Ich möchte, dass Sie vor meinem Kommen eine Überdosis einnehmen, vor allem vom Morphin.«

»Das könnte mein Tod sein, ich habe ein schwaches Herz.«

»Wo ist das Problem?«

»Es darf keinesfalls nach Selbstmord aussehen.«

»Ich weiß, dafür werde ich sorgen. Aber ich möchte, dass Sie zu Ihrem Tod einen aktiven Beitrag leisten. Weil Sie Auftraggeber und Opfer zugleich sind. Wir teilen uns also die Arbeit. Zudem fällt Ihnen so der Abschied leichter.«

Castex wollte zum Rückspiegel greifen, um ihn so zu verstellen, dass er den Mann auf dem Rücksitz endlich sehen konnte. Wieder hielt Lucien seinen Arm fest.

»Ich bleibe lieber anonym. Was ist, haben wir einen Deal?«

Castex zögerte.

»Einverstanden«, sagte er schließlich. »Aber nur deshalb, weil mir der Gedanke gefällt, alles wie im Delirium zu erleben.«

»Sie haben vor, auf mich zu schießen?«

»Ja, damit auf dem Überwachungsvideo alles glaubhaft aussieht. Ich gelte als Mann, der sich wehrt.«

»Wäre freundlich, wenn Sie mich nicht treffen.«

»Im Unterschied zu Ihnen bin ich ein miserabler Schütze, ich würde Sie nicht einmal treffen, wenn ich auf Sie ziele.«

Lucien war sich nicht sicher, ob ihn das wirklich beruhigen sollte.

»Sie kommen im ersten Stock aus dem Schlafzimmer, habe ich das richtig verstanden?«

»Ja, sobald ich Sie höre.«

»Ich schlage vor, dass Sie im Laufe unserer Auseinandersetzung bis zur obersten Stufe der Treppe vorgehen und dort stehen bleiben. Da kann ich Sie unter keinen Umständen verfehlen.«

»Das wäre in meinem Sinne, also gut, das mache ich. Übrigens wäre ich Ihnen dankbar, wenn der Ming-Vase im Foyer nichts passiert. Ist zwar eine Kopie, aber meine Frau liebt sie.«

»Ich werde darauf achten. Sie haben einen Hund?«

»Keine Sorge, der kommt nachts in den Zwinger.«

»Wo sind Überwachungskameras?«

»Nur am Tor und in der großen Eingangshalle, wo wir aufeinandertreffen.«

»Die Alarmanlage ist ausgeschaltet?«

»Ich werde dafür sorgen. Nur die am Tor bleibt aktiv.«

»Ihre Familie ist weg, auch Ihre Haushälterin? Sie sind abends definitiv alleine im Haus?«

»Natürlich bin ich alleine.« Castex stöhnte. »Aber jetzt würde ich unser Gespräch gerne beenden. Es strengt mich sehr an. Ach so, noch eine Programmänderung. Kommen Sie doch schon heute Nacht! Ich mag nicht mehr und bin wirklich allem überdrüssig.«

»Ganz wie Sie wünschen. Vorausgesetzt, Sie denken an die Überdosis Morphin. So, jetzt verlasse ich Sie. Sie bleiben sitzen, ohne sich umzudrehen! Unser Gespräch hat nie stattgefunden. Genießen Sie Ihre letzten Stunden.«

»Witzbold!«

51

Hatte er vorher überlegt, ob es Schwachsinn sei, zu Castex ins Auto zu steigen, war er sich im Nachhinein immer noch nicht sicher. Aber er hatte ein gutes Gefühl, das immerhin. Er hatte sich davon überzeugt, dass Castex wirklich erschossen werden wollte. Der Auftrag war ernst gemeint und wohl kaum eine Falle. Zudem war es ihm gelungen, Castex zur Einnahme einer Überdosis Morphin zu überreden. Weil er das Opiat aufgrund seiner Krankheit sowieso einnahm, würde das bei einer möglichen Obduktion nicht weiter auffallen. Blieb zu hoffen, dass er das wirklich tat. Denn Lucien hatte eine Vorstellung entwickelt, wie alles ablaufen könnte. In einem entscheidenden Punkt wich seine Idee von Castex' Konzept ab. Ob das wirklich klappte, ließ sich nicht vorhersagen. Doch die Chancen stiegen, wenn Castex durch das Morphin nicht ganz bei Sinnen war.

Lucien steuerte den Citroën Richtung Beau-Rivage. Eigentlich hatte er vorgehabt, am Nachmittag durch die Altstadtgassen der *Rue Basses* zu bummeln und nach einer Weinbar zu suchen, in der er mal mit seinem Vater gewesen war. Daraus würde nichts werden. Leichtfertigerweise hatte er sich darauf eingelassen, den Auftrag schon in der kommenden Nacht zu erledigen. Darauf sollte er sich konzentrieren. Außerdem gab es einiges vorzubereiten …

Er hielt in einer der Straßen hinter dem Hotel, lud den E-Scooter aus und stellte ihn an einer Hauswand zu einigen anderen, nicht ohne ihn mit einer dicken Kette zu sichern. Genf war nicht so gefährlich wie Marseille, aber auch nicht so sicher wie Monaco.

Zurück im Beau-Rivage, nahm er auf der Terrasse einen Snack zu sich, schließlich hatte er im Golfclub nur ein kleines Bier getrunken. Anschließend zog er sich in seine Suite zurück. Er packte den Rucksack aus, den er aus dem Auto mitgenommen hatte, und legte auf dem Bett zurecht, was er in wenigen Stunden benötigen würde. Darunter die Pistole mit Schalldämpfer. Aber noch eine zweite Waffe, die ähnlich gefährlich aussah, technisch aber völlig anders aufgebaut war. Auf dem Schießstand in den Katakomben hatte er sich vor seiner Abfahrt noch von ihrer Funktionsfähigkeit überzeugt. Und auch davon, dass er in der Lage war, mit ihr ins Schwarze zu treffen. Lucien würde heute Nacht beide Waffen mitnehmen – hatte aber vor, nur mit einer zu schießen.

Gegen elf Uhr am späten Abend fuhr Lucien mit seinem E-Scooter am See entlang über die Promenade Gustave Ador. Natürlich musste er nicht pünktlich sein. Aber sehr viel später könnte Castex wegen des Morphins so tief eingeschlafen sein, dass er von seinem Einbruch nichts mitbekam. Das wäre wenig hilfreich.

Lucien hatte einen schwarzen Jumpsuit an, einen Springeranzug mit Kapuze. Auf dem Kopf eine Baseballkappe. Rucksack. Latex-Handschuhe. Außerdem trug er einen Mundnasenschutz. Sicherlich nicht, weil er fürchtete, er könnte sich bei Castex mit Corona infizieren.

Niemand drehte sich nach ihm um. Jugendliche, die nachts auf Scootern herumsausten, sahen oft ähnlich bescheuert aus.

Er fand die Seitenstraße, die er mit der Drohne ausgekundschaftet hatte. Von hier ging es über ein Nachbargrundstück zu Castex. Er hielt an und sondierte die Lage. Weit und breit keine Menschenseele. Alles war ruhig.

Worauf wollte er warten? Er schwang sich auf die Mauer, sprang auf der anderen Seite hinunter und verharrte kurz in Kauerstellung. Im Haus brannte kein Licht. Lucien rannte über eine Wiese, setzte über ein Blumenbeet. Die Nacht war mondhell. Er konnte sich auch ohne Taschenlampe orientieren. Jetzt die Mauer zu Castex' Grundstück. Sie war höher, aber netterweise hatten seine Nachbarn hier Brennholz gestapelt. Schon hatte er sie überwunden. Er rollte sich ab – und wartete erneut einen Moment. Im Haus brannte Licht. Der Haupteingang war gegenüber. Was war mit dem Hund? Den Zwinger hatte er auf seinem Drohnenflug links vom Haus entdeckt. Also würde er rechtsherum laufen.

Elf Uhr zwanzig. Er sollte es hinter sich bringen. Seine Mutter pflegte sich in kritischen Momenten zu bekreuzigen. Lucien glaubte nicht, dass das half. Er tat es trotzdem. Dann rannte er gebückt los.

Vor dem Haupteingang mit den ionischen Säulen und dem Dreiecksgiebel sah er, dass Castex in der großen Halle das Licht angelassen hatte. Das war sehr umsichtig.

Neben dem Eingang befand sich ein bodenhohes schmales Fenster. Er solle eine Scheibe einschlagen, war der Auftrag. Ein professioneller Einbrecher hätte sich mit einem Glasschneider leise und unauffällig Zutritt verschafft. Aber so war nun mal das Drehbuch. Offenbar war er ein Amateur. Er holte einen Hammer aus dem Rucksack und drosch auf die Scheibe ein. Es gab nur einige Risse, aber sie hielt stand. War das Sicherheitsglas? Warum wusste er davon nichts? Der Auftakt, dachte Lucien, war schon mal beschissen. Er zog seine Pistole und feuerte mit Schalldämpfer aus nächster Nähe einige Schüsse auf die Scheibe ab. Noch einige Schläge mit dem Hammer … dann war er im Haus. Ein Gutes hatte die Aktion: Castex hatte ihn ganz sicher gehört.

Mit schnellem Blick erfasste Lucien die Überwachungskameras. Aber sie interessierten ihn nicht wirklich. In seinem Springeranzug mit Kapuze, Kappe und Mundnasenschutz war er auf den Bildern ganz sicher nicht zu identifizieren.

Die hohe Halle war wirklich eindrucksvoll. Oben ein mächtiger Kronleuchter. Lucien dachte, dass man ihn von der Decke schießen könnte. Was wenig Sinn machte, wenn niemand darunter stand. Die Geländer und Handläufe waren auf Hochglanz poliert. Eine frei stehende Marmortreppe führte hinauf zu den oberen Geschossen. Sehr repräsentativ. Fehlten nur die Revuegirls, die auf ihr wie in einer Fernsehshow nach unten tanzten.

Auf einem Sockel entdeckte er die Ming-Vase, die er schonen sollte. Weil Castex' Frau sie so sehr mochte.

Er machte sich bewusst, dass er als Dieb in das Haus eingedrungen war. Also sollte er diesem Job auch nachgehen. Auf einem Sideboard standen kleine, aber wertvoll aussehende Bronzeplastiken. Er stopfte sie in einen mitgebrachten Jutesack. Er riss Schubladen auf. Das Silberbesteck würde ein Einbrecher ganz sicher mitnehmen. Der Jutesack füllte sich. Immer wieder warf Lucien einen Blick hinauf in die obere Etage. Wo blieb Castex?

Zwei Kerzenleuchter, offenbar auch aus Silber. Bald passte nichts mehr in seinen Sack.

Jetzt … endlich … Castex erschien auf der Galerie im ersten Stock. Er trug einen seidenen Morgenmantel. Fast konnte man glauben, er wollte auf seinem Abschiedsvideo den bestmöglichen Eindruck hinterlassen.

Vom Aussehen her mochte ihm das gelingen. Aber nicht, was seine Körpersprache betraf. Castex schwankte, er musste sich am Geländer festhalten. Sah ganz so aus, als ob er sich an die Vereinbarung mit der Überdosis gehalten hätte.

»Verlassen Sie sofort mein Haus!«, schrie er mit rauer Stimme. »Oder ich schieße.«

Offenbar verfügte die Videoüberwachung über eine Tonspur. Schon wieder etwas, auf das man ihn nicht vorbereitet hatte.

Lucien tat so, als ob er erschrocken zurückweichen würde.

Castex feuerte einen Schuss ab. Die Kugel schlug irgendwo in eine Wand ein.

Lucien robbte davon. Den Sack mit dem Diebesgut zog er hinter sich her.

Castex rutschte aus und fiel hin. Mühsam zog er sich am Geländer wieder hoch. Der Mann war wirklich fertig. Hoffentlich schaffte er es noch bis zur Treppe.

Wieder feuerte Castex einen Schuss ab. Die Ming-Vase splitterte. Auf sie hatte er ganz bestimmt nicht gezielt.

Lucien machte seine Spezialwaffe bereit. Die Pistole mit dem Schalldämpfer ließ er stecken.

Ganz offensichtlich versuchte sich Castex an das Drehbuch zu halten. Unter großer Anstrengung erreichte er die Treppe. Dort blieb er wie vereinbart auf der obersten Stufe schwankend stehen. Seine Pistole entglitt seinen Händen. Er war so weit – er wollte sterben.

Lucien richtete sich auf, zielte und drückte ab. Er traf ihn präzise in der Mitte über seinen Augen. Die Stirn färbte sich rot.

Castex verharrte für Sekunden in seiner Position. Dann gaben seine Beine nach, er kippte nach vorne und stürzte kopfüber die Treppe hinunter. Dabei überschlug er sich mehrfach. Er kam direkt vor Luciens Füßen zum Liegen.

Fast hätte es Lucien erneut seiner Mutter gleichgetan und ein Kreuz geschlagen. Castex war tot, daran bestand kein Zweifel. Er lag regungslos da, seltsam verrenkt – und mit starren Augen.

Lucien vermutete, dass er sich beim Sturz das Genick gebrochen hatte. Oder sein Herz hatte versagt. Vielleicht auch beides gleichzeitig. Aber eines war sicher, an seinem Schuss war Castex nicht gestorben.

Lucien hatte mit einem Paintball-Markierer auf ihn geschossen. Als Jugendlicher hatte er sich mit seinem Bruder beim Abenteuerspiel heiße Gefechte geliefert. Die Druckluftwaffen verschossen Farbkugeln. Wer von einem »Paint« getroffen wurde, hatte verloren. Seine Pistole war schon in die Jahre gekommen und hatte eine verminderte Austrittsgeschwindigkeit. Der Treffer tat zwar immer noch weh. Das war aber auch schon alles. Ein kleiner Bluterguss – und man musste die rote Farbe abwischen.

Lucien hatte auf die Kraft der Autosuggestion gesetzt. Er war kein Psychologe, hatte über diesen Effekt aber einiges gelesen. Castex stand unter Morphin, er hatte fest damit gerechnet, erschossen zu werden, und zwar genau im Augenblick, als er die oberste Stufe der Treppe erreicht hatte. Castex hatte ihn zielen sehen – und dann den Treffer an der Stirn erhalten. Sein Unterbewusstsein hatte ihm signalisiert, dass er folglich tot war. Wer wusste schon, wie sich dieser Moment anfühlte?

Castex hatte sich sowieso nur noch mit Mühe auf den Beinen halten können. Logisch, dass diese jetzt endgültig ihren Dienst versagten. Wer sich für tot hielt, hatte keine Widerstandskraft mehr. Das Leben … es war vorbei. Ob man *post mortem* eine Treppe hinunterstürzte, spielte keine Rolle mehr.

Im Bentley hatte Lucien davon gesprochen, dass Castex zu seinem Tod einen aktiven Beitrag leisten müsse. Sie hatten sich darauf geeinigt. Der Mann hatte Wort gehalten.

Plötzlich hörte Lucien Polizeisirenen. Sie wurden lauter. Das war nicht gut, gar nicht gut. Hatte Castex in seinem Morphinrausch vielleicht vergessen, die Alarmanlage abzustellen? Oder hatte jemand seine Schüsse gehört und die Polizei verständigt. Es war müßig, darüber nachzudenken. Er sollte so schnell wie möglich das Weite suchen. Den Jutesack mit dem Diebesgut ließ er liegen. Lucien schnallte sich den Rucksack um und rannte nach hinten durch das Haus. Dort öffnete er ein Fenster und sprang in den Garten. Im Sprint ging es zur Mauer, über die er auf das Grundstück gelangt war. Nur lag auf dieser Seite kein Holzstapel. Er nahm Anlauf – schaffte es aber nicht. Die Blaulichter vor dem Haus verliehen ihm zusätzliche Kräfte. Im zweiten Anlauf erreichte er den Mauersims. Er zog sich hoch und kletterte auf der anderen Seite über den Holzstapel nach unten. Er brauchte einige Sekunden, um Luft zu holen. Dann rannte er weiter. Die Mauer zur Straße war weniger hoch. Die schaffte er im ersten Versuch. Er sprang auf seinen E-Scooter und fuhr los. Rechts, links … den Weg hatte er sich eingeprägt.

Unten an der Uferpromenade waren trotz der späten Stunde noch einige Radfahrer unterwegs. Auch Fußgänger und sogar ein anderer Elektroroller.

Polizeiwagen kamen entgegen. Und ein Rettungsfahrzeug. Überflüssigerweise, dachte er, denn bei Castex kam jede Hilfe zu spät.

Für den Moment drohte keine Gefahr, er wurde nicht verfolgt, aber spätestens morgen würde die Polizei damit beginnen, die zahlreichen privaten und öffentlichen Überwachungskameras auszuwerten. Zweifellos würden die Kriminalbeamten schnell auf den Mann im Springeranzug mit Kapuze, Baseballkappe und Rucksack stoßen, der sich nach dem Einbruch mit tödlichem Ausgang auf einem E-Scooter davongemacht hatte. Ihm war klar, dass die Polizei anhand weiterer Überwachungskameras versuchen würde, seinen Fluchtweg zu rekonstruieren. Stück für Stück. Wie in einem Film, der aus vielen kleinen Schnipseln bestand, sogar mit Lücken dazwischen – von denen sie sich aber nicht würden entmutigen lassen. Irgendwo würden sie ihn immer wieder aufspüren. Mit jedem Meter, den er in Richtung Innenstadt zurücklegte, nahm die Dichte der Überwachungskameras zu. An Verkehrskreuzungen, vor Bankfilialen, an Fußgängerüberwegen, vor teuren Uhrenläden …

Die Herausforderung bestand darin, plötzlich spurlos zu verschwinden. Er musste gewissermaßen für einen abrupten Filmriss sorgen.

Immer wieder blickte Lucien über die Schulter. Aber es blieb dabei: Er wurde nicht verfolgt. Er fuhr am *Jet d'eau* vorbei und kam zum Jardin Anglais. Von hier gab es mehrere Möglichkeiten, auf die andere Seite des Sees zu gelangen. Neben der großen und viel befahrenen *Pont du Mont-Blanc* führten kleinere Fußgängerbrücken über die Rhône. Die *Pont-des-Bergues* mit dem Denkmal von Rousseau, etwas weiter flussabwärts die *Pont de la Machine* mit einem alten Wasserwerk und den *Arcades des Arts*. Von dort gab es einen Steg, der auf die Insel *L'Île* führte, die wiederum mit gleich mehreren größeren und kleineren Brücken die Stadtteile auf beiden Seiten des Flusses miteinander verband.

Bei seinen Erkundungsgängen gestern Abend und heute früh hatte er eine für sein Vorhaben geeignete Stelle gefunden. Überwachungskameras gab es dort keine. Und wenn er Glück hatte, zu dieser späten Stunde auch keine Spaziergänger.

Er fuhr über einen Bürgersteig, machte einige scharfe Kurven, verringerte die Geschwindigkeit … und erreichte sein Ziel. Ein Liebespaar gab sich einen Kuss und lief Händchen haltend davon. Lucien sah sich um. Keine Zeugen. Jetzt galt es, keine Zeit zu verlieren: Er hob den E-Scooter über das Geländer und warf ihn in die starke Strömung der Rhône. Dann zog er den Overall aus, nahm die Kappe vom Kopf, legte den Mundschutz ab und die Latexhandschuhe und stopfte alles in den Rucksack. Unter dem Overall trug er einen Anzug seines Vaters. Mit Krawatte und Einstecktuch. Er richtete den verrutschten Knoten. Der Rucksack hatte einen Henkel, man konnte ihn tragen wie eine Tasche. Den Gedanken, ihn auch in die Rhône zu schleudern, verwarf er. Womöglich blieb er in irgendeinem Gitter oder an einem Stauwehr hängen.

Lucien sah sich noch mal um, dann ging er zu Fuß und ohne große Eile zurück in die Richtung, aus der er gekommen war, diesmal allerdings direkt in die Altstadt. Den Weg hatte er sich eingeprägt. Keine Kameras. Er schlug einen großen Bogen und blieb vor einem Schaufenster stehen, holte ein Etui aus der Tasche … und zündete sich eine Zigarre an. Passend zum Anzug und in Erinnerung an seinen Vater. Dann schlenderte er auf Umwegen zur *Pont du Mont-Blanc*.

Als er schließlich am Beau-Rivage ankam, wurde er vom Concierge zuvorkommend begrüßt.

»*Monsieur le Comte*, hatten Sie einen netten Abend?«, fragte er.

»Doch, ja … ausgesprochen kurzweilig.«

»Das freut mich zu hören.«

Lucien machte die Zigarre aus.

»Hat die Bar noch geöffnet?«

»Aber natürlich.« Der Concierge zwinkerte ihm zu. »Dort könnten Sie die Bekanntschaft von zwei allein reisenden Damen aus Wisconsin machen. Ich glaube, sie langweilen sich.«

52

Am nächsten Morgen blieb Lucien nach dem Aufwachen noch eine Weile auf dem Bett liegen. Er starrte an die Decke und ließ die Geschehnisse des vergangenen Abends Revue passieren. Schließlich stellte er sich die Frage, ob er mit dem Ausgang zufrieden sein konnte. Castex war tot. Also hatte er seine Mission erfüllt!

Was war mit seinem Vorsatz, nie jemanden umzubringen? Hatte er ihn in der letzten Nacht gebrochen? Castex hatte sich aus freien Stücken auf die oberste Stufe seiner Treppe gestellt. Nach dem Treffer mit dem Paintball hatte es für ihn keinen Grund gegeben, sich kopfüber nach unten zu stürzen. Er hatte es so gewollt. Seine Entscheidung!

Es hätte auch anders ausgehen können. Angenommen, Castex wäre nach dem Schuss einfach stehen geblieben und hätte sich die rote Farbe von der Stirn gewischt. Was zum Teufel, überlegte Lucien, hätte er dann gemacht. Die »echte« Pistole mit dem Schalldämpfer gezogen und Castex ins Knie geschossen, damit er endlich den Halt verlor? Ein Treppensturz wurde auch von professionellen Stuntmen als riskant eingestuft, aber Castex hätte sich dabei nicht zwingend das Genick brechen müssen.

Lucien entschied, nicht weiter darüber nachzudenken, was alles hätte schiefgehen können. Er nahm die Fernsteuerung und schaltete den Fernseher ein. Gerade rechtzeitig zu den Nachrichten. Erst wurde über eine drohende Bankenpleite berichtet, dann aber schon über einen spektakulären Einbruch, bei dem in der letzten Nacht der bekannte Schweizer Unternehmer Renzo Castex zu Tode gekommen sei. Die Auswertung eines Überwachungsvideos habe gezeigt, wie sich Castex dem Einbrecher tapfer entgegengestellt habe. Bei einer anschließenden Schießerei sei er getroffen worden. Als die Polizei eingetroffen sei, sei Castex bereits tot gewesen. Der Einbrecher habe unerkannt entkommen können. Ein Polizeisprecher sagte, dass alle Anzeichen für einen Täter aus dem Milieu drogenabhängiger Jugendlicher sprächen. Die Ermittlungen seien in vollem Gange. Für den Nachmittag sei eine Pressekonferenz anberaumt.

Lucien lächelte. Hätte Castex gerade die Nachricht über seinen eigenen Tod im Fernsehen gesehen, wäre er wohl zufrieden. Dass er Opfer einer Gewalttat geworden war, stand außer Frage. Folglich würde seine Versicherung zahlen. Und »tapfer« sei er zudem gewesen – das würde seiner Eitelkeit schmeicheln.

Blieb die Frage, wie die Polizei ausgerechnet auf einen drogensüchtigen Jugendlichen als Täter kommen konnte? Weil sich kein Einbrecher bei klarem Verstand mit einer Farbpistole zur Wehr setzte? Weil der Täter einen Springer-Overall mit Kapuze getragen hatte und offenbar fit genug war, eine hohe Mauer zu überwinden? Egal, es sollte ihm recht sein. Weil er unter dem Overall den Anzug seines Vaters getragen hatte, würde die Polizei zudem nach einem etwas dicklichen jungen Mann suchen.

Lucien stand auf und öffnete das Fenster. Vor ihm der in der Morgensonne schimmernde Genfer See. Die hohe Fontäne. Und irgendwo dahinter der Villenvorort Coligny. Er dachte, dass wohl kein milieugeschädigter Jugendlicher im Beau-Rivage absteigen würde. Auch sonst entsprach er nicht dem Täterprofil: Er war weder dicklich noch drogenabhängig.

Ihm fielen die beiden Damen aus Wisconsin ein, mit denen er noch einen Drink an der Bar genommen hatte. Sie hatten sich vielleicht über seinen spießigen Anzug gewundert, sich aber gerne einladen lassen. Weiteren Avancen hatte er widerstanden. Er hatte in den letzten Stunden schon genug erlebt.

Als er aus dem Bad kam, wurde im Fernsehen gerade ein Rückblick auf Castex' erfolgreiches Leben gezeigt. Lucien verspürte keine Lust, mehr über ihn zu erfahren. Unten im Bild lief ein Band mit den Börsenkursen und weiteren Kurzmeldungen. Er las, dass in Frankreich die Tankstellen streikten. Das war nun wirklich interessant – und hatte für ihn direkte Konsequenzen: Weil der Tank seines Citroëns für die Strecke durch Frankreich nicht ausreichte, entschied er, durch den Mont-Blanc-Tunnel über Italien zurückzufahren. Das war der große Vorteil an Villefranche: Man hatte immer die Möglichkeit, auch in Ventimiglia oder im nahe gelegenen San Remo zu tanken. Schwierig wurde es nur, wenn gleichzeitig auch die Italiener streikten. Dann war man dazu verdammt, von längeren Fahrten abzusehen und an der Côte d'Azur zu bleiben. Es konnte einem Schlimmeres passieren.

Nach dem Frühstück verabschiedete er sich mit Küsschen von den beiden Ladys aus Wisconsin. Dann ließ er den Citroën vorfahren.

Kurz vor dem Mont-Blanc-Tunnel bekam er einen Anruf von Francine.

»*Bonjour*«, begrüßte sie ihn förmlich. »Ich hoffe, du bist bei guter Gesundheit und mit dem Verlauf des gestrigen Abends zufrieden?«

Sie erkundigte sich nach seiner Gesundheit? Machte sie sich vielleicht Sorgen um ihn? Wie auch immer, offensichtlich wusste sie bereits von Castex' Tod. Was bei ihr nicht anders zu erwarten war, denn natürlich hatte sie die Schweizer Nachrichten im Blick.

»Danke der Nachfrage, mir geht es ausgezeichnet. Und ja, ich bin zufrieden und schon wieder auf der Rückfahrt …«

»In Frankreich streiken die Tankstellen.«

»Habe ich auch mitbekommen. Deshalb fahre ich über Italien.«

»Sehr gescheit. Nur noch eine kurze Frage: Wie sehr musstest du nachhelfen?«

Üblicherweise nannten sie am Telefon weder Namen, noch wurden sie allzu konkret. Nun ja, *nachhelfen* war schon ziemlich konkret. Könnte sich aber auch auf Schulaufgaben beziehen … Mit Edmond verliefen die Telefonate ähnlich kryptisch. Weshalb man am besten auf sie verzichtete.

»Es bedurfte nur eines kurzen Denkanstoßes«, antwortete Lucien, »dann lief alles wie von selbst. Du hättest keine Beanstandungen.«

»Das höre ich gerne. Wir sehen uns morgen Vormittag?«

»Aber klar. Ich wünsch dir einen schönen Tag … und mach dir keine Gedanken.«

»Ich mache mir immer Gedanken, kennst mich ja.«

Die Fahrt verlief ohne Zwischenfälle. Lucien interessierte sich für die angekündigte Pressekonferenz der Genfer Polizei. Aber die italienischen Radiosender berichteten nicht darüber. Hinter Genua fuhr er auf einen Parkplatz und suchte im Internet. Er stieß auf die Nachricht, dass die *conférence de presse* kurzfristig auf morgen verschoben wurde. Ohne Angabe von Gründen. Was viel bedeuten konnte. Lucien beschloss, vom Positivsten auszugehen: Die Polizei hatte keine Spur und wollte sich vor den Medienvertretern nicht blamieren.

Am späten Nachmittag fuhr Lucien durch Beaulieu-sur-Mer. Edmond würde sich über seinen Besuch freuen. Diesmal sogar ohne Anmeldung. Sein Onkel legte Wert darauf, nach Erledigung eines Jobs schnellstmöglich informiert zu werden. *Le plus rapidement possible!* Für Lucien ein Grund, dieser Erwartung genau deshalb nicht zu entsprechen. Er ignorierte die Abzweigung zu Edmonds Anwesen und fuhr auf direktem Weg weiter zur *Villa Béatitude.*

Beim Aussteigen wurde er von Rosalie empfangen.

»Wo ist unser Terrorist?«, fragte er. Schließlich hatte er damit gerechnet, zur Begrüßung von Coco angesprungen zu werden.

Sie sah ihn ratlos an.

»Hier gibt es keine Terroristen … Wenn überhaupt, bist du einer …«

»Ich meinte Coco.«

Rosalie hob warnend die Hand.

»Vorsicht, mein Lieber. Du hast Coco ins Haus gebracht, das war ausnahmsweise eine gute Idee, dafür bin ich dir dankbar. Das gibt dir aber noch lange nicht das Recht, den niedlichen kleinen Hund zu beleidigen. Coco hat eine sehr sensible Seele.«

Lucien sah sich suchend um.

»Ist aber nicht hier, kann also nichts gehört haben.«

»Francine hat Coco mitgenommen. Zum Hundefriseur nach Monaco.«

Lucien erinnerte sich an seinen Wunsch, den Hund nicht auf Mannequin trimmen zu lassen. Dann lieber ein Terrorist.

»Rosalie, ich bring nur schnell meine Sachen ins Haus, dann komme ich in die Küche, und wir trinken zur Versöhnung einen *Marc de Provence*. Einverstanden?«

Sie lächelte zustimmend. Rosa Bäckchen hatte sie jetzt schon. Was den Verdacht nahelegte, dass sie sich bereits ein Gläschen gegönnt hatte.

53

Es gab mehrere Anrufe von Edmond. Lucien ignorierte sie alle. Den Abend verbrachte er im *P'tit Bouchon*. Nach seiner bescheidenen Meinung hatte er es sich verdient. Gratinierte Austern mit Champagnersauce und Croûtons. *Cabillaud en cocotte,* Kabeljaufilets aus der Kasserolle mit Zucchini und Kartoffeln. Dazu ein trockener Chenin Blanc aus der Appellation Vouvray an der Loire.

Paul setzte sich kurz zu ihm an den Tisch.

»*Tout bien?*«, fragte er mit hochgezogenen Augenbrauen.

Alles gut? Lucien musste lächeln. Zwei Worte. Für Paul war das ein kompletter Satz.

»Weil ich weg war? Ja, alles gut. Ich musste nur kurz was erledigen.«

»Freut mich.«

»Und hier? Keine besonderen Vorkommnisse?«

»Alles im grünen Bereich. Ach ja, du hast zwei interessante Gäste versäumt. Erinnerst du dich an die Kommissarin, die schon mal hier war? Zusammen mit diesem reichen Kunstmäzen Rouven Mardrinac?«

Natürlich erinnerte sich Lucien. Auch daran, dass er von einem Mordanschlag auf sie gelesen hatte. Schließlich hatte ihn dieser zu seiner Aktion in Marseille inspiriert. Bei der Kommissarin war ein schöner Mustang in Flammen aufgegangen. Bei Jacques Collard ein alter Renault.

»Hat Mardrinac wieder unseren teuersten Champagner bestellt?«

»Das weißt du noch? Ja, eine Flasche *Dom Pérignon Vintage.*«

»Solche Gäste vergesse ich nie. Wahrscheinlich ankert Mardrinac wieder mit seiner Jacht in unserer Bucht. Wie heißt sie doch gleich? Dora Maar – wie die Muse von Picasso.«

»Weiß nicht, keine Ahnung.«

»Egal, Hauptsache, die beiden hatten einen schönen Abend.«

»Da bin ich mir nicht so sicher.«

»Warum? Hatten sie was an unserer Küche auszusetzen?«

»Wohl kaum. Aber die beiden waren schlecht drauf. Haben irgendein Problem gewälzt.«

»Soll vorkommen … Jetzt fällt mir sogar der Name der Kommissarin ein: Isabelle Bonnet. Hat wohl einen legendären Ruf.«

»Habe ich auch gehört.« Paul fuhr sich mit der Hand über den kahl rasierten Schädel. »Ist wohl besser, wenn sie nur privat bei uns zu Gast ist.«

Lucien lächelte.

»Warum? Wir haben nichts zu verbergen.«

»*Bien sûr,* natürlich nicht. Ich meinte nur … Was möchtest du zum Dessert?«

»Einen Cognac. Dann gehe ich nach Hause. Bin müde.«

Am nächsten Morgen blieb ihm keine andere Wahl, als Edmond zurückzurufen. Prompt beschwerte sich sein Onkel, weil er gestern nicht ans Telefon gegangen sei. Lucien ließ die Kritik an sich abperlen.

Er erwarte Lucien in einer Stunde zum Rapport, sagte Edmond.

Es sprach nichts dagegen, aber der Begriff *Rapport* ging ihm gegen den Strich. Er war kein untergebener Befehlsempfänger, den man einfach so herbeizitieren konnte. Edmond sollte mittlerweile klar sein, dass er mit dieser Art nur seinen Widerspruchsgeist weckte.

»Das passt mir gerade überhaupt nicht«, erwiderte Lucien. »Wie wäre es gegen zwei Uhr? In Monte Carlo hinter dem Spielcasino? An der Statue von Hector Berlioz?«

Edmond verschlug es kurz die Sprache. Schon ärgerte sich Lucien über seinen Vorschlag. Es war unklug, Edmonds Misstrauen zu wecken. Ausgerechnet hinter dem Spielcasino, in dem sich sein Onkel so gerne die Zeit vertrieb? Wovon er sicherlich nichts wissen sollte.

»Ich habe in Monaco einen Friseurtermin«, schob er schnell eine Erklärung hinterher. »Wir können uns aber gerne auch woanders treffen.«

»Du gehst zum Friseur? Wer hätte das gedacht? Meinetwegen, Berlioz geht in Ordnung. Ich liebe seine *Symphonie fantastique*. Also bis später. Aber lass mich nicht warten.«

Auf den Friseurtermin war er durch Coco gekommen. Er selbst käme nie auf den Einfall, zu einem *Coiffeur* nach Monaco zu fahren. In Villefranche kannte er eine Friseurin, die schnitt ihm die Haare in ihrem Badezimmer. Die anschließende Nackenmassage gab es gratis.

Während er in der *Villa Béatitude* auf Francine wartete, erreichte ihn ein Anruf von Anne Dalmasso. An sie hatte er erst heute Morgen gedacht und sich überlegt, sie mal in Aix zu besuchen. War dann aber zum Schluss gekommen, dass das aus zwei Gründen keine gute Idee wäre. Erstens wohnte sie dort bei ihrer Mutter. Anne hatte ihn selbst darauf aufmerksam gemacht, dass sie ihr noch nie einen Freund vorgestellt hatte. Ihre Mutter würde sofort denken, er wäre ihr kommender Schwiegersohn. Lucien schauderte es bei der Vorstellung. Er war ein überzeugter *célibataire*, ein eingefleischter Junggeselle – und beabsichtigte nicht, an dieser Leichtigkeit des Seins so schnell was zu ändern. Zweitens könnte auch Anne auf falsche Gedanken kommen und in ihre Beziehung mehr hineininterpretieren, als gut war. Anne gefiel ihm, und sie war nett – aber nicht mehr.

Einen Anruf von ihr nahm er dennoch gerne entgegen. Sehr gerne sogar.

»*Bonjour, chéri*«, begrüßte sie ihn munter. »Wollte nur mal hören, wie es meinem Lebensretter geht.«

»Die Sonne scheint, und ein Tag ist so schön wie der andere. Mir geht's also ganz wunderbar.«

»Schade, ich hatte gehofft, du vermisst mich ein klein wenig.«

Einmal mehr stellte Lucien fest, dass Frauen nur wenige Worte benötigten, um einen in Verlegenheit zu bringen. Weder durfte er jetzt zu überschwänglich reagieren, das wäre uncool, noch allzu nüchtern, dann wäre sie beleidigt. Ein schmaler Grat.

»Das natürlich auch, aber du wirst ja nicht ewig bei deiner Mutter bleiben ...«

Anne lachte.

»Hast gerade noch die Kurve gekriegt. Ich jedenfalls freue mich darauf, dich bald wiederzusehen. Aber um ehrlich zu sein, bin ich noch nicht so weit. Ich muss andauernd an diesen Verrückten denken. Ich wache in der Nacht schweißgebadet auf. Beim Spazierengehen mit meiner Mutter fühle ich mich verfolgt und drehe mich laufend um. Gestern habe ich auf der Straße einen braunen Jeep Wrangler gesehen und sofort das Zittern bekommen. Was ich dich fragen wollte: Hältst du es für möglich, dass mich Kylian in Aix aufspüren kann?«

Die Frage hatte sich Lucien auch schon gestellt. Womöglich war es ein Fehler gewesen, ihrer alten Nachbarin zu verraten, dass Anne zu ihrer Mutter gefahren war. Vielleicht war ihr Kylian im Treppenhaus begegnet, und sie waren ins Gespräch gekommen? In diesem Fall wäre es sehr wohl möglich.

»Weiß Kylian, dass deine Mutter in Aix-en-Provence lebt?«, antwortete er mit einer Gegenfrage.

»Kann sein, dass ich es mal erwähnt habe.«

»Ist trotzdem unwahrscheinlich«, sagte Lucien, weil es nichts brachte, sie zu beunruhigen. »In deiner Wohnung war er jedenfalls nicht, das hätten wir auf der Videoüberwachung gesehen.

Gehen wir mal davon aus, dass du ihn mit deiner Mail genügend eingeschüchtert hast.«

»Aber Kylian ist hochgradig paranoid, da weiß man nie.«

»Stimmt, doch als Physiker sollte er in der Lage sein, Risiken abzuschätzen. Versuch also, möglichst wenig an ihn zu denken. Andere Frage: Wie geht's deinen Blessuren?«

»Mit jeder Stunde besser. Ich therapiere mich zusätzlich zu den Salben und Tabletten deines Docs mit Rosé-Wein und Macarons. Die Methode sollte ich mir patentieren lassen.«

Lucien lachte.

»Bist nicht die Erste, die auf diese grandiose Kombination kommt. Ich wünsch dir weiterhin gute Besserung. *Relax, ça va aller.* Erhole dich, und alles wird gut.«

Nach Beendigung des Gesprächs ging Lucien zum Fenster und sah hinaus auf den Park. Bei der Wasserfontäne im Park dachte er unwillkürlich an den *Jet d'eau* in Genf. Und daran, dass im Leben alles relativ war. Als Kind auf dem Rasen liegend hatte ihn die Höhe ihrer Fontäne beeindruckt. Sie reichte fast bis zu den Wolken. Aus dem ersten Stock dagegen und mit der Erinnerung an Genf wirkte der Wasserstrahl ausgesprochen bescheiden, geradezu kümmerlich. Und doch passte er perfekt hierher. Er könnte nicht schöner aussehen.

Lucien suchte eine Telefonnummer. Dann rief er bei Kylians Institut in Sophia Antipolis an. Ob er Monsieur Rochat sprechen könne, fragte er. Diesmal ohne italienischen Akzent. Rochat sei gerade in einer Besprechung, bekam er zur Antwort. Ob er anschließend zurückrufen könne? Vielen Dank, antwortete Lucien, aber er versuche es später noch mal.

So einfach war es gelegentlich, dachte Lucien, Sorgen zu zerstreuen. Jedenfalls für den Augenblick. Er schickte Anne eine Textnachricht: »Kylian ist in seinem Institut in Sophia Antipolis. Musst dir also keine Gedanken machen. Noch einen schönen Tag. *À bientôt.*«

Er hörte Hundegebell im Haus. Coco war wieder da. Und mit ihr Francine. Er ging ihnen entgegen. Erleichtert stellte er fest, dass Coco zwar ein kürzeres Fell hatte, aber immer noch wuschelig aussah. Ungeachtet ihrer Arthrose kniete Rosalie am Boden und liebkoste Coco. Anschließend musste Lucien ihr aufhelfen. Francine stand lächelnd dabei.

»Den Friseur kann man weiterempfehlen«, sagte Lucien. »Nimmt er auch Menschen?«

»Dich würde er vielleicht nehmen …«

»Hättest es auch wieder mal bitter nötig«, stellte Rosalie fest. »Rasiert hast du dich auch schon länger nicht mehr.«

»Das letzte Mal heute früh.«

»Dann ist dein Rasierer kaputt, kauf dir einen neuen!«

»Ist nicht kaputt, ich kann die Barthöhe einstellen.«

»*Taratata.* Du meinst wohl, du kannst einer alten Frau alles erzählen? Ein Rasierer rasiert, basta.«

»Bei unserem Rasenmäher kann man auch die Schnitthöhe einstellen.«

»Wirklich? Da muss ich mal unseren Gärtner fragen. So, und jetzt gehe ich mit Coco in die Küche. Da gibt's was Leckeres zu schlabbern.«

Lucien und Francine sahen den beiden lächelnd hinterher. Dann gingen sie die breite Marmortreppe hinauf in den ersten Stock. Auf der obersten Stufe blieb Lucien stehen.

»Warte mal einen Moment! Dich interessiert ja, was in Genf passiert ist. In Renzo Castex' Haus gab es in der Eingangshalle eine ähnlich hohe Treppe. Du musst wissen, wir hatten ein Vorgespräch …«

Francine runzelte die Stirn.

»Ein Vorgespräch?«

»Ja, in seinem Bentley. Castex war in sehr schlechter Verfassung. Ich konnte ihn davon überzeugen, vor dem Einbruch von seinen Medikamenten eine Überdosis einzunehmen. Vor allem von den Morphin-Tabletten. Er hat darauf bestanden, zum Schein

ein bisschen mit der Pistole herumzuballern. Dann aber, jetzt komme ich zum entscheidenden Punkt, haben wir vereinbart, dass er sich, so wie ich gerade, auf die oberste Stufe der Treppe stellt und auf meinen erlösenden Schuss wartet.«

»Und?«

»Castex hat sich an das Drehbuch gehalten. Obwohl er sich nur noch mit Mühe auf den Beinen halten konnte. Ein kräftiger Windstoß hätte wahrscheinlich ausgereicht, ihn umzupusten. Ich hab ihm mit einer Druckluftwaffe eine Farbkugel aus Gelatine an den Kopf geschossen.«

Francine sah ihn fassungslos an.

»Eine Gelatinekugel? Wirklich?«

»Wie beim Paintball, aber kennst du wahrscheinlich nicht.«

»Doch, kenne ich. Markierte Spieler haben verloren und müssen das Feld verlassen.«

»Genau. Allerdings hat Castex an ein Vollmantelgeschoss aus einer scharfen Pistole geglaubt. Aber das Feld hat auch er verlassen. Und zwar so …«

Lucien breitete die Arme aus. Dann tat er so, als ob seine Beine nachgeben würden. Gleichzeitig kippte er nach vorne.

»*Attention*«, rief Francine.

Lucien hielt sich im letzten Moment am Geländer fest.

»Gerade noch mal gut gegangen.«

»Du solltest eine schwangere Frau nicht erschrecken. Aber die Demonstration war anschaulich. Ich nehme an, Castex hat den Sturz nicht überlebt?«

»Er war sofort tot. Ganz so, wie er sich das gewünscht hat. Wie gesagt, ich musste nur ein wenig nachhelfen. Mit einer besseren Spielzeugpistole und einer Farbkugel mit Gelatinehülle.«

Francine nickte.

»Ich hab's verstanden. Komm, lass uns ins Büro gehen.«

Dort erklärte er Francine den Hergang noch etwas genauer. Zwar musste er mit seinem Gewissen selber klarkommen, aber es half ihm, dass sie ihn lobte. Er habe sich geschickt aus der Affäre gezogen, stellte sie fest. Er habe definitiv keinen Mord begangen. Vielmehr habe er einem todkranken Mann einen würdevollen Abgang ermöglicht, nach seinen ganz eigenen Vorstellungen. Eine Sterbehilfe der besonderen Art.

Genau so wollte auch er es sehen!

54

Die Statue von Hector Berlioz stand schräg hinter dem Prachtbau, in dem sowohl das Spielcasino von Monte Carlo untergebracht war als auch das Opernhaus. Hinter der Büste des großen Komponisten verlief im Halbrund eine große steinerne Bank.

Hier hatte sich Lucien mit Edmond verabredet. Ohne wirklichen Grund, die Statue war ihm nur spontan eingefallen. Er hatte sie erst vor Kurzem entdeckt, als er seinem Onkel heimlich zum Spielcasino gefolgt war.

Edmond erwartete ihn im Rollstuhl. Gegen die Sonne trug er einen gepflegten Strohhut mit breiter Krempe. Er hatte einen blauen Blazer an, mit Familienwappen auf der Brusttasche, und weiße Hosen. Er machte einen eleganten Eindruck. Offenbar plante er einen späteren Casino-Besuch.

»Du siehst nicht so aus, als ob du beim Friseur warst«, stellte Edmond anstelle einer Begrüßung fest.

»Hinterher, mein lieber Onkel, nach unserem Gespräch.«

Edmond gab seinem Butler mit der Hand ein Zeichen, sich einige Schritte zu entfernen.

Sie warteten, bis zwei junge Touristinnen mit ihren Selfies fertig waren und weiterzogen.

»Gab es irgendwelche Komplikationen?«, fragte Edmond.

Als ob ihn Komplikationen wirklich interessieren würden, dachte Lucien. Seinem Onkel kam es nur auf das Ergebnis an.

»Nicht im Geringsten. Dass Castex auftragsgemäß aus dem Leben geschieden ist, weißt du offenbar bereits.«

»Selbstverständlich weiß ich das. Ich habe natürlich die Schweizer Berichterstattung verfolgt. Allzu erhellend war sie aber nicht.

Zum Beispiel wurde nirgends erwähnt, dass Castex erschossen wurde.«

»Ist mir auch aufgefallen. Ich vermute, die Polizei gibt nicht alles an die Presse weiter. Manche Informationen hält sie aus ermittlungstechnischen Gründen zurück.«

Das taten sie sogar ganz sicher, dachte Lucien. Vor allem, dass sich der Einbrecher mit einer Paintball-Pistole zur Wehr gesetzt hatte. Wie auf einem Abenteuerspielplatz.

»Das könnte sein«, stimmte ihm Edmond zu. »Übrigens hat mich überrascht, dass die Polizei so schnell vor Ort war. In einer Meldung hieß es, die Einsatzkräfte hätten den Täter nur um Minuten verpasst.«

»Sekunden trifft es wohl eher. Kannst mir glauben, ich war auch überrascht. Ich vermute, Castex hat vergessen, die Alarmanlage auszuschalten.«

»Oder er hat sie mit Absicht angelassen …«

»Warum sollte er das Risiko eingehen, dass ich schon vor dem Showdown die Flucht antreten muss, weil die Polizei anrückt? Nein, glaube ich nicht.« Lucien zuckte mit den Schultern. »Aber ist jetzt auch schon egal.«

»Du musst lernen, misstrauischer zu werden«, sagte Edmond nachdenklich. »Vieles ist anders, als es scheint.«

Fast hätte Lucien geantwortet, dass auch Edmond anders war, als er sich den Anschein gab.

»Ich bin nicht so gutgläubig, wie du denkst. Außerdem ist ja alles gut ausgegangen, ich habe es gerade noch geschafft zu türmen. Vorher habe ich mich überzeugt, dass Castex wirklich tot war. Mission erfüllt.«

Edmond nickte.

»Es fällt mir schwer, aber ich muss dir ein Kompliment machen. Hast gute Arbeit geleistet.«

»*Merci bien.* Muss dir aber nicht schwerfallen. Ist ja in unserem beiderseitigen Interesse.«

»Da kann ich dir nicht widersprechen. Dein Honorar ist übrigens schon angewiesen.«

»Darf ich mir was wünschen?«

Edmond sah ihn schief an.

»Wünschen darf man sich alles.« Er sah nach oben. »Sogar das Blaue vom Himmel.«

»Könnten wir bitte bei den Aufträgen mal eine Pause einlegen?«

»*Oh là là*, bist du schon ermattet? Das ging aber schnell.«

»Nicht ermattet, aber ich brauche schöpferische Pausen.«

»Schöpferische Pausen? Wozu denn das? Bei unseren Aufträgen ist keine Kreativität gefragt …«

Sein Onkel hatte keine Ahnung.

»Nur Präzision bei der Ausführung«, fuhr er fort. »Ich kann dir nichts versprechen. Kann sein, dass es Schlag auf Schlag weitergeht. Kann aber auch sein, dass ein Jahr gar kein Auftrag reinkommt. Dann darfst du dich auch nicht beklagen.«

»Ich hätte nichts dagegen.«

Edmond lächelte.

»Das glaubst du vielleicht. Aber ich weiß es besser. Hat man einmal damit angefangen, professionell Menschen zu töten, will man damit nicht aufhören. Das ist wie bei einem Raubtier: Hat es erst mal Blut geleckt, ist der Jagdtrieb nicht mehr zu stoppen.«

Das mochte sein, überlegte Lucien. Aber nicht bei ihm, schließlich war er kein Raubtier. Und er hatte kein Blut geleckt.

»Besser, wir lassen das Thema. Wie gesagt, eine Pause wäre nicht schlecht …«

Edmond hob die Hände.

»Ich hab keinen Einfluss drauf. Kannst ja in die Kirche gehen und eine Kerze anzünden. Vielleicht hilft's.«

»Werde ich machen. Aber jetzt muss ich wirklich zum Friseur. Was hast du vor?«

»Was soll ich schon vorhaben? Ich lass mich von meinem Butler zurück nach Beaulieu fahren. Dort trinke ich eine Tasse Tee und denke über den Sinn des Lebens nach.«

Wohl eher über den Sinn des Sterbens, dachte Lucien. Vor allem unter finanziellen Aspekten. Wo konnte man das besser als am Roulettetisch?

55

In Monaco passierte es Lucien häufiger, dass er mit seinem Handy nicht ins Internet kam. Der Teufel wusste, warum. Aber er kannte einen Ausweg: Das WLAN im Spielcasino funktionierte zuverlässig, jedenfalls in der pompösen Vorhalle. Weil er sich im Internet über die aktuelle Berichterstattung in Genf informieren wollte, ging er an einigen Luxuslimousinen vorbei ins Casino. Immer wieder beeindruckten ihn die hohen Säulen, das kunstvolle Glasdach und der marmorne Boden. Gleich rechts gab es eine Bar mit bequemen Sesseln, aber er wollte nicht lange bleiben. Lucien loggte sich ein – und stellte schnell fest, dass er sich die Mühe hätte sparen können. Zwar gab es ein Update. Aber nur dahin gehend, dass sich Castex' Frau mit den Kindern auf dem Rückflug von Apulien befand. Zu den polizeilichen Ermittlungen gab es nichts Neues. *Pas de nouvelles, bonnes nouvelles?* Keine Nachrichten waren gute Nachrichten? Ja, genau so wollte er es sehen.

Lucien schlenderte durch die Halle zum Ausgang, da entdeckte er auf der gegenüberliegenden Seite, dort, wo es ins eigentliche Casino ging, einen Mann im Rollstuhl. Edmond, jetzt ohne Strohhut. Er begrüßte gerade eine junge Frau mit Handkuss. Sie hatte eine atemberaubende Figur. Er erkannte sie sofort: Colette! Sie hatte seinen Onkel in seinem Auftrag ausspioniert – und behauptet, sie wäre nicht an ihm interessiert, weil er drogensüchtig war. Offenbar hatte sie ihre Meinung geändert.

Lucien versteckte sich hinter einer Säule. Er sah, wie Edmond nach dem Handkuss Colette ihren wohlgeformten Hintern tätschelte. Fast konnte er seinen Onkel verstehen: Im Rollstuhl sitzend befand sich ihr Po genau in Höhe seiner Augen. Die Verführung war einfach zu groß. Erst recht, wenn sich die beiden gerade nicht zum ersten Mal begegneten, da musste er sich nicht zurückhalten.

Lucien beobachtete, wie sie im Casino verschwanden. Er sah keinen Sinn darin, ihnen zu folgen. Er hatte genug gesehen. Was hatte ihm Edmond vor wenigen Minuten geraten? Er müsse misstrauischer werden, hatte er gesagt. Wohl wahr, damit hatte er ausnahmsweise recht. Ihm fiel ein, dass er Colette eine Bonuszahlung versprochen hatte, wenn sie den Namen von Edmonds Drogendealer herausfand. Vielleicht hatte sie sich deshalb auf ihn eingelassen? In diesem Fall hätte Edmond sogar mit seiner Ergänzung recht: Vieles sei anders, als es scheine, hatte er noch angemerkt.

Wenige Minuten später saß Lucien auf seiner Vespa. Einiges ging ihm auf der Fahrt nach Villefranche durch den Kopf. Angefangen von Anne Dalmasso und ihrer Befürchtung, Kylian könne sie in Aix aufspüren. Bis hin zu Colette, die ihm den besten Sex seines Lebens versprochen hatte, jetzt aber an Edmonds Seite im Casino von Monte Carlo aufgetaucht war. Lucien musste lächeln. Genau genommen schloss das eine das andere nicht aus. Aber er würde darauf verzichten, es herauszufinden.

Er parkte seinen Motorroller am gewohnten Platz. Den Nachmittag verbrachte er mit einer angebrochenen Flasche Wein auf seinem Balkon. Über Kopfhörer hörte er klassische Musik. Da war er ganz altmodisch. Bei Chopin konnte er sich am besten entspannen.

Mit dem Fernglas suchte er nach der Jacht von Rouven Mardrinac. Und tatsächlich: Die Dora Maar ankerte in der Bucht. Unter den modernen Jachten ein ausgesprochen altmodisches Schiff. Eine nostalgische Schönheit. Ob sich Mardrinac heute erneut die Ehre gab und mit der extravaganten Kommissarin im *P'tit Bouchon* zu Abend speiste? Zweimal hintereinander? Wohl eher nicht.

Es gab noblere Lokale, mit Michelin-Sternen. Erstaunlich, dass ein verwöhnter Bonvivant wie Mardrinac überhaupt aufs *P'tit Bouchon* gekommen war. Erstaunlich, aber ausgesprochen sympathisch. Ihre Küche war nicht abgehoben – und seinen Lieblingschampagner gab es auch.

Beim Stichwort Sternerestaurants fiel ihm das *Chèvre d'Or* ein. Lucien lächelte. Nun ja, im hoch gelegenen Èze-Village konnte Mardrinac kaum mit dem Beiboot anlegen. Da war Villefranche klar im Vorteil. Mit dem alten Mustang der Kommissarin konnten sie auch nicht fahren, der war, wie er wusste, bei einem Mordanschlag in Flammen aufgegangen. Ob die beiden ein Paar waren? Bei ihrem ersten Besuch vor einigen Wochen hatte es ganz danach ausgesehen. Laut Paul war die Stimmung diesmal distanzierter gewesen.

Apropos Paar: Er und Francine waren auch keines. Dennoch gingen sie gelegentlich zusammen zum Essen. Es stand noch eine Einladung aus. Er nahm sein Handy und rief sie an.

»Hallo, Francine. Störe ich dich?«

»Du darfst mich immer stören. Was gibt's? Soll ich wieder ins Spielcasino und deinem Onkel schöne Augen machen?«

»Das will ich dir nicht noch mal zumuten. Außerdem hat er für heute schon eine andere Begleitung gefunden.«

»Woher weißt du das?«

»Ich hatte ein kurzes Treffen mit ihm in Monte Carlo, danach habe ich ihn zufällig ins Casino gehen sehen …«

»Du meinst wohl *rollen?*«

»Ja, *gehen* wäre ein Wunder. Der Dame, die auf ihn gewartet hat, hat er zunächst einen formvollendeten Handkuss gegeben und danach den Hintern getätschelt.«

»Das hätte er bei mir mal versuchen sollen … Die Dame war also keine richtige Dame, habe ich recht?«

»Eine Escortlady aus Nizza.«

»Nizza? Und woher weißt du *das?*«

Lucien biss sich auf die Lippe. Er sollte sich besser konzentrieren.

»Ich bin ihr schon mal begegnet.«

»Soso, wem du in deinem Leben so alles begegnest …«

Er überhörte den leisen Spott in ihrer Stimme.

»Ich führe ein Lokal, da lernt man täglich neue Menschen kennen. Aber ich hab dich nicht angerufen, um mit dir über Edmond und seine Damenbekanntschaften zu reden. Wie wäre es morgen Mittag im *Chèvre d'Or?* Hast du Zeit?«

Francine zögerte mit der Antwort.

»Deine Einladung? Ich habe gehofft, du vergisst sie … Entschuldige bitte, so habe ich das nicht gemeint. Morgen Mittag passt gut.«

»Sehr schön. Ich reserviere einen Tisch. Um vierzehn Uhr?«

»Gerne. Im Büro gibt's morgen nichts zu tun, ich komm dann direkt hin.«

»So machen wir das. Ich wünsch dir noch einen schönen Abend. *À demain.*«

Lucien wusste, warum sie gezögert hatte. Es gab Themen, über die sie momentan nicht reden wollte. Zudem hatte sie ihm verraten, dass sie sich dort oft mit seinem Vater getroffen hatte. Aber sie hatte auch gesagt, dass ihr das nichts ausmache.

Im *P'tit Bouchon* lernte er täglich nicht nur neue Leute kennen, er begegnete auch fortlaufend alten Bekannten. Nicht immer freute er sich darüber. Zum Beispiel hätte er am heutigen Abend auf die Gesellschaft von Achille Giraud verzichten können. Der Capitaine der Gendarmerie fragte nicht lange und setzte sich zu ihm an den Tisch. So war er halt, ein Mann mit übersteigertem Selbstbewusstsein. Andererseits, dachte Lucien, war er durchaus von Nutzen. So hatte er auf seinen Wunsch hin ohne lange Diskussionen sofort eine Motorradstreife zur Promenade des Anglais geschickt. Auch hatte der Capitaine in einem zurückliegenden Fall nach nur einem Anruf eine Spezialeinheit in Bewegung gesetzt – und hinterher die Lorbeeren eingeheimst, weil er einen terroristischen Anschlag verhindert hatte. Bei der Tradition seiner Familie, dachte Lucien, war es nicht falsch, einen ehrgeizigen Polizisten der Gendarmerie zum Freund zu haben. Was wohl auch schon sein Vater erkannt hatte. Dass sich der Capitaine bei ihm regelmäßig eine »Spende« abholte, konnte er verschmerzen. Doch störte es Lucien gewaltig, dass sich Achille in der Weinkarte des *P'tit Bouchon* für immer höhere Preisklassen begeisterte. Natürlich ohne zu zahlen.

Weil Lucien mit seinem Kommen nicht rechnen konnte, hatte er leichtsinnigerweise einen Puligny-Montrachet 1er Cru im Glas.

Achille schielte zur Flasche im Weinkühler. Er hatte sich weintechnisch schon so weit fortgebildet, dass er das Etiket erkannte. Lucien hatte vorgehabt, nur maximal die Hälfte zu trinken und die Flasche danach mit der Vakuumpumpe luftdicht zu verschließen, um morgen auch noch was von dem teuren Burgunder zu haben. Das konnte er jetzt vergessen.

»Dürfte ich auch?«, fragte Achille und deutete auf die Flasche.

Ein Ausweg wäre zu behaupten, der Wein habe Kork. Aber Achille hatte wahrscheinlich gesehen, dass er gerade noch mit Genuss von ihm getrunken hatte.

»*Volontiers, avec plaisir.*«

Das war natürlich gelogen. Vergnügen bereitete es ihm nicht, vom Wein was abzugeben.

Lucien fiel auf die Schnelle kein unverfängliches Thema ein, über das er mit Achille plaudern könnte. Was sich rächte, denn der Capitaine übernahm sofort die Initiative.

»Du warst einige Tage verreist?« Er zwinkerte ihm mit einem Auge zu. »Wie ich dich kenne, mit einer schönen Frau.«

Lucien lächelte vieldeutig.

»Sagen wir so, ich war nicht alleine.«

»Du bist zu beneiden. Jetzt verrate mir noch, wohin du die Braut entführt hast.«

»Wohin wohl? Nach Saint-Tropez natürlich.«

Achille schüttelte in gespielter Verzweiflung den Kopf.

»Lucien, können wir nicht für einige Tage tauschen? Du übernimmst meinen Job bei der Gendarmerie und schaust abends mit meiner lieben Frau Fernsehen, dafür entlaste ich dich bei deinen Rendez-vous?«

Während Lucien noch über diesen haarsträubenden Einfall nachdachte, gab sein Handy einen Signalton.

Er schaute auf das Display.

»*C'est pas vrai*«, murmelte er.

Die Überwachungskamera in Annes Wohnung lieferte gestochen scharfe Bilder von dem Mann, der sich gerade Zutritt verschafft hatte. Kylian Rochat war sofort zu erkennen.

»Was kann nicht wahr sein?«, fragte Achille.

Lucien überlegte, ob er ihn ins Vertrauen ziehen sollte.

»Eine Freundin von mir hat als Schutz vor Einbrechern eine *caméra de surveillance* in ihrer Wohnung. Sie wurde gerade aktiviert.«

Sekundenschnell schaltete Achille in den Polizeimodus.

»Ein Einbruch? Wo?«

»In Nizza. Meine Bekannte ist verreist. Sie hat gerade erst das Schloss zu ihrer Wohnungstür auswechseln lassen. Der Mann auf dem Video muss sie aufgebrochen haben.«

»Nizza? Das fällt in meine Zuständigkeit.« Achille leerte in einem Zug das Weinglas und stand auf. »Mein Polizeiwagen steht um die Ecke. *Allez, allez* … wir dürfen keine Zeit verlieren!«

»Du könntest eine Streife schicken.«

»Könnte ich, aber die ist kaum schneller als wir. Wo, sagtest du, ist die Wohnung genau?«

»Im Viertel *Libération* … Ich lotse dich hin.«

Keine Minute später saßen sie in Achilles Einsatzfahrzeug der *Gendarmerie nationale.* Mit Blaulicht und Sirene ging es die wenigen Kilometer nach Nizza. Unterwegs bekam Lucien einen Anruf von Anne. Sie habe gerade auf der Überwachungskamera entdeckt, dass …

»Bin schon unterwegs«, unterbrach er sie.

»Mit Sirene?«

»Ja, geht schneller«, sagte er lachend. »Ich ruf dich später an.«

Fortwährend kontrollierte Lucien die Bilder aus ihrer Wohnung. Kylian ließ keine besondere Eile erkennen. Er stöberte durch ihre Schubladen, als ob er was suchen würde. Vielleicht nach einem Hinweis, wo ihre Mutter wohnte? Oder wohin sich Anne sonst zurückgezogen haben könnte. Dass sie ausgeflogen war, schien er jedenfalls zu wissen. Er würde sich anders verhalten, wenn er mit ihrem plötzlichen Auftauchen rechnete. Gerade hatte er sich ein Glas Wein eingegossen. Er blätterte durch ein Fotoalbum. Lucien lächelte zufrieden. Bisher kam Kylian nicht auf die Idee, seinen Blick nach oben zu richten. Die kleine Überwachungskamera an der Decke blieb von ihm unentdeckt. Bisher jedenfalls …

Achille erwies sich als glänzender Fahrer. Sah man mal davon ab, dass sich schon mehrere Fußgänger mit einem Sprung in Sicherheit gebracht hatten.

»Völlig unnötig«, stellte er fest. »Die Menschen heutzutage sind viel zu schreckhaft.«

Lucien lotste ihn durch die Straßen. Kurz vor dem Ziel schaltete Achille Blaulicht und Sirene aus.

»Ist er noch da?«, fragte er.

»Ja, er durchwühlt gerade eine Kommode.«

»Du bist dir sicher, dass es sich um einen Einbrecher handelt?«

»Natürlich. Ich weiß sogar, wer es ist. Ein Stalker, der meine Bekannte tyrannisiert. Vor ihm ist sie zu ihrer Mutter nach Aix-en-Provence geflohen.«

»Den Burschen kaufe ich mir.« Achille hielt auf dem Bürgersteig. »Du bleibst im Auto. Wo ist die Wohnung?«

»Im ersten Stock links.«

In einer Parterrewohnung brannte Licht. Achille klopfte gegen das halb geöffnete Fenster.

»Polizei, lassen Sie mich ins Haus!«

Lucien kontrollierte die Überwachungskamera. Kylian riss gerade eine Seite aus einem Notizblock. Er hielt inne und blickte in Richtung Wohnungstür. Hatte er was gehört? Jetzt ging er ans Fenster. An jenes, dessen Scheibe er nicht mit dem Pflasterstein eingeworfen hatte und bei dem die Läden geöffnet waren.

Lucien entdeckte seinen Schatten im ersten Stock. Auf dem Display war Kylians Reaktion zu sehen. Offenbar hatte er das Polizeiauto entdeckt. Vorbei war es mit seiner Gemütsruhe. Er blickte sich hektisch um. Dann rannte er aus dem Wohnraum in Richtung Schlafzimmer – und damit aus dem Bild.

Das Schlafzimmer lag auf der rückwärtigen Seite. Vom dortigen Fenster sah man auf einen Hinterhof. Trotz der angespannten Situation musste Lucien lächeln. In der Nacht mit Anne hatten sie die Vorhänge zugezogen.

Es hielt ihn nicht länger im Auto. Er stieg aus und rannte zu einer schmalen Einfahrt, von der man in den Hinterhof gelangen konnte. Er kletterte über das schmiedeeiserne Tor. Ein kurzer Blick aufs Display: Jetzt war Achille zu sehen, der mit gezogener Pistole im Wohnzimmer stand.

Aus dem Hof hörte Lucien einen Schmerzensschrei. Danach: »*Merde, merde …*«

War Kylian etwa aus dem Fenster in den Hof gesprungen? Das Haus stammte aus der Gründerzeit, damals wurden die Stockwerke in der Höhe noch sehr großzügig bemessen. Entsprechend weit ging es aus dem ersten Stock hinunter … auf einen harten Asphaltboden. Mit der richtigen Abrolltechnik war es zu schaffen. Aber Kylian war Kampfsportler. Er hatte gelernt, zuzuschlagen, das katzengleiche Stürzen gehörte womöglich nicht zu seinem Trainingsprogramm.

Lucien peilte um die Ecke. Und richtig: Kylian lag zusammengekrümmt auf dem Boden. Er umklammerte seine Unterschenkel, er versuchte, sich aufzurichten … vergeblich. Er fluchte vor sich hin.

Von oben eine Stimme.

»*C'est la police!* Bleiben Sie, wo Sie sind! Jede Flucht ist zwecklos.«

Der Capitaine musste sich keine Sorgen machen, dachte Lucien. Kylian würde nicht fliehen.

Lucien kletterte zurück über das Tor auf die Straße. Dort kam ihm Achille triumphierend entgegen.

»Der Täter ist gestellt. War ein Kinderspiel. Ich verständige jetzt die Kollegen.«

»Am besten auch die Rettung«, ergänzte Lucien.

»Natürlich, wir sind ja keine Unmenschen.«

Lucien blieb nur so lange wie nötig. Er legte keinen Wert darauf, dass ihn Kylian zu Gesicht bekam. Für die Fahrt zurück nach Villefranche nahm er sich ein Taxi. Er telefonierte mit Anne und erzählte ihr, was passiert war. Auch, dass die Unfallsanitäter von Knochenbrüchen in beiden Beinen ausgingen. Von Kylian, so viel sei sicher, gehe fürs Erste keine Gefahr mehr aus. Anne könne sich entspannen und die Zeit in Aix sorgenfrei genießen.

Er hörte Anne am Telefon weinen. Waren das Tränen der Erleichterung? Des Mitleids bestimmt nicht.

»Lucien, du bist ein Schatz«, flüsterte sie.

Lebensretter und jetzt noch Schatz? Lucien fand, dass das etwas viel auf einmal war. Das Lob hatte er nicht verdient. Es hatte sich einfach so ergeben – und schließlich hatte er auch selber was davon: Er musste auf absehbare Zeit nicht damit rechnen, dass

Kylian zu später Stunde mit einem Totschläger vor dem *P'tit Bouchon* auf ihn warten könnte. Und noch ein positiver Nebeneffekt fiel ihm ein: Achille Giraud hatte durch den plötzlichen Aufbruch keine Gelegenheit mehr gefunden, sich weiter an dem Puligny-Montrachet schadlos zu halten. Den Rest der Flasche konnte er alleine trinken.

56

Am nächsten Morgen war Lucien ausgesprochen guter Stimmung. Es hatte sich alles zum Besten gefügt. Blieb zwar noch abzuwarten, was die Genfer Polizei auf ihrer angekündigten Pressekonferenz zu berichten hatte, aber ernste Sorgen machte er sich nicht.

Was stand heute auf dem Programm? Lucien musste lächeln. Als ob er das nicht wüsste? Um vierzehn Uhr war er mit Francine zum Mittagessen verabredet. Er freute sich darauf. Obwohl er ihr versprochen hatte, keine heiklen Themen anzusprechen, hoffte er doch, dass sich im Gespräch das eine oder andere ergab. Und wenn nicht, war es auch okay.

Er hatte das *Chèvre d'Or* in Èze-Village vorgeschlagen, weil das Lokal etwas Besonderes war – und Francine zweifellos eine besondere Frau. Nicht ahnend, dass vor ihm schon sein Vater auf diesen Gedanken gekommen war. Außergewöhnlich war das *Château de la Chèvre d'Or,* in dem man auch übernachten konnte, schon aufgrund seiner spektakulären Lage hoch oben auf einem Felsen. Mit einer Terrasse, von der man einen weiten Blick auf das tief unten liegende Meer hatte. Und exzellent speisen konnte man dort auch. Das Restaurant wurde von Gourmet-Führern wie dem *Guide Michelin* regelmäßig ausgezeichnet.

Èze-Village wurde häufig als »mittelalterliches Felsennest« beschrieben. Tatsächlich könnte man sich in den schmalen Gassen mit den vielen Torbögen in frühere Zeiten zurückversetzt fühlen, wären da nicht die vielen Touristen und Souvenirläden, die die Illusion zunichtemachten. Dem Charme des malerischen Bergdorfs konnte man sich dennoch schwer entziehen. Walt Disney soll einige Zeit in Èze-Village gelebt haben. Und nach Friedrich Nietzsche war ein steiler Fußweg benannt, der vom Meer hinaufführte: der *Chemin Frédéric Nietzsche*. Auf dem Pfad wandernd, waren ihm wesentliche Passagen seines Werkes *Also sprach Zarathustra* eingefallen.

Lucien fuhr mit der Vespa hinauf zur *Moyenne Corniche*. Die schwierige Suche nach einem Parkplatz blieb ihm somit erspart. Francines rotes Cabrio konnte er nicht entdecken. Er lief durch die in der Mitte mit roten Ziegeln gepflasterten Gassen hinauf zur »goldenen Ziege«.

Der reservierte Tisch befand sich auf der Terrasse in vorderster Linie. Perfekt, so hatte er sich das vorgestellt. Francine saß schon da und sah ihm lächelnd entgegen. Er begrüßte sie mit Küsschen.

»Vielen Dank für die Einladung«, sagte sie. »Ich mag den Platz hier.«

»Ich weiß.«

»Schau, da unten liegt Cap Ferrat. Wie auf einer Postkarte.«

»Ich hab dein Auto nicht gesehen, wo hast du geparkt?«

»Gar nicht, ich hab mir ein Taxi genommen. Den Stress tu ich mir nicht an.«

Ein Ober trat zu ihnen an den Tisch. Im weißen Hemd, mit grauer Weste.

»Schön, Sie wiederzusehen«, sagte er zu Francine. »Wir haben Sie schon vermisst.«

Francine schaute verlegen.

»Sie wissen ja, warum …«

»Natürlich, Madame. Mein Beileid.«

»Danke, aber ist schon eine Weile her.«

Der Ober wandte sich an Lucien.

»*Salut,* mein Lieber. Du warst auch schon lange nicht mehr hier.«

Lucien überlegte kurz. Was sprach dagegen?

»Aus dem gleichen Grund wie Madame. Der Comte war mein Vater.«

»*Mon Dieu,* das wusste ich nicht. Ich kenne dich nur als Lucien. Komm, steh auf, lass dich umarmen.«

Lucien winkte ab.

»Nein, ist schon gut. Bringst du uns bitte zwei Gläser Champagner. Wir wollen auf den alten Comte anstoßen.«

»So alt war er nun auch nicht«, flüsterte Francine.

Schon wieder, dachte Lucien, hatte er einen Fauxpas begangen. Warum fand er immer wieder ein Fettnäpfchen, in das er hineintreten konnte?

»Nein, war er wirklich nicht. Vor allem viel zu jung, um zu sterben.«

»Alexandre hat mir erzählt, dass man in Èze den mythischen Vogel Phönix verehrt, der aus der Asche neu ersteht. Entsprechend zitiere man hier häufig einen lateinischen Spruch, der besagt, dass man im Tode wiedergeboren werde.«

»Sollte das stimmen, dann leider in einer anderen Welt.«

Der Ober kam mit den Gläsern für den Champagner. Eingegossen wurde stilvoll am Tisch.

Sie stießen an und prosteten über das Meer zum Cap Ferrat, wo sich irgendwo die *Villa Bèatitude* verbarg. Francine nippte am Glas.

»*Tu nous manques*«, sagte Lucien. »Wir vermissen dich.«

Francine wischte sich eine Träne von der Wange.

»*Tu me manques beaucoup*«, flüsterte sie. »Ich vermisse dich sehr.«

Für kurze Zeit hingen beide still ihren Gedanken nach.

»So, genug mit den Sentimentalitäten«, sagte Francine schließlich entschieden. »Du wolltest mich zum Essen einladen. Wo ist die Speisekarte?«

Lucien gab dem Ober ein Zeichen.

Eine knappe Stunde später lehnte sich Lucien entspannt zurück. Nach einigen kleinen Vorspeisen hatten sie sich einen *homard flambé,* einen flambierten Hummer geteilt. Lucien hatte einen Rosé von der Domaines Ott im Glas. Francine trank nur noch Wasser.

Bislang war es ihnen gelungen, im besten Sinne nur zu plaudern. Unter Vermeidung aller Themen, die den wunderschönen Tag auf der Terrasse hoch über dem Meer trüben könnten. Nicht einmal über Edmond hatten sie ein Wort verloren. Irgendwann ergab es sich aber doch, dass sie auf Luciens Ausflug nach Genf zu sprechen kamen. Die Gäste an den Nachbartischen waren bereits gegangen. Sie hatten also keine Zuhörer. Francine fragte, ob Lucien was von der Pressekonferenz gehört habe. Er nahm sein Handy und öffnete die Schweizer Nachrichtenseite, auf der er sich schon einmal informiert hatte. Tatsächlich hatten die Staatsanwaltschaft und die Kantonspolizei vor einer Stunde die Medien über den Stand der Ermittlungen informiert. Lucien überflog die Meldung.

»Gibt nichts Neues«, stellte er zufrieden fest. »Offenbar hat die Polizei keine heiße Spur. Aus ermittlungstaktischen Gründen könne man keine Angaben machen. Klingt nach einer faulen Ausrede.«

»Hoffentlich hast du recht.«

Versonnen strich sie sich über den Bauch.

»Na, wie geht's dem Kleinen?«, fragte Lucien. »Macht er gerade Turnübungen?«

»Woher weißt du denn so was? Aber stimmt schon, der Racker kann recht aktiv sein, ich glaube, er beherrscht schon einen Purzelbaum. Im Moment aber gibt er Ruhe. Scheint ein Nickerchen zu machen.«

»Das ist sehr rücksichtsvoll von ihm.«

»Ja, ich könnt mich jetzt auch hinlegen.«

»Willst du schon aufbrechen?«

»*Mais non,* ist gerade viel zu schön hier. Außerdem habe ich mir überlegt, dass wir vielleicht doch darüber sprechen könnten, wie wir das nach seiner Geburt mit der Vaterschaft regeln.«

Der Vorschlag kam für ihn überraschend.

»Ich wollte das Thema nicht ansprechen.«

»Lieb von dir, aber irgendwann müssen wir ja doch darüber reden. Der Ort hier ist besser geeignet als jeder andere.«

»Weil du mit meinem Vater häufiger hier warst?«

»Ganz genau. Wobei wir uns hier nicht nur zum Essen getroffen haben.« Sie lächelte. »Wir haben auch im Hotel übernachtet … da könnte es passiert sein …«

Passiert sein? Er brauchte nicht lang, um zu verstehen.

Lucien nahm ihre Hand und drückte sie.

»Dann ist das hier wirklich der optimale Ort«, stellte er fest. »Also, was hast du dir überlegt?«

Francine biss sich leicht auf die Unterlippe.

»Du überlässt mir die Entscheidung?«

»Natürlich, du bist die Mutter. Und ich nicht der Vater.«

»Wäre Alexandre noch am Leben …«

»Würde er dich heiraten, und das Kind käme als Chacarasse auf die Welt. Ganz einfach.«

»Aber er ist nicht mehr am Leben, die Realität ist eine andere. Was ich sagen wollte: Ich fürchte, er wäre nicht glücklich über meine Entscheidung. Aber ich habe sie mir nicht leicht gemacht.«

Fast müsste sie nicht weitersprechen, dachte Lucien. Ihm schien klar, zu welchem Schluss sie gekommen war.

»Die Chacarasses haben ein schreckliches Familienerbe«, fuhr sie fort. »Alle männlichen Nachkommen setzen eine Tradition fort, die es zu keiner Zeit hätte geben dürfen.«

»*Ich* setze sie nicht fort.«

»Das rechne ich dir hoch an. Aber auch du trägst schwer an der Bürde. Und erst die Zukunft wird zeigen, ob du deinen Weg weitergehen kannst. Meinem Sohn jedenfalls möchte ich ersparen, als Chacarasse aufzuwachsen. Er soll eine glückliche und unbeschwerte Kindheit verleben.«

»Die hatte ich auch«, sagte Lucien.

»Das glaube ich dir sogar. Doch hast du von klein auf Dinge gelernt, die ich von meinem Kind fernhalten möchte. Um es kurz zu machen: Ich werde in der Geburtsurkunde keinen Vater angeben.« Sie sah ihn traurig an. »Ich hoffe … ich hoffe sehr, du verstehst mich.«

Er drehte am Stiel des Weinglases, sah hinaus auf das Meer und hinüber zum Cap Ferrat. Dann wieder blickte er Francine in die Augen. Sie schimmerten feucht. Offenbar konnte sie ihre Tränen kaum unterdrücken.

»Ja, ich verstehe dich. Obwohl es meinem Vater das Herz brechen würde. Er würde wollen, dass sein Sohn seinen Namen trägt.«

»Ich weiß, aber … aber die Möglichkeit besteht doch weiter. Irgendwann mal, wenn er groß und reif genug ist, sage ich ihm, wer sein Vater war. Dann kann er selbst entscheiden und, wenn er es möchte, immer noch ein Chacarasse werden.«

Lucien wusste nicht, ob das so einfach ging. Aber Francine hatte sich alles genau überlegt, sicherlich auch diesen Punkt.

»In diesem Fall müsstest du ihn aber als deinen Halbbruder anerkennen«, fuhr sie fort.

Ginge auch anders, dachte Lucien. Wie oft las man von illegitimen Kindern auch gekrönter Häupter, die sich vor Gericht mit einem DNA-Nachweis ihre Rechte erstritten?

»Natürlich würde ich ihn anerkennen.«

»Lieb von dir. Darfst halt vorher nicht sterben.«

Lucien lächelte.

»Das liegt nicht in meiner Absicht.«

»Guter Vorsatz. Solltest du dir Sorgen um dein Erbe machen, das musst du nicht. Ich verspreche dir, dass wir … das heißt, dass mein Sohn auf seinen Anteil am Familienvermögen verzichten wird. Falls es überhaupt dazu kommen sollte.«

Sie hatte wirklich alles erwogen, dachte Lucien.

»Das Familienvermögen ist mir egal. Außerdem gibt es ja noch immer die zweite Möglichkeit, über die wir schon mal gesprochen haben. Ich adoptiere ihn, dann erbt er irgendwann alles.«

»Vorausgesetzt, du setzt selber keine Kinder in die Welt.«

»Ach so, das wäre natürlich möglich.« Lucien grinste. »Von zehn verschiedenen Frauen.«

»Das hättest du wohl gerne?«

Er schüttelte den Kopf.

»Nein, nicht wirklich. Was anderes: Hast du dir für den Kleinen schon einen Vornamen überlegt?«

»Ja, habe ich. Ich möchte ihn … Alexandre nennen.«

Lucien schluckte.

»Alexandre wie mein Vater? Doch, das ist eine schöne Idee«, sagte er nach einer kurzen Pause.

»Ich denke noch über einen zweiten Vornamen nach, aber Alexandre steht schon mal fest.«

Lucien drehte wieder am Stiel seines Weinglases.

»Was ich dich schon immer mal fragen wollte: Wie hast du meinen Vater eigentlich kennengelernt?«

Sie sah ihn skeptisch an.

»Warum willst du das wissen?«

»Einfach so. Ich will's mir halt gerne vorstellen.«

»Besser nicht«, sagte sie leise.

»Besser nicht?«, wiederholte er mit hochgezogenen Augenbrauen.

»Ja, ist besser, du stellst es dir *nicht* vor. Unsere erste Begegnung war nämlich … war nämlich nicht besonders romantisch. Ganz im Gegenteil.«

»Wie meinst du das?«

»Sagen wir so, sie hätte das Ende unserer Beziehung bedeuten können, bevor sie überhaupt begonnen hatte …«

Francine sprach nicht weiter. Sie sah hinaus auf das Meer. Langsam wich ihr ernster Gesichtsausdruck einem verträumten Lächeln.

»Aber das Schicksal hat es dann doch gut mit uns gemeint. Zwar nicht für ewig … aber immerhin. Ich war glücklich. *J'étais heureuse!*«

ÉPILOGUE

Lucien lief durch den Park der Villa Béatitude. Mit gesenktem Kopf und hinter dem Rücken verschränkten Händen. Ähnlich hatte es sein Vater gemacht, wenn er über etwas nachdenken musste. Dabei wollte er ihm eigentlich nicht zu ähnlich werden … Dass Francine ihrem Sohn seinen Vornamen geben wollte, war zweifellos eine schöne Idee. Das hatte ihr Lucien erneut bestätigt, als sie sich am Taxi mit einer Umarmung voneinander verabschiedeten. Aber er fragte sich, ob das seinen Vater darüber hinwegtrösten würde, dass sie ihrem gemeinsamen Kind seinen Nachnamen verweigerte? Sein Vater würde hoffen, dass sie diese Entscheidung irgendwann korrigierte. Die Chacarasses existierten seit vielen Generationen, da kam es auf einige Jahre nicht an.

Er selbst hatte mit Francines Entscheidung keine Probleme. Erstens hatte sie ihn damit nicht überrascht, zweitens verstand er ihre Beweggründe – und drittens war das auch für ihn persönlich die vielleicht beste Lösung. Auf jeden Fall die bequemste. Es lag in seinem Naturell, Problemen aus dem Weg zu gehen, sie nach Möglichkeit auf die lange Bank zu schieben. Jetzt musste er aber doch lächeln. Und zwar über sich selbst. Denn wenn er die letzten Wochen Revue passieren ließ, hatte er alle Herausforderungen ohne Umschweife angenommen. Nicht ganz freiwillig, das musste er zugeben. Entweder hatte ihn Edmond unter Druck gesetzt, oder die Geschehnisse hatten eine unerwartete Eigendynamik entwickelt, der er sich nicht entziehen konnte – auch wenn er das gerne getan hätte. Aber in einer Welt, wo es Schutzgelderpresser gab und gewalttätige Psychopathen wie Kylian, konnte er nicht gemütlich im P'tit Bouchon *an seinem Tisch sitzen und Austern schlürfen.*

Lucien blieb stehen und beobachtete die Wasserfontäne. Natürlich ging ihm Francines Antwort auf seine Frage durch den Kopf, wie sie seinen Vater kennengelernt hatte. Er hatte tatsächlich ohne Hintergedanken danach gefragt. Sie hätte ihm alles erzählen können, er hätte es wohl geglaubt. Aber was wollte sie damit andeuten, dass ihre erste Begegnung nicht besonders romantisch gewesen sei – ganz im Gegenteil? Auch dass ihre Beziehung schon vor ihrem Beginn hätte zu Ende sein können? Das hörte sich dramatisch an. Und wahrscheinlich war es das auch, denn Francine neigte nicht zu Übertreibungen. Offensichtlich wollte sie nicht darüber reden. Das würde er respektieren. Zumindest für den Augenblick …

Lucien dachte an Anne Dalmasso und an ihren Stalker Kylian. Der hatte sich selber außer Gefecht gesetzt. Wenn sich nur alle Idioten so dumm verhielten, die Welt wäre eine bessere. Jedenfalls ging von ihm vorläufig keine Gefahr mehr aus. Anne könnte also bald nach Nizza zurückkommen. Er freute sich darauf. Er hatte schon eine Idee für die Wiedersehensfeier.

Kaum Gedanken verschwendete er an Marseille und Genf. Beide Aufträge hatte er zu Edmonds Zufriedenheit abgewickelt. Auch zu seiner eigenen, was viel wichtiger war. Er war seinem Vorsatz treu geblieben und hatte niemanden umgebracht. Zugegeben, Renzo Castex war tot, aber an einem Paintball aus einer altersschwachen Waffe starb man nicht. Castex hatte seinen Tod so sehr herbeigesehnt, dass er wie von selbst eingetreten war.

Immer wieder dachte Lucien an das Motto der Grafen von Chacarasses. Es war auf den Stein ihres Familiengrabes eingemeißelt. »Obligé aux vivants et aux morts«. Verpflichtet den Lebenden und den Toten. Bis heute hatte er den tieferen Sinn nicht verstanden. Persönlich aber hatte er die Entscheidung getroffen, sich mehr den

Lebenden verpflichtet zu fühlen als den Toten. Jemanden umzubringen war einfach. Dem Opfer aber gleichzeitig keine Gewalt anzutun, war ungleich schwieriger. Dafür musste man eine andere Kunst als die des Tötens beherrschen. Nämlich die Kunst der Täuschung!

Die handelnden Personen im Roman sind frei erfunden. Jede Ähnlichkeit und Namensgleichheit mit lebenden (oder toten) Personen wären rein zufällig.

LESEPROBE

aus

Monsieur le Comte

und die Kunst des Tötens

KNAUR

PROLOGUE

Der Cimetière de Saint-Pancrace lag oberhalb von Roquebrune. Von hier hatte man über die roten Dächer der verwinkelten Altstadt hinweg einen fantastischen Blick aufs darunterliegende Meer. Oft war es so blau, dass es dem Namen der Küste alle Ehre machte: Côte d'Azur. Weil es hier so schön war, hatten viele Berühmtheiten den Friedhof als letzte Ruhestätte gewählt. So der irische Dichter William Butler Yeats. Auch die russische Großherzogin Alexandrowna Romanowa. Der legendäre Architekt Le Corbusier hatte seinen Grabstein selbst entworfen. Zudem hatte er sich einen bevorzugten Platz mit freier Sicht aufs Meer gesichert – in dem er makabrerweise später ertrank.

Wie fast jeden Tag suchten auch heute Verehrer Corbusiers nach dem Betonwürfel, der an ihn und seine Frau Yvonne erinnerte. Nicht so der junge Mann, der einige Reihen weiter oben vor einer marmornen Grabplatte stand und seinen Gedanken nachhing. Den Rücken hatte er dem Meer zugewandt. Es interessierte ihn nicht. Den Blick kannte er schon sein Leben lang. Von klein auf war er hierher mitgenommen worden. An das Familiengrab der Grafen Chacarasses. Seit Generationen lagen hier die Vorfahren begraben. Seine Vorfahren.

Lucien betrachtete die Grabplatte, deren eingemeißelte Namen und Geburts- sowie Sterbedaten er auswendig wusste. Bis hin zu seiner verstorbenen Mutter. Und seinem älteren Bruder. Ein Name fehlte noch. Der seines Vaters. Die Beisetzung hatte erst gestern stattgefunden. Blumen lagen auf dem Grab. An das mächtige Kreuz am Kopfende war ein Bild seines Vaters gelehnt. Ernst sah er aus und sehr ehrwürdig. Dazu ein Trauerband: »Alexandre Comte de Chacarasse. Il nous a quitté.«

Lucien schluckte. Ja, sein Vater hatte sie verlassen. Plötzlich und unerwartet. Unter dramatischen Umständen, die niemanden etwas angingen. Die ein Geheimnis bleiben würden. Wie so vieles, was sich unter dieser Grabplatte verbarg. Die Welt würde nie davon erfahren.

Er faltete die Hände. Auf dem Marmor stand das Familienmotto: »Obligé aux vivants et aux morts«. *Verpflichtet den Lebenden und den Toten. Darunter zwei gekreuzte Säbel. Wie das zu interpretieren sei, blieb jedem überlassen. Die wahre Bedeutung kannte nur der engste Kreis der Familie. Und von dem war kaum noch jemand am Leben. Er selbst würde alles dafür geben, den tieferen Sinn des Leitspruchs vergessen zu können. Aber er hatte seinem Vater auf dem Sterbebett ein Versprechen gegeben. Er war eine Verpflichtung eingegangen. Nämlich die Verpflichtung, die jahrhundertealte Tradition der Familie fortzusetzen. Ihm war bewusst, dass er über die nötigen Fähigkeiten verfügte. Dass er alle Voraussetzungen mitbrachte – bis auf eine. Daran würde er scheitern.*

1

Vor ziemlich genau zwei Wochen wurde Luciens Leben aus der Bahn geworfen. Von einer Stunde auf die andere. Ohne Vorwarnung.

Als er am späten Vormittag durch Villefranche-sur-Mer lief, war er noch bester Laune. Eine Bekannte, die ihm begegnete, blond und *très sexy*, begrüßte ihn mit Küsschen und meinte, man müsse sich mal wieder verabreden. Super Idee. Dumm nur, dass ihm gerade ihr Name nicht einfiel. Aber er war auch erst vor einer halben Stunde aufgestanden. Da konnte so was passieren.

Vor der Chapelle Saint-Pierre warteten Touristen auf Einlass. Nicht, weil sie besonders fromm waren, sondern weil sie Jean Cocteau bewunderten, der sie ausgemalt hatte. Lucien hätte sie auch in das Haus seines Vaters auf Cap Ferrat einladen können. Dort hatte Cocteau, der ein Freund der Familie gewesen war, das Esszimmer gestaltet. Aber natürlich würden Gäste keinen Einlass bekommen. Fremden gegenüber war sein Vater ausgesprochen abweisend. Lucien lächelte. Erst recht, wenn sie so schlecht angezogen waren wie die Touristen vor der Chapelle Saint-Pierre.

Er selbst trug ein verwaschenes Polo über ausgefransten Bermudas. An den Füßen Flipflops. Damit würde auch er dem konservativen Geschmack seines Vaters nicht entsprechen. Aber bei ihm machte er eine Ausnahme. Er billigte ihm zu, mit Anfang dreißig weniger Wert auf sein Äußeres zu legen. Bei Familienfeierlichkeiten, von denen es nicht viele gab, holte Lucien seinen einzigen Anzug aus dem Schrank. Mit dem Wappen der Grafen von Chacarasses auf der Brusttasche.

Hinauf in die Altstadt nahm er zwei Stufen auf einmal. Dann stand er vor dem Restaurant *P'tit Bouchon*. An der Tür ein Schild: *Fermé! Jour de repos!* Dass das Lokal geschlossen hatte, überraschte ihn nicht. Den wöchentlichen Ruhetag hatte er selbst festgelegt. Schließlich gehörte ihm das Restaurant. Weshalb er auch einen Schlüssel besaß.

Kaum war er drin, machte er die Tür gleich wieder zu. Es sollte nur keiner auf die Idee kommen, es könnte doch geöffnet haben. Er wollte sich nur schnell ein Omelett zubereiten. Das machte er häufig am Ruhetag. Mit Zwiebeln, Tomaten, Käse und Speck – und reichlich Chili. Lucien hatte es gerne scharf. Das weckte die Lebensgeister.

Als er sein Handy aus der Gesäßtasche zog, um es neben einem Hackbrett abzulegen, stellte er fest, dass es sich von selbst abgestellt hatte. Weil er vergessen hatte, über Nacht den Akku aufzuladen. Lucien grinste. Hatte auch einen Vorteil. So musste er es nicht auf stumm stellen. Er hatte keine Lust, am *jour de repos* Tischreservierungen entgegenzunehmen. Es wurde höchste Zeit, sich ein zweites Handy zuzulegen. Zwar war das Lokal seine Leidenschaft, aber es gab Grenzen – auch für Leidenschaften.

Das *P'tit Bouchon* hatte er vor zwei Jahren eröffnet. Dabei hatte er nie vorgehabt, ein eigenes Lokal zu besitzen. Der Gedanke war spontan an einem langen Abend gereift. Er war mit Roland zusammengesessen, einem befreundeten Koch, der gerade eine neue Anstellung suchte. Nach der ersten Flasche Wein fiel Lucien ein, dass in Villefranche-sur-Mer, nicht weit von seiner Wohnung, ein Restaurant wegen eines Todesfalls geschlossen hatte und zum Verkauf stand. Was schade war, weil er dort häufig gegessen hatte und die Atmosphäre mochte. Während der zweiten Flasche Wein dachte Lucien, dass es vergnüglich sein müsste, in seinem eigenen Lokal Stammgast zu sein. Man bekäme zuverlässig einen Tisch. Der Koch müsste kochen, worauf er Lust hatte. Das Servicepersonal wäre immer freundlich und zuvorkommend. Die Weinkarte wäre gut sortiert – weil er sich höchstpersönlich darum kümmern würde. Und Roland hätte einen neuen Job … Bei der dritten Flasche Wein war er zwar nicht mehr zurechnungsfähig, aber er besiegelte mit Roland den Deal per Handschlag. Einen Namen für das Lokal hatten sie auch schon. Inspiriert von den gerade entkorkten Flaschen drängte er sich förmlich auf: *P'tit Bouchon,* der kleine Korken.

Nicht vorausgesehen hatte Lucien, dass Roland zwar gut am Herd war, aber kein Restaurant managen konnte. Weshalb er notgedrungen selbst die Führung übernommen hatte. Was sogar Spaß machte, aber keine Dauerlösung sein konnte. Darauf bestand schon sein Vater, der ihm unmissverständlich klargemacht hatte, dass selbst ein »schwarzes Schaf« irgendwann zur Besinnung kommen müsse. Ein Comte de Chacarasse dürfe sich zwar einige Extravaganzen gönnen, sei aber nicht dazu bestimmt, als »Kneipenwirt« zu enden. Den Ausdruck fand Lucien zwar despektierlich, aber es war wohl richtig, dass er dafür nicht an einer *école supérieure* hätte studieren müssen. Auch könnte er, so ein Argument seines Vaters, im *P'tit Bouchon* keine seiner »Spezialkenntnisse« anwenden, die er sich seit früher Kindheit auf seinen Druck hin angeeignet hatte. Darauf allerdings konnte er gerne verzichten …

Lucien hackte gerade Zwiebeln, als er aus den Augenwinkeln eine Ratte sah, die über den Küchenboden huschte. Ein Problem, das sie in der Altstadt von Villefranche nicht gelöst bekamen – und zudem den Hygienevorschriften in einem Restaurant widersprach. Bei Lucien setzte ein Reflex ein. Ohne eine Sekunde zu zögern, warf er mit dem Küchenmesser nach der Ratte … und obwohl sie fast drei Meter entfernt war, traf er sie präzise. Die scharfe Klinge durchbohrte sie …

Lucien erstarrte. Erschrocken blickte er auf die tote Ratte. Erschrocken über sich selbst und seine Reaktion. Das war jene Seite an ihm, die er nicht mochte. Die er verabscheute. Seine Treffsicherheit dagegen überraschte ihn weniger. So etwas verlernte man nicht. Wie so vieles andere.

Ihm war der Appetit auf sein Omelett vergangen. Er entsorgte die Ratte, machte in der Küche sauber, steckte sein ausgeschaltetes Handy in die Tasche – und lief durch den verdunkelten Gastraum, um das *P'tit Bouchon* zu verlassen. Außen vor der Tür stand ein Mann und klopfte dagegen. Musste das sein? Kapierte der Typ nicht, dass das Lokal geschlossen war?

Lucien wollte ihn zurechtweisen, da erkannte er Paul, der bei ihm den Service leitete, aber keinen Schlüssel besaß. Er hatte einen roten Kopf und war so aufgeregt, dass er kaum Luft bekam. So hatte ihn Lucien noch nie gesehen. Paul war ein Hüne von Mann und nicht so leicht aus der Ruhe zu bringen.

»Lucien, du bist am Handy nicht erreichbar …«, japste er.

»Ich weiß, der Akku ist leer. Was gibt's so Dringendes?«

»Mich hat die Haushälterin deines Vaters angerufen …«

»Rosalie? Sie hat deine Nummer?«

»Ich bin ihr Neffe …«

»Wusste ich gar nicht.«

»Erzähl ich dir ein anderes Mal. Du sollst dringend nach Hause kommen, deinem Vater geht es nicht gut. Rosalie meint, es sei wirklich ernst. Er will dich noch mal sehen …«

Noch mal sehen? Hörte sich so an, als ob es mit seinem Vater zu Ende ginge. Aber das konnte nicht sein. Er war erst Anfang sechzig und bei bester Gesundheit. Vor zwei Tagen noch hatte er mit ihm eine Runde Tennis gespielt.

»Gib mir bitte dein Handy«, forderte er Paul auf.

Der wählte schon Rosalies Nummer und reichte ihm den Apparat.

Rosalie war für Lucien eine Herzensperson. Sie war trotz ihres hohen Alters noch ziemlich rüstig. Und sie war schon so lange im

Haushalt, wie er sich erinnern konnte. Sie hatte auf ihn aufgepasst, als er klein war. Sie war wie ein Familienmitglied.

»Rosalie, ich bin's. Was ist passiert?«

»Lucien, mein Lieber, du musst jetzt stark sein, dein Vater liegt im Sterben. Unser Hausarzt ist bei ihm. Er sagt, man könne nichts mehr machen …«

Ihm lief es kalt den Rücken runter.

»Hatte er einen Schlaganfall?«

»Nein, viel schlimmer. Der Comte will dich unbedingt noch sprechen. Unter vier Augen. Du musst dich beeilen.«

2

Lucien rannte zu seiner Vespa, die in einem nahe gelegenen Hof geparkt war. Er startete den Motorroller und fuhr mit Vollgas entgegen einer Einbahnstraße auf kürzestem Weg zur Petite Corniche. Er musste einigen Autos ausweichen, die auf ihn zukamen. Ihr Gehupe ignorierte er. Auch einen Stinkefinger, der ihm entgegengestreckt wurde. Auf den engen und chronisch verstopften Straßen der Côte gab es kein schnelleres Fortbewegungsmittel als ein motorisiertes Zweirad – vorausgesetzt, man hielt sich an keine Verkehrsregeln. Was Lucien auch sonst nicht tat. Heute waren sie ihm erst recht egal. Von Villefranche-sur-Mer war es nur ein Katzensprung hinüber zum Cap Ferrat auf der anderen Seite der Bucht. Die grüne Halbinsel trennte Nizza vom nahe gelegenen Monaco. Hinter hohen Hecken versteckten sich altehrwürdige Anwesen. Auch jenes der Grafen von Chacarasses.

Lucien schlängelte sich durch einen Verkehrsstau, bewältigte die kurze Strecke in Rekordzeit, um dann in einer scharfen Kurve nach Süden auf das Kap abzubiegen. Trotz der Kürze und obwohl die rasende Fahrt eigentlich seine volle Aufmerksamkeit erforderte, schossen ihm viele Gedanken durch den Kopf. Dass sein Vater im Sterben lag, wollte und konnte er nicht glauben. Er hatte ein durchaus gespanntes Verhältnis zu ihm. Aus vielerlei Gründen. Dennoch liebte er ihn. Dass er jetzt von ihm gehen könnte, sprengte seine Vorstellungskraft. Schließlich hatte er nur noch ihn. Seine Mutter Laetitia, eine gebürtige Italienerin, war vor einigen Jahren an Krebs gestorben. Ihren Verlust hatte er noch immer nicht verarbeitet. Sein älterer Bruder Raymond, der seinem Vater hörig gewesen war und alles getan hatte, was Lucien beharrlich verweigerte, war vor zwei Jahren mit dem Motorrad tödlich verunglückt. Auf der Route de la Turbie, nicht weit von der Stelle, wo Gracia Patricia von Monaco ums Leben gekommen war. Wer blieb noch? Onkel Edmond? Er mochte ihn nicht …

Das schmiedeeiserne Tor zum Anwesen stand offen. Das kam sonst nie vor. Die *Villa Béatitude* konnte man von hier nicht sehen. Erst ging es durch einen kleinen Park, dann über eine gekieste Auffahrt. Vor dem Eingang parkte der Peugeot des Hausarztes. An der schweren Haustür gab Lucien den Nummerncode ein. Dann legte er den Daumen auf den Fingerabdruckscanner. Sein Vater war ein Sicherheitsfanatiker.

Er eilte durch die Eingangshalle, vorbei an der Büste seines Urgroßvaters, die steinerne Treppe hinauf in den ersten Stock. Rosalie kam ihm entgegen. Ihr Gesicht war verheult.

Er nahm sie in den Arm. »Komme ich zu spät?«, fragte er.

»Nein, aber Docteur Moreau rechnet jede Minute mit dem Ableben des Grafen. Dein Vater kämpft dagegen an, weil er dich unbedingt noch sehen möchte.«

»Was ist passiert? Warum kommt er nicht ins Krankenhaus, wo man ihn vielleicht retten könnte?«

»Weil es zu spät ist. Dein Vater erwartet dich in seinem Schlafzimmer. Moreau ist bei ihm.«

Lucien wusste nicht, ob er anklopfen sollte. Oder die Tür einfach aufstoßen und hineinstürzen? In das Zimmer eines Sterbenden?

Leise drückte er die Klinke herunter und spähte in den abgedunkelten Raum. Die schweren Damastvorhänge waren zugezogen. Einige Kerzen brannten. Im Hintergrund gedämpfte Klänge eines Klaviers. Lucien erkannte eine Nocturne von Chopin.

Sein Vater achtete auch angesichts des Todes auf Stil. Oder Rosalie, die seine Vorlieben kannte.

Moreau, der am Bett stand, drehte sich um und begrüßte Lucien. Er nahm ihn zur Seite.

»Ich muss Ihnen die Wahrheit sagen. Ihr Vater ist in den Rücken geschossen worden. Die Kugel hat zwar die Wirbelsäule verfehlt, aber im Bauchraum schlimme Verletzungen angerichtet. Selbst wenn er sofort in die Notaufnahme gekommen wäre, hätte er kaum überlebt. Er hat massive innere Blutungen, und auch lebenswichtige Organe wurden verletzt. Ich kann nur versuchen, seine Schmerzen zu lindern.«

»Wie lange noch?«

»Eigentlich müsste er schon tot sein. Aber er hat einen starken Willen.« Moreau klopfte Lucien aufmunternd auf die Schulter. »Gehen Sie zu ihm. Ich lasse Sie jetzt allein.«

Lucien atmete tief durch. Die nächsten Schritte waren die schwersten seines Lebens.

Über dem Bett spannte sich ein Baldachin. Ein Ständer mit zwei Infusionsflaschen. Er hörte den schnarrenden Atem seines Vaters.

Lucien beugte sich über ihn und gab ihm einen Kuss auf die Stirn.

»Papa, je suis là«, sagte er leise.

Alexandre schlug die Augen auf. Mit einer Hand tastete er nach Lucien.

»Ja, du bist hier. *C'est bien!*«, flüsterte er.

»Hast du große Schmerzen?«

Er verzog das Gesicht. »Ging mir schon mal besser.«

»Warum spritzt dir Moreau kein Morphium?«

»Tut er doch. Aber nicht zu viel, ich will bei klarem Verstand bleiben. Das ist wichtig …«

Weil er nicht weitersprach, stellte Lucien eine Frage.

»Wer hat auf dich geschossen?«

Er rang nach Luft. »Es gibt Wichtigeres.«

Lucien spürte, wie sich die Hand seines Vaters verkrampfte.

»Mein Sohn, dein Bruder ist tot, jetzt musst *du* das Erbe antreten. Mit allen Konsequenzen …«

Lucien schluckte. Ihm war klar, dass sein Vater nicht das materielle Erbe meinte, sondern das Vermächtnis seiner Vorfahren. Das »Erbe« der Grafen von Chacarasses war eine schwere Last, die zu tragen er nicht bereit gewesen war. Sein Bruder hatte dies übernommen. Aber Raymond lebte nicht mehr. Jetzt blieb nur noch er.

Alexandre sprach stockend weiter. »Du weißt, wir haben dem Vatikan gedient … ist schon lange her. Die Medici haben unsere Dienste in Anspruch genommen. Die Bourbonen. Napoleon hat uns in den Adelsstand erhoben. Mit den Grimaldis von Monaco sind wir weitläufig verwandt. Garibaldi …« Er rang nach Luft.

Er sollte seine Kraft nicht mit der Familiengeschichte vergeuden, dachte Lucien. Natürlich kannte er diese. Vor allem die dunklen Kapitel. Die Grafen von Chacarasses gingen seit Jahrhunderten einem geheimen Gewerbe nach, das auf alten Traditionen fußte. Die Chacarasses verstanden sich als Assassinen. Was in der wörtlichen Übersetzung »Mörder« bedeutete. Aber sie hatten nichts gemein mit den gleichnamigen Glaubenskriegern des Mittelalters. Sie waren weder fanatisch, noch hatten sie eine Mission. Auch verfolgten sie grundsätzlich keine persönlichen Ziele. Die Chacarasses waren »Dienstleister«, die das Töten zur Kunstform erhoben hatten. Wenn sie einen Auftrag bekamen, wickelten sie ihn ab – verschwiegen und effektiv. Mit kühler, professioneller Distanz. Von den Niederungen krimineller Milieus trennten sie Welten. Auf dieses Niveau ließen sie sich nicht herab. Ihre »Kunden« kamen aus höchsten Kreisen.

»Lucien, von Kind auf bist du ausgebildet worden, unsere Familientradition fortzusetzen«, fuhr Alexandre fort. »Du warst talentierter darin als dein Bruder. Aber du hattest Skrupel. Wahrscheinlich ein Erbe deiner Mutter Laetitia, die ich sehr geliebt habe … die aber eine weiche Seele hatte …«

Es war offensichtlich, wie sehr Alexandre das Sprechen anstrengte. Aber er zwang sich dazu, zusammenhängende Sätze zu formulieren. Disziplin und Konzentration – auch das war eine Maxime seines Vaters.

»Raymond ist von uns gegangen. Ich folge ihm nun. Damit ich meinen Frieden finden kann, musst du mir etwas versprechen … Das kann ich dir nicht ersparen …«

Alexandre griff sich an den Hals. Lucien wusste, was folgen würde, welches Versprechen er seinem Vater geben sollte. Fast hoffte er, dass sein Vater sofort sterben würde. Noch in dieser Sekunde. Bevor er seine Bitte aussprechen konnte. Ein grausamer Gedanke. Aber das Versprechen war noch viel grausamer.

»Du bist ein Chacarasse. Lucien, versprich mir, dass du die Tradition der Familie fortsetzen wirst. Erweise unserem Namen alle Ehre. Setze einen Sohn in die Welt, der in der nächsten Generation weitermacht. Gemäß unserem Leitspruch: *Obligé aux vivants et aux morts.* Wir stellen keine Fragen … Wir ersparen den Delinquenten unnötiges Leid …«

Alexandre röchelte. Er war mit seiner Kraft am Ende.

»Lucien … schwöre es … bei allem, was dir heilig ist!«

Lucien überlegte, was ihm heilig war. Nicht viel. Aber er liebte seinen Vater, der gerade unter Qualen aus dem Leben schied. Konnte er seinen letzten Wunsch abschlagen?

»Bitte, Lucien, bitte …«

Die Hand seines Vaters verkrampfte sich.

»Bitte …«

Luciens Widerstand war gebrochen. Er konnte nicht anders.

»Naturellement, mon papa, je te le promets!«

Lucien atmete tief durch. Mit diesem Versprechen hatte er seinem Vater den Abschied erleichtert. Und sich selbst ins Unglück gestürzt.

»*Merci, mon fils. Que Dieu te bénisse!*«, flüsterte Alexandre.

Ob ihn Gott für ein Versprechen segnen würde, das gegen das fünfte Gebot verstieß? Wohl kaum.

Die Hand seines Vaters erschlaffte. Der rasselnde Atem verstummte. Ein kurzes Stöhnen – dann war es vorbei.

Lesen Sie weiter!
Der erste Mordauftrag lässt nicht lange auf sich warten …

Mord à la Provençale – Madame le Commissaire ermittelt

MEHR VON BESTSELLERAUTOR PIERRE MARTIN

Madame le Commissaire

und der verschwundene Engländer

KRIMINALROMAN

Isabelle Bonnet, hochdekorierte Leiterin einer geheimen Spezialeinheit in Paris, wäre bei einem Sprengstoffattentat fast ums Leben gekommen. Um sich zu erholen, reist sie in ihren beschaulichen Geburtsort Fragolin im Hinterland der Côte d'Azur. Doch aus der ersehnten Ruhe wird nichts: In einer Villa wird eine halbnackte Frauenleiche gefunden, und der Hausherr, ein mysteriöser Engländer, ist spurlos verschwunden.
Isabelle Bonnet lässt sich überreden, den Fall zu übernehmen – was bei den Kollegen vor Ort nicht gerade Begeisterung auslöst …

Madame le Commissaire

und die späte Rache

EIN PROVENCE-KRIMI

Der Duft von Lavendel, die Sonne und liebenswerte Nachbarn – kein Wunder, dass sich Kommissarin Isabelle Bonnet gegen die große Karriere in Paris entschieden hat und lieber im beschaulichen Dörfchen Fragolin geblieben ist. Doch hinter der Idylle lauert auch hier das Verbrechen. Beim Durchforsten alter Akten stößt Isabelles Assistent, der schrullige Apollinaire, auf einen nie aufgeklärten Mord. Sofort erwacht der Jagdeifer der Kommissarin – vor allem als sie bei ihren Untersuchungen über ein anderes Verbrechen stolpert. Bald entdeckt sie Gemeinsamkeiten zwischen den beiden Fällen, die alle übersehen haben …

Madame le Commissaire

und der Tod des Polizeichefs

EIN PROVENCE-KRIMI

Das Sirren der Zikaden, der würzige Duft von Lavendel und hinter sanft geschwungenen Hügeln das azurblaue Meer. Das Dörfchen Fragolin im Hinterland der Côte d'Azur wäre der ideale Ort, um die Seele baumeln zu lassen – doch dazu fehlt Kommissarin Isabelle Bonnet mal wieder die Zeit. Der angebliche Selbstmord eines hohen Polizeibeamten, der Besuch eines exzentrischen Bekannten und ein Überfall auf ein Juweliergeschäft an der Croisette in Cannes halten Madame le Commissaire und ihren schrulligen Assistenten Apollinaire in Atem.

Madame le Commissaire

und das geheimnisvolle Bild

EIN PROVENCE-KRIMI

Im Dörfchen Fragolin in der Provence herrscht Urlaubsstimmung, Kommissarin Isabelle Bonnet genießt das süße Nichtstun und das ein oder andere Glas Rosé zur lauen Abendstunde. Ein Besuch in einer Galerie, zu der sie den Kunstsammler Rouven Mardrinac begleitet, könnte das Sahnehäubchen auf der Aprikosen-Tarte sein. Doch Rouven brüskiert den Galeriebesitzer schon nach wenigen Minuten mit der Behauptung, der stolz zur Schau gestellte Matisse sei eine Fälschung. Ein eilig herbeigerufener Sachverständiger macht eine schockierende Entdeckung: Unter der Oberfläche des Bildes verbirgt sich ein verzweifelter Hilferuf – und schon befindet sich Madame le Commissaire in ihrem nächsten Fall …

Madame le Commissaire

und die tote Nonne

EIN PROVENCE-KRIMI

Vom Rand einer steil abfallenden Klippe, wo man eigentlich unter hohen Aleppo-Kiefern wunderbar den Sonnenuntergang genießen könnte, bietet sich Isabelle Bonnet ein alles andere als idyllischer Anblick: Unten auf den Felsen liegt eine Leiche, unverkennbar in Ordenstracht gewandet.
Madame le Commissaire misstraut der ersten Schlussfolgerung ihrer Kollegen, die Nonne sei abgestürzt – und sie behält recht. Sie nimmt ihre Ermittlungen auf, die sie zu einem einsam, aber malerisch gelegenen Kloster im Massif des Maures führen. Bald hat sie mehr als einen Verdächtigen.
Doch wer würde schon so weit gehen, eine Nonne zu ermorden?

Madame le Commissaire

und der tote Liebhaber

EIN PROVENCE-KRIMI

Untermalt vom Summen der Zikaden und Lavendelduft gleiten die Tage in Fragolin in der Provence friedlich vorüber. Bis das Undenkbare geschieht und das Städtchen jäh aus dem sanften Sommerschlummer reißt: Eines Morgens findet man den Bürgermeister Thierry – tot, mit durchschnittener Kehle. Zwar waren er und Kommissarin Isabelle Bonnet schon länger kein Paar mehr, dennoch trifft sein Tod Isabelle zutiefst. Dabei werden gerade jetzt die Fähigkeiten von Madame le Commissaire gebraucht, denn am Tatort gibt es keine brauchbaren Spuren. Und wer sollte schon einen Grund gehabt haben, den beliebten Bürgermeister zu ermorden? Ihre Nachforschungen führen Isabelle zum Tatort nach Sanary-sur-Mer, jenem Küstenort, in dem in den Dreißiger- und Vierzigerjahren viele deutsche Künstler und Intellektuelle Zuflucht gefunden haben.

Madame le Commissaire
und die Frau ohne Gedächtnis
EIN PROVENCE-KRIMI

Im beschaulichen Fragolin in der Provence kehrt nach dem Mord an Bürgermeister Thierry langsam wieder der Alltag ein. Für »Madame le Commissaire« Isabelle Bonnet gibt es nichts zu tun, also dreht sie ihre morgendlichen Joggingrunden durch die Lavendelfelder, fährt zum Baden ans azurblaue Meer oder trifft sich mit Clodine auf einen Café au Lait. Doch dann läuft Isabelles treuem Assistenten Apollinaire eine verwirrte junge Frau vors Auto, die am Kopf verletzt ist und sich an nichts erinnern kann, nicht einmal an ihren Namen. Ein vermeintlich harmloser Fall – der jedoch eine dramatische Wendung nehmen wird und Isabelle zu einem alten Steinbruch führt, in dem ein Mann niedergestochen wurde.

Madame le Commissaire
und die panische Diva
EIN PROVENCE-KRIMI

Saint-Tropez hat Brigitte Bardot. Fragolin dagegen den Film- und Gesangsstar Colette Gaspard – auch wenn kaum einer weiß, dass die Diva hier geboren wurde. Einziger Kontakt zu ihrem Geburtsort ist ihre Zwillingsschwester Juliette, die noch immer in Fragolin lebt. Genauso wie die Kommissarin Isabelle Bonnet, deren Erholungsmodus jäh unterbrochen wird, als Juliette sie im Namen ihrer berühmten Schwester um Hilfe bittet: Die Diva wird von einem Stalker terrorisiert, der sie mit unheimlichen Anrufen, Drohmails und perversen Botschaften verfolgt. Die Diva bittet Isabelle, den Stalker zu finden und auf sie aufzupassen. Madame le Commissaire lässt sich überreden – und befindet sich plötzlich mitten in ihrem nächsten Fall, der sie für einige Zeit von der Provence nach Paris führen wird. Obwohl sie dort nie mehr hinwollte …

Madame le Commissaire
und die Villa der Frauen
EIN PROVENCE-KRIMI

Eine Villa nur für Frauen – für Frauen, die vor ihren gewalttätigen Männern fliehen mussten. Das ist aus dem Erbe geworden, das Isabelle Bonnet von ihrem getöteten Liebhaber in Fragolin hinterlassen wurde. Die Kommissarin ist glücklich, dass sie sein Erbe einem so guten Zweck zuführen konnte. Doch dann entpuppt sich der wahr gewordene Traum als Albtraum, denn aus der »Villa des Friedens« verschwindet eine der Mütter spurlos mit ihrem Kind. Isabelle folgt ihrer Spur – und findet ihre Leiche auf der eigentlich so idyllischen Insel Porquerolles. Die Frauen in der Villa fühlen sich bedroht. Wie sich zeigen soll: zu Recht!

Madame le Commissaire
und die Mauer des Schweigens
EIN PROVENCE-KRIMI

Ein eingemauertes Skelett lässt die Arbeiter beim Abriss eines alten Hauses in Fragolin vor Schreck erstarren. Ein Loch im Schädel beweist, dass das Opfer eines gewaltsamen Todes gestorben ist. »Madame le Commissaire« Isabelle Bonnet übernimmt den Fall eher widerwillig – schließlich beschäftigt sie sich lieber mit aktuellen Verbrechen. Außerdem bereitet ihr das geheimnisvolle Abtauchen ihres Maler-Freundes Nicolas zunehmend Sorgen. Eine erste Spur führt zu einem zwielichtigen Finanzberater. Fluchtgefahr ausgeschlossen: Er sitzt im Gefängnis. Die Ermittlungen geraten ins Stocken und Isabelle Bonnet stößt auf eine Mauer des Schweigens, als sie ein Hilferuf aus Marokko erreicht …